LES QUATRE FILLES

DU

DOCTEUR MARSCH

PARIS, TYPOGRAPHIE A. LAHURE

9, RUE DE FLEURUS, 9

LES QUATRE FILLES
DU
DOCTEUR MARSH

COLLECTION HETZEL

LES QUATRE FILLES

DU

DOCTEUR MARSCH

D'APRÈS L. M. ALCOTT

PAR

P. J. STAHL

DESSINS DE A. MARIE

BIBLIOTHÈQUE
D'ÉDUCATION ET DE RÉCRÉATION
J. HETZEL ET Cie, 18, RUE JACOB

PARIS

LES QUATRE FILLES

DU

DOCTEUR MARSCH

CHAPITRE Ier

OU LE LECTEUR FAIT CONNAISSANCE AVEC LA FAMILLE
AMÉRICAINE

« Noël ne sera pas Noël si on ne nous fait pas de cadeaux, grommela miss Jo en se couchant sur le tapis.

— C'est cependant terrible de n'être plus riche, soupira Meg en regardant sa vieille robe.

— Ce n'est peut-être pas juste non plus que certaines petites filles aient beaucoup de jolies choses et d'autres rien du tout, » ajouta la petite Amy en se mouchant d'un air offensé.

Alors, Beth, du coin où elle était assise, leur dit gaiement :

« Si nous ne sommes plus riches, nous avons encore un bon père et une chère maman et nous sommes quatre sœurs bien unies. »

1

La figure des trois sœurs s'éclaircit à ces paroles. Elle s'assombrit de nouveau quand Jo ajouta tristement :

« Mais papa n'est pas près de nous et n'y sera pas de longtemps. »

Elle n'avait pas dit : « Nous ne le reverrons peut-être jamais, » mais toutes l'avaient pensé et s'étaient représenté leur
père bien loin, au milieu des terribles combats qui mettaient
alors aux prises le Nord et le Sud de l'Amérique.

Après quelques moments de silence, Meg reprit d'une voix altérée :

« Vous savez bien que maman a pensé que nous ferions mieux
de donner l'argent de nos étrennes aux pauvres soldats qui vont
tant souffrir du froid. Nous ne pouvons pas faire beaucoup, c'est
vrai, mais nos petits sacrifices doivent être faits de bon cœur. Je
crains pourtant de ne pas pouvoir m'y résigner, ajouta t-elle en
songeant avec regret à toutes les jolies choses qu'elle désirait.

— Mais nous n'avons chacune qu'un dollar, dit Jo ; quel bien
cela ferait-il à l'armée d'avoir nos quatre dollars? Je veux bien ne
rien recevoir ni de maman ni de vous, mais je voudrais acheter les
dernières œuvres de Jules Verne qu'on vient de traduire; il y a
longtemps que je les désire. Le capitaine Grant est, lui aussi, sé-
paré de ses enfants, — mais ses enfants le cherchent, — tandis
que nous... nous restons-là. »

Jo aimait passionnément les aventures.

« Je désirais tant de la musique nouvelle, murmura Beth avec
un soupir si discret que la pelle et les pincettes seules l'enten-
dirent.

— Moi, j'achèterai une jolie boîte de couleurs, dit Amy d'un ton
décidé.

— Maman n'a pas parlé de notre argent et elle ne peut pas
vouloir que nous n'ayons rien du tout. Achetons chacune ce que
nous désirons et amusons-nous un peu ; nous avons assez travaillé
toute l'année pour qu'on nous le permette! s'écria Jo en examinant
les talons de ses bottines d'une manière tout à fait masculine.

— Oh! oui, moi je l'ai bien mérité en m'occupant tous les jours
de l'éducation de ces méchants enfants, quand j'aurais tant aimé
rester à la maison, dit Meg qui avait repris son ton plaintif.

— Vous n'avez pas eu la moitié autant de peine que moi, reprit
Jo. Comment feriez-vous s'il vous fallait rester, ainsi que moi,
enfermée des heures entières avec une vieille personne capri-

cieuse et grognon, qui n'a pas plus l'air de se rappeler que je suis sa nièce, que si je lui arrivais tous les jours de la lune; qui vous fait trotter toute la journée, qui n'est jamais contente de rien, qui enfin vous ennuie à tel point qu'on est toujours tenté de s'en aller, de peur de la battre?

— C'est mal de se plaindre; cependant je pense que la chose la plus désagréable qui se puisse faire ici, c'est de laver la vaisselle et de faire les chambres comme je le fais tous les jours. Je sais bien qu'il faut que cela se fasse, mais cela me rend les mains si dures que je ne peux plus étudier mon piano, » dit Beth avec un soupir que cette fois tout le monde entendit.

Ce fut alors le tour d'Amy :

« Je ne pense pas qu'aucune de vous souffre autant que moi ; vous n'avez pas à aller en classe avec d'impertinentes petites filles qui se moquent de vous quand vous ne savez pas vos leçons, critiquent vos vêtements, vous insultent parce que vous avez votre nez et pas le leur et dédaignent votre père parce qu'il a, par trop de bonté, perdu sa fortune subitement !

— La vérité est, répondit Meg, qu'il vaudrait mieux que nous eussions encore la fortune que papa a perdue il y a plusieurs années. Nous serions, je l'espère, plus heureuses et bien plus sages si nous étions riches comme autrefois.

— Vous disiez l'autre jour que nous étions plus heureuses que des reines.

— Oui, Beth, et je le pense encore, car nous sommes gaies, et, quoique nous soyons obligées de travailler, nous avons souvent du bon temps, comme dit Jo.

— Jo emploie de si vilains mots! » dit Amy.

Jo se leva tranquillement, sans paraître le moins du monde offensée, et, jetant les mains dans les poches de son tablier, se mit à siffloter gaiement.

« Oh! ne sifflez pas, Jo! on dirait un garçon, s'écria Amy, et même un vilain garçon.

— C'est pourtant dans l'espoir d'en devenir un, mais un bon, que j'essaye de siffler, répliqua Jo.

— Je déteste les jeunes personnes mal élevées..., dit Amy.

— Je hais les bambines affectées et prétentieuses... répliqua Jo.

— Les oiseaux sont d'accord dans leurs petits nids, chanta Beth d'un air si drôle que ses sœurs se mirent à rire et que la paix fut rétablie.

— Vous êtes réellement toutes les deux à blâmer, dit Meg, usant de son droit d'aînesse pour réprimander ses sœurs. Joséphine, vous êtes assez âgée pour abandonner vos jeux de garçon et vous conduire mieux ; cela pouvait passer quand vous étiez petite, mais maintenant que vous êtes si grande et que vous ne laissez plus tomber vos cheveux sur vos épaules, vous devriez vous souvenir que vous êtes une demoiselle.

— Je n'en suis pas une, et si mes cheveux relevés m'en donnent l'air, je me ferai deux queues jusqu'à ce que j'aie vingt ans, s'écria Jo en arrachant sa résille et secouant ses longs cheveux bruns. Je déteste penser que je deviens grande, que bientôt on m'appellera miss Marsch, qu'il me faudra porter des robes longues et avoir l'air aussi raide qu'une rose trémière ! C'est déjà bien assez désagréable d'être une fille quand j'aime les jeux, le travail et les habitudes des garçons. Je ne me résignerai jamais à n'être pas un homme. Maintenant c'est pire que jamais, car je meurs d'envie d'aller à la guerre pour vaincre ou mourir avec papa, et je ne puis que rester au coin du feu à tricoter comme une vieille femme ! »

Et Jo secoua tellement fort le chausson de laine bleue qu'elle était en train de tricoter, que les aiguilles firent entendre comme un cliquetis d'épées, et que sa pelote roula jusqu'au milieu de la chambre.

« Pauvre Jo ! c'est vraiment bien désagréable ; mais, comme cela ne peut pas être autrement, vous devez tâcher de vous contenter d'avoir rendu votre nom masculin et d'être pour nous comme un frère, dit Beth en caressant la tête de sa sœur Joséphine d'une main que tous les lavages de vaisselle du monde n'avaient pu empêcher d'être blanche et douce.

« Quant à vous, Amy, dit Meg continuant sa réprimande, vous êtes à la fois prétentieuse et raide ; c'est quelquefois drôle, mais, si vous n'y faites pas attention, vous deviendrez une petite créature remplie d'affectation. Vous êtes gentille quand vous êtes naturelle ; mais vos grands mots, que vous écorchez et que vous ne comprenez pas toujours, sont aussi mauvais dans leur genre que les mots trop familiers que vous reprochez à Jo.

— Si Jo est un garçon habillé en fille, et Amy une petite sotte, qu'est-ce que je suis donc ? demanda Beth toute prête à partager la gronderie.

— Vous êtes notre petite chérie et rien d'autre, » répondit chaudement Meg.

Et personne ne la contredit.

Comme les jeunes lecteurs aiment à se représenter, même au physique, les personnes dont on parle, nous allons leur donner un aperçu des quatre jeunes filles, qui, pendant que la neige tourbillonnait au dehors et présageait une nuit glaciale, tricotaient activement à la lueur incertaine du feu. La chambre dans laquelle nous les trouvons, quoique meublée très simplement, avait un aspect agréable. Plusieurs belles gravures garnissaient les murs; des livres remplissaient tous les recoins; des chrysanthèmes et des roses de Noël fleurissaient entre les fenêtres; enfin on sentait partout comme une douce atmosphère de bonheur et de paix.

Marguerite, l'aînée des quatre, allait avoir quinze ans; elle était belle et fraîche avec de grands yeux bleus, des cheveux châtains abondants et soyeux, une petite bouche et des mains blanches dont elle avait quelque tendance à s'enorgueillir. La seconde, Jo, qui avait quatorze ans, était grande, mince et brune et semblait ne jamais savoir que faire de ses longs membres. Elle avait une grande bouche et un nez passablement retroussé; ses grands yeux gris ne laissaient rien passer inaperçu et étaient tour à tour fins, gais ou pensifs. Ses cheveux longs, épais, magnifiques, constituaient pour le moment toute sa beauté, mais elle les roulait généralement dans sa résille afin de ne pas en être gênée. Elle avait de grands pieds, de grandes mains, des mouvements anguleux; ses vêtements avaient toujours un air de désordre; toute sa personne donnait l'idée d'une fille qui va grandir vite, qui va devenir rapidement une demoiselle et qui n'en est pas satisfaite du tout. Elisabeth ou Beth, comme chacun l'appelait, était une petite fille entre douze et treize ans, rose et blonde, avec des yeux brillants, des manières timides, une voix douce et une expression de paix qui était rarement troublée. Son père l'appelait : « miss Paisible, » et ce nom lui convenait parfaitement, car elle semblait vivre dans un heureux monde dont elle ne sortait que pour voir les quelques personnes qu'elle aimait et ne craignait pas. Amy, quoique la plus jeune, était, à son avis du moins, une personne importante : c'était une fillette aux traits réguliers, au teint de neige, avec des yeux bleus et des cheveux blonds bouclés tombant sur ses épaules; elle était pâle et mince et faisait tous ses efforts pour être une jeune fille distinguée. Quant aux caractères des quatre sœurs, nous laissons aux lecteurs le soin d'en juger.

La pendule sonna six heures, et Beth, ayant balayé le devant de la cheminée, mit à chauffer devant la flamme une paire de pantoufles. D'une façon ou d'une autre, la vue des pantoufles eut un bon effet sur les jeunes filles ; leur mère allait rentrer, et chacune d'elles s'apprêta à la bien recevoir. Meg cessa de gronder et alluma la lampe, Amy sortit du fauteuil sans qu'on le lui eût demandé, et Jo oublia combien elle était fatiguée en relayant Beth dans le soin qu'elle prenait de tenir le plus près possible du feu les pantoufles qui attendaient leur mère.

« Elles sont complètement usées, ces pantoufles, il faut que maman en achète une nouvelle paire, dit Jo.

— J'avais pensé que je lui en achèterais une avec mon dollar... dit Beth.

— Non, ce sera moi, s'écria Amy.

— Je suis l'aînée, » répliqua Meg.

Mais Jo l'interrompit d'un air décidé.

« Maintenant que papa est parti, je suis l'homme de la famille et je donnerai les pantoufles, car papa m'a dit de prendre généralement soin de maman pendant son absence.

— Savez-vous ce qu'il faut faire? dit Beth ; chacune de nous achètera quelque chose pour maman au lieu de penser à elle-même.

— C'est bien là une de vos bonnes idées, chérie. Qu'achèterons-nous? » s'écria Jo.

Elles réfléchirent pendant une minute, puis Meg dit, comme si l'idée lui était suggérée par ses jolies mains :

« Je lui donnerai une belle paire de gants.

— Moi, les plus chaudes pantoufles que je pourrai trouver, s'écria Jo.

— Et moi des mouchoirs de poche tout ourlés, dit Beth.

— J'achèterai une petite bouteille d'eau de Cologne ; elle l'aime bien, et cela ne coute pas très cher. Ainsi il me restera un peu d'argent pour moi, ajouta Amy.

— Comment donnerons-nous tout cela? demanda Meg.

— Nous disposerons nos présents sur la table ; puis nous prierons maman de venir et nous la regarderons ouvrir l'un après l'autre les paquets, répondit Jo. Vous rappelez-vous comment nous faisions le jour de notre fête?

— J'avais toujours si peur quand c'était mon tour de m'asseoir dans le grand fauteuil avec une couronne sur la tête et de vous voir venir me donner vos cadeaux avec un baiser ! J'aimais bien les présents et les baisers ; mais c'était terrible de vous voir me regarder pendant que je défaisais les paquets, dit Beth, qui, pour le moment, rôtissait sa figure en même temps que le pain destiné au thé.

— Il faut laisser maman croire que nous achetons quelque chose pour nous, afin de la bien surprendre. Nous nous occuperons de nos achats demain après midi, en allant faire nos emplettes pour notre comédie du soir de Noël, dit Jo à Meg, en se promenant de long en large les mains derrière le dos et le nez en l'air.

— C'est la dernière fois que je jouerai ; je deviens trop vieille, fit observer Meg, qui était aussi enfant que ses sœurs sous ce rapport-là.

— Vous continuerez de jouer la comédie aussi longtemps que vous mettrez avec plaisir une robe blanche à queue et des bijoux de papier doré. Vous êtes notre meilleure actrice, Meg, et tout sera fini si vous nous abandonnez, dit Jo. Nous devrions répéter ce soir quelques passages de notre pièce. Allons, Amy, venez reprendre la scène de l'évanouissement ; vous ferez bien de l'étudier, car vous êtes raide comme un piquet.

— Je ne peux pas faire autrement ; je n'ai jamais vu personne s'évanouir. Je ne suis pas venue au monde pour jouer des rôles pathétiques dans les grands drames qui amusent tant M¹¹ᵉ Jo, et je n'ai pas envie de me faire des noirs en tombant tout de mon long par terre comme vous le voulez. Si je peux facilement me laisser glisser, je le ferai ; mais si je ne peux pas, je tomberai gracieusement sur une chaise. Cela m'est égal que le tyran vienne me menacer avec son pistolet, répliqua Amy, qui n'était pas douée de talents dramatiques, mais qui avait dû être choisie pour remplir ce rôle, parce qu'elle était assez petite pour être emportée tout en pleurs hors de la pièce.

— Allons, je vais vous montrer. Joignez les mains comme cela et parcourez la chambre en criant avec désespoir : « *Oh! sauvez-moi! sauvez-moi!* »

Et Jo lui donna l'exemple en poussant un cri perçant qui était vraiment tragique.

Amy essaya de l'imiter ; mais elle leva les mains avec raideur et se secoua comme une marionnette. Quant à son *oh!* au lieu d'être l'expression de l'angoisse et de la crainte, il faisait plutôt penser qu'elle venait de se piquer le doigt en cueillant une rose. Jo gémit d'un air découragé, et Meg se mit à rire, tandis que Beth s'aper-

cevait que, dans sa préoccupation de regarder les acteurs, elle avait
laissé brûler une rôtie.

« C'est inutile! faites le mieux possible quand le moment sera
arrivé, dit Jo à Amy ; mais, si on vous siffle, ne m'en accusez pas.
Allons, à vous, Meg. »

Le drame, intitulé par Jo, son auteur : *la Caverne de la Sorcière*, continua d'une manière splendide. Le tyran, don Pedro, défia
le monde dans un monologue de deux pages sans une seule interruption ; Hagar, la sorcière, penchée sur une chaudière où des crapauds et des serpents étaient supposés en train de cuire, chanta
une invocation terrible.

« C'est certainement la meilleure pièce que nous ayons jamais
eu à jouer, dit Meg très satisfaite.

— Je ne comprends pas comment vous pouvez composer et jouer
des choses aussi étonnantes, Jo ; vous êtes un vrai Shakespeare !
s'écria Beth, qui croyait fermement que ses sœurs étaient douées
d'un génie étonnant pour toutes choses.

— Pas encore, répondit modestement Jo. Je pense que *la
Caverne de la Sorcière* est assez réussie ; mais il n'y a pas assez de
meurtres ; j'adore en commettre avec des couteaux de bois. *Est-ce
un poignard que je vois devant moi?* murmura Jo en roulant les
yeux et attrapant quelque chose d'invisible, comme elle l'avait vu
faire à un célèbre tragédien.

— Non, Jo ! Jo, rendez-moi ma fourchette, ce n'est pas un poignard, et ne piquez pas la pantoufle de maman à la place d'une
rôtie, » s'écria Beth.

La répétition finit par un éclat de rire général.

« Je suis bien aise de vous trouver si gaies, mes enfants, » dit
une admirable voix sur le seuil de la porte.

Et les acteurs et l'auditoire se retournèrent pour accueillir avec
bonheur une dame dont l'air était extrêmement sympathique.

Elle n'était plus ce qu'on peut appeler belle, car, sans être
vieille, elle n'était plus jeune, et son aimable et doux visage
portait l'empreinte de plus d'une souffrance. Mais les quatre
jeunes filles pensaient que le châle gris et le chapeau passé de
leur chère maman recouvrait la plus charmante personne du
monde.

« Eh bien, mes chéries, qu'avez-vous fait toute la journée ? J'ai
eu tant de courses à faire aujourd'hui, que je n'ai pu revenir pour
l'heure du dîner. Y a-t-il eu des visites, Beth ? Comment va votre

rhume, Meg? Jo, vous avez l'air horriblement fatigué. Venez m'embrasser, Amy. »

Pendant que Mme Marsch faisait ces questions maternelles, elle se débarrassait de ses vêtements mouillés, mettait ses pantoufles chaudes, et, s'asseyant dans son fauteuil avec Amy sur ses genoux, se préparait à jouir du meilleur moment de sa journée. Ses enfants essayaient, chacune à sa manière, de rendre chaque chose confortable : Meg disposa les tasses à thé, Jo apporta du bois et mit les chaises autour de la table, en renversant et frappant l'une contre l'autre les choses qu'elle tenait; Beth, tranquillement active, allait et venait de la cuisine au parloir, tandis qu'Amy, pelotonnée dans les bras de sa mère, donnait ses avis à tout le monde.

Comme elles se mettaient à table, Mme Marsch dit avec un sourire qui trahissait une grande joie intérieure :

« Mes enfants, je vous garde, pour après le souper, quelque chose qui vous rendra très heureuses. »

Aussitôt une vive curiosité illumina toutes les figures; un rayon de soleil n'eût pas mieux éclairé tous les yeux. Beth frappa ses mains l'une contre l'autre sans faire attention au pain brûlant qu'elle tenait, et Jo, jetant sa serviette en l'air, s'écria :

« Je devine : une lettre de papa! Trois hourrahs pour papa!

— Oui, une bonne et longue lettre. Votre père se porte bien et pense qu'il passera l'hiver mieux que nous ne le supposions. Il vous envoie toutes sortes d'affectueux souhaits de Noël; et il y a dans sa lettre un passage spécial pour ses enfants, dit Mme Marsch, frappant plus respectueusement sa poche que si elle eût contenu un trésor.

— Dépêchons-nous de finir de manger. Amy, ne perdez pas votre temps à mettre vos doigts en ailes de pigeon et à choisir vos morceaux, » s'écria Jo, qui, dans sa précipitation, se brulait en buvant son thé trop chaud et laissait rouler son pain beurré sur le tapis.

Beth ne finit pas de souper, mais s'en alla dans un coin habituel rêver au bonheur qu'elle aurait quand ses sœurs auraient fini.

« Comme c'est beau à papa d'être parti pour l'armée comme médecin, puisqu'il a passé l'âge et qu'il n'aurait plus la force d'être soldat! dit Meg avec enthousiasme.

— Quel dommage que je ne puisse pas aller tout au moins comme vivan... vivandi... ah! vivandière! ou même comme infirmière à l'armée, pour l'aider! s'écria Jo.

— Cela doit être très désagréable de dormir sous une tente, de

manger toutes sortes de mauvaises choses et de boire dans un gobe-
let d'étain, dit Amy.

— Quand reviendra-t-il, maman? demanda Beth, dont la voix
tremblait un peu.

— Pas avant plusieurs mois. A moins qu'il ne soit malade, votre
père remplira fidèlement sa part de devoir, et nous ne devons pas
lui demander de revenir une minute plus tôt qu'il ne le doit.
Maintenant, je vais vous lire sa lettre. »

Elles se groupèrent toutes autour du feu. Meg et Amy se placè-
rent sur les bras du grand fauteuil de leur mère, Beth à ses pieds,
et Jo s'appuya sur le dos du fauteuil, afin que, si la lettre était
émouvante, personne ne pût la voir pleurer.

Dans ces temps de guerre, toutes les lettres étaient touchantes,
et surtout celles des pères à leurs enfants. Celle-ci était non pas
gaie, mais pleine d'espoir; elle contenait des descriptions animées
de la vie des camps et quelques nouvelles militaires. Il pensait que
cette guerre, plus funeste qu'aucune autre, puisqu'elle avait le
malheur d'être une guerre civile, prendrait fin plus tôt qu'on n'avait
osé l'espérer. A la dernière page seulement, le cœur de l'écrivain se
desserrait tout à fait, et le désir de revoir sa femme et ses petites
filles y débordait.

« Donnez-leur à toutes de bons baisers, dites-leur que je pense
à elles tous les jours et que chaque soir je prie pour elles. De tout
temps, leur affection a été ma plus grande joie, et un an de séparation c'est bien cruel; mais rappelez-leur que nous devons tous
travailler et faire profit même de ces jours de tristesse. J'espère
qu'elles se souviennent de tout ce que je leur ai dit. Elles sont de
bonnes filles pour vous; elles remplissent fidèlement leurs devoirs;
elles n'oublient pas de combattre leurs ennemis intérieurs, et
auront remporté de telles victoires sur elles-mêmes, que, quand je
reviendrai, je serai plus fier encore de « mes petites femmes » et
que je leur devrai de les aimer encore plus si c'est possible. »

Elles se mouchaient toutes pour cacher leurs larmes lorsque leur
mère lut ce passage. Jo ne fut pas honteuse de la grosse larme qui
avait élu domicile au bout de son nez, et Amy ne craignit pas de
défriser ses cheveux lorsque, tout en pleurs, elle se cacha sur
l'épaule de sa mère, en s'écriant :

« Je suis *très* égoïste; mais je tâcherai réellement d'être meilleure, pour que notre père ne soit pas désappointé en me
revoyant.

LA FAMILLE

— Nous tâcherons toutes, s'écria Meg ; je ne penserai plus autant à ma toilette, et, si je peux, j'aimerai le travail.

— Et moi, j'essayerai d'être ce qu'il aime à m'appeler : une *petite femme ;* je ne serai pas brusque et impatiente, et je ferai mon devoir ici au lieu de désirer être ailleurs, » dit Jo, qui pensait que ne pas se mettre en colère était bien plus difficile que de combattre une douzaine de rebelles.

Beth ne dit rien ; mais elle essuya ses larmes et se mit à tricoter de toutes ses forces, faisant tout de suite son devoir le plus proche, et prenant, dans sa tranquille petite âme, la résolution d'être, lorsque arriverait le jour tant désiré du retour de son père, tout ce qu'il désirait qu'elle fût.

Mme Marsch rompit la première le silence qui avait suivi les paroles de Jo, en disant de sa voix joyeuse :

« Vous rappelez-vous comment vous jouiez aux « Pèlerins en route pour le paradis », lorsque vous étiez toutes petites ? Rien ne vous faisait tant de plaisir que quand je vous mettais sur le dos des sacs remplis de vos péchés ; que je vous donnais de grands chapeaux, des bâtons et des rouleaux de papier et que je vous permettais de voyager dans la maison, depuis la cave, qui était le *séjour des coupables,* jusqu'au grenier, où vous aviez mis tout ce que vous aviez pu trouver de plus joli et que vous appeliez la *cité céleste.*

— J'aimais bien quand nos sacs, pleins de choses lourdes comme nos fautes, tombaient par terre et dégringolaient tout seuls jusqu'au bas des escaliers, dit Meg ; on n'avait plus besoin de les porter.

— Si je n'étais pas trop âgée pour jouer encore à tous ces jeux-là, cela m'amuserait de recommencer, dit Amy, qui, à l'âge mûr de onze ans, commençait à parler de renoncer aux choses enfantines.

— On n'est jamais trop âgé pour ce jeu-là, mon enfant, car on y joue toute sa vie, d'une manière ou d'une autre. Nous avons toujours nos fardeaux qu'il faut porter, nos fautes qu'il faut réparer.

— Où sont donc nos fardeaux, maman ? demanda Amy, qui ne saisissait pas facilement les allégories.

— Toutes, vous les avez désignés tout à l'heure, excepté Beth, ce qui me fait croire qu'elle n'en a pas, répondit Mme Marsch.

— Oh ! si, j'en ai ; c'est d'avoir des assiettes à essuyer, de la poussière à ôter, d'être jalouse des petites filles qui ont de beaux pianos, et d'avoir peur de tout le monde. »

Le fardeau de Beth était si drôle qu'elles eurent toutes envie de rire ; mais elles se retinrent, car leur gaieté aurait fait de la peine à leur très timide petite sœur.

« Il faudrait, dit Meg d'un air très réfléchi, être si sage, qu'on n'ait plus rien à porter. Mais comment faire? Je vois trop que, malgré notre désir, nous oublions toujours nos bonnes résolutions.

— Regardez sous votre oreiller, le jour de Noël, en vous éveillant ; vous y trouverez chacune un livre qui vous aidera à reconnaître votre chemin. »

En ce moment, la vieille servante Hannah annonça qu'elle avait débarrassé la table. Les quatre sœurs prirent alors leurs quatre petits paniers à ouvrage et se mirent à coudre des draps pour la tante Marsch. C'était un ouvrage peu intéressant ; mais, ce soir-là, personne ne murmura, et Jo, ayant proposé de partager les longs surjets en quatre parties, qu'elles nommèrent : Europe, Asie, Afrique et Amérique, elles s'amusèrent beaucoup à parler des pays au milieu desquels elles passaient en cousant.

A neuf heures, elles plièrent leur ouvrage, et, comme c'était leur habitude, avant d'aller se coucher, elles chantèrent un cantique. C'était leur prière du soir. La soirée se terminait toujours ainsi.

CHAPITRE II

UN JOYEUX NOËL

Ce fut Jo qui s'éveilla la première le jour de Noël ; elle n'aperçut ni bas ni souliers sur la cheminée, et, pendant un instant, elle se sentit aussi désappointée que lorsque. bien des années auparavant, elle avait cru que son bon petit bas s'était envolé, parce que, surchargé de bonbons et de jouets, il était tombé à terre. Mais bientôt elle se rappela la promesse de sa mère, et, glissant sa main sous son oreiller, elle découvrit un petit livre rouge. C'était un livre où une mère très intelligente avait rassemblé tous les conseils de sagesse, de ceux qu'on a désignés sous le nom de *Morale familière*, qui pouvaient être utiles à ses enfants. Jo sentit que c'était là le vrai guide dont elle avait besoin. Elle éveilla ` eg en lui donnant un coup de coude, et, lui souhaitant un joyeux Noël, l'avertit de regarder sous son oreiller. Meg y trouva un petit livre vert, ayant au commencement la même gravure que celui de sa sœur, et, sur la première page de chacun des deux livres, leur mère avait écrit de sa main quelques mots qui rendaient leurs cadeaux très précieux à leurs yeux.

Bientôt Beth et Amy s'éveillèrent et découvrirent aussi leurs petits livres dont l'un était relié en bleu et l'autre en brun ; les premiers rayons du jour les trouvèrent assises sur leur lit, occupées à examiner leurs livres et à en parler.

Marguerite avait, malgré ses petites vanités, une nature douce et pieuse qui lui donnait une grande influence sur ses sœurs et particulièrement sur Jo, qui l'aimait tendrement et lui obéissait toujours, tant ses avis étaient donnés gentiment.

« Mesdemoiselles, leur dit-elle sérieusement, maman désire que nous lisions ces livres, que nous les aimions et que nous nous souvenions de nos lectures; il faut commencer tout de suite. Autrefois nous ne manquions jamais à notre lecture du matin ; mais, depuis que papa est parti et que la guerre nous occupe, nous avons négligé beaucoup de bonnes habitudes. Vous ferez comme vous voudrez : mais, quant à moi, je placerai mon livre sur la table près de mon lit, et tous les matins, en m'éveillant, j'en lirai un chapitre ; je sais que cela me fera du bien pour toute la journée. »

Puis elle ouvrit son livre neuf et se mit à lire ; Jo, mettant son bras autour d'elle et sa joue contre la sienne, lut aussi, et sa figure mobile prit une expression tranquille qu'on y voyait rarement.

« Comme Meg est bonne! Faisons comme elle et Jo, voulez-vous Amy ? Je vous aiderai pour les mots difficiles, et elles nous expliqueront ce que nous ne comprendrons pas, murmura Beth, que les jolis livres et les paroles de sa sœur impressionnaient vivement.

— Je suis bien contente que mon livre soit bleu » dit Amy.

Et on n'entendit plus dans les deux chambres que le bruit des pages lentement tournées.

« Où est maman? demanda Meg à Hannah, une demi-heure après, lorsque elle et Jo descendirent pour remercier leur mère.

— Les petits Hummel, tout en larmes, sont venus ce matin la demander, et elle est tout de suite partie pour aller voir de quoi on pouvait avoir besoin chez eux. Elle est presque trop bonne, votre maman ; elle donne tout ce qu'elle a : du pain, du vin, des habits, du bois. Il n'y a personne comme elle au monde ! »

La vieille servante était au service de Mme Marsch depuis la naissance de Meg, et tous dans la maison la considéraient comme une amie plutôt que comme une domestique.

« Hannah, maman va bientôt revenir : ainsi faites vite les gâteaux, afin que tout soit prêt, dit Meg, en rangeant dans un panier les objets destinés à Mme Marsch.

« Où est donc le flacon d'eau de Cologne d'Amy? s'écria-t-elle en ne le voyant pas.

— Elle l'a repris il y a deux minutes, pour y mettre un ruban ou je ne sais quoi, répondit Jo, qui dansait au milieu de la chambre avec les pantoufles neuves à ses pieds, dans la louable pensée de les briser et de les rendre plus souples pour sa mère.

— Comme mes mouchoirs de poche sont jolis, n'est-ce pas? Hannah les a lavés et repassés, et je les ai marqués moi-même, dit Beth, en regardant avec satisfaction les lettres quelque peu irrégulières qui lui avaient donné tant de peine à faire.

— Oh! que c'est drôle! s'écria Jo, qui venait de prendre un des chefs-d'œuvre de Beth; elle a mis *Mère* au lieu de *M. Marsch.*

— Ce n'est donc pas bien? J'avais pensé qu'il valait mieux faire comme cela, parce que Meg a les mêmes initiales, et que je ne veux pas que personne d'autre que maman se serve de ses mouchoirs, » dit Beth d'un air malheureux.

Meg lança à Jo un regard d'avertissement et sourit à Beth, en lui disant :

« C'est très bien comme cela, ma chérie. Votre idée est très bonne, car personne ne pourra se tromper maintenant, et je suis sûre que cela fera beaucoup de plaisir à maman. »

Au même moment la porte d'entrée s'ouvrit, et on entendit des pas dans le corridor.

« Cachez vite le panier. Voici maman! » s'écria Jo.

Mais c'était seulement Amy qui se dépêchait d'entrer et fut toute déconcertée de trouver là ses sœurs.

« D'où venez-vous? Et que cachez-vous derrière votre dos? lui demanda Meg, surprise de voir que la paresseuse Amy était déjà sortie, puisqu'elle avait son manteau et son capuchon.

— Ne vous moquez pas trop de moi, Jo. Je voulais seulement changer ma trop petite bouteille d'eau de Cologne contre une grande; cette fois j'ai donné tout mon argent pour l'avoir, et je vais vraiment essayer de ne plus être égoïste. Je l'avais été hier, en pensant à n'en acheter qu'une petite. »

Et Amy montra le beau flacon qui avait remplacé le premier. Elle avait l'air si humble et si sérieuse dans son petit essai de ne penser qu'aux autres, que Meg l'embrassa sur-le-champ et que Jo dit qu'elle était un bijou, tandis que Beth, courant à la fenêtre, cueillit sa plus belle rose pour orner la fameuse bouteille d'Amy.

Un coup de sonnette leur fit vivement cacher le panier, et les petites filles étaient à table quand leur mère entra.

« Un joyeux Noël! chère maman. Beaucoup de joyeux Noëls!

crièrent-elles en chœur. Nous vous remercions de vos livres ; nous en avons lu chacune un chapitre ce matin et nous continuerons tous les jours.

— Je vous souhaite un joyeux Noël, moi aussi, mes enfants ! Je suis contente que vous ayez commencé tout de suite la lecture de vos livres, et j'espère que vous conserverez cette bonne habitude. Mais j'ai une proposition à vous faire avant que nous nous mettions à déjeuner. Il y a tout près d'ici une pauvre femme qui a maintenant sept enfants. Le dernier n'a que quelques jours, et les six autres sont couchés les uns contre les autres dans un seul lit, afin de ne pas geler, car ils n'ont pas de feu. Ils n'ont rien à manger, et l'aîné des petits garçons est venu me dire ce matin qu'ils mouraient de froid et de faim. Voulez-vous, pour cadeau de Noël, donner votre déjeuner à cette malheureuse famille, mes enfants? C'est une proposition que je vous fais, pas même une prière, encore moins un ordre. Vous êtes libres de dire oui ou non. »

Les quatre sœurs avaient très faim, car elles attendaient leur mère depuis près d'une heure ; aussi furent-elles tout d'abord silencieuses. Leur hésitation dura une minute, mais seulement une minute, et Jo s'écria :

« Quelle chance pour vos protégés, maman, que vous soyez venue avant que nous ayons commencé; le déjeuner aurait disparu !

— Pourrai-je vous aider à porter tout cela à ces pauvres petits enfants? demanda Beth.

— C'est moi qui porterai la crème et les galettes, dit Amy, » abandonnant héroïquement ce qu'elle aimait le mieux.

Quant à Meg, elle couvrait les crêpes chaudes et empilait les rôties dans une grande assiette.

« Votre décision ne m'étonne pas, dit Mme Marsch en souriant d'un air satisfait. Vous viendrez toutes avec moi, et, en revenant, nous nous contenterons de pain et de lait pour notre déjeuner.

— Bravo ! dit Jo, le jeûne ne sera pas complet. »

Elles furent bientôt prêtes et partirent en procession. La matinée n'était pas avancée; elles prirent une rue peu fréquentée et ne rencontrèrent personne qui eût pu rire du drôle d'air qu'elles avaient en portant chacune des plats et des paniers.

Elles arrivèrent bientôt dans une pauvre chambre délabrée. Les vitres des fenêtres étaient cassées ; il n'y avait pas de feu ; on avait couvert les lits tant bien que mal. La mère était malade, le plus petit enfant pleurait, et les autres, pâles et affamés, étaient pelotonnés sous une vieille couverture afin d'avoir moins froid. Les yeux s'ouvrirent tout grands, et les lèvres bleuies par le froid se mirent à sourire quand les petites filles entrèrent.

« Ah ! Seigneur, ce sont tes anges qui viennent nous visiter ! s'écria la pauvre femme en les voyant entrer.

— De drôles d'anges, des anges gelés, en capuchons et en mitaines ! » murmura Jo.

Cette observation égaya jusqu'à la malade.

Quelques moments après, on aurait dit que de bons esprits avaient réellement passé là. Hannah avait fait du feu avec le bois qu'elle avait apporté et était parvenue à fermer au froid l'entrée de la chambre, en collant du papier devant les carreaux cassés. Mᵐᵉ Marsch avait donné du thé et du gruau à la pauvre femme, et, tout en soignant le petit enfant aussi tendrement que s'il eût été le sien, elle consolait sa mère, lui promettant des secours de toute sorte. Pendant ce temps-là les quatre jeunes filles avaient fait asseoir les petits enfants autour du feu et leur donnaient la becquée comme à de petits oiseaux affamés, tout en riant et en babillant.

« C'est bon des anges ! » disaient les petits en mangeant et en présentant au feu leur mains rougies par le froid. Les quatre sœurs n'avaient jamais été appelées des anges, et cela leur paraissait très agréable à toutes, mais surtout à Jo, qui, dans son enfance, avait souvent reçu le sobriquet de petit diable ; aussi, quoiqu'elles n'eussent rien gardé pour elles d'un seul de leurs mets favoris, je suis sûr que, lorsqu'elles partirent en laissant la pauvre famille consolée, il n'y avait pas, dans toute la ville, un seul enfant aussi gai qu'elles. La perspective de se contenter de pain et de lait pour le jour de Noël ne les attristait nullement.

« C'est là ce qui s'appelle aimer mieux son prochain que soi-même ! dit Meg ; je suis contente que maman nous ait donné l'occasion d'appliquer ce beau précepte. »

Mais déjà elles arrivaient à la maison, et personne ne lui répondit, parce que tout le monde était de son avis.

Pendant que Mᵐᵉ Marsch était occupée à chercher des habits pour la famille Hummel, ses enfants se hâtèrent de poser sur la table les présents qu'elles lui destinaient. C'était bien peu de chose ; mais il y avait beaucoup d'affection et d'abnégation dans ces quelques petits paquets-là, et le gros bouquet de roses rouges et de chrysanthèmes blanches, qu'elles mirent au milieu

3

de la table, donnait à la chambre tout entière un air de fête.
« J'entends maman. Commencez, Beth ! Amy, ouvrez la porte !
Vite, Meg ! s'écria Jo ; allons, trois hourrahs pour maman ! »

Amy ouvrit la porte ; Beth joua, en guise de marche, un ravissant
morceau de Mozart, et Meg conduisit sa mère à la place d'honneur.
Mme Marsch fut surprise et touchée, et des larmes brillèrent dans
ses yeux lorsqu'elle examina ses cadeaux et lut les petits billets qui
les accompagnaient. Elle mit immédiatement ses pantoufles, versa
quelques gouttes d'eau de Cologne sur un des mouchoirs de Beth,
attacha la rose à sa ceinture et dit que ses jolis gants lui allaient
parfaitement. Puis vinrent beaucoup de baisers, de rires, avec
accompagnement de toutes ces explications qui rendent les fêtes de
famille si agréables dans le moment et si douces à se rappeler plus
tard.

L'expédition charitable du matin et leur déjeuner retardé leur
prirent tant de temps, que le reste de la journée fut donné aux
préparatifs du drame de Jo, qui devait être joué le soir. Elles étaient
trop jeunes pour aller au spectacle et pas assez riches pour dépenser
beaucoup d'argent à leurs amusements ; mais, comme la nécessité est mère de l'industrie, elles pourvoyaient elles-mêmes à tout
ce qui leur manquait et y réussissaient souvent fort bien. Ce jour-
là, elles avaient, pour leur représentation, des guitares en carton,
des lampes antiques, faites avec de vieux pots à beurre recouverts
de papier d'argent, de vieilles robes étincelantes de paillettes d'or
et des boucliers en papier imitant l'acier.

Aucun *gentleman* n'était admis dans la troupe ; aussi Jo, à son
grand plaisir, jouait les rôles d'homme. Elle éprouvait un plaisir
immense à mettre les bottes de peau roussâtre que lui avait
données une de ses amies, laquelle les tenait d'une dame qui connaissait un peintre qui avait de tout dans son atelier. Ces bottes,
un vieux fleuret et un pourpoint déchiré étaient les principaux
trésors de Jo, qui ne s'en servait que dans les grandes occasions.
Le nombre des acteurs étant très limité, Meg et Jo jouaient à la fois
les rôles de plusieurs personnages, et elles méritaient certainement
l'indulgence du public, tant pour le travail que leur avait donné
l'arrangement du théâtre que pour la peine qu'elles prenaient de
remplir trois ou quatre rôles où il fallait changer de costume à tout
instant. C'était un excellent exercice de mémoire et un amusement
innocent. Il remplissait un certain nombre d'heures qui, sans cela,
auraient été inoccupées ou employées moins utilement.

LA CAVERNE DE LA SORCIÈRE

Le soir dont nous parlons, un public de choix, composé de plus d'une douzaine de petites filles du voisinage, dans un état d'impatience très flatteur pour les artistes, était assis devant le rideau d'indienne bleue et jaune qui cachait la scène. On entendait beaucoup de chuchotements et de frôlements de robes derrière le rideau ; tout à coup on sentit fortement la fumée, et on entendit Amy pousser des éclats de rire nerveux ; puis succédèrent les trois coups traditionnels. Le rideau fut tiré et le spectacle commença.

L'unique programme qui avait été distribué apprenait aux spectateurs que les quelques pots de fleurs qui étaient éparpillés sur le théâtre et la serge verte qui couvrait le parquet représentaient une sombre forêt. Dans le lointain, on apercevait une caverne formée par des tréteaux, sur lesquels on avait posé une planche et dans laquelle était un petit fourneau tout rouge, qui faisait le plus bel effet au milieu de l'obscurité du théâtre. Une vieille sorcière était penchée sur une marmite noire posée sur le fourneau, et l'admiration des spectateurs fut à son comble lorsque la sorcière, ayant levé le couvercle du pot, un nuage de vapeur emplit la caverne.

Il y eut un intervalle de quelques minutes pour laisser aux spectateurs le soin de se calmer et à la sorcière celui de tousser et même d'éternuer ; puis, Hugo, le scélérat de la pièce, parut enveloppé d'un grand manteau, chaussé des fameuses bottes, et ayant un chapeau rabattu sur les yeux, de manière à ne presque rien laisser voir de sa figure qu'une épaisse barbe noire.

Meg sortit alors de la caverne. Elle avait une longue robe rouge et noire et un manteau couvert de signes cabalistiques ; de longs cheveux gris tombaient sur sa figure et elle tenait à la main une baguette qui pouvait passer pour un bâton.

On entendit alors une douce musique, et on vit apparaître derrière la caverne une jolie jeune fée enveloppée d'un nuage de mousseline ; elle avait des ailes de papillon, et une guirlande de roses était posée sur ses cheveux dorés. Elle chanta, en remuant sa baguette, un couplet dont voici le sens, adressé à Hugo :

« Et, jetant aux pieds de la sorcière un petit flacon doré, l'esprit disparut. »

Nous ne raconterons pas l'étonnant drame de Jo ; il défie l'analyse, et nous nous bornerons à dire que le tyran, le traître et la sorcière sont rudement punis à la fin des méfaits qu'ils ont commis pendant les quatre premiers actes, et qu'au cinquième, les deux jeunes personnages les plus intéressants de la pièce, après avoir, grâce à la fée, renversé tous les obstacles qui s'opposaient à leur union, finissent par se marier.

Le rideau tomba sur les fiancés agenouillés dans les poses les plus gracieuses pour remercier Dieu de leur bonheur.

De tumultueux applaudissements se firent entendre, qui récompensèrent à bon droit Jo, l'auteur, et les artistes qui avaient si puissamment aidé au succès de la *Caverne de la Sorcière;* mais ils furent arrêtés d'une manière complètement imprévue, car les draperies qui formaient les loges tombèrent tout à coup sur l'auditoire, qui disparut subitement à tous les yeux. Les acteurs volèrent au secours des spectateurs. Tous furent retirés sains et saufs du filet qui les enveloppait; mais ils riaient tellement qu'ils ne pouvaient plus parler. L'agitation était à peine calmée lorsque parut Hannah disant :

« Mme Marsch envoie ses félicitations à *ces dames* et leur demande si elles veulent descendre pour souper. »

Lorsqu'elles arrivèrent dans la salle à manger, elles se regardèrent étonnées et ravies. C'était bien l'habitude de leur mère de leur procurer des plaisirs ; mais, depuis qu'elles n'étaient plus riches, elles n'avaient rien vu d'aussi beau que ce qui était devant elles. Il y avait des sandwichs en abondance, deux fromages glacés, l'un blanc et l'autre rose, des gâteaux de toutes dimensions, des fruits, de charmants bonbons, et, au milieu de la table, quatre gros bouquets de fleurs de serre. Évidemment très intriguées de ces raffinements inaccoutumés, les quatre sœurs, tout interdites, ne pouvaient en croire leurs yeux. Elles regardaient leur mère, puis la table, d'un air qui paraissait amuser beaucoup Mme Marsch.

« Est-ce qu'il y a encore des fées ? demanda Amy.

— C'est le petit Noël, dit Beth.

— Le petit Noël pourrait bien être mère elle-même ! » dit Meg.

Et Meg sourit à sa maman de la manière la plus charmante, malgré sa barbe grise et ses cheveux blancs.

« Tante Marsch aura eu un bon mouvement et nous aura envoyé tout cela ! s'écria Jo, subitement inspirée.

— Rien de tout cela ; c'est le vieux monsieur Laurence, répondit Mme Marsch.

— Le grand-père du petit Laurence ! s'écria Meg. Qui est-ce qui a pu lui mettre cette idée-là dans la tête? Nous ne le connaissons pas.

— Hannah a raconté notre course de ce matin à un de ses

domestiques ; cela a plu au vieux monsieur, qui est très original.
Ayant connu mon mari autrefois, il m'a envoyé, cette après-midi,
un billet très poli pour me dire qu'il espérait que je lui permettrais
d'exprimer son amitié pour mes enfants, en leur envoyant quelques
bagatelles en l'honneur de Noël. Je n'ai pas cru devoir refuser, et
c'est ainsi que vous avez une si jolie fête ce soir, pour compenser
le pain et le lait de votre déjeuner.

— C'est son petit-fils qui le lui a mis dans la tête, j'en suis sûre,
dit Jo, comme la glace commençait à disparaître dans la bouche des
convives avec des oh ! et des ah ! de satisfaction, Il paraît très
gentil, et je voudrais bien le connaître ; il a l'air d'en avoir bien
envie aussi ; mais il est ou timide ou fier, et Meg ne veut pas
nous permettre d'entrer en conversation avec lui quand nous le
rencontrons.

— Vous parlez des personnes qui habitent la grande maison
voisine de la vôtre, n'est-ce pas ? demanda une des petites invitées.
Maman connaît le vieux monsieur ; mais elle dit qu'il est très hau-
tain et ne veut voir personne. Il ne laisse sortir son petit-fils que
pour se promener avec son précepteur, ou monter à cheval ; on le
fait terriblement travailler. Nous l'avons invité une fois, mais il n'est
pas venu. Maman dit qu'il est très aimable, quoiqu'il ne parle
jamais aux jeunes filles.

— Un jour, notre chat s'est sauvé, c'est lui qui nous l'a ramené,
et nous avons causé ensemble par-dessus la haie ; nous nous amu-
sions beaucoup à parler de jeux et de toutes sortes de choses,
lorsque Meg est arrivée, et il est parti. Je veux arriver à le connaître, car il a besoin de gaieté, j'en suis sûre ! dit Jo d'un ton décidé.

— Il a de très bonnes manières et semble, en effet, être un vrai
gentleman, répondit M⁰ᵉ Marsch ; je n'ai aucune objection à ce
que vous fassiez connaissance avec lui si vous en trouvez l'occasion.
Il a apporté lui-même les fleurs, et je lui aurais demandé de rester
si j'avais été sûre de la manière dont vous vous tiriez d'affaire là-
haut ; il avait l'air si triste en s'en allant d'entendre votre tapage
sans y participer, qu'il était évident qu'il n'avait en réserve aucun
amusement pour lui.

— C'est bien heureux que vous ne l'ayez pas invité, mère, dit
Jo en regardant ses bottes ; mais, une autre fois, nous jouerons
quelque chose qu'il puisse voir, et peut-être voudra-t-il se charger
d'un rôle. Nous aurions ainsi un vrai homme, et ce serait très
amusant. »

Mme Marsch ne put se retenir de rire. Jo avait, du reste, la spécialité de dérider tout le monde.

« Voilà la première fois que j'ai un bouquet à moi sans l'avoir cueilli, dit Meg en examinant ses fleurs roses avec grand intérêt ; il faut convenir qu'il est très joli.

— Il est charmant, mais les roses de Beth me font encore plus de plaisir, » dit Mme Marsch en regardant la rose posée à sa ceinture. »

Beth se rapprocha alors de sa mère et murmura :

« Je voudrais pouvoir envoyer le mien à papa ; je crains bien qu'il n'ait pas eu un aussi joyeux Noël que nous. »

CHAPITRE III

« Jo ! Jo ! où êtes-vous ? criait Meg au bas de l'escalier qui montait au grenier.

— Ici, » répondit une voix, tout en haut.

Et Meg, grimpant l'escalier, trouva sa sœur occupée à croquer une pomme, tout en pleurant sur un livre qu'elle lisait. Elle était enveloppée dans sa pèlerine et étendue au soleil, près de la fenêtre, sur un vieux sofa veuf d'un de ses pieds. C'était là le refuge favori de Jo, là qu'elle aimait à se retirer avec ses livres favoris, pour jouir pleinement de sa lecture, et de quelques biscuits qu'elle partageait avec un ami fort singulier, qu'elle était parvenue à apprivoiser et qui vivait volontiers dans sa compagnie. Il n'avait aucunement peur d'elle, et tournait, tant qu'elle était là, autour du canapé avec une familiarité sans exemple dans un rat, car, oui vraiment, c'était bien un rat. A la vue du singulier ami de sa sœur, Meg s'arrêta tout interdite ; mais, à la vue de Meg, Raton, c'était le nom du petit animal, Raton s'enfuit dans son trou, et Meg reprit courage. Jo essuya ses larmes et mit son livre de côté.

« Quel plaisir, Jo ! lui dit Meg, voyez ! une invitation en règle de Mᵐᵉ Gardiner pour demain soir. Et lui montrant le précieux papier, elle le lui lut avec un plaisir que les jeunes filles qui ont de rares occasions de plaisir comprendront sans effort :

« *Madame Gardiner prie miss Marsh et miss Joséphine d'assister* « *à la soirée dansante qu'elle donnera la veille du jour de l'an.* »

« Maman veut bien que nous y allions, Jo ! Mais quelle robe allons-nous mettre ?

— A quoi bon le demander ? Vous savez bien que nous mettrons nos robes de popeline, puisque nous n'en avons pas d'autre, répondit Jo, achevant à elle toute seule la provision de biscuit, à laquelle, par son brusque départ, Raton avait perdu tous ses droits.

— Si j'avais seulement une robe de soie ! Maman a dit que j'en aurais peut-être une quand j'aurai dix-huit ans, mais trois ans d'attente c'est une éternité !

— Nos robes ont tout à fait l'air d'être de soie, et elles sont bien assez jolies pour nous. La vôtre est aussi belle que si elle était neuve, mais la mienne est brûlée et déchirée. Qu'est-ce que je vais faire ? La brûlure se voit horriblement, et je ne peux pas l'enlever.

— Vous resterez aussi immobile que possible ; comme le devant est bien, tout ira, si vous ne vous montrez pas de dos. Moi, j'aurai un ruban neuf dans les cheveux, maman me prêtera sa petite broche qui a une perle fine ; mes nouveaux souliers de bal sont charmants, et mes gants peuvent aller, quoiqu'ils ne soient pas aussi frais que je le voudrais.

— Les miens ont des taches de limonade, et je ne peux pas en avoir de neufs. J'irai sans gants ! dit Jo, qui ne se tourmentait jamais beaucoup pour des questions de toilette.

— Il *faut* que vous ayez des gants, ou bien je n'irai pas ! s'écria Meg d'un ton décidé. Les gants sont plus importants que tout le reste ; vous ne pouvez pas danser sans gants, et si vous ne dansiez pas, je serais *si* fâchée !

— Mais, Meg, si je ne dois pas montrer mon dos, je ne puis pas bouger, et par conséquent je ne puis ni valser ni même danser ; mais ne vous en inquiétez pas, je n'y tiens pas du tout. Ce n'est déjà pas si amusant de tourner en mesure dans une chambre ; j'aime mieux courir et sauter.

— Vous ne pouvez pas demander des gants neufs à maman, c'est trop cher, et vous êtes si peu soigneuse !... Notre mère a été obligée de vous dire, quand vous avez sali les autres, qu'elle ne

C'EST L'HUMIDITÉ QUI SÈCHE

vous en donnerait pas de nouveaux de tout l'hiver ; mais ne pour-
riez-vous trouver un moyen de rendre les vôtres possibles ? .

— Je peux fermer les mains de manière à ce que personne ne
voie qu'ils sont tachés en dedans ; c'est tout ce que je peux faire !
Cependant il y a peut-être un moyen ; je vais vous dire comment
nous pouvons nous arranger : mettons chacune un gant propre et
un gant sale.

— Vos mains sont plus grandes que les miennes, Jo, cela est sûr ;
vous déchireriez mon gant sans utilité, repartit Meg, qui avait un
faible pour les jolis gants.

— Alors, c'est décidé, j'irai sans gants ; je m'inquiète fort peu
de ce que l'on dira, répondit Jo en reprenant son livre.

— Vous l'aurez, mon gant, vous l'aurez ! s'écria Meg ; seulement,
je vous en prie, ne le tachez pas et conduisez-vous convenablement.
Ne mettez pas vos mains derrière votre dos comme un général, ne
regardez pas fixement les gens.

— Ne m'ennuyez pas avec tant de recommandations ; je serai
aussi raide qu'une barre de fer et je ne ferai pas de bêtises, si je
peux ! Maintenant allez répondre à votre billet, et laissez-moi finir
cette splendide histoire. »

Meg descendit « accepter avec beaucoup de remerciements »,
examiner sa robe et chanter comme un oiseau en arrangeant son
unique col de dentelle, tandis que Jo finissait son histoire et ses
pommes et jouait à cache-cache avec M. Raton qui avait reparu.

La veille du jour de l'an, la chambre qui était le parloir de la
maison était déserte. Beth et Amy s'amusaient à tout ranger, et
leurs sœurs étaient absorbées par l'importante affaire de s'apprêter
pour la soirée. Quoique leurs toilettes fussent très simples, il y eut
beaucoup d'allées et venues, de rires et de paroles, et à un certain
moment une forte odeur de brûlé emplit la maison ; Meg ayant
désiré avoir quelques frisures, Jo s'était chargée de passer ses
papillotes au feu.

« Est-ce que cela doit fumer comme cela ? demanda Beth.

— C'est l'humidité qui sèche, répondit Jo.

— Quelle drôle d'odeur ! On dirait des plumes brûlées, ajouta
Amy en roulant ses jolies boucles blondes autour de son doigt, d'un
air de supériorité.

— Là ! maintenant je vais ôter les papiers et vous verrez un
nuage de petites frisures, » dit Jo, mettant les pinces de côté.

Elle enleva le papier, mais aucun nuage n'apparut ; les cheveux

4

venaient avec le papier, et la coiffeuse posa avec stupéfaction sur le bureau, à côté de sa victime, plusieurs petits paquets à moitié brûlés.

« Qu'avez-vous fait? Je suis tout abîmée. Je ne peux plus aller au bal maintenant! Oh ! mes cheveux, mes pauvres cheveux! gémit Meg en regardant avec désespoir les petites boucles inégales qui tombaient sur son front.

— Toujours mon bonheur habituel. Aussi vous n'auriez pas dû me demander de le faire, je fais tout mal. Je suis on ne peut plus fâchée ; le fer était trop chaud, murmura la pauvre Jo, en pleurant de regret.

— Mettez votre ruban de manière à ce que le petit bout des frisures revienne sur votre front, dit Amy pour consoler Meg, vous serez tout à fait à la dernière mode.

— Je suis jolie maintenant pour avoir essayé d'être belle ! Je voudrais bien ne pas avoir pensé à mes cheveux ! cria Meg avec impatience.

— Cela aurait mieux valu ; ils étaient si doux et si jolis ! Mais ils repousseront bientôt, » dit Beth en venant embrasser et consoler la pauvre brûlée.

Après plusieurs autres malheurs moins grands, Meg fut enfin habillée. Et, avec l'aide de toute la famille, Jo arriva aussi à être coiffée et habillée. Elles étaient très bien dans leur simplicité. Meg avait sa robe de popeline gris argent, une ceinture de soie bleue, un col et des manches de dentelle, et la fameuse perle fine. Jo avait mis sa robe de popeline noisette, une collerette raide comme en mettent quelquefois les petits garçons, et pour seul ornement des chrysanthèmes blanches dans ses cheveux. Elles mirent chacune un joli gant propre et tinrent l'autre à la main, et tout le monde déclara que c'était parfait. Les souliers à hauts talons de Meg étaient terriblement étroits ; ils lui faisaient très mal, quoiqu'elle ne voulût pas l'avouer, et les trente-trois épingles à cheveux de Jo lui semblaient enfoncées dans sa tête ; « mais tant pis, dit Jo, pour une fois soyons élégantes ou mourons. »

Mme Marsch, mal portante, ne pouvait les accompagner, mais elle les avait dans la journée recommandées aux soins d'une de ses amies, qu'elles devaient retrouver au bal.

« Amusez-vous bien, chéries, leur dit Mme Marsch, au moment enfin arrivé du départ, et revenez à onze heures, aussitôt que Hannah ira vous chercher. »

La porte se refermait à peine sur les deux sœurs, qu'on leur cria par la fenêtre :

« Enfants! enfants! avez-vous chacune un mouchoir de poche brodé?

— Oui, oui! de très jolis, et Meg a de l'eau de Cologne sur le sien! cria Jo. Et elle ajouta en riant, pendant qu'elles allaient chez Mme Gardiner : Je crois que si nous avions à nous sauver d'un tremblement de terre, maman penserait encore à nos mouchoirs. Elle n'oublie rien.

— Elle a bien raison, dit Meg, c'est aux détails qu'on reconnaît une vraie *lady*, à la fraîcheur de ses gants et de ses bottines et à la beauté de son mouchoir de poche, » répondit Meg, qui avait beaucoup de petits goûts aristocratiques.

Enfin elles arrivèrent et, après être restées un certain temps devant la glace du cabinet de toilette de Mme Gardiner, Jo demanda à sa sœur :

« Ma ceinture est-elle droite? et mes cheveux sont-ils à peu près à leur place?

— Oui, oui, mais n'oubliez pas de bien dissimuler la brûlure de votre robe, lui répondit Meg.

— Je suis sûre d'oublier. Si vous me voyez faire quelque chose de mal, mouchez-vous bien fort, je comprendrai, répliqua Jo en remettant sa collerette droite et donnant un dernier regard à sa coiffure.

— Vous n'y pensez pas, Jo ; ce ne serait pas du tout distingué. Si vous faites quelque chose de mal, je froncerai les sourcils, et, si c'est bien, je ferai un signe de tête. Surtout tenez-vous droite, faites de petits pas et ne donnez pas de poignées de main si on vous présente à des inconnus, cela ne serait pas convenable.

— Comment faites-vous pour savoir tout ce qui est convenable? Moi je n'ai jamais pu l'apprendre. Ne trouvez-vous pas que cette musique est gaie? » dit Jo en descendant.

Les deux sœurs allaient rarement dans le monde ; aussi, quelque peu cérémonieuse que fût la réunion, c'était pour elles un grand événement qui leur inspirait une certaine timidité. Elles furent reçues très cordialement par Mme Gardiner, une belle vieille dame qui les conduisit vers Sallie, une de ses filles. Meg, qui la connaissait, fut bientôt à son aise ; mais Jo, qui se souciait peu des petites filles et de leur bavardage, resta seule, le dos soigneusement appuyé contre le mur, se sentant aussi dépaysée dans ce salon qu'un petit poulain dans une serre remplie de fleurs.

Dans un coin de la chambre, plusieurs jeunes garçons parlaient gaiement de traîneaux et de patins, et Jo, qui aimait passionnément à patiner, aurait bien voulu aller les rejoindre ; mais Meg, à qui elle télégraphia son désir, fronça les sourcils d'une manière si alarmante qu'elle n'osa pas bouger. Les jeunes gens s'en allèrent un à un ; personne ne lui parla, et elle fut laissée seule, n'ayant pour toute ressource que la possibilité de regarder autour d'elle, puisque, grâce à sa robe brûlée, elle ne pouvait changer de place. Cependant on commençait à danser; Meg fut tout de suite invitée, et les petites bottines trop étroites glissaient si légèrement sur le parquet, que personne n'aurait pu deviner quelles souffrances endurait leur propriétaire. Jo, voyant un gros jeune homme à cheveux rouges s'approcher d'elle, craignit que ce ne fût pour l'inviter et se glissa dans l'embrasure assez profonde d'une fenêtre. Elle se cacha derrière les rideaux avec l'intention de tout regarder de là sans être vue. Le poste était bien choisi pour s'amuser en paix du bruit des autres. Malheureusement, une autre personne timide avait déjà choisi le même refuge, et elle se trouva face à face avec le « jeune Laurentz ».

« Mon Dieu ! je ne savais pas qu'il y eût quelqu'un dans cette cachette, » balbutia Jo, se préparant à s'en aller aussi vite qu'elle était venue.

Mais le jeune garçon se mit à rire et dit aimablement, quoiqu'il eût l'air un peu effrayé :

« Ne faites pas du tout attention à moi, mademoiselle, et restez si cela vous fait plaisir.

— Je ne vous gênerai pas ?

— Pas le moins du monde. J'étais venu derrière ce rideau parce que, ne connaissant presque personne ici, je m'y sentais un peu dépaysé dans le premier moment. Vous savez, dit-il en se levant, on éprouve toujours un peu d'embarras.

— C'est pour la même raison que je m'y réfugiais. Ne partez pas, je vous en prie, à moins que vous n'en ayez envie. »

Le jeune garçon offrit une chaise à Jo, puis se rassit. Cela fait, il regarda ses bottes jusqu'à ce que Jo, essayant d'être polie et aimable, lui dit :

« Je crois que j'ai déjà eu le plaisir de vous voir. Vous habitez tout près de chez nous, n'est-ce pas ?

— Oui, dans la maison à côté. »

Et, levant les yeux vers Jo, il se mit à rire, car l'air cérémonieux de la petite demoiselle contrastait d'une manière fort drôle avec la conversation qu'ils avaient eue ensemble, lorsqu'il avait rapporté le chat à son propriétaire.

Jo se mit aussi à rire et dit de son air habituel :

« Votre cadeau de Noël nous a fait bien plaisir.

— C'est grand-père qui vous l'a envoyé.

— Oui, mais c'est vous qui lui en avez donné l'idée, n'est-ce pas?

— Comment se porte votre chat, miss Marsch ? demanda le petit Laurie, essayant de prendre un air sérieux, mais ne parvenant pas cependant à cacher la gaieté qui faisait briller ses grands yeux noirs.

— Très bien, je vous remercie, monsieur Laurentz. Mais je ne suis pas miss Marsch, je suis seulement Jo.

— Je ne suis pas M. Laurentz, je suis seulement Laurie.

— Laurie Laurentz ! Quel drôle de nom !

— Mon nom de baptême est Théodore, mais il ne me plaît pas. On a fini par m'appeler Laurie, et j'aime mieux cela.

— Moi aussi je déteste mon nom, il conviendrait à une personne très douce et très posée, et je ne suis ni l'une ni l'autre. Je voudrais que tout le monde dît Jo, au lieu de Joséphine. Comment avez-vous fait pour obtenir de vos camarades de vous appeler Laurie ?

— Je me suis fâché, je me suis battu avec le plus grand qui s'y refusait, et tout a très bien marché après.

— Je ne peux pas me battre avec tante Marsch ; ainsi je suppose que je dois me résigner, murmura Jo avec un soupir.

— N'aimez-vous pas la danse, miss Jo? demanda Laurie, en ayant l'air de penser que le nom lui allait bien.

— Si, assez, lorsqu'il y a beaucoup de place et que tout le monde est gai ; mais, dans un petit salon comme celui-ci, où je suis sûre de tout renverser, de marcher sur les pieds des autres, ou de faire quelque chose de terrible, je mets la danse de côté et je laisse Meg faire la belle pour nous deux. Mais vous dansez, vous?

— Quelquefois. Cependant, comme je suis resté quelque temps en Europe et que je ne suis pas ici depuis longtemps, j'ai peur de ne pas connaître vos danses.

— En Europe! Oh ! racontez-m'en quelque chose. J'aime beaucoup les récits de voyages. »

Laurie n'avait pas l'air de savoir par où commencer; mais, Jo lui faisant beaucoup de questions, il lui raconta comme quoi il avait été en pension à Vevey en Suisse, un endroit où les petits garçons portent des képis au lieu de chapeaux, ont des bateaux sur le lac

de Genève, et, pendant les vacances, vont faire des excursions avec
leurs maîtres sur les glaciers.

— Oh ! que je voudrais avoir été dans cette pension-là ! s'écria
Jo. Êtes-vous allé à Paris ?

— Nous y avons passé l'hiver dernier.

— Parlez-vous français ?

— A Vevey, on ne nous permettait pas d'employer une autre
langue.

— Ah ! dites-moi quelque chose en français. Je le lis, mais je ne
peux pas le prononcer.

— *Quel nom a cette jeune demoiselle qui danse avec ces jolies
bottines* ? dit complaisamment Laurie.

— Oh ! que c'est bien. Vous avez dit : « Quelle est cette jeune
fille aux jolies bottines, » n'est-ce pas ?

— *Oui, mademoiselle.*

— C'est ma sœur Marguerite, vous le savez bien. La trouvez-
vous jolie ?

— Oui, elle me rappelle les jeunes filles de Genève ; elle est si
fraîche et si calme, et elle danse si bien ! »

Jo rougit de plaisir en entendant les compliments qu'on faisait
de sa sœur, et se promit de ne pas oublier de les lui redire. Elle
était redevenue son joyeux elle-même en ne voyant personne faire
attention à sa robe ou lever les sourcils à tout propos. Aussi son
air *gentleman* mit bientôt Laurie à l'aise, et, à force de regarder,
de bavarder et de critiquer, ils furent bientôt de vieilles connaissances. Jo aimait de plus en plus son « jeune voisin ». Elle le regarda
très attentivement plusieurs fois afin de pouvoir le bien décrire
à ses sœurs, car, n'ayant pas de frère et très peu de cousins, les
petits garçons étaient pour elle des créatures presques incon-
nues.

« Des cheveux noirs bouclés, de grands yeux noirs, un teint
brun, un nez aquilin, une jolie bouche, de jolies mains et de petits
pieds, très poli pour un garçon, et en même temps très gai... Quel
âge peut-il avoir ? »

Elle allait le lui demander, mais s'arrêta juste à temps, et, avec
un tact qui lui était peu habituel, elle essaya d'arriver à le savoir
d'une manière plus polie.

— Je suppose que vous irez bientôt à l'Université. Je vous vois
piocher, — non, travailler beaucoup, « dit Jo en rougissant d'avoir
laissé échapper le mot « piocher ».

Laurie sourit et n'eut pas l'air choqué, puis répondit en haussant les épaules :

« Pas avant deux ou trois ans, en tout cas ; car je n'irai certainement pas avant d'avoir dix-sept ans.

— N'avez-vous donc que quinze ans ? demanda Jo, qui trouvait Laurie très grand et qui lui aurait bien donné dix-sept ans.

— J'aurai quinze ans le mois prochain.

— Que je voudrais donc pouvoir aller à l'Université ! Vous ne paraissez pas être de mon avis ?

— Je la déteste. Je ne peux pas souffrir la manière d'étudier de ce pays-ci.

— Qu'est-ce que vous aimeriez ?

— Vivre en Italie, et m'amuser comme je l'entends. »

Jo aurait bien désiré lui demander ce que c'était que s'amuser comme il l'entendait, mais les sourcils noirs de son compagnon s'étaient froncés subitement d'une manière si alarmante, qu'elle changea ce sujet et dit, en battant la mesure avec son pied :

« Quelle jolie valse ! Pourquoi n'allez-vous pas la danser ?

— J'irai si vous y venez aussi, répondit-il en lui faisant un drôle de petit salut français.

— Je ne peux pas ; j'ai dit à Meg que je ne danserais pas, parce que... »

Et elle s'arrêta, ne sachant pas si elle devait continuer.

« Parce que quoi ? demanda curieusement Laurie.

— Vous ne le direz pas ?

— Jamais.

— Eh bien, vous saurez que j'ai la mauvaise habitude de ne prendre garde à rien, pas même au feu, et de brûler souvent mes robes ; celle-ci a été brûlée par derrière, et, quoiqu'elle ait été bien raccommodée, cela se voit, et Meg m'a recommandé de ne pas bouger de la soirée pour qu'on ne s'en aperçoive pas. Ah ! vous pouvez rire si vous voulez, je sais que c'est drôle. »

Mais Laurie ne rit pas, il baissa seulement les yeux une minute, et l'expression de sa figure étonna Jo, lorsqu'il lui dit très gentiment :

« Ne faites pas attention à votre robe, je vais vous dire ce que nous pourrions faire : il y a près d'ici un grand vestibule dans lequel nous serons très bien pour danser sans que personne nous regarde. D'ailleurs nous tournerons très vite, on n'y verra rien du tout. Venez, je vous en prie. »

Jo accepta sans se faire prier davantage et suivit son jeune cavalier dans le vestibule. Elle eut soin pourtant de passer derrière tout le monde et très près du mur pour ne pas trahir, dès le début, le secret de sa robe brûlée ; mais, par exemple, elle regretta beaucoup de n'avoir pas de jolis gants lorsqu'elle vit son cavalier en mettre une paire jaune paille, d'une étonnante fraîcheur.

Laurie dansait bien, et Jo éprouva un grand plaisir à danser avec lui, dans un endroit où elle ne pouvait « faire aucun malheur » ; il lui apprit le pas allemand, et tous deux ne s'arrêtèrent de danser que lorsque la musique eut complètement cessé. Ils s'assirent alors pour se reposer sur la dernière marche de l'escalier, et Laurie était au milieu du récit d'un festival d'étudiants à Heidelberg, lorsque Meg fit signe à sa sœur de venir. Jo, se rendant bien à contre-cœur à son appel, la trouva dans une chambre à côté, étendue sur un sofa, tenant son pied et se lamentant.

« J'ai le pied tout enflé, les stupides talons ont tourné et m'ont donné une entorse épouvantable. J'ai très mal et ne peux plus me tenir debout ; je ne sais pas comment je pourrai jamais revenir chez nous.

— Je savais bien que vous vous feriez mal avec ces bottines trop étroites ! Je suis très fâchée, mais je ne vois qu'un moyen, c'est d'aller vous chercher une voiture, ou de rester ici toute la nuit, répondit Jo, en frottant doucement le pied endolori de sa sœur.

— Cela coûterait beaucoup trop d'argent de prendre une voiture, et d'ailleurs nous ne pourrions pas en trouver. Tout le monde est venu dans des voitures particulières, et quand même il y en aurait d'autres, les stations sont loin d'ici, et nous n'avons personne à envoyer.

— J'irai, moi, dit Jo. Ce n'est pas plus difficile aujourd'hui qu'un autre jour.

— Non, non, dit Meg, vous n'irez pas. Il est dix heures passées, et il fait noir comme dans un four. Je ne peux pas non plus rester ici ; plusieurs amies de Sallie couchent chez elle, et il n'y a plus de chambre à coucher disponible. Je vais me reposer en attendant Hannah ; quand elle viendra, je ferai comme elle voudra.

— Je vais demander à Laurie. Il ira, lui, dit Jo, enchantée de son idée.

— Miséricorde ! ne demandez et ne dites rien à personne ; donnez-moi seulement mes caoutchoucs et mettez de côté ces maudites bottines, je ne peux plus danser maintenant.

— On va souper ; j'aime mieux rester avec vous.

— Non, ma chère ; allez vite me chercher un peu de café glacé, je sais qu'il y en a. Je ne peux décidément pas bouger. »

La chambre était solitaire.

Meg s'étendit sur le canapé en cachant soigneusement ses pieds sous sa robe, et Jo se mit à la recherche de la salle à manger en faisant des bévues tout le long de son chemin. Après être entrée dans un cabinet noir rempli de robes et avoir brusquement ouvert une chambre dans laquelle reposait la vieille madame Gardiner, elle finit par trouver la salle à manger et prit une tasse de café qu'elle renversa immédiatement sur elle, rendant ainsi le devant de sa robe aussi peu présentable que le dos.

« Dieu, que je suis maladroite! s'écria-t-elle en frottant sa robe avec le gant de Meg et le salissant aussi.

— Puis-je vous aider? » demanda une voix amie.

Et Laurie vint à côté d'elle portant d'une main une tasse de café et de l'autre une glace.

« J'essayais de porter quelque chose à Meg qui est très fatiguée; quelqu'un m'a poussée et me voilà dans un bel état! répondit Jo en portant piteusement ses regards de sa robe tachée à son gant couleur de café.

— Je cherchais quelqu'un à qui donner ceci. Puis-je le porter à votre sœur?

— Je le veux bien ; je vais vous montrer où elle est, mais je ne vous offre pas de rien porter, je ferais encore d'autres maladresses. »

Jo le conduisit vers sa sœur, et Laurie, comme s'il était habitué à servir les dames, mit une petite table devant elles, apporta deux autres tasses de café et deux autres glaces pour lui-même et pour Jo, et fut si complaisant que la difficile Meg elle-même dit à Jo que « c'était un gentil petit gentleman ». Ils s'amusèrent beaucoup et étaient tellement occupés à tirer des papillotes et à devenir des rébus, que, lorsque Hannah vint les chercher, Meg, oubliant son pied, se leva, mais elle ne put retenir un cri de douleur ; elle fut obligée de s'appuyer sur Jo pour ne pas tomber.

« Chut! ne dites rien ! dit-elle à Laurie. Ce n'est rien. Je me suis un peu tordu le pied, voilà tout! »

Et elle alla en boitant chercher son manteau.

Hannah gronda, Meg pleura, et Jo, voyant toutes ses idées repoussées, se décida à agir sans consulter personne. Elle se glissa hors de la chambre et, s'adressant au premier domestique qu'elle rencontra, lui demanda s'il pourrait lui trouver une voiture. Le

5

domestique, qui était étranger, ne la comprit pas, et Jo, très embarrassée, en attendait un autre, quand Laurie, qui l'avait entendue, vint lui offrir de revenir dans la voiture de son grand-père.

« Il est si tôt ! vous ne vouliez pas sans doute vous en aller déjà, lui répondit Jo, qui paraissait cependant soulagée d'un grand poids, mais hésitait encore à accepter.

— Je devais partir de très bonne heure, répliqua Laurie. Je vous en prie, permettez-moi de vous ramener chez vous ; c'est mon chemin, vous savez, et on vient de dire qu'il pleut. »

Tout étant ainsi arrangé, Jo accepta avec reconnaissance et remonta vite chercher sa sœur et sa bonne. Hannah, qui, comme les chats, détestait la pluie, ne fit aucune objection, et elles montèrent gaiement dans l'élégante calèche. Laurie sauta sur le siège sans vouloir rien entendre, afin de laisser à Meg la possibilité d'étendre son pied, et les jeunes filles purent, en toute liberté, parler de leur soirée :

« Je me suis fameusement amusée ! Et vous? demanda Jo en s'étendant.

— Moi aussi, jusqu'à ce que je me sois fait mal. L'amie de Sallie, Annie Moffat, m'a fait toutes sortes d'amitiés et m'a invitée à aller passer quelques jours chez elle au printemps, en même temps que Sallie. La troupe d'opéra y sera et je m'amuserai parfaitement bien, si mère veut me laisser aller, répondit Meg, contente à la seule pensée du plaisir qu'elle se promettait.

— Je vous ai vue danser avec le jeune homme aux cheveux rouges qui m'avait fait fuir. Était-il aimable ?

— Oh ! excessivement ! J'ai dansé avec lui une délicieuse redowa. D'abord il n'a pas les cheveux rouges, il les a blonds.

— Il ressemblait à une sauterelle quand il a fait le nouveau pas. Laurie et moi ne pouvions pas nous empêcher de rire en le regardant. Nous avez-vous entendus ?

— Non, mais c'était très impoli. Qu'est-ce que vous faisiez cachés tout ce temps-là ? »

Jo raconta ses aventures, et lorsqu'elle eut fini, on était arrivé. Elle et Meg remercièrent beaucoup Laurie et, après bien des « bonsoir », se glissèrent sans bruit dans leur chambre, afin de ne réveiller personne ; mais, au moment où elles ouvraient leur porte, deux petits bonnets de nuit se soulevèrent, et deux voix endormies mais empressées crièrent :

« Racontez-nous la soirée ! Racontez-nous la soirée ! »

— C'est tout à fait comme si j'étais une grande dame, je suis rentrée chez moi en voiture, et j'ai une femme de chambre pour me déshabiller, dit Meg, pendant que Jo lui frictionnait le pied avec de l'arnica et lui arrangeait les cheveux.

— Je ne crois pas qu'il y ait beaucoup de belles dames qui se soient autant amusées que nous ! Nos cheveux brûlés, nos vieilles robes, nos gants dépareillés et nos bottines trop étroites qui nous donnent des entorses quand nous sommes assez bêtes pour les mettre, répondit Jo, n'ont rien ôté de ses agréments à la soirée. »

Et je pense qu'elle avait tout à fait raison.

CHAPITRE IV

UNE FAMILLE DE MAUVAISE HUMEUR, OU LES INCONVÉNIENTS
DES FÊTES ET DES VACANCES

« Mon Dieu, que c'est ennuyeux de s'être amusé pendant toute
une semaine ! » soupira Meg en se levant le lendemain matin. Les
vacances étaient finies, et huit jours de fête ne la disposaient pas
à remplir sa tâche quotidienne.

« Je voudrais que ce soit toute l'année Noël ou le jour de l'an !
N'est-ce pas que ce serait plus agréable ? répondit Jo en bâillant
tristement.

— Nous ne nous amuserions peut-être pas tant s'il fallait s'amuser tous les jours, » répondit Meg, retrouvant un peu de raison.
Mais cela ne dura pas. « C'est cependant bien agréable d'avoir
des petits soupers et des bouquets, d'aller en soirée, d'en revenir
en voiture, de lire, de se reposer et même de ne pas travailler, dit
Meg, tout en essayant de décider laquelle de ses deux vieilles robes
était la plus mettable. C'est comme cela que font les jeunes filles
dont les parents ont de la fortune, et il y a des moments où je ne
puis pas me retenir de les trouver plus heureuses que nous.

— Bah ! riposta Jo, il y a des jeunes personnes très riches qui
ónt l'air bien maussade ; ce n'est donc pas l'argent seul qui rend

heureux. Nous ne pouvons pas être comme elles, prenons-en gaiement notre parti et, comme maman, donnons-nous, avec bonne humeur, bien de la peine. Tante Marsch, chez laquelle j'ai pour devoir de passer toute la journée avec la mission impossible à remplir de tâcher de l'égayer, est vraiment pour moi le *Vieillard de la mer*, de Sindbad le Marin ; mais je suppose que, lorsque j'aurai appris à porter mon fardeau sans me plaindre, il sera devenu si léger que je n'y ferai plus attention. »

Cette idée mit Jo de bonne humeur, mais Meg ne s'éclaircit pas. Son fardeau, à elle, consistait à mener l'éducation de quatre enfants gâtés, bien décidés à ne profiter d'aucune leçon. Il lui semblait plus lourd que jamais, et elle n'avait pas même assez de courage pour se faire belle, en mettant comme d'habitude un ruban bleu autour de son cou et en se coiffant de la manière qui lui allait le mieux.

Ce fut dans cette disposition d'esprit que Meg descendit, et elle ne fut pas aimable du tout pendant le déjeuner. Tout le monde paraissait d'ailleurs contrarié et porté à se plaindre : Beth avait mal à la tête, et essayait de se guérir en s'étendant sur le canapé et en jouant avec la chatte et ses trois petits ; Amy se fâchait, parce qu'elle ne savait pas ses leçons et ne pouvait pas trouver ses cahiers ; Jo faisait un grand tapage en s'apprêtant ; Mme Marsch était très occupée à finir une lettre pressée, et Hannah était bourrue, parce que les veilles prolongées la fatiguaient toujours.

« Décidément il n'y a jamais eu au monde une famille d'aussi mauvaise humeur ! s'écria Jo perdant patience, après avoir cassé deux passe-lacets, renversé un encrier et s'être assise sur son chapeau.

— Et c'est vous qui êtes la plus désagréable, répondit Amy en effaçant, avec les larmes qui étaient tombées sur son ardoise, une division qui était toute manquée.

— Beth, si vous ne gardez pas ces horribles bêtes à la cuisine, je dirai à Hannah de les faire cuire ! » s'écria Meg en colère, en essayant de se débarrasser d'un des petits chats qui avait grimpé sur son dos et s'y cramponnait, juste à un endroit où elle ne pouvait pas l'attraper. »

Jo se mit à rire, Meg à gronder, Beth à supplier, et Amy à gémir, parce qu'elle ne pouvait plus se rappeler combien faisaient neuf fois douze.

« Restez donc tranquilles un instant, mes pauvres enfants, dit

Mme Marsch en effaçant la troisième phrase de sa lettre ; il faut que ceci parte immédiatement, et je ne peux pas écrire au milieu de votre tapage. »

Il y eut un silence momentané, brisé seulement par l'entrée de Hannah, qui posa sur la table deux petits pâtés à peine sortis du four, et disparut aussi vite qu'elle était entrée. Les enfants appelaient ces petits pâtés des manchons, car elles n'en avaient pas d'autres, et trouvaient fort agréable de se réchauffer les mains en s'en allant avec les petits pâtés brûlants. Aussi Hannah, quelque occupée et fatiguée qu'elle pût être, n'oubliait jamais de leur en préparer, car Meg et Jo avaient une longue course à faire et ne mangeaient rien d'autre jusqu'à leur retour, qui avait rarement lieu avant trois heures de l'après-midi.

« Amusez-vous bien avec vos chats, et tâchez de vous débarrasser de votre mal de tête, petite Beth ! Adieu, chère maman ; nous sommes ce matin de vrais diables, mais nous serons des anges quand nous reviendrons. Allons, venez, Meg. »

Et Jo partit la première, en sentant que, pour cette fois, les pèlerins ne se mettaient pas en route pour le paradis avec leur bonne grâce accoutumée.

Elles se retournaient toujours lorsqu'elles arrivaient au coin de la rue, et leur mère n'oubliait jamais de se mettre à la fenêtre pour leur faire un petit signe de tête et leur envoyer un sourire. Il semblait que les deux filles n'auraient pas pu passer la journée si elles n'avaient eu ce dernier regard d'adieu de leur mère, et, quelque ennuyées qu'elles pussent être, ce sourire qui les suivait les ranimait comme un rayon de soleil.

« Si maman nous montrait le poing au lieu de nous envoyer un baiser, ce ne serait que ce que nous méritons ; on n'a jamais vu de petites bêtes aussi ingrates que nous ! s'écria Jo, qui, pleine de remords, tâchait de s'arranger du chemin bourbeux et du vent glacial.

— N'employez donc pas des expressions comme celles-là, dit Meg, dont la voix sortait des profondeurs du voile où elle s'était ensevelie en personne dégoûtée à jamais des biens de ce monde.

— J'aime les mots bons et forts qui signifient quelque chose, répliqua Jo, en rattrapant son chapeau emporté par le vent.

— Donnez-vous tous les noms que vous voudrez ; mais, comme je ne suis ni un diable ni une bête, je ne veux pas qu'on m'appelle ainsi !

— Vous êtes décidément de trop méchante humeur aujour-
d'hui, Meg, et pourquoi? parce que vous n'êtes pas riche comme
vous le désirez! Pauvre chère! attendez seulement que je m'enri-
chisse, et alors vous aurez à profusion des voitures, des glaces, des
bouquets, des bottines à grands talons, et des jeunes gens à cheveux rouges, que vous vous efforcerez de ne voir que blonds, pour
vous faire danser.

— Que vous êtes ridicule, Jo ! » répondit Meg.

Mais elle se mit à rire et se sentit malgré elle de moins maussade humeur.

« C'est heureux pour vous que je le sois. Si je prenais comme
vous des airs malheureux et si je m'évertuais à être désagréable,
nous serions dans un joli état ! Grâce à Dieu, je trouve dans tout
quelque chose de drôle pour me remettre. Allons, ne grondez plus,
revenez après vos leçons à la maison de gentille humeur ; cela fera
plaisir à maman, » dit Jo, en donnant à sa sœur une petite tape
d'encouragement sur l'épaule.

Et les deux sœurs se séparèrent pour toute la journée, prenant
un chemin différent, chacune tenant son petit pâté bien chaud dans
ses mains et tâchant d'être gaie malgré le temps d'hiver, le travail
peu intéressant qui les attendait et le regret de ne pouvoir s'amuser encore.

Lorsque M. Marsch avait perdu sa fortune par la ruine d'un ami
malheureux qu'il avait aidé, Meg et Jo avaient eu toutes les deux
le bon sens de demander à leurs parents la permission de faire
quelque chose qui les mît à même de pourvoir tout au moins à leur
entretien personnel. Ceux-ci, pensant qu'elles ne pourraient commencer trop tôt à se rendre indépendantes par leur travail, leur
accordèrent ce qu'elles demandaient, et toutes deux se mirent à
travailler avec cette bonne volonté venant du cœur qui, malgré les
obstacles, réussit toujours.

Marguerite trouva à faire l'éducation de quatre petites miss dans
une famille du voisinage, et son modeste salaire fut pour elle une
richesse relative. Elle reconnaissait volontiers qu'elle avait un peu
trop gardé le goût de l'élégance, et que son plus grand ennui était
sa pauvreté ; la gêne dans laquelle la famille vivait lui était plus
difficile à supporter qu'à ses sœurs, car, en sa qualité d'aînée,
elle se rappelait plus vivement le temps où leur maison était belle,
leur vie facile et agréable, et les besoins de toute sorte inconnus.
Elle s'efforçait bien de n'être ni envieuse ni mécontente, mais elle

ne pouvait se retenir de regretter les fêtes et les jolies choses d'autrefois.

Dans la famille Kings, où elle remplissait pendant une partie du jour ses fonctions d'institutrice, elle voyait chez les autres ce qu'elle ne trouvait plus chez elle : les grandes sœurs des enfants qu'elle instruisait allaient dans le monde, et Meg avait souvent sous les yeux de jolies toilettes de bal, des bouquets, etc. ; elle entendait parler de spectacles, de concerts, de parties en traîneau et de toutes sortes d'amusements. Elle voyait dépenser beaucoup d'argent pour des riens dont on ne se souciait plus le lendemain et qui lui auraient fait tant de plaisir, à elle. La pauvre Meg se plaignait rarement ; mais une sorte de sentiment d'amertume involontaire l'envahissait quelquefois, car elle n'avait pas encore appris à connaître combien elle était riche des vrais biens qui rendent la vie heureuse.

Jo passait ses matinées près de la tante Marsch, qui souffrait de douleurs rhumatismales. Lorsque la belle-sœur de M. Marsch lui avait offert d'adopter une de ses filles et de la prendre tout à fait avec elle, la vieille dame avait été très offensée par le refus de son frère de se séparer si complètement d'un de ses enfants. Des amis de M. et de Mᵐᵉ Marsch leur dirent dès lors qu'ils avaient perdu toute chance d'hériter jamais de la vieille dame. Ils répondirent :

« Nous ne voudrions pas abandonner nos filles pour une douzaine de fortunes. Riches ou pauvres, nous resterons ensemble et nous saurons être heureux. »

Pendant quelque temps, la vieille dame avait refusé de les voir ; mais, rencontrant un jour Jo chez une de ses amies, l'originalité de la petite fille lui plut, et elle proposa de la prendre comme demoiselle de compagnie. Cela n'avait rien de bien séduisant pour Jo, car tante Marsch était passablement atrabilaire ; mais, par raison, Jo accepta et, à la surprise générale, elle s'arrangea remarquablement bien avec son irascible parente. Cependant il y eut une fois une tempête, et Jo était revenue chez elle en déclarant qu'elle ne pouvait pas supporter cela plus longtemps. Mais tante Marsch la redemanda si instamment que Jo ne put pas refuser, car, au fond de son cœur, il y avait vraiment une certaine affection pour la vieille dame, si difficile qu'elle fût à contenter.

Je soupçonne que l'attraction réelle de Jo était une grande chambre toute remplie de beaux livres, qui étaient laissés à la poussière et aux araignées depuis la mort de l'oncle Marsch. Jo

avait conservé un bien bon souvenir du vieux monsieur qui lui permettait de bâtir des chemins de fer et des ponts avec ses gros
dictionnaires, lui expliquait les drôles d'images de ses livres étrangers avec beaucoup de bonne humeur et lui achetait des bons-
hommes de pain d'épice toutes les fois qu'il la rencontrait dans la
rue. La grande chambre sombre et inhabitée, toute garnie de
rayons couverts de livres, les chaises capitonnées, les bustes qui
semblaient la regarder, et surtout l'énorme quantité de livres que,
devenue plus grande, elle pouvait lire à son gré, tout cela faisait
pour elle de la bibliothèque un vrai paradis. Aussitôt que tante
Marsch commençait à sommeiller, ou qu'elle était occupée par des
visites, Jo se précipitait dans cet endroit solitaire, et, s'enfonçant
dans un grand fauteuil, dévorait au hasard de la poésie, de l'histoire, des voyages et quelques romans d'aventures dont elle était
très friande. Mais, comme tous les bonheurs, le sien ne durait pas
longtemps, et, aussitôt qu'elle était arrivée au milieu de son histoire, au plus joli vers de son chant, ou au moment le plus drama-
tique du récit de son voyageur, ou au trait le plus émouvant de la
vie de son héros, une voix perçante criait :

« Joséphi — ne! Joséphi — ne!!! »

Et elle était obligée de quitter son Éden pour aller dévider des
écheveaux de laine, peigner le chien ou lire les *Essais de Belsham*,
ouvrage qui manquait d'intérêt pour elle.

L'ambition de Jo était de faire un jour quelque chose qui fût
jugé dans le monde entier comme tout à fait splendide. Quoi? Elle
n'en avait aucune idée et attendait que l'avenir le lui apprît;
mais, pour le moment, sa plus grande affliction était de ne pouvoir
lire, courir et se promener autant qu'elle l'aurait voulu. Son caractère emporté et son esprit vif et subtil lui jouaient toujours de
mauvais tours, et sa vie était une série de hauts et de bas, à la
fois comiques et pathétiques. Toutefois l'éducation qu'elle recevait
chez la tante Marsch, quoiqu'elle lui fût peu agréable, était justement peut-être celle qu'il lui fallait, et, d'ailleurs, la pensée qu'elle
faisait quelque chose d'utile à sa famille la rendait heureuse,
malgré le perpétuel « *José — phi — ne!* »

Beth était trop timide pour aller en pension; on avait essayé de
l'y envoyer, mais elle avait tant souffert qu'on lui avait permis de
n'y pas retourner. Son père lui donna alors des leçons. C'était pour
elle le meilleur des maîtres; mais, lorsqu'il partit pour l'armée,
sa mère étant obligée de donner une partie de son temps à la

6

société de secours pour les blessés, Beth avait dù souvent travailler seule. Fidèle aux habitudes que lui avait fait prendre son père, l'aimable et sage enfant s'en acquittait de son mieux. C'était en outre une vraie petite femme de ménage et, sans demander d'autre récompense que d'être aimée, elle aidait la vieille Hannah à tenir la maison en ordre. Elle passait de grandes journées toute seule ; mais elle ne se trouvait pas solitaire, car elle s'était créé un monde très à son gré et ne restait jamais inoccupée.

Elle avait tous les matins six poupées à lever et à habiller. Elle avait gardé ses goûts d'enfant et aimait toujours ses poupées, quoiqu'elle n'en eût pas une seule de jolie ou d'entière. C'était, à vrai dire, un stock, recueilli par elle, des vieilles poupées abandonnées par ses sœurs ; mais, pour cette même raison, Beth les aimait encore plus tendrement, et elle avait, de fait, fondé un hôpital pour les poupées infirmes. Jamais elle ne leur enfonçait des épingles dans le corps, jamais elle ne leur donnait de coups, ou ne leur disait de paroles désagréables ; elle n'en négligeait aucune et les habillait, les caressait, les soignait avec une sollicitude qui ne se démentait jamais. Sa favorite était une vieille poupée qui, ayant appartenu à Jo, avait un grand trou dans la tête et ne possédait plus ni bras ni jambes ; Beth, qui l'avait adoptée, cachait tout cela en l'enveloppant dans une couverture et en lui mettant un joli petit bonnet. Si on avait su toute l'affection qu'elle portait à cette poupée, on en aurait été touché : elle lui apportait des bouquets, lui lisait des histoires, la menait promener en la cachant sous son manteau pour lui éviter des rhumes, auxquels son trou à la tête l'exposait plus qu'une autre, du moins elle le croyait. Elle lui chantait des chansons, et n'allait jamais se coucher sans l'embrasser et lui dire tendrement tout bas :

« J'espère que vous dormirez bien, ma pauvre chérie. »

Beth avait comme ses sœurs ses ennuis personnels, et elle « *pleurait souvent quelques petites larmes,* » comme disait Jo, parce qu'elle ne pouvait pas prendre assez de leçons de musique et avoir un autre piano. Elle aimait tant la musique, elle essayait avec tant d'ardeur de l'apprendre seule, elle étudiait si patiemment sur le vieux piano faux, qu'on ne pouvait pas s'empêcher de penser que quelqu'un devrait bien l'aider. Mais personne ne le pouvait dans la maison, et personne ne la voyait pleurer sur les touches jaunies par le temps et qui ne voulaient pas rester justes. Elle chantait en travaillant, comme une petite alouette, n'était jamais fatiguée pour jouer quelque chose à sa mère ou à ses sœurs, et se disait tous les jours :

« Je suis sûre que, si je suis sage, j'arriverai à bien jouer du piano. »

Il y a dans le monde beaucoup de petites Beth timides et tranquilles qui ont l'air de ne tenir aucune place, qui restent dans l'ombre jusqu'à ce qu'on ait besoin d'elles, et qui vivent si gaiement pour les autres, que personne ne voit leurs sacrifices. On les reconnaîtrait bien vite le jour où elles disparaîtraient, laissant derrière elles la tristesse et le vide !

Si on avait demandé à Amy quel était le plus grand ennui de sa vie, elle aurait immédiatement répondu : « Mon nez ! »

Une légende s'était faite à ce propos dans la famille. Jo avait laissé tomber sa sœur quand elle était toute petite, et Amy affirmait toujours que c'était cette chute qui avait abîmé son nez. Il n'était cependant ni gros, ni rouge, ce pauvre nez, mais seulement un peu, un tout petit peu plat du bout. Amy avait beau le pincer pour l'allonger, elle ne pouvait lui donner une tournure, une cambrure suffisamment aristocratique à son gré. Personne, si ce n'est elle, n'y faisait attention ; telle qu'elle était, elle était très gentille ; mais elle sentait profondément le besoin d'un nez aquilin, et en dessinait des pages entières pour se consoler.

La *petite Raphaël*, comme l'appelaient ses sœurs, avait de très grandes dispositions pour le dessin ; elle n'était jamais plus heureuse que lorsqu'elle dessinait des fleurs ou illustrait ses livres d'histoire, et ses maîtres se plaignaient continuellement de ce qu'elle couvrait son ardoise d'animaux, au lieu de faire ses multiplications et ses divisions. Les pages blanches de son atlas étaient remplies de mappemondes de son invention, et les compositions à la plume ou au crayon, parfois même les caricatures les plus grotesques sortaient à tous moments des ouvrages qu'elle venait de lire. Elle se tirait cependant assez bien de ses devoirs et, grâce à une conduite exemplaire, échappait toujours aux réprimandes. Ses compagnes l'aimaient beaucoup, parce qu'elle avait un bon caractère et possédait l'heureux art de plaire sans effort ; elles admiraient ses petits airs, ses grâces enfantines et ses talents qui consistaient, outre son dessin, à savoir faire du crochet, jouer quelques petits morceaux de musique, et lire du français sans prononcer mal plus des deux tiers des mots. Elle avait une manière plaintive de dire : « Quand papa était riche, nous faisions comme ci et

comme ça, » qui était très touchante, et les petites filles trouvaient
ses grands mots « *parfaitements élégants* ».

Amy était en bon chemin d'être gâtée par tout le monde ; ses
petites vanités et son égoïsme croissaient à vue d'œil.

Les deux aînées s'aimaient beaucoup ; mais chacune d'elles avait
pris une des plus jeunes sous sa protection, était sa « petite mère »
et la soignait comme autrefois ses poupées. Meg était la confidente
et la monitrice d'Amy, et, par quelque étrange attraction des con-
trastes, Jo était celle de la gentille Beth ; c'était à Jo seule que la
timide enfant disait ses pensées, et Beth avait, sans le savoir, plus
d'influence sur sa grande sœur étourdie que tout le reste de la
famille.

Le soir venu de cette journée assez mal commencée, Meg se mit
à dire en commençant à coudre :

« L'une de vous a-t-elle quelque chose d'amusant à nous raconter ? Ma journée a été si désagréable que je meurs réellement d'envie
de m'amuser.

— Je vais vous raconter ce qui m'est arrivé aujourd'hui avec
tante Marsch, commença Jo qui aimait beaucoup à raconter des
histoires : je lui lisais son éternel Belsham en allant le plus lentement que je pouvais dans l'espoir de l'endormir plus tôt et de pouvoir
ensuite choisir un joli livre et en lire le plus possible jusqu'à ce
qu'elle se fût réveillée ; mais cela m'ennuyait tellement qu'avant
qu'elle eût commencé à s'endormir, il m'arriva par malheur de
bâiller de toutes mes forces. Il s'ensuivit qu'elle me demanda ce
que j'avais donc à ouvrir tellement la bouche qu'on aurait pu y
mettre le livre tout entier.

« — Je voudrais bien qu'il pût s'y engouffrer en effet ; il n'en
serait plus question, » lui répondis-je en essayant de ne pas être
trop impertinente.

« Tante me fit alors un long sermon sur mes péchés, et me dit de
rester tranquille et de penser à m'en corriger, pendant qu'elle « *se
recueillerait un moment.* » Comme ordinairement ses méditations
sont longues, aussitôt que je vis sa tête se pencher comme un
dahlia, je tirai de ma poche le *Vicaire de Wakefield*, et me mis à
lire, en ayant un œil sur mon livre et l'autre sur ma tante endormie. J'en étais juste au moment où ils tombent dans l'eau, quand
je m'oubliai et me mis à rire tout haut, ce qui l'éveilla. Elle était
de meilleure humeur après un petit somme et me dit de lui lire
quelque chose du livre que je tenais, afin qu'elle pût voir quel

LA TANTE ENDORMIE

ouvrage frivole je préférais au digne et instructif Belsham. J'obéis,
et je vis bien que cela l'amusait, car elle me dit : « Je ne comprends
pas tout à fait ; reprenez au commencement, enfant. »

« Je recommençai donc mon histoire, m'efforçant de très bien
lire pour rendre les Primrose aussi intéressants que possible. Mais
je fus alors assez méchante pour m'interrompre au plus beau moment et dire avec douceur à ma tante :

« — Je crains que cela ne vous ennuie, ma tante ; ne dois-je pas
m'arrêter maintenant ? »

« Elle ramassa son tricot qui était tombé sur ses genoux, me
regarda de travers et me dit d'un ton revêche :

« — Finissez le chapitre et ne soyez pas impertinente. »

— A-t-elle avoué que cela l'amusait ? demanda Meg.

— Oh ! non, mais elle a laissé dormir Belsham, et lorsque je suis
allée chercher mes gants cette après-midi, je l'ai vue qui lisait si
attentivement le *Vicaire*, qu'elle ne m'a pas entendue rire et sauter
de joie en pensant au bon temps que j'allais avoir. Qu'elle serait
heureuse, tante, si elle voulait ! Mais je ne l'envie pas beaucoup
malgré sa richesse, et j'en reviens toujours là : les riches ont, après
tout, autant d'ennuis que les pauvres.

— Cela me rappelle, dit Meg, que, moi aussi, j'ai quelque chose
à raconter. J'ai trouvé aujourd'hui toute la famille Kings en émoi :
l'un des enfants m'a dit que leur frère aîné avait fait quelque chose
de si mal que M. Kings l'avait chassé. J'ai entendu Mme Kings qui
pleurait et son mari qui parlait très fort, et Grâce et Ellen se sont
détournées en passant près de moi, afin que je ne visse pas leurs
yeux rouges. Je n'ai naturellement fait aucune question ; mais j'étais
très peinée pour elles, et, pendant tout le temps que je suis revenue, je me disais que j'étais bien contente que nous n'eussions pas
de frères qui fissent de vilaines choses.

— C'est encore bien plus terrible d'être déshonorée dans sa
pension, dit Amy en secouant la tête comme si elle avait une profonde expérience de la vie. Susie Perkins avait aujourd'hui une
charmante bague de cornaline qui me faisait envie, et j'aurais bien
voulu être à sa place. Mais n'a-t-elle pas eu l'idée de faire le portrait de M. David avec un nez monstrueux, une bosse et les mots :
« Mesdemoiselles, je vous vois, » sortant de sa bouche dans un
ballon. Nous regardions en riant quand *il* nous vit tout à coup et
ordonna à Susie de lui apporter son ardoise. Elle était à moitié
paralysée par la frayeur ; mais il lui fallut obéir tout de même, et

qu'est-ce que vous pensez qu'il a fait? Il l'a prise par l'oreille; par l'oreille, pensez donc comme c'est horrible! et il l'a fait asseoir sur un grand tabouret, au milieu de la classe. Elle y est restée pendant une demi-heure, en tenant son ardoise de manière que toute la classe pût la voir.

— Et avez-vous bien ri? demanda Jo.

— Ri! Personne n'a ri! Nous étions aussi muettes que des souris, et Susie sanglotait. Je n'enviais pas son sort alors, car je sentais que des millions de bagues de cornaline ne m'auraient pas rendue heureuse après cette punition. Je ne pourrais jamais subir une si *agonisante mortification*, » dit Amy.

Sur ce, elle continua à travailler avec l'air charmé d'une personne intimement convaincue de sa vertu, et qui venait en outre de se donner la satisfaction de placer deux grands mots français dans la même phrase.

« J'ai vu aussi quelque chose ce matin, dit Beth, qui rangeait le panier toujours en désordre de Jo; j'avais l'intention de le dire à table, mais j'ai oublié. Lorsque je suis allée chercher du poisson, M. Laurentz était dans la boutique avec M. Cutter, le marchand, quand une pauvre femme, portant un seau et une brosse, vint demander à M. Cutter s'il voulait lui faire faire quelque nettoyage en lui donnant pour payement un peu de poisson pour ses enfants qui n'avaient rien à manger. M. Cutter, qui était très occupé, dit assez rudement « non », et la pauvre femme s'en allait tristement, quand M. Laurentz décrocha un gros poisson avec le bec recourbé de sa canne et le lui tendit. Elle était si contente et si surprise qu'elle prit le poisson dans ses bras et s'en fit comme un plastron; c'était en même temps attendrissant et risible de la voir, ainsi cuirassée, remercier M. Laurentz de toutes ses forces, et lui dire qu'elle espérait que son lit serait doux dans le paradis. Il lui mit dans la main une pièce de monnaie pour le pain et l'ale, en la priant de ne pas perdre son temps en remerciement, et en l'engageant brusquement à aller vite faire cuire son poisson, ce qu'elle fit. Comme c'était bien de la part de M. Laurentz!

— Très bien, répondit tout l'auditoire, très bien!

— Voilà en quoi j'envie les riches, dit Jo. Quand ils ont pu faire dans leur journée une bonne petite chose comme celle-là, ils sont plus heureux que nous.

— Assurément, dit Beth, j'aurais voulu pouvoir être à la place de M. Laurentz dans ce moment-là. »

Les quatre sœurs, ayant raconté chacune leur histoire, prièrent leur mère de leur en dire une à son tour, et celle-ci commença d'un air un peu grave :

« Aujourd'hui, pendant que j'étais à l'ambulance, occupée à couper des gilets de flanelle pour les soldats, j'étais très inquiète de votre père, et je pensais combien nous serions seules et malheureuses si quelque grand malheur lui arrivait. J'étais très triste quand un vieillard entra me demander des secours et s'assit près de moi. Il avait l'air très pauvre, très fatigué et très triste, et je lui demandai s'il avait des fils dans l'armée.

« — Oui, madame, j'en ai eu quatre, mais deux ont été tués ; le troisième a été fait prisonnier, et je suis en route pour aller trouver le dernier, qui est dans un des hôpitaux de Washington, me répondit-il.

« — Vous avez beaucoup fait pour votre pays, monsieur, lui dis-je, ma pitié s'étant changée en respect.

« — Pas plus que je ne le devais, madame ; je serais parti moi-même si j'en avais eu la force ; mais, comme je ne le peux pas, je donne mes enfants et je les donne de tout cœur au rétablissement de la paix et à l'union. »

« Il parlait avec tant de résignation que je fus honteuse de moi-même qui croyais avoir tant fait en laissant partir mon mari, alors que j'avais gardé tous mes enfants pour me consoler. Je me suis trouvée, à côté de ce vieillard, si riche et si heureuse, que je l'ai remercié de tout mon cœur de la leçon qu'il m'avait donnée sans le savoir.

« J'ai pu, grâce à Dieu, lui faire donner par l'association de l'argent et un bon paquet de provisions pour son voyage.

— Si nous avions été des garçons, dit Beth tout doucement, mère ne nous aurait pas gardées.

— Et elle aurait bien fait, répliqua Meg : « La patrie avant tout ! »

— Racontez-nous encore une autre histoire, mère, dit Jo, après un silence de quelques minutes, une qui ait une morale comme celle-ci. J'aime beaucoup à me les rappeler quand elles sont vraies et qu'elles ne sont pas cachées dans un trop grand sermon. »

Mme Marsch sourit et commença immédiatement :

« Il y avait une fois quatre petites filles qui avaient tous les jours ce qu'il leur fallait en fait de nourriture, de vêtements et encore bien des choses utiles et agréables, de bons parents et des amis qui les aimaient tendrement. Cependant elles n'étaient pas

toujours contentes. (Ici les quatre sœurs se jetèrent quelques
regards furtifs et continuèrent à coudre très vite.) Ces petites filles
désiraient être sages et prenaient beaucoup d'excellentes résolutions, mais elles ne les tenaient pas toujours très bien. Il leur arrivait souvent de dire : « Si nous avions seulement ceci ! » ou bien :
« Si nous pouvions seulement faire cela ! » et elles oubliaient alors
complètement combien de bonnes choses elles avaient qui, trop
souvent, manquent à d'autres, et combien de moments agréables
elles pouvaient encore se donner. Elles demandèrent à une vieille
femme de leur faire cadeau d'un talisman pour les rendre heureuses, et celle-ci leur dit : « Quand un jour vous ne serez pas con-
« tentes, comptez tous vos bonheurs, soit de la veille, soit des jours
« déjà passés, pensez à tous ceux que l'avenir vous promet encore
« et soyez reconnaissantes. » (Ici Jo leva vivement la tête comme si
elle voulait parler, mais elle se tut, en voyant que l'histoire n'était
pas terminée.)

« Elles essayèrent de mettre l'avis à profit, et furent bientôt surprises de voir combien elles étaient mieux partagées que beaucoup
d'autres. L'une découvrit que l'argent n'empêchait pas la honte et
la douleur d'entrer dans la maison de certains riches ; l'autre, que,
quoiqu'elle fût pauvre, elle était bien plus heureuse avec sa jeunesse, sa santé et sa gaieté qu'une certaine vieille dame toujours
malade, et par suite toujours impatiente, qu'elle voyait souvent ;
la troisième s'avoua que, bien que ce soit peu agréable d'aller
gagner son dîner, c'eût été encore bien plus dur de le mendier ; et
la quatrième se rendit compte que, le plaisir d'avoir une jolie bague
de cornaline ne valait pas le témoignage qu'on peut se rendre quand
on s'est très bien conduite. Elles prirent donc la résolution de cesser
de se plaindre, de jouir des bonheurs qu'elles avaient déjà, et d'essayer de les mériter toujours, de peur qu'ils ne leur fussent enlevés.
Je crois, mes chères petites, qu'elles ne furent jamais désappointées
ou fâchées d'avoir suivi le conseil de la vieille femme.

— Ce n'est pas très bien, chère maman, de retourner nos paroles contre nous et de nous faire un sermon au lieu de nous raconter
une histoire, s'écria Meg.

— J'aime cette espèce de sermon, dit Beth pensivement ; c'est
comme ceux que père nous faisait.

— Je crois que je ne me plaignais pas tant que les autres, mais
j'y ferai plus attention maintenant, dit Amy, car Susie m'a donné
une leçon.

— Nous avions besoin de votre leçon, maman, et nous ne l'ou-
blierons pas, mais si nous l'oublions, vous n'avez qu'à nous dire ce
que la vieille Chloé disait dans la *Case de l'oncle Tom* : « Vous
« devoir penser à vos bonheurs, enfants! Vous devoir penser à
« vos bonheurs! » dit Jo, qui avait fait aussi son profit du petit
sermon.

CHAPITRE V

JO VOISINE

« Qu'est-ce que vous allez donc faire avec tout cela ? demanda un jour Meg en voyant Jo mettre des caoutchoucs, une vieille robe et un vieux capuchon, et prendre un balai d'une main et une pelle de l'autre.

— Je vais me promener pour ma santé.

— C'est étonnant que deux grandes courses ce matin ne vous aient pas suffi. Il fait froid et sale dehors, et si j'avais un avis à vous donner, ce serait de rester comme moi à vous chauffer et à vous sécher, dit Meg en frissonnant.

— Je ne demande pas d'avis pour le moment, répondit Jo ; je ne peux pas rester immobile toute la journée, et, comme je ne suis pas un chat, je n'aime pas dormir au coin du feu. J'aime les aventures, je vais en chercher ! »

Meg retourna se rôtir les pieds et lire *Ivanhoë*, et Jo alla dans le jardin. La neige n'était pas bien épaisse, et elle eut bientôt fait de la balayer et de tracer un chemin tout autour du jardin, afin qu'au premier rayon de soleil la petite Beth pût aller s'y promener et faire prendre l'air à ses poupées encore malades. La haie du jardin séparait seule la maison de la famille Marsch de celle de M. Laurentz ;

toutes deux étaient situées dans un faubourg de la ville qui ressemblait beaucoup à la campagne, avec ses rues tranquilles et ses jar-
dins remplis de grands arbres. D'un côté de la haie basse qui séparait les deux propriétés, on voyait une vieille maison grise, qui,
dans cette saison, paraissait laide et nue parce qu'elle était
dépouillée de la vigne qui la couvrait et des fleurs qui l'entouraient
en été ; de l'autre était une belle maison blanche, avec serres et
écuries, évidemment luxueuse et commode. A travers les beaux
rideaux, on apercevait toutes sortes de choses charmantes dans la
maison blanche. Cependant cette maison, bien que riche d'aspect,
paraissait triste et inhabitée ; aucun enfant ne jouait, même quand
il faisait beau, sur la pelouse ; aucune dame ne se montrait aux
fenêtres, et peu de personnes y entraient ou en sortaient, à l'exception du vieux monsieur et de son petit-fils.

Dans l'imagination active de Jo, cette belle maison était une espèce
de palais endormi, rempli de splendeurs et de bonheurs dont personne ne jouissait. Elle désirait depuis longtemps contempler ces
trésors cachés et revoir le « petit Laurentz », qui, chez les Gardiner,
avait paru désirer aussi faire sa connaissance ; mais elle ne savait
pas comment commencer.

Jo le désirait encore plus depuis la soirée où Laurie avait été si
complaisant pour elle et pour sa sœur. Elle avait bien imaginé plusieurs moyens pour arriver à être l'amie de Laurie, mais aucun
n'avait pu être mis à exécution ; elle ne l'avait pas revu et elle
commençait à croire qu'il était parti, quand, après avoir fait le
ménage de la neige, elle l'aperçut tout à coup à une de ses fenêtres, regardant avec des yeux tristes son jardin poudré à blanc.

« Ce garçon aurait besoin de quelqu'un pour jouer et rire avec
lui, se dit-elle. Son grand-père ne sait pas ce qu'il lui faut et le
laisse s'ennuyer tout seul. J'ai bien envie de sauter par-dessus la
haie et d'aller le dire au vieux monsieur. »

Cette idée amusa Jo, qui aimait à faire des choses périlleuses, et
qui scandalisait toujours Meg par la hardiesse de ses mouvements ;
elle mit à exécution son projet de sauter par-dessus la haie. Une
fois arrivée de l'autre côté, elle s'arrêta et regarda la maison
endormie. Rien n'y remuait ; tous les rideaux, hormis un, étaient
baissés, et derrière le rideau à demi refermé de la fenêtre où elle
avait vu Laurie, on entrevoyait encore une tête aux cheveux noirs
bouclés, appuyée sur une main amaigrie.

Laurie, voyant l'action de Jo, s'était reculé d'un pas ; mais la

curiosité, plus forte que la timidité, l'avait retenu assez près de la
fenêtre pour qu'il pût voir ce qui allait se passer dans le jardin.

« Le voici tout seul et malade, pensa Jo. Pauvre garçon ! ce
n'est pas bien de le laisser ainsi. Je vais lui jeter une boule de
neige, afin de l'encourager, et je lui dirai quelques mots d'amitié. »

Aussitôt pensé, aussitôt fait ; une boule de neige alla frapper la
fenêtre ; la tête bouclée fit un mouvement de surprise et montra
une figure, non plus inanimée comme quelques minutes auparavant, mais illuminée par le plaisir. Jo fit un petit signe de tête et,
mettant son balai sur son épaule, lui cria :

« Comment vous portez-vous ? Êtes-vous malade ? »

Laurie, alors, ouvrit la fenêtre et répondit d'une voix aussi rauque
que celle d'un corbeau :

« Je vais mieux, je vous remercie. J'ai eu un horrible rhume, et
je suis enfermé ici depuis huit jours par ordre du médecin.

— J'en suis très fâchée. Qu'est-ce que vous faites pour vous
amuser ?

— Rien ! La maison est aussi triste qu'un tombeau.

— Vous ne lisez pas ?

— Pas beaucoup. On me le défend.

— Personne ne peut donc vous faire la lecture ?

— Si, quelquefois ! mais mes livres n'intéressent pas grand-papa,
et je n'aime pas toujours demander à mon précepteur.

— Vous avez donc un précepteur ?

— Oui.

— Est-ce que personne que lui ne vient vous voir ?

— Je n'ai personne que j'aimerais voir ; on dit que les petits
garçons trop tapageurs me feraient mal à la tête.

— Vous ne pouvez donc pas demander à quelque gentille petite
fille de venir vous lire des histoires et vous amuser ? Les petites
filles ne font pas de bruit et sont de très bonnes gardes-malades,

— Je n'en connais aucune.

— Vous me connaissez, répliqua Jo, qui s'arrêta et se mit à rire.

— Oui, je vous connais ! Est-ce que vous consentiriez à venir ?
Vous me feriez bien plaisir ! s'écria Laurie.

— Je ne suis pas toujours gentille et tranquille, mais je viendrai
si maman veut me le permettre. Je vais aller le lui demander.
Fermez la fenêtre comme un garçon très sage et attendez-moi. »

Jo reprit en courant le chemin de chez elle en pensant à l'étonnement qu'allaient avoir ses sœurs ; et Laurie, très excité par l'idée

V

ME VOICI, ARMES ET BAGAGES

qu'il allait recevoir une visite, voulut lui faire honneur en se bros-
sant les cheveux ; quand il eut refait sa raie, il jeta un regard sur
le surplus de sa toilette et essaya de mettre un peu d'ordre dans la
chambre qui, malgré une demi-douzaine de domestiques, n'était pas
précisément bien tenue.

Jo, paraît-il, avait obtenu sa permission. « Il est malade, avait-
elle dit, et très changé ; chez les Gardiner, il m'avait presque fait
l'effet d'un petit jeune monsieur, mais je vois bien que ce n'est
encore qu'un petit garçon. »

On entendit bientôt, à la porte de la maison blanche, un grand
coup de sonnette, puis une voix décidée demanda M. Laurie ; une
femme de chambre arriva alors, très surprise d'avoir à annoncer à
son jeune maître une demoiselle.

« Très bien ! faites-la monter, c'est miss Jo. »

Et Laurie alla lui-même ouvrir la porte à Jo, qui était gentille et
rose, paraissait très à son aise et portait d'une main un plat couvert,
et de l'autre, dans un petit panier à ouvrage, les trois petits chats
de Beth.

« Me voici armes et bagages, dit-elle gaiement ; maman a été très
contente que je puisse faire quelque chose pour vous. Meg a voulu
que je vous apporte un peu de blanc-manger qu'elle a fait elle-
même, et Beth a pensé que ses petits chats vous seraient agréables ;
je savais bien que non, mais je ne pouvais pas refuser, elle désirait
tant faire quelque chose pour vous. »

Grâce aux petits chats de Beth et à la gaieté de Jo, Laurie oublia
immédiatement sa timidité.

« C'est trop joli pour être mangé, dit-il en souriant de plaisir,
quand Jo, découvrant le plat qu'elle avait apporté, lui montra le
blanc-manger entouré d'une couronne de feuilles vertes et de fleurs
du beau géranium rouge d'Amy.

— Ce n'est rien du tout ; seulement elles voulaient vous montrer
qu'elles désiraient vous faire plaisir. Dites à la bonne de le mettre
de côté pour votre thé ; comme c'est très doux, vous l'avalerez
sans vous faire de mal. Quelle jolie chambre vous avez !

— Elle pourrait être jolie si elle était bien rangée ; mais les
domestiques sont si paresseux qu'ils ne se donnent pas la peine d'y
mettre de l'ordre, et moi, voyez-vous, je suis trop fatigué pour les
gronder.

— Elle va être faite en deux minutes ; il faut seulement que le
devant de la cheminée soit balayé comme ça ; et les choses rangées

dessus comme ça ; et les livres ici ; et les bouteilles là ; et votre sofa
placé plus convenablement ; et les oreillers droits. Là ! c'est fait,
maintenant. »

Et c'était vrai ! Tout en parlant et en riant, Jo, qui n'était maladroite que quand elle ne pensait pas à ce qu'elle faisait, avait mis
les choses à leur place et donné à la chambre un aspect tout différent. Laurie, gardant un silence respectueux, la regardait attentivement, et, lorsque Jo lui montra son sofa bien arrangé, il s'assit
dessus avec un soupir de satisfaction, et dit avec reconnaissance :

« Comme vous êtes bonne ! Oui ! c'est tout ce qu'il fallait à ma
chambre. Maintenant, asseyez-vous dans le grand fauteuil et laissez-
moi faire quelque chose pour amuser ma visiteuse.

— Non ! c'est moi qui suis venue pour vous amuser ! Vous lirai-
je quelque chose ? répondit Jo en regardant avec amour quelques
livres placés à côté d'elle.

— Je vous remercie, j'ai lu tous ces livres-là, et, si cela ne vous
fait rien, je préférerais vous entendre parler.

— Cela ne me fait rien du tout ; je parlerai toute la journée, si
vous le désirez. Beth dit que je ne sais jamais quand m'arrêter.

— Beth, c'est la petite fille aux joues roses, qui reste beaucoup
à la maison et sort quelquefois avec un petit panier ? demanda Laurie
avec intérêt.

— Oui, c'est elle. C'est ma petite fille, à moi ; nous avons chacune la nôtre, Meg et moi. Beth est gentille comme pas une.

— La jolie, c'est Meg, et celle qui a des cheveux bouclés est Amy,
je crois ?

— Comment le savez-vous ?

Laurie rougit, mais répondit franchement :

« Vous savez, je vous entends souvent vous appeler quand vous
jouez dans le jardin, et, lorsque je suis seul ici, je ne peux pas
m'empêcher de regarder chez vous ; vous paraissez toujours tant
vous amuser ! Je vous demande pardon de mon indiscrétion, mais je
ne vois pas que ce qui se passe dans le jardin. Comme votre
maison fait presque face à la nôtre, les jours où vous oubliez de
baisser les rideaux de la fenêtre, celle où sont placées les fleurs, je
vous vois encore dès que la lampe est allumée, cela me fait alors
l'effet d'un tableau. Vous êtes toutes autour de la table, votre mère
est juste devant moi, et cela me paraît si agréable de voir vos
figures contentes à travers les fleurs, que je ne puis m'empêcher de
regarder. Je suis orphelin ! »

Cela dit, Laurie se mit à remuer le feu, afin que Jo ne vît pas le tremblement nerveux de ses lèvres qu'il ne pouvait comprimer.

Son air triste alla droit au cœur de Jo ; elle avait été si simplement élevée qu'à son âge elle était aussi franche qu'une enfant de dix ans. Voyant Laurie solitaire et malade, et sentant combien elle était plus que lui riche en bonheur et en affections, elle essaya de partager ses trésors avec lui. Sa figure brune avait une bonté et sa voix une douceur qui ne leur étaient pas habituelles lorsqu'elle dit :

« Nous ne baisserons plus jamais le rideau, et je vous donne la permission de regarder autant que vous le désirerez ; mais je préférerais qu'au lieu de regarder à la dérobée vous vinssiez chez nous. Meg est si bonne qu'elle vous ferait du bien ; Beth chanterait, pour vous distraire, tout ce que vous voudriez ; Amy danserait devant vous ; Meg et moi nous vous ferions rire avec notre théâtre, et tous, nous nous amuserions beaucoup. Est-ce que votre grand-papa ne vous le permettrait pas ?

— Je crois qu'il le voudrait bien, si votre mère était assez bonne pour le lui demander. Il est moins sévère qu'il n'en a l'air et me laisse assez faire ce que je veux ; seulement il a peur que je devienne un ennui pour les étrangers, dit Laurie, dont la figure mobile s'illuminait de plus en plus.

— Nous ne sommes pas des étrangers, nous sommes des voisins, et il ne faut pas que vous pensiez que vous serez un fardeau pour nous. Nous désirons beaucoup faire votre connaissance, et il y a longtemps que j'aurais voulu la faire. Vous savez qu'il n'y a pas très longtemps que nous sommes ici ; mais, excepté vous, nous connaissons déjà tous ceux de nos voisins que notre mère a jugés pouvoir être pour nous d'aimables connaissances.

— Grand-papa vit au milieu de ses livres et ne s'occupe guère de ce qui se passe ailleurs. M. Brooke, mon précepteur, n'habite pas avec nous, il ne vient qu'à l'heure des leçons ; ainsi, je reste à la maison et je passe mon temps comme je peux.

— Ce n'est pas comme cela qu'il faut s'y prendre ; il suffirait à votre grand-papa de faire une grande tournée de visites dans le voisinage, et vous auriez tout de suite des maisons agréables où vous seriez reçus avec un grand plaisir. Quant à votre timidité, elle ne durera pas longtemps, ne vous en inquiétez pas. Je suis timide au fond, moi aussi ; mais on fait un petit effort, et c'est bien vite passé. »

Laurie rougit de nouveau, mais ne fut pas offensé d'avoir été accusé de timidité, car il y avait tant de bonne volonté en Jo, qu'il était impossible de ne pas accepter ses conseils, en dépit de leur forme originale, avec autant de cordialité qu'elle les offrait.

« Aimez-vous votre pension ? demanda Laurie après quelques moments de silence, pendant lesquels il avait tenu les yeux fixés sur le feu, tandis que Jo examinait la chambre qu'elle trouvait tout à fait de son goût.

— Je ne vais pas en pension. Je suis occupée à soigner ma tante, qui est une bonne vieille dame, mais d'humeur assez difficile. »

Laurie ouvrait la bouche pour lui faire une autre question, quand il se rappela juste à temps que ce n'était pas poli de faire trop de questions. Mais Jo, à qui Laurie plaisait beaucoup, ne demandait pas mieux que de le faire rire un peu, fût-ce aux dépens de la tante Marsch. Elle lui fit une description très amusante de la vieille dame, de ses impatiences, de son gros chien, du perroquet qui parlait espagnol et de la bibliothèque qui avait tant de charme pour elle. Laurie riait de tout son cœur, de si bon cœur qu'une bonne, tout étonnée, vint voir ce qui se passait. Jo lui racontait précisément qu'un vieux monsieur était venu un jour demander la main de tante Marsch, et qu'au milieu d'une belle phrase, Polly, le perroquet, avait sauté sur le monsieur et lui avait arraché sa perruque en lui criant : « Silence ! »

« Oh ! cela me fait tant de bien de rire ! Continuez, je vous en prie, » lui dit-il, encore tout rouge d'avoir tant ri.

Jo, excitée par son succès, continua à parler de leurs jeux, de leurs projets, de leurs espérances, de leurs craintes pour leur père et des événements les plus intéressants du petit monde dans lequel elles vivaient. Ils parlèrent ensuite de livres, et Jo trouva, à sa grande joie, que Laurie les aimait autant qu'elle et en avait même lu davantage.

« Si vous les aimez tant, venez voir les nôtres, lui dit Laurie en se levant. Mon grand-père est sorti ; n'ayez pas peur.

— Je n'ai peur de rien ! répliqua Jo avec un fier mouvement de tête.

— Je le crois, » répondit le jeune garçon avec admiration, tout en pensant que si Jo rencontrait le vieux monsieur dans un de ses accès de mauvaise humeur, elle aurait, malgré son courage, de bonnes raisons d'être effrayée.

Toute la maison était chauffée par un calorifère, et Laurie put, malgré son rhume, promener Jo dans toutes les pièces et la laisser examiner à son aise tout ce qui lui plaisait. Lorsqu'ils arrivèrent dans la bibliothèque, Jo se mit à battre des mains et à danser, comme elle faisait toujours quand elle était particulièrement charmée.

« Que de belles, que d'utiles choses ! soupira-t-elle en s'enfonçant dans les profondeurs d'un fauteuil capitonné et promenant un œil d'admiration sur l'immense quantité de livres et de tableaux qui tapissaient les murs, et sur les statues, les bronzes et les curiosités artistiques qui remplissaient la chambre. Théodore Laurentz, vous êtes la plus heureuse personne du monde, ajouta-t-elle d'un air convaincu.

— On ne peut pas vivre rien qu'avec des livres, répondit Laurie en se penchant sur une table vis-à-vis d'elle. Je donnerais tout ce qui est ici pour avoir des sœurs... »

Mais, avant qu'il eût pu continuer, on entendit un coup de sonnette, et Jo se leva en toute hâte en s'écriant :

« Miséricorde ! C'est votre grand-papa !

— Eh bien, qu'est-ce que cela fait ? Vous n'avez peur de rien, vous savez, lui répondit malicieusement Laurie.

— Je crois que j'ai un peu peur de lui, mais je ne sais vraiment pas pourquoi j'aurais peur ; maman a dit que je pouvais venir, et je ne pense pas que vous en soyez plus malade, dit Jo en se rasseyant et paraissant plus rassurée, quoique ses yeux fussent toujours fixés sur la porte.

— Je vais bien mieux, au contraire, et je vous en suis très reconnaissant ; seulement, j'ai peur que vous ne vous soyez fatiguée en parlant. C'était si agréable de vous écouter, que je n'avais pas le courage de vous arrêter, dit Laurie.

— Monsieur, ce n'est pas votre grand-père, c'est le docteur ! » dit la servante.

Laurie respira, et se tournant vers Jo :

« Ne vous en allez pas, permettez-moi seulement de vous laisser seule pendant une minute. Je suppose que je dois aller vers le docteur, dit Laurie.

— Ne vous inquiétez pas de moi ; je suis heureuse comme une reine, ici, » répondit Jo.

Et, Laurie étant parti, elle s'amusa à regarder toutes les charmantes choses qui ornaient la chambre.

Elle était debout devant un beau portrait de M. Laurentz, lorsqu'elle entendit ouvrir la porte, et croyant que c'était Laurie, elle dit sans se retourner, d'un air décidé :

8

« Maintenant, je suis sûre de ne pas avoir peur de votre grand-papa, car il a les yeux pleins de bonté, quoique sa bouche soit sévère et qu'il paraisse avoir une terrible volonté. Il n'est peut-être pas tout à fait aussi beau que mon grand-père, mais il me plaît.

— Merci, madame! » dit derrière elle une voix refrognée.

Et Jo, se retournant toute surprise, aperçut le vieux monsieur Laurentz.

La pauvre Jo devint cramoisie, et son cœur battit bien fort lorsqu'elle se rappela ce qu'elle venait de dire. Pendant une minute, elle eut une grande envie de fuir, mais cela n'eût pas été courageux, et ses sœurs, en apprenant sa fuite, se seraient moquées d'elle; elle se décida donc à rester et à se tirer d'affaire comme elle le pourrait. En regardant de nouveau le vieux monsieur, elle vit que ses yeux avaient, sous ses effrayants sourcils, un air de bonté encore plus grand que ceux du portrait, et qu'on entrevoyait, dans ces mêmes yeux, une ombre de malice qui diminua beaucoup sa crainte. Après une pause terrible, le vieux monsieur dit d'une voix plus refrognée que jamais :

« Ainsi, vous n'avez pas peur de moi?

— Pas beaucoup, monsieur.

— Et vous ne trouvez pas que je sois aussi bien que votre grand-père?

— Non, monsieur, pas tout à fait...

— Et vous pensez que j'ai une volonté terrible?

— J'ai dit seulement que je le supposais.

— Cependant, je vous plais malgré cela?

— Oui, monsieur. »

Le vieux monsieur parut content des réponses de Jo et, se mettant à rire, lui donna une poignée de main; puis, rapprochant doucement sa main du menton de Jo et attirant sa figure vers lui, il l'examina attentivement et lui dit gravement en rendant la liberté à sa tête :

« Vous avez l'esprit de votre grand-père, si vous n'en avez pas la figure; il était beau, ma chère, mais ce qui valait mieux, il était brave et honnête, et j'étais fier d'être son ami.

« Merci, monsieur, répondit Jo, qui se retrouvait dans son état habituel.

— Qu'est-ce que vous avez fait à mon petit-fils, hein? demanda ensuite le vieux monsieur.

— J'ai seulement *essayé* de l'égayer, » dit Jo.

Et elle raconta comment sa visite était venue.

« Vous pensez qu'il a besoin d'être égayé ?

— Oui, monsieur, il paraît un peu seul, et peut-être la compagnie d'autres enfants lui ferait-elle du bien. Nous ne sommes que des petites filles, monsieur, mais nous serions très contentes de pouvoir faire quelque chose pour lui, car nous n'avons pas oublié le splendide cadeau de Noël que vous nous avez envoyé, dit Jo avec animation.

— Chut ! chut ! C'était l'affaire de M. Laurie. Comment va la pauvre femme Hummel ?

— Très bien, monsieur, maintenant. »

Et Jo lui raconta comme quoi sa mère avait su intéresser à cette pauvre femme des personnes plus riches qu'elle.

« C'est tout à fait comme cela que faisait son père ! Dites-lui que j'irai la voir au premier jour de beau temps. Mais voici la cloche du thé. Venez le prendre avec nous. Voulez-vous ?

— Oui, monsieur, si vous êtes bien sûr que cela ne doive pas vous ennuyer.

— Vous le demanderais-je si cela ne me plaisait pas ? » répondit M. Laurentz en lui offrant son bras, d'après les règles de la vieille politesse.

« Que dira Meg de tout ceci ? » se disait Jo en marchant.

Et ses yeux brillaient de plaisir à cette pensée.

« Eh bien ! qu'est-ce qui lui arrive ? demanda le vieux monsieur en voyant Laurie descendre les escaliers quatre à quatre, et prendre un air de profond étonnement en apercevant Jo au bras de son redoutable grand-père.

— Je ne savais pas que vous étiez revenu, monsieur, dit-il en échangeant avec Jo un regard de triomphe.

— C'était évident d'après la manière dont vous dégringoliez les escaliers. Venez prendre votre thé, monsieur, et conduisez-vous convenablement, » dit M. Laurentz en lui tirant les cheveux par manière de caresse.

Et il continua à marcher, tandis que Laurie exécutait derrière son dos une série de mouvements qui indiquaient son contentement.

Le vieux monsieur ne parla pas beaucoup en buvant ses quatre tasses de thé, mais, en revanche, il examina les deux jeunes gens qui bavardaient et riaient comme de vieux amis ; et le changement ᴅe son petit-fils ne lui échappa pas. Il y avait alors des couleurs,

de la vie et du plaisir sur la figure du jeune garçon, de la vivacité
dans ses manières et de la gaieté dans son rire.

« Elle a raison, se dit-il, l'enfant est trop seul. Il faut que je
voie ce que ces petites filles pourraient faire pour lui »

Jo lui plaisait à cause de ses manières originales et spirituelles,
et elle paraissait comprendre Laurie aussi bien que si elle était un
petit garçon. Si les Laurentz avaient été ce que Jo appelait des
« gens raides et guindés », elle ne leur aurait pas plu du tout, car
elle aurait été gauche et contrainte avec eux ; mais, comme ils étaient
bienveillants et simples, elle resta elle-même et leur fit une très
bonne impression.

Quand ils sortirent de table, Jo parla de s'en aller ; mais, Laurie
lui dit qu'il avait encore quelque chose à lui montrer et la conduisit dans la serre, qui avait été illuminée exprès pour elle.
Jo se crut dans un endroit féerique lorsqu'elle se promena au
milieu de ces rangées d'arbustes et de fleurs rares, que les nombreuses lumières embellissaient encore ; mais son plaisir fut plus
grand lorsque Laurie, qui avait fait un gros bouquet des plus
belles fleurs de la serre, le lui donna en lui disant avec un air heureux qui fit plaisir à Jo :

« Voudriez-vous donner ceci à madame votre mère et l'assurer
que j'aime beaucoup le médecin qu'elle m'a envoyé ? »

En rentrant dans le grand salon, ils trouvèrent M. Laurentz assis
au coin du feu ; mais l'attention de Jo fut entièrement absorbée
par la vue d'un beau piano à queue.

« Jouez-vous du piano ? demanda-t-elle à Laurie d'un air respectueux.

— Un peu, répondit-il modestement.

— Oh ! je vous en prie, jouez-moi quelque chose. Je voudrais
tant vous entendre afin de pouvoir le raconter à Beth.

— Jouez d'abord, vous.

— Je ne sais pas jouer ; je suis trop stupide pour apprendre,
mais j'aime extrêmement la musique. »

Laurie jouait remarquablement bien pour son âge ; il ne se fit pas
prier, et Jo l'écouta avec béatitude, le nez voluptueusement enfoui
dans de l'héliotrope et des roses. Ah ! elle aurait bien désiré que
Beth pût l'entendre aussi ; mais elle ne le dit pas et fit seulement
tant de compliments à Laurie qu'il en fut tout à fait honteux, et
que son grand-père se mit à dire :

« Assez ! assez ! jeune fille ; trop de sucres d'orge ne lui valent rien. Il ne joue pas mal, mais j'espère qu'il réussira aussi bien dans des affaires plus importantes. Vous partez? Je vous suis très reconnaissant de votre visite, et j'espère que vous reviendrez bientôt. Bonsoir, docteur Jo. Mes amitiés à votre mère. »

Il était très aimable, mais quelque chose dans son air fit craindre à Jo d'avoir fait quelque méprise, et elle le demanda à Laurie, quand ils furent seuls.

« Non, c'était moi, répondit Laurie : il n'aime pas m'entendre faire de la musique.

— Pourquoi?

— Je vous le dirai une autre fois. John va vous reconduire chez vous, puisque je ne le puis pas.

— Ce n'est pas la peine, il n'y a que deux pas à faire. Soignez-vous bien.

— Oui, mais vous reviendrez, n'est-ce pas?

— Si vous me promettez de venir nous voir quand vous serez guéri.

— Je vous le promets.

— Bonsoir, Laurie.

— Bonsoir, Jo, bonsoir. »

Quand Jo eut raconté ses aventures, toute la famille éprouva le désir d'aller dans la maison à côté, car chacune se trouvait attirée par quelque chose. Mᵐᵉ Marsch désirait parler de son père avec le vieillard qui en parlait si bien et ne l'avait pas oublié; Meg aurait voulu voir la serre; Beth soupirait après le piano à queue et désirait admirer les beaux tableaux et les statues.

« Mère, pourquoi M. Laurentz n'aime-t-il pas entendre Laurie jouer du piano? demanda Jo, qui voulait toujours savoir le pourquoi des choses.

— Je crois, mais je n'en suis pas sûre, que son fils, le père de Laurie, avait épousé une grande artiste italienne; cette union avait déplu au vieillard, qui était très orgueilleux. La dame était cependant charmante, très distinguée et estimée de tous. Mais ces genres de mariage sont si rarement heureux que le préjugé fut le plus tenace chez M. Laurentz. Il ne voulut jamais revoir son fils. Le père et la mère de Laurie moururent loin de lui en Europe pendant l'enfance de Laurie, et ce ne fut qu'alors que son grand-père fit venir son petit-fils chez lui. Je crois que Laurie, qui est né en Italie, n'est pas d'une constitution robuste et que c'est pour cela que M. Laurentz semble toujours inquiet pour sa santé. Laurie

ressemble à sa mère ; il a hérité d'elle son goût pour la musique,
et je m'imagine que son grand-père a peur qu'il ne veuille devenir
à son tour un artiste. En tous cas, les aptitudes musicales de
Laurie lui rappellent sans doute, plus qu'il ne le voudrait, la femme
de son fils qu'il n'aimait pas, et je pense que c'est pour cela qu'il
s'assombrit, comme dit Jo, quand le pauvre Laurie joue du
piano.

— Mon Dieu ! que cette histoire de Laurie est triste et romanesque ! s'écria Meg.

— Qu'on laisse donc Laurie être artiste s'il en a vraiment la
vocation, s'écria Jo, et qu'on ne gâte pas sa vie en le forçant à
aller à l'université !

— Aller à l'université ne gâte rien, répondit Mme Marsch. Il
manque toujours quelque chose aux artistes qui ignorent tout en
dehors de leur spécialité.

— C'est parce que sa mère était Italienne qu'il a de si beaux
yeux et de si beaux cheveux noirs et son teint mat si distingué ;
les Italiens sont toujours beaux, dit Meg qui était un peu sentimentale.

— Qu'est-ce que vous savez de son air et de ses yeux? C'est à
peine si vous lui avez parlé, s'écria Jo qui, elle, n'était pas du
tout sentimentale.

— Ne l'ai-je pas vu à la soirée des Gardiner ? et d'ailleurs je
vois bien, d'après tout ce que vous me dites, qu'il est très aimable.
C'est très joli cette phrase qu'il a dite sur ce que maman lui avait
envoyé.

— Il parlait du blanc-manger, je suppose.

— Que vous êtes donc étonnante, Jo ! Il parlait de vous, c'est
évident.

— Vous croyez, Meg? répondit Jo, en ouvrant les yeux comme
si l'idée ne lui en était jamais venue.

— Je n'ai jamais vu une jeune fille comme vous! Vous ne savez
même pas reconnaître quand on vous fait un compliment, dit Meg,
de l'air d'une personne qui croit connaître très bien toutes ces
choses-là.

— Ce sont toujours des bêtises les compliments, et vous gâtez
mon plaisir. Laurie est un gentil garçon, il me plaît. Nous serons
bonnes pour lui parce qu'il n'a plus de mère, et il pourra venir
nous voir, n'est-ce pas, mère?

— Oui, Jo ; votre petit ami sera le bienvenu ici. Je sais qu'il est doux, poli et réservé, et j'espère que Meg se rappellera que les enfants doivent rester enfants le plus longtemps possible.

— Je ne me considère plus comme une enfant, fit observer la petite Amy. Et vous, Beth, qu'en pensez-vous?

— Je ne sais qu'en penser, dit Beth; j'aime mieux songer au plaisir que j'aurais à voir un jour le beau palais et le grand piano du grand-père de Laurie. »

CHAPITRE VI

La grande maison fut réellement leur beau palais, quoique Beth
trouvât très difficile de passer à côté du terrible M. Laurentz.

Lorsqu'il eut fait visite et qu'il eut dit quelque chose d'aimable à
chacune d'elles, seule la timide Beth eut encore peur de lui. Une
chose préoccupa pendant quelque temps les quatre sœurs : elles
étaient pauvres, tandis que M. Laurentz était riche, et il ne leur
paraissait pas convenable d'accepter ce qu'elles ne pouvaient pas
rendre. Mais, au bout de quelque temps, elles virent que Laurie
les considérait comme ses bienfaitrices, et qu'il ne pensait jamais
pouvoir assez faire pour remercier Mᵐᵉ Marsch de son accueil
maternel, et ses filles de leur société joyeuse. Aussi oublièrent-elles
bientôt leur orgueil et firent-elles des échanges de bonté, sans
s'arrêter à se demander qui donnait le plus.

Toutes sortes de choses agréables arrivèrent vers ce temps-là,
car la nouvelle amitié poussait comme de l'herbe au printemps.
Toutes elles aimaient Laurie qui, de son côté, avait dit en secret à
son précepteur, — un homme excellent et fort distingué, — que
« les demoiselles Marsch étaient les meilleurs êtres du monde. »

Avec l'enthousiasme charmant de la jeunesse, elles avaient donné au jeune garçon solitaire une place au milieu d'elles, et Laurie trouvait un grand charme dans la compagnie de ces jeunes filles simples et innocentes. Il n'avait jamais connu sa mère et n'avait pas eu de sœur; sa santé se trouva bien du nouveau milieu dans lequel il vivait. Il était toujours à faire l'école buissonnière dans la famille Marsch, et son précepteur, craignant que cela ne nuisît à ses études, fit sur ce point des rapports très peu satisfaisants à M. Laurentz.

« Ne vous inquiétez pas de ceci; qu'il prenne des vacances, il rattrapera cela plus tard, répondit M. Laurentz. Mme Marsch est une personne judicieuse; elle pense que Laurie a mené une vie trop renfermée, qu'il a trop travaillé et qu'il a besoin de société, d'amusement et d'exercice. Laissez-le agir à sa guise, il ne peut rien faire de mal dans le petit couvent à côté; les exemples et les enseignements d'une mère de famille comme notre voisine lui feront plus de bien que les nôtres. »

Laurie et ses amies profitèrent de la permission pour s'amuser. Ils faisaient de bonnes lectures en commun, jouaient des comédies, représentaient des tableaux d'histoire, faisaient des promenades en traîneau ou patinaient et passaient des soirées bien agréables, soit dans le vieux parloir, soit dans la grande maison. Meg se promenait tant qu'elle voulait dans la serre et avait des bouquets magnifiques; Jo dévorait la bibliothèque, Amy copiait des tableaux, et Laurie remplissait, à la satisfaction générale, le rôle de maître de maison.

Quant à Beth, quoiqu'elle eût une grande envie d'admirer le beau piano à queue, elle ne pouvait pas trouver le courage d'aller dans « la maison du *bonheur* », comme l'appelait Meg. Elle y était cependant allée une fois avec Jo; mais le vieux monsieur, qui ne savait pas combien elle était timide, l'avait regardée tellement fixement et avait fait un *heim!* si fort à la fin de cette inspection, que les pieds de Beth ne « voulaient pas rester sur le tapis, tant elle tremblait. » Elle l'avait dit dans ces termes à sa mère, et avait ajouté qu'elle s'était enfuie, bien décidée à ne rentrer jamais dans le terrible beau palais. Rien n'avait pu la décider à y retourner. Quand M. Laurentz apprit l'effet qu'il avait produit sur la pauvre Beth, il fut bien étonné et résolut d'aller lui-même essayer de vaincre sa résistance. Il se mit à parler musique pendant une de ses visites et raconta des choses tellement intéressantes sur les grands chanteurs et les belles orgues qu'il avait entendus, que

9

Beth trouva impossible de rester dans son petit coin habituel, et, comme si elle était attirée magnétiquement, elle vint lentement jusque derrière la chaise de M. Laurentz. Là, elle resta à écouter, ses beaux yeux tout grands ouverts et ses joues rouges d'excitation.

M. Laurentz, n'ayant pas plus l'air de faire attention à elle que si elle eût été une mouche, se mit à parler des leçons et des maîtres de musique de Laurie, puis dit à Mme Marsch, comme s'il venait seulement d'y songer :

« Laurie néglige son piano maintenant, et je n'en suis pas fâché, parce qu'il aimait trop exclusivement la musique ; mais le piano se rouille, et il aurait besoin de servir à quelqu'un ; l'une de vos petites filles voudrait-elle venir pour l'entretenir ? »

Beth fit un pas en avant et serra ses mains l'une contre l'autre, afin de ne pas battre des mains comme elle en avait une tentation irrésistible, tant elle était charmée par la pensée de jouer sur ce splendide instrument. Avant que Mme Marsch eût pu répondre, M. Laurentz continua en souriant :

« Personne n'est jamais au salon après neuf heures ; les domestiques ont fini leur ouvrage, Laurie sort beaucoup, et moi je suis enfermé dans mon bureau à l'autre bout de la maison. Ainsi, si l'une d'elles le désire, elle peut venir quand elle voudra, sans rien dire et sans parler à personne. »

Il se leva comme pour partir, et Beth ouvrait la bouche pour le remercier, car ce dernier arrangement ne lui laissait rien à désirer ; mais il continua :

« Voudrez-vous répéter cela à vos filles, madame ? Cependant ne les forcez pas à venir si cela ne leur plaît pas.

— Oh ! si, monsieur, votre offre leur fait beaucoup, beaucoup de plaisir, dit Beth en mettant sa petite main dans celle du vieux monsieur, et le regardant avec des yeux pleins de reconnaissance.

— C'est donc vous la petite musicienne ? demanda-t-il doucement, sans ajouter de ces « heim ! » qui effrayaient tant Beth.

— C'est moi, Beth. J'aime beaucoup la musique, et je viendrai si vous êtes tout à fait sûr que personne ne m'entendra et ne sera gêné par moi, ajouta-t-elle, craignant d'être importune, et toute tremblante en pensant à sa hardiesse.

— Pas une âme ne vous entendra, ma chère ; la maison est vide la moitié de la journée ; venez tapoter autant que vous voudrez, et je vous en serai très reconnaissant.

— Oh! monsieur, que vous êtes bon! »

Beth était rouge comme une pivoine; mais n'avait plus peur; ne trouvant pas de mots pour exprimer sa reconnaissance, elle attira à elle la main du vieux monsieur et la serra doucement. Celui-ci se baissa alors vers elle et l'embrassa en disant d'un ton que peu de personnes avaient jamais entendu :

« J'ai eu autrefois une petite fille aux yeux bleus comme les vôtres; Dieu vous bénisse, ma chère enfant! Bonsoir, madame. »

Et il partit très vite, comme s'il était dominé par son émotion.

Après s'être réjouie avec sa mère, Beth alla raconter son bonheur à sa famille de poupées, puis à ses sœurs lorsqu'elles furent rentrées. Elle en était si préoccupée, qu'au milieu de la nuit, Amy fut brusquement réveillée par sa sœur qui, dans son sommeil, jouait du piano sur sa figure; elles couchaient depuis quelques jours dans le même lit, parce que celui de Beth était en réparation.

Le lendemain arriva enfin, et Beth, ayant vu sortir M. Laurentz et son petit-fils, osa se diriger vers la grande maison. Il est juste de dire qu'elle n'y parvint pas du premier coup; deux ou trois fois elle revint sur ses pas, en proie à une insurmontable timidité; mais, à la fin, faisant aussi peu de bruit qu'une souris, elle y pénétra. J'aurais voulu que vous pussiez la voir entrer dans le grand salon. Quelle crainte! quel respect! quelle peur et quelle envie d'arriver jusqu'à cet admirable piano qui était là tout ouvert devant elle! De la jolie musique facile se trouvait *tout à fait accidentellement* sur le piano. La bonne petite Beth, après avoir bien écouté, bien regardé s'il n'y avait personne, s'enhardit peu à peu et commença à jouer d'abord en tremblant; mais elle oublia bientôt sa crainte dans le bonheur inexprimable que lui procuraient les beaux sons de cet excellent instrument. Elle resta au piano jusqu'à ce que Hannah vînt la chercher pour dîner; mais elle n'avait pas faim et dîna, pour cette fois, du souvenir de son bonheur.

Depuis ce moment, le petit capuchon gris se glissa presque tous les jours dans la maison de M. Laurentz, et le salon fut hanté par un petit esprit musical qui allait et venait sans être vu. Beth ne se doutait pas que M. Laurentz ouvrait souvent la porte de son cabinet de travail, afin de mieux entendre les airs anciens qu'elle jouait, les mêmes qu'autrefois lui jouait l'enfant qu'il avait perdue, et que Laurie montait la garde dans le vestibule pour empêcher les domestiques d'approcher. Il ne lui venait jamais à l'idée que les cahiers d'études et d'exercices ou les morceaux nouveaux qu'elle trouvait sur le piano y avaient été placés par M. Laurentz lui-même pour son usage à elle.

Si Laurie lui parlait ensuite de musique, elle pensait seulement qu'il était bien bon de lui dire des choses qui l'aidaient tant. Elle jouissait de tout son cœur de son bonheur, et, ce qui n'arrive pas toujours, elle trouvait que la réalisation de son plus grand désir lui donnait tout ce qu'elle en avait rêvé.

Quelques semaines après cette mémorable visite du vieux monsieur, Beth dit à sa mère :

« Maman, pourrais-je faire une paire de pantoufles à M. Laurentz? Il est si bon pour moi que je voudrais le remercier, et je ne sais pas d'autre manière que celle-là.

— Oui, ma chère, cela lui fera plaisir, et c'est une bonne manière de le remercier. Je vous achèterai ce qu'il vous faudra, et vos sœurs vous aideront, » répondit Mme Marsch, qui prenait un très grand plaisir à satisfaire les très rares demandes de Beth.

Après de sérieuses discussions avec Meg et Jo, Beth choisit un dessin représentant une touffe de pensées sur un joli fond vert clair; on acheta les matériaux nécessaires, et elle se mit courageusement à l'œuvre. Ses sœurs l'aidèrent un peu dans les endroits difficiles, et les pantoufles furent bientôt finies. Beth écrivit alors « au vieux monsieur » un petit billet très court et très simple, et, avec l'aide de Laurie, profita d'une absence de M. Laurentz pour mettre le tout sur son bureau.

Quand ce fut fait, Beth attendit impatiemment ce qui arriverait; mais la journée se passa, ainsi qu'une partie de celle du lendemain, sans qu'on eût aucune nouvelle du vieux monsieur, et Beth commença à craindre d'avoir offensé son susceptible ami. Dans l'après-midi du second jour, elle sortit pour s'acquitter d'une commission, et en même temps pour faire faire à Joanna, la pauvre poupée malade, sa promenade quotidienne. En revenant, elle aperçut trois têtes à la fenêtre du parloir, vit des mains s'agiter démesurément et entendit crier joyeusement :

« Il y a une lettre du vieux monsieur pour vous! Venez vite la lire.

— Oh! Beth, il vous a envoyé... » commença à dire Amy en faisant des gestes désordonnés; mais Jo, fermant vivement la fenêtre, l'empêcha de continuer.

Beth se dépêcha d'arriver, et ses sœurs la portèrent en triomphe au parloir en lui criant : « Regardez ! regardez ! » et lui montrant du doigt un joli piano, sur lequel était posée une lettre adressée à « miss Élisabeth Marsch ». Elle devint pâle de surprise et de bonheur, et, se retenant au bras de Jo pour ne pas tomber :

« C'est pour moi ? murmura-t-elle, quoi ! pour moi ?

— Oui, ma précieuse Beth, c'est pour vous. N'est-ce pas bien bon à lui ? Ne trouvez-vous pas que c'est le meilleur vieux monsieur du monde ? La clef du piano est dans la lettre ; mais nous ne l'avons pas ouverte, et cependant nous mourions d'envie de savoir ce qu'il vous dit, répondit Jo en embrassant sa sœur de toutes ses forces et lui présentant la lettre.

— Lisez-la vous-même, moi je ne peux pas. C'est si beau que je ne sais plus où je suis. »

Jo ouvrit la lettre et commença par rire des premiers mots :

« Miss Marsch.

« Chère Mademoiselle. »

— Comme c'est joli ! Je voudrais bien que quelqu'un m'envoie une lettre comme celle-là, s'écria Amy, qui trouvait cette formule excessivement élégante.

« J'ai eu beaucoup de paires de pantoufles dans ma vie, mais « jamais aucune ne m'a fait autant de plaisir que la vôtre. La « pensée est ma fleur favorite, et celles-ci me rappelleront toujours « l'aimable petite fille qui me les a données. J'aime à payer mes « dettes ; ainsi j'espère que vous permettrez au « vieux monsieur » « de vous envoyer quelque chose qui a appartenu à la petite fille « qu'il n'a plus. Laissez-moi y joindre mes remerciements les « plus sincères et mes meilleures amitiés.

« Votre ami reconnaissant et votre humble serviteur,

« James Laurentz. »

— Eh bien ! Beth, c'est là un honneur dont vous pouvez être fière ! s'écria Jo en essayant de calmer sa sœur qui tremblait comme une feuille. Laurie m'a dit combien son grand-père avait aimé l'enfant qui est morte ; il conserve précieusement toutes les petites choses qui lui ont appartenu, et il vous a donné son piano, pensez donc, Beth ! Cela vient de ce que vous aimez la musique et que vous avez de grands yeux bleus.

— Voyez donc les belles appliques dorées pour mettre les bougies, le joli casier à musique et le petit tabouret, dit Meg en ouvrant l'instrument.

— Regardez, Beth ; il signe *votre humble serviteur, James Laurentz*, dit Amy, que le billet impressionnait grandement. Je le dirai à mes compagnes, elles seront jalouses de vous.

— Essayez-le, Fanfan, afin que nous entendions le son du beau piano, » dit la vieille Hannah, qui partageait toujours les joies et les peines de la famille.

Beth se mit à jouer, et tout le monde fut d'avis que c'était le piano le plus remarquable qu'on eût jamais entendu. Il était évident qu'on l'avait remis à neuf et accordé, et on ne peut se faire une idée du bonheur avec lequel Beth en touchait les notes d'ivoire et d'ébène.

« Il faudra que vous alliez remercier M. Laurentz, » dit Jo en plaisantant, car elle connaissait trop bien la grande timidité de sa sœur pour croire qu'elle irait ; mais, à sa grande surprise, Beth répondit :

« Oui, j'en ai bien l'intention, c'est mon devoir, et je vais y aller tout de suite, avant que j'aie le temps d'avoir peur. »

Et Beth, se levant vivement, marcha d'un pas délibéré jusque chez M. Laurentz, ce qui étonna tellement ses sœurs, qu'elles ne pouvaient plus parler et que la vieille Hannah s'écria :

« Eh bien ! voilà la chose la plus étonnante que j'aie jamais vue ; la vue de ce piano en a fait une autre personne, car sans cela elle n'y serait jamais allée. »

Elles auraient été encore bien plus étonnées si elles avaient vu ce que fit Beth une fois entrée. Elle alla droit au cabinet de travail de M. Laurentz et frappa sans même se donner le temps de la réflexion ; et, lorsqu'une voix rude eut dit : « Entrez, » elle entra et alla droit vers M. Laurentz, mit sa main tremblante dans la sienne et lui dit :

« Monsieur, je suis venue pour... vous remercier... »

Mais elle ne finit pas sa phrase, et, se rappelant seulement qu'il avait perdu la petite fille qu'il aimait, elle mit ses deux bras autour de son cou et l'embrassa.

Si le toit de la maison se fût effondré subitement, M. Laurentz n'aurait pas été plus étonné ; mais il était si content et si touché de ce timide petit baiser que toute sa froideur habituelle fondit comme neige au soleil, et que, prenant Beth sur ses genoux, il l'embrassa si tendrement, si délicatement qu'on eût dit que sa petite fille lui

M. LAURENTZ EMBRASSA BETH

était rendue. A dater de ce jour, Beth cessa d'avoir peur de lui et causa avec lui comme si elle l'eût connu toute sa vie. L'affection surpasse la crainte, et la reconnaissance peut dominer toutes les timidités. Lorsqu'elle partit, il la reconduisit jusqu'à la porte de chez elle, lui donna une bonne poignée de main et ôta son chapeau en la quittant, comme un beau vieux militaire qu'il était.

Lorsque, de la fenêtre, Jo vit tout cela, elle se mit à danser avec fureur pour exprimer sa joie; Amy, dans sa stupéfaction, faillit tomber dans la rue, et Meg s'écria en levant les mains au ciel :

« Eh bien! je crois que le monde va finir!

— Finir! dit Jo ravie, il ne fait que commencer... »

CHAPITRE VII

« Ce garçon est un vrai *cyclope*, n'est-ce pas ? dit un jour Amy en voyant passer Laurie à cheval.

— Comment osez-vous dire cela, quand il a de si beaux yeux ? s'écria Jo, qui ressentait profondément tout ce qu'on disait de son ami.

— Je n'ai rien dit de ses yeux, et je ne vois pas pourquoi vous vous fâchez de ce que j'admire sa manière de monter à cheval.

— Oh ! si c'est possible ! s'écria Jo en éclatant de rire, cette petite bête qui l'appelle *cyclope*, quand elle veut dire un *centaure*.

— Vous pourriez bien ne pas être si impolie, c'est un « *lapse de lingue*, » comme dit M. Davis, répondit Amy.

— *Lapsus linguæ*, dit Jo.

— *Lapse* ou *lapsus*, dit Amy piquée, qu'est-ce que cela fait ? l'un est la traduction de l'autre, et cela se comprend. »

Jo avait bien envie de rire encore de cette rechute d'Amy ; mais elle sut se retenir, et Amy ajouta, comme si elle se parlait à elle-même, mais tout en espérant que ses sœurs l'entendraient :

« Je voudrais bien avoir un peu de l'argent que Laurie dépense avec son cheval.

— Pourquoi faire? demanda Meg avec bonté, tandis que Jo continuait à rire, à part elle, du latin et du français d'Amy.

— J'ai tant de dettes!

— Des dettes, Amy! que voulez-vous dire? demanda Meg d'un air sévère.

— Oui, je dois au moins une douzaine de sucres d'orge, et je ne peux pas les payer, puisque je n'ai pas d'argent et que maman me défend d'acheter à crédit.

— Est-ce que c'est maintenant, à votre pension, la mode des sucres d'orge? L'autre jour, c'était celle des petits morceaux de gomme élastique pour faire des balles, dit Meg en tâchant de garder son sérieux, car Amy avait l'air de trouver cela si grave et si important qu'elle ne voulut pas la blesser en riant.

— Toutes mes compagnes en achètent et considèrent celles qui ne font pas de même comme des avares ou des pauvresses. On les suce pendant la classe dans son pupitre, et on les échange contre des crayons, des plumes, des bagues en perles, des poupées en papier ou d'autres choses. Si l'une de nous en aime une autre, elle lui donne un sucre d'orge; si elle est fâchée contre une autre, elle en mange un à son nez sans lui en offrir. Quand on en a partagé avec d'autres, elles doivent vous les rendre, et on m'en a beaucoup donné que je n'ai pas encore rendus, et ce sont des dettes d'honneur, vous savez.

— Combien vous faut-il pour payer toutes vos dettes, Amy? demanda Meg en tirant sa bourse de sa poche.

— Un shilling sera plus que suffisant, et il vous restera encore quelques sucres d'orge pour vous. Les aimez-vous?

— Pas beaucoup; je vous donne ma part. Voici votre argent; je n'en ai pas beaucoup; ainsi faites-le durer le plus longtemps possible.

— Oh! merci. Que vous êtes donc heureuse, ma bonne Meg, d'avoir de l'argent de poche! Je vais m'acquitter et aussi me régaler; je n'ai pas mangé un seul sucre d'orge cette semaine, parce que je n'aimais pas en accepter quand je ne pouvais pas les rendre. »

Le lendemain, Amy arriva en classe un peu en retard, mais portant un petit paquet enveloppé de papier brun, qu'elle ne put s'empêcher de montrer à ses compagnes, avec un orgueil pardonnable, avant de le cacher dans les profondeurs de son pupitre. Aussitôt la rumeur qu'Amy Marsch avait vingt-quatre délicieux sucres d'orge à la menthe (elle en avait mangé un sur sa route)

10

circula dans « sa bande », et les attentions de ses amies devinrent accablantes. Katy Brown l'invita immédiatement pour sa prochaine réunion ; Mary Ringoley insista pour lui prêter sa montre, et Jenny Snow, une jeune fille satirique, qui avait bassement jeté au nez d'Amy, la veille encore, qu'elle n'avait jamais de bonbons, enterra promptement le différend et offrit à Amy de faire un échange. Mais Amy n'avait pas oublié les remarques piquantes de miss Snow sur « les personnes dont le nez n'était pas trop petit pour sentir les sucres d'orge des autres et celles qui n'étaient pas trop orgueilleuses pour en demander, » et elle détruisit immédiatement les espérances de cette « petite Snow » par le télégramme suivant : « Votre politesse n'a plus de mérite, nous ne ferons aucune affaire ensemble. »

Un personnage distingué venant à ce moment visiter la pension, les belles cartes, bien dessinées par Amy, reçurent des louanges qui envenimèrent l'âme de son ennemie, miss Snow, et firent prendre à miss Marsch les airs d'un studieux jeune paon. Mais, hélas ! hélas ! la roche Tarpéienne n'est jamais loin du Capitole, et « la petite Snow » parvint à changer du tout au tout la face des choses. Le visiteur était à peine sorti que, sous prétexte de faire une demande importante à M. Davis, elle eut la bassesse d'aller l'informer qu'Amy Marsch avait vingt-quatre sucres d'orge dans son pupitre.

Or M. Davis avait déclaré récemment que les sucres d'orge seraient désormais considérés par lui comme un article de contrebande, et que quiconque en ferait entrer dans la classe serait puni du supplice de la férule.

C'était un moment malheureux pour dénoncer Amy, et la rancunière petite le savait bien. Le mot *sucres d'orge* fut pour M. Davis comme le feu à la poudre ; sa figure devint pourpre, et il tapa sur son pupitre d'une manière énergique, qui renvoya la dénonciatrice à sa place beaucoup plus lestement encore qu'elle ne l'avait quittée.

« Attention, s'il vous plaît, mesdemoiselles ! »

Aussitôt le bruit cessa, et plus de cent paires d'yeux bleus, gris, noirs ou bruns se fixèrent avec obéissance sur sa figure terrible.

« Miss Marsch, venez ici ! »

Amy se leva avec un calme apparent ; mais les sucres d'orge pesaient sur sa conscience, et une crainte secrète l'oppressait.

« Apportez avec vous les sucres d'orge que vous avez dans votre pupitre, » fut l'ordre inattendu qu'elle reçut avant même d'être sortie de sa place.

« Ne prenez pas tout, » murmura sa voisine, jeune personne d'une grande présence d'esprit.

Amy en ôta vite une demi-douzaine et dépose le reste devant M. Davis, en pensant que ce délicieux parfum de menthe adoucirait le cœur de toute créature humaine. Malheureusement M. Davis détestait particulièrement cette odeur à la mode, et elle ne fit qu'ajouter encore à sa colère.

« Est-ce tout ?

— Pas tout à fait, balbutia Amy.

— Apportez immédiatement le reste. »

Elle obéit en jetant un regard de désespoir à ses amies.

« Vous n'en avez plus d'autres ?

— Je ne mens jamais, monsieur.

— Je le vois. Maintenant, prenez ces dégoûtantes choses deux à deux et jetez-les par la fenêtre. »

Un soupir de douleur répondit sur tous les bancs à cet ordre barbare.

Amy, écarlate de honte et de colère, alla douze fois à la fenêtre jeter deux sucres d'orge, qui, tombant à regret de ses mains, paraissaient si beaux et si bons que l'eau en venait à la bouche de ses compagnes, et, chaque fois, on entendait dans la rue les cris de joie de petits mendiants irlandais qui se trouvaient là, comme si on les y eût depuis huit jours conviés. Cela c'était trop, et toutes les élèves lancèrent à l'inexorable M. Davis des regards d'indignation et de supplication ; il y eut même une adoratrice passionnée de sucres d'orge qui fondit en larmes.

Quand Amy eut jeté les derniers sucres d'orge, M. Davis fit entendre un *hum!* de mauvais augure, et dit de son air le plus péremptoire :

« Mesdemoiselles, vous vous rappelez ce que je vous ai dit il y a huit jours. Je suis fâché que vous me forciez à m'en souvenir ; mais je ne peux pas permettre qu'on transgresse mes ordres, et je tiens *toujours* ma parole. Miss Marsch, tendez la main. »

Amy tressaillit et mit ses deux mains derrière son dos, en jetant à son maître un regard suppliant qui plaidait mieux sa cause que les paroles qu'il lui aurait été impossible de prononcer. La pauvre Amy était une des favorites du « vieux Davis », comme l'appelaient naturellement ses élèves, et mon idée particulière est qu'il n'aurait pas été jusqu'au bout, si une maladroite et audacieuse petite fille ne s'était mise à siffler dans une clef à la vue de la férule. Ce fatal coup de sifflet irrita le vieux maître et décida du sort de la coupable.

« Votre main, miss Marsch, » fut la seule réponse que reçut la muette supplication d'Amy, et celle-ci, trop orgueilleuse pour pleurer ou demander grâce, serra les dents les unes contre les autres et, rejetant la tête en arrière, reçut, sans pousser un gémissement, plusieurs coups de férule sur sa petite main. Les coups n'étaient ni nombreux ni très forts ; mais cela ne faisait aucune différence à ses yeux, et pour elle c'était un affront aussi grand que si M. Davis l'eût fouettée.

« Maintenant, vous resterez sur l'estrade jusqu'à ce que je vous permette d'en descendre, » dit M. Davis, résolu à faire complètement la chose, puisqu'il avait tant fait que d'être obligé de la commencer.

C'était terrible ! Amy aurait déjà été assez malheureuse de retourner à sa place et de voir les figures consternées de ses amies ou l'air satisfait de ses quelques ennemies ; mais c'était trop de faire face à toute la classe avec cette nouvelle honte, et, pendant une seconde, elle pensa qu'elle ne pouvait que se jeter par terre et sangloter. Mais la vue de Jenny Snow l'aida à tout supporter, et, prenant la place ignominieuse, elle tint les yeux fixés sur le tuyau du poêle, au-dessus de ce qui lui semblait un océan de têtes, et resta si tranquille et si pâle, que ses compagnes trouvèrent très difficile d'étudier avec cette triste petite figure devant elles.

Pendant le quart d'heure qui suivit, l'orgueilleuse et sensible petite fille souffrit avec une honte et une douleur qu'elle n'oublia jamais, car, jusque-là, elle n'avait jamais mérité aucune punition ; mais elle oublia sa douleur et sa honte en pensant : « Il faudra que je dise tout à maman, tout à mes sœurs, et elles vont avoir tant de chagrin ! »

Ce quart d'heure d'exposition publique lui parut une éternité. Cependant le mot « assez » vint enfin lui annoncer le terme de ce supplice.

« Vous pouvez retourner à votre place, miss Marsch, » dit M. Davis qui n'avait pas l'air d'être à son aise, et en effet il n'était pas à son aise.

Il n'oublia pas de sitôt le regard de reproche qu'Amy lui jeta en passant, lorsque, sans dire un mot à personne, elle alla dans l'anti-

VOTRE MAIN, MISS MARSCH

chambre, prit son chapeau et son manteau et quitta la classe *pour toujours*, comme elle se le déclarait avec passion.

Elle était dans un triste état lorsqu'elle arriva chez elle, et, quand ses sœurs furent de retour, il y eut un vrai concert d'indignation, non pas tant contre le maître que contre l'odieuse petite miss Snow. Mme Marsch ne se prononçait pas et se bornait à tâcher d'apaiser sa petite Amy ; Meg arrosait de glycérine et de larmes la petite main meurtrie ; Beth sentait que même ses bien-aimés petits chats seraient impuissants pour la consoler des douleurs de sa sœur, et Jo dit que miss Snow aurait dû être fusillée comme espion, tandis que la vieille Hannah montra dix fois de sa cuisine le poing à M. Davis, « à ce bourreau, » disait-elle au lapin qu'elle faisait sauter dans sa casserole. Elle épluchа avec fureur les pommes de terre du dîner, comme si elle eût eu M. Davis et miss Snow réunis sous son couteau.

Personne dans la classe ne fit de réflexion sur le départ d'Amy ; mais ses compagnes remarquèrent que, toute l'après-midi, M. Davis était extraordinairement triste. Mais quelqu'un qui l'était plus que le bon vieux maître, c'était Jenny Snow. À la récréation, personne ne voulut lui parler. À la classe, on lui tourna le dos. Il était évident que, dans ces conditions, la vie à la pension ne serait pas tenable pour elle.

Amy n'y retourna pas non plus ; elle était revenue si malade et si nerveuse, que sa mère ne crut pas devoir l'y contraindre.

« Cependant, lui dit sa mère, le lendemain, quand elle lui annonça cette résolution, vous étiez dans votre tort, Amy ; vous méritiez d'être punie. M. Davis était dans son droit ; votre conscience doit vous dire qu'il devait faire un exemple, et, si vous êtes juste, vous devez le reconnaître. Si je vous retire de pension, ce n'est pas parce que vous y avez subi une punition, à laquelle il n'eût dépendu que de vous de ne pas vous exposer, c'est parce que je ne pense pas que les exemples que vous ont donnés jusqu'ici quelques-unes de vos compagnes vous aient fait du bien. J'écrirai à M. Davis dans ce sens, et j'écrirai d'autre part à votre père ; puis j'attendrai son avis avant de vous envoyer dans une autre pension.

— C'est pourtant désolant de penser à ces délicieux sucres d'orge, jetés par moi-même dans la rue.

— Ce ne sont point eux que je regrette pour vous, Amy. Ils ont été la cause de votre faute ; en les emportant, vous avez sciemment désobéi, et je vous répète que vous méritiez une punition, répondit Mme Marsch d'un ton sévère qui désappointa grandement Amy.

— Voulez-vous donc dire, maman, dit-elle, que vous êtes contente que j'aie été dégradée devant toute la classe? s'écria-t-elle.

— Dégradée! le mot est bien fort, ma chère amie; mais je ne suis pas sûre que la punition que vous vous êtes attirée ne vous fera pas plus de bien qu'une autre plus douce. Vous commenciez à avoir trop de vanité, ma pauvre fille, et il est tout à fait temps de penser à vous corriger. Vous avez beaucoup de petites qualités, mais il n'est pas bon d'en faire tant parade; l'amour-propre mal entendu gâte les plus grands mérites. Rappelez-vous, Amy, que le grand charme de toutes les qualités est la conduite.

— Oh! oui! s'écria Laurie, qui jouait aux échecs avec Jo dans un des coins de la chambre. J'ai connu une petite fille qui avait en musique un talent vraiment remarquable et qui ne le savait pas. Elle ne se doutait pas des charmantes petites mélodies qu'elle composait quand elle était seule, et n'aurait pas cru la personne qui le lui aurait dit.

— Je voudrais bien connaître cette gentille petite fille; elle m'aiderait, moi qui suis si peu inventive, dit Beth, qui était derrière lui et l'écoutait de toutes ses oreilles.

— Vous la connaissez, et elle vous aide mieux que personne, » répondit Laurie en la regardant d'un air tellement significatif, que Beth devint très rouge; elle fut si déconcertée en découvrant que Laurie avait entendu parler d'elle, qu'elle cacha sa figure dans le coussin du canapé.

Jo laissa Laurie gagner la partie, afin de le récompenser du juste éloge qu'il avait fait de Beth. Après le compliment qu'elle avait reçu, celle-ci n'osa plus rien jouer de la soirée. Laurie fut obligé de prendre sa place, et s'en acquitta à merveille. Il était particulièrement gai et aimable ce soir-là; du reste, il montrait très rarement à la famille Marsch le mauvais côté de son caractère. Après son départ, Amy, qui avait été pensive toute la soirée, dit, comme si elle agitait depuis longtemps une question dans son esprit :

« Laurie est-il un jeune homme accompli?

— Il a reçu une éducation excellente et a beaucoup de talent, répondit Mme Marsch; ce sera un homme de mérite, s'il n'est pas gâté par les louanges.

— Il n'est pas vaniteux, n'est-ce pas ?

— Pas le moins du monde, et c'est pour cela qu'il est charmant et que tous nous l'aimons tant.

— Je comprends. C'est très bien d'avoir des talents et d'être distingué, mais non d'en faire parade ou de se pavaner parce qu'on en a, reprit pensivement Amy.

— Il faut laisser aux autres le soin de les remarquer ; chercher à les faire valoir, c'est leur faire perdre tout mérite, dit Mme Marsch. « Quand on se paye soi-même, les autres ne vous doivent plus rien, » vous avez dû lire cela dans la *Morale familière*, Amy.

— Oui, mère, et je le relirai.

— Amy doit comprendre, ajouta Jo, qu'il ne serait pas joli de mettre tous ses chapeaux, toutes ses robes et tous ses rubans à la fois, afin qu'on sache qu'elle les a. »

Et la leçon finit par un éclat de rire.

CHAPITRE VIII

DOUBLE CHOC

Amy, se prenant volontiers pour une grande personne, était assez souvent indiscrète.

« Où allez-vous? demanda-t-elle, un samedi, à Meg et à Jo, lorsque, entrant dans la chambre de ses sœurs, elle les trouva s'apprêtant à sortir d'un air mystérieux qui excita sa curiosité.

— Cela ne vous regarde pas, Amy ; les petites filles ne doivent pas faire de questions indiscrètes à leurs grandes sœurs, » répondit Jo.

Il paraît qu'il n'y a rien de plus mortifiant que de s'entendre faire de pareilles réponses quand on les mérite.

Aussi Amy, se redressant sous ce qu'elle considérait comme une offense, prit-elle la résolution de découvrir ce dont on lui faisait mystère. « Dussé-je, se dit-elle, tourmenter mes sœurs pendant une heure, je saurai leur secret. »

S'adressant donc à Meg d'un ton suppliant :

« Oh! dites-le-moi, je vous en prie. J'espérais que vous me permettriez d'aller avec vous ; je m'ennuie ici toute seule ; Beth est trop occupée avec ses poupées....

— Je ne peux pas, ma chère, parce que vous n'êtes pas invitée... » répondit Meg.

Mais Jo l'interrompit avec impatience en disant :

« Taisez-vous, Meg ; sans cela, tout sera gâté ! Vous ne pouvez pas aller où nous allons, Amy. Ainsi ne faites pas l'enfant et ne pleurez pas.

— Vous sortez avec Laurie et son précepteur, j'en suis sûre ; il y a quelque chose là-dessous. Hier soir, vous avez chuchoté et ri avec lui sur le canapé, et vous vous êtes arrêtée quand je suis arrivée. Allez-vous avec lui ?

— Oui ! Et maintenant restez tranquille — et ne nous ennuyez plus. »

Amy resta sans parler, mais non sans regarder. Elle vit Meg glisser un éventail dans sa poche.

« Je sais ! je sais ! Vous allez au théâtre voir *les Sept Châteaux du diable !* s'écria-t-elle en ajoutant d'un ton résolu : J'irai avec vous ; maman a dit que je pouvais voir cette pièce-là, et j'ai de l'argent. Mais c'est très mal de ne pas me l'avoir dit plus tôt.

—Écoutez-moi un instant, et soyez raisonnable, dit Meg avec douceur. Maman ne veut pas que vous y alliez cette semaine, parce que vos yeux, un peu malades, sont trop faibles pour supporter la lumière de cette féerie. Si vous êtes guérie, vous irez la semaine prochaine avec Beth et Hannah.

— Je ne m'amuserai pas la moitié autant que si j'allais avec vous et Laurie. Oh ! je vous en prie, emmenez-moi ! Il y a si longtemps que je suis retenue à la maison par ce rhume, que je meurs d'envie de m'amuser un peu. Voulez-vous, Meg ? Je serai si sage ! dit Amy d'un ton suppliant.

— Si nous l'emmenions, Jo ? dit Meg, qui ne résistait jamais longtemps aux prières de sa petite sœur. Je crois que maman ne nous gronderait pas ; nous l'envelopperions bien chaudement.

— Si elle s'entête à venir, je resterai, et, si je reste, Laurie ne sera pas content ; du reste, c'est très impoli de lui imposer la présence d'Amy lorsqu'il n'a invité que nous deux. J'aurais pensé qu'Amy avait assez de bon sens et de fierté pour ne pas se fourrer où l'on n'a pas besoin d'elle, » répondit Jo d'un air peu aimable, car rien ne la mettait de si mauvaise humeur que d'avoir à surveiller une enfant turbulente, quand elle avait espéré avoir quelques heures de récréation tranquille.

Son ton et son air excitèrent davantage Amy, et elle commença à mettre ses bottines en disant avec animation :

« J'irai avec vous. Meg a dit que je le pouvais, et, puisque c'est

11

moi qui payerai ma place, Laurie n'a rien à voir là-dedans. Je ne serai pas indiscrète avec lui...

— Nous avons des places réservées, et vous ne pouvez pas être à côté de nous; or, comme vous ne devez pas être seule, Laurie sera obligé de vous donner sa place et de s'en aller seul loin de nous, ce qui gâtera notre plaisir; ou bien il voudra vous procurer une autre place, et ce n'est pas convenable de le forcer à faire cette dépense, quand il ne vous a pas demandé de venir. Vous ne bougerez pas d'ici, je puis vous l'assurer! » cria Jo, qui venait de se piquer le doigt en se dépêchant trop, ce qui n'avait pas diminué sa mauvaise humeur.

Amy, s'asseyant sur le plancher avec ses bottines à moitié mises, commençait à pleurer, et Meg à la raisonner, quand Laurie les appela du bas de l'escalier; les deux aînées se dépêchèrent alors de descendre et laissèrent Amy gémir à son aise, car elle oubliait de temps en temps ses grands airs et agissait alors comme un enfant gâté. Juste au moment où Jo allait fermer la porte d'entrée, elle entendit Amy lui crier d'une voix menaçante :

« Je vous forcerai bien à vous repentir de m'avoir empêchée d'y aller avec vous, vous verrez!

— Quelle bêtise! » s'écria Jo en tapant la porte après elle.

Les Sept Châteaux du diable étaient une féerie aussi brillante et aussi merveilleuse qu'on pouvait le désirer. Meg et Jo s'amusèrent; mais, malgré les diablotins, les lutins, les sylphes étincelants et les splendides princesses, le plaisir de Jo était mélangé de quelque amertume. Les boucles blondes de l'une des fées lui rappelaient Amy, et, dans les entr'actes, elle se demandait ce que sa sœur pourrait bien imaginer pour la faire *s'en repentir*.

Amy et Jo avaient des caractères vifs et emportés et se livraient souvent à des escarmouches assez violentes. Amy taquinait Jo et Jo irritait Amy; il s'ensuivait quelquefois des explosions dont toutes deux étaient honteuses lorsque leur colère était passée. Jo, quoique la plus âgée, avait moins de contrôle sur elle-même que sa sœur et avait beaucoup de peine à dompter son ennemi intérieur; mais sa colère ne durait jamais longtemps, et, après avoir humblement confessé ses fautes, elle se repentait sincèrement et essayait de mieux faire. Ses sœurs disaient souvent qu'elles aimaient bien voir Jo en colère, parce qu'elles savaient qu'après elle serait patiente comme un ange. La pauvre Jo faisait tous ses efforts pour vaincre son mauvais penchant à la violence; mais il était clair qu'il lui faudrait encore bien des années d'efforts pour arriver à le soumettre.

Lorsque les deux sœurs revinrent du spectacle, elles trouvèrent Amy dans le parloir, lisant d'un air offensé. Elle affecta de ne pas lever les yeux de dessus son livre et ne leur fit pas une seule question. La curiosité l'aurait peut-être emporté sur le ressentiment, mais Beth était là pour faire des questions et recevoir un récit détaillé de la pièce ; Amy profitait des réponses, tout en gardant un air indifférent et fâché.

La première pensée de Jo, en allant ranger son chapeau, fut de regarder son bureau, car, après leur avant-dernière querelle, Amy s'était soulagée en lançant tous ses livres et ses papiers au milieu de la chambre ; cette fois, cependant, tout était à sa place, et Jo, après avoir jeté un coup d'œil sur ses nombreuses boîtes, pensa qu'Amy lui avait pardonné et avait oublié ses menaces de vengeance.

Mais Jo était dans l'erreur, et elle fit le lendemain une découverte qui amena une tempête.

Meg, Beth et Amy étaient ensemble dans le parloir, vers la fin de l'après-midi, quand Jo se précipita dans la chambre, et demanda brusquement : « L'une de vous a-t-elle pris *mon livre?* »

Ce que Jo appelait *son livre,* c'était bien son livre, en effet, mais un livre *manuscrit* dont elle était l'auteur, oui, l'auteur ; en un mot, c'était un essai littéraire de Jo !

Meg et Beth répondirent tout de suite *non*, d'un air surpris ; mais Amy arrangea le feu sans rien dire, et Jo, la voyant rougir, s'élança vers elle :

« C'est vous qui l'avez, Amy?

— Non, je ne l'ai pas.

— Vous savez où il est, alors?

— Non !

— C'est un mensonge ! s'écria Jo, en la prenant par les épaules et paraissant assez en colère pour effrayer une enfant beaucoup plus brave qu'Amy.

— Non, ce n'est pas un mensonge, je ne l'ai pas, je ne sais pas où il est, et je m'en inquiète fort peu.

— Vous savez ce qu'il est devenu et vous ferez mieux de me le dire tout de suite, car je saurai bien vous y forcer ! »

Et Jo la secoua légèrement.

« Criez autant que vous voudrez, vous ne reverrez jamais votre bête de manuscrit, s'écria Amy, très excitée à son tour.

— Pourquoi?

— Parce que je l'ai brûlé.

— Comment! mon travail de toute une année! quelque chose qui m'avait coûté tant de peine et de temps! L'avez-vous réellement brûlé? demanda Jo, qui était devenue très pâle et qui, les yeux étincelants de colère, serrait nerveusement Amy.

— Oui, je l'ai brûlé. Je vous avais dit que je vous ferais repentir d'avoir été si égoïste hier, et.... »

Elle ne continua pas, car Jo, qui ne pouvait maîtriser sa colère, la secouait si violemment qu'Amy en perdait la respiration. Jo criait dans un délire de douleur :

« Méchante! méchante petite fille! Je ne pourrai *jamais* recommencer mon livre, et je ne vous pardonnerai de ma vie! »

Meg courut retirer Amy des mains de sa sœur, et Beth alla essayer de pacifier Jo; mais celle-ci était tout à fait en colère, et, après avoir donné une dernière tape à Amy, elle s'enfuit au grenier pour y cacher son chagrin.

Mme Marsch, étant revenue quelques minutes plus tard, fit comprendre à Amy la noirceur de son action et le tort qu'elle avait fait à sa sœur. Le manuscrit de Jo faisait son bonheur. C'était à la fois pour elle un travail utile et une récréation, une tentative faite par Jo pour se rendre compte et se faire la preuve à elle-même que son goût pour la lecture avait peut-être porté ses fruits et pouvait, le temps venu, la rendre capable d'écrire à son tour. Meg regardait cette première production littéraire de Jo, qu'elle connaissait, comme une promesse sérieuse pour son avenir. Ce n'était, sans doute, que quelques petits contes à l'usage des tout petits enfants; mais Jo y avait mis tous ses soins, et espérait avoir fait quelque chose d'assez bien pour être imprimé dans un journal très aimé des bébés. La pauvre Jo s'était dit qu'ainsi, par son travail, si elle réussissait à bien faire, elle pourrait venir en aide à sa mère. C'était tout un rêve innocent détruit. Elle venait justement de le copier soigneusement et avait brûlé le vieux brouillon; de sorte qu'Amy, bien que sans doute elle n'eût pas eu conscience de la portée de sa vengeance, avait fait à Jo une peine et un tort irréparables.

Beth se désola comme si elle eût vu mourir un de ses petits chats; Meg refusa de défendre son enfant gâté; Mme Marsch parut très peinée et très soucieuse. Elle se disait d'une part que l'action d'Amy dépassait ce qu'on pouvait pardonner à un enfant de son âge, et de l'autre, que Jo pouvait être découragée pour toujours de travailler et d'écrire Amy comprit enfin l'étendue de sa faute. Elle sentit que personne ne l'aimerait plus tant qu'elle n'aurait pas obtenu le pardon de sa sœur.

Lorsque la cloche du thé se fit entendre, Jo parut. Elle avait l'air si inabordable, qu'il fallut qu'Amy prît son courage à deux mains pour lui dire doucement :

« Pardonnez-moi, je vous en prie, Jo. Je suis très, très fâchée de la peine que je vous ai faite ; je n'avais pas pensé qu'elle pût être si grande.

— On ne pardonne que ce qui peut être réparé, » fut la froide réponse de Jo qui, toute la soirée, ne fit pas plus attention à Amy que si elle n'eût pas été dans la chambre.

Personne ne parla du grand chagrin, pas même Mme Marsch ; toutes savaient par expérience que, lorsque Jo était de cette humeur-là, les paroles qu'on lui adressait étaient perdues, et que le plus sage parti à prendre était d'attendre que sa nature généreuse eût adouci son ressentiment et guéri sa blessure.

Elles avaient l'habitude de travailler à l'aiguille tous les soirs, pendant que leur mère leur lisait quelques ouvrages choisis de Frédérika Bremer, Cooper, Walter Scott, Jules Verne et quelques autres livres de la *Bibliothèque d'éducation et de récréation*, qui étaient, pour la plupart, traduits en Amérique ; mais la soirée de ce jour-là ne ressembla pas aux autres. Quelque chose y manquait, la douce paix du logis était troublée. Cela devint encore plus sensible quand arriva le moment de chanter la prière du soir, car Beth ne pouvait que jouer, Jo était muette comme un poisson, et Amy se tut bientôt. Meg et sa mère chantèrent donc seules ; mais, malgré tous leurs efforts, leurs voix ne semblaient pas s'accorder comme d'habitude.

Quand Jo reçut son baiser du soir, Mme Marsch lui dit doucement à l'oreille :

« Ma chérie, ne laissez pas le soleil se coucher sur votre colère ; pardonnez toujours sans vous lasser. »

Jo aurait voulu cacher sa tête dans le sein maternel, et laisser fondre sa colère et sa douleur en pleurant ; mais elle avait été si profondément blessée, que réellement elle ne *pouvait* pas encore pardonner complètement. Par un effort de volonté, elle empêcha ses larmes de couler, et dit brusquement, parce qu'Amy écoutait :

« L'action d'Amy était abominable, et elle doit comprendre qu'il ne serait pas juste que je la lui pardonnasse. »

Ce fut ainsi qu'elle se coucha, et il n'y eut pas de causeries joyeuses ou confidentielles ce soir-là. La faute d'Amy pesait ainsi sur ceux mêmes qui ne l'avaient pas commise.

Le lendemain, Amy, qui avait cru pouvoir être très blessée de ce que ses ouvertures avaient été repoussées, commença à regretter de s'être humiliée, et, se trouvant à son tour l'offensée, elle se mit à se glorifier de sa vertu d'une manière particulièrement exaspérante. Jo était d'une humeur peu agréable, et rien n'allait bien ce jour-là : il faisait très froid ; le précieux petit pâté chaud tomba dans la boue ; tante Marsch était encore plus grondeuse que d'habitude, et, lorsque Jo revint à la maison, elle trouva Meg toute pensive, Beth tout attristée, et Amy qui faisait beaucoup de remarques sur les personnes qui parlaient toujours d'être sages, et cependant ne voulaient pas essayer, lorsque d'autres leur donnaient l'exemple *de la vertu.* C'était absurde....

« Que tout le monde est donc détestable ! s'écria Jo. Je vais aller demander à Laurie de venir patiner avec moi ; il est toujours convenable et gai, il me remettra peut-être dans mon assiette habituelle. »

Et elle sortit de la chambre.

Amy, entendant le bruit des patins, regarda dans la rue en poussant une exclamation d'impatience.

« Là! elle m'avait promis de m'emmener, la première fois qu'elle irait patiner ; l'hiver va bientôt finir, et c'est aujourd'hui la dernière fois qu'on pourra se fier à la glace, puisqu'il commence à dégeler ; mais il est inutile de demander à une personne de si méchante humeur de m'emmener avec elle!

— Ne dites pas cela, Amy, lui répondit Meg. Vous avez été *très* méchante pour Jo. Comprenez donc à la fin qu'il lui est difficile de vous pardonner la perte de son précieux petit livre, et que ses regrets peuvent être sans fin, puisque rien ne pourra lui remplacer ce que votre vilaine action lui a fait perdre. Cependant je suppose qu'elle le pourrait aujourd'hui mieux qu'hier, si, vous rendant compte de votre fâcheuse situation vis-à-vis d'elle, qui est peut-être la meilleure de nous toutes, vous saviez choisir un moment convenable pour lui demander pardon, non du bout des lèvres, mais du fond du cœur. Courez après elle, mais ne lui dites rien jusqu'à ce qu'elle se soit calmée avec Laurie, et alors embrassez-la tendrement, qu'elle vous sente repentante et chagrine, et je suis sûre que, si vous choisissez un bon moment, elle vous pardonnera de tout son cœur. »

Amy, qui sentait bien que ce conseil était bon, se dépêcha de s'apprêter, et courut après les deux amis, qui étaient prêts à patiner lorsqu'elle les rejoignit. Jo lui tourna le dos dès qu'elle la vit venir ; mais Laurie, très occupé à sonder la glace, laquelle ne paraissait pas très solide, ne la vit pas arriver.

Amy entendit qu'il disait en s'éloignant :

« Avant que nous commencions, je vais aller jusqu'au tournant, afin d'être bien sûr que la glace est solide. »

Elle le regarda s'en aller, en pensant qu'il avait l'air d'un jeune Russe avec son chapeau et son manteau garnis de fourrures.

Jo entendit bien Amy arriver tout essoufflée de sa course, et souffler dans ses mains, afin de se réchauffer, en essayant de mettre ses patins ; mais elle ne se retourna pas une seule fois. Elle se mit à marcher en zigzag le long de la rivière, trouvant une espèce de satisfaction amère et malheureuse dans *sa brouille* avec sa sœur.

Lorsque Laurie fut arrivé au tournant, il lui cria :

« Restez près du bord ; la glace n'est pas sûre au milieu. »

Jo l'entendit très bien ; mais Amy, qui était très occupée à mettre ses patins, ne saisit pas une seule de ses paroles. Jo regarda par-dessus son épaule, et le petit démon de la rancune qu'elle abritait dans son cœur lui dit à l'oreille : « Elle m'a ôté le droit de prendre soin d'elle ! »

Laurie avait disparu derrière le tournant ; Jo y arrivait alors, et Amy, loin derrière elle, s'avançait sur la glace plus faible du milieu de la rivière. Pendant une minute, Jo, inquiète sans vouloir le paraître, resta immobile ; elle hésita un instant, puis, son bon cœur l'emportant, elle se retourna vivement pour avertir enfin Amy du danger qu'elle courait. Il était trop tard ! Amy, les bras encore en l'air, venait de disparaître dans l'eau en jetant un cri qui pétrifia Jo de terreur. Elle essaya d'appeler Laurie, mais elle n'avait plus de voix ; elle essaya de courir au secours de sa sœur, mais ses jambes ne lui obéissaient pas ; et, pendant une seconde, elle ne put que regarder, avec une figure bouleversée, le petit capuchon bleu qui seul paraissait encore au-dessus de l'eau. Quelqu'un passa alors comme une flèche à côté d'elle, lui criant :

« Apportez vite, vite une planche ; arrachez-en une de la barrière. »

Jo ne sut jamais comment elle s'y était prise ; mais, obéissant aveuglément à Laurie, qui avait conservé tout son sang-froid, elle travailla avec une force incroyable, arracha une planche en un clin d'œil et la porta à Laurie, qui, couché à plat ventre sur la glace, parvint d'abord à attraper Amy par le bras ; puis, avec l'aide de Jo et de la planche jetée en travers du trou, à la retirer de l'eau.

L'enfant avait eu plus de peur que de mal.

« Enveloppons-la dans nos vêtements, dit Jo, redevenue elle-même ; débarrassons-nous de ces maudits patins, et portons-la à la maison. »

Elle s'était emparée d'Amy évanouie, et, tout en courant, couvrait de baisers son pauvre petit visage, plus blanc que le marbre.

Laurie avait peine à la suivre ; Amy s'était ranimée sous les caresses, sur le cœur de sa sœur. Quand, arrivée à la maison, sa mère et Jo l'eurent roulée dans des couvertures devant un bon feu, elle fondit en larmes et s'endormit presque subitement, à la grande terreur de Jo. Jo n'avait pas dit un mot pendant tout ce bouleversement ; ses vêtements étaient à moitié défaits, sa robe déchirée, et ses mains coupées et meurtries par la glace et les clous de la planche. Mais elle ne s'en apercevait pas. Lorsque Amy, bien endormie, mais d'un sommeil réparateur, eut été déposée dans son lit et que la maison fut tranquille, Mme Marsch, assise à côté du lit, s'occupa de Jo, et, l'attirant vers elle, se mit à bander ses mains abîmées.

« Êtes-vous sûre, mère, bien sûre qu'elle est saine et sauve ? murmura Jo en regardant avec remords la tête blonde qui aurait pu disparaître pour toujours au milieu de la perfide glace.

— Tout à fait, mon enfant, répondit sa mère ; elle n'est pas blessée et n'aura même pas un rhume, tant vous l'avez bien couverte et vite ramenée ici.

— C'est Laurie qui a tout fait ! Moi, j'ai seulement su la laisser aller là où elle pouvait mourir. Oh ! mère, si elle était morte, le savez-vous, ce serait ma faute ! »

Et Jo, se laissant tomber près de sa mère, lui confessa avec un déluge de larmes tout ce qui était arrivé, condamnant amèrement sa dureté de cœur et remerciant Dieu de lui avoir épargné un éternel remords.

« Cela, dit-elle, était dû à mon abominable caractère ! J'essaye de le corriger, mais, quand je pense que j'y suis arrivée, il reparaît pire que jamais ! O mère, que dois-je faire ? s'écria la pauvre Jo toute désespérée.

— Veiller sur vous-même et prier, ma chérie ; n'être jamais fatiguée de faire des efforts, et ne jamais penser qu'il vous est

MAINTENANT IL FAUT LA RAMENER

impossible de vaincre votre grand défaut, répondit Mme Marsch en attirant la tête de Jo sur son épaule, et en embrassant si tendrement sa joue humide de larmes que Jo pleura plus fort que jamais.

— Vous ne savez pas, vous ne pouvez pas deviner combien je suis méchante! Je crois que je pourrais tout faire quand je suis en colère; je deviens si sauvage! J'ai peur de commettre un jour quelque action horrible, de gâter ma vie et de me faire haïr de tout le monde. O mère, aidez-moi! aidez-moi!

— Oui, mon enfant, oui! je vous aiderai, mais ne pleurez pas si amèrement; souvenez-vous toujours de ce qui vous est arrivé aujourd'hui, et prenez de tout votre cœur la résolution de ne jamais revoir un jour pareil. Nous avons, tous et toutes, nos tentations, Jo, ma chérie; il y en a de bien plus grandes que les vôtres, et souvent il faut toute une vie pour les vaincre. Vous pensez que vous avez le plus mauvais caractère du monde, mais le mien était autrefois tout pareil au vôtre.

— Le vôtre, mère! Comment! mais vous n'êtes jamais en colère!»
Et Jo oublia un moment ses remords dans sa surprise.

« Il y a cependant quarante ans que j'essaye de corriger mon impatience naturelle, ma chérie, et je suis seulement arrivée à la contrôler. Je me mets en colère presque tous les jours, Jo, mais j'ai appris à ne pas le laisser voir et à souffrir seule de mon défaut. »

L'humilité de la personne qu'elle aimait tant était une meilleure leçon pour Jo que les reproches les plus durs. Elle se sentit tout de suite soulagée par la confiance que lui montrait sa mère; savoir que sa chère maman avait eu le même défaut qu'elle, et qu'elle croyait encore avoir des efforts à faire pour s'en corriger tout à fait, lui rendait le sien plus facile à supporter et augmentait sa résolution de devenir douce comme un agneau.

« Mère, est-ce que peut-être vous êtes en colère quand vous serrez vos lèvres l'une contre l'autre et que vous sortez ainsi sans rien dire de la chambre : par exemple, lorsque tante Marsch n'est pas juste ou qu'on vous a affligée ou fâchée? demanda Jo, qui se sentait plus rapprochée que jamais de sa mère.

— Oui, mon enfant, je ne suis parvenue encore qu'à réprimer ainsi les paroles vives qui me viennent aux lèvres, et, quand je sens qu'elles veulent sortir contre ma volonté, je m'éloigne un instant et me gronde moi-même d'être toujours si faible et si méchante, répondit Mme Marsch avec un soupir et un sourire, en se mettant à peigner les cheveux ébouriffés de Jo.

12

— Et comment avez-vous appris à ne rien dire? C'est ce qui me
coûte le plus; les paroles désagréables sortent à flots de ma bouche
avant que j'y aie fait attention, et plus j'en dis, plus je suis en
colère, jusqu'à ce que ce soit comme un vilain plaisir pour moi de
faire de la peine aux autres et de dire des choses terribles. Dites-
moi comment vous avez fait, chère petite maman?

— Ma bonne mère m'aidait.

— Comme vous m'aidez, interrompit Jo avec un baiser de reconnaissance.

— Mais je l'ai perdue lorsque j'étais à peine plus âgée que vous,
et, pendant bien des années, il m'a fallu combattre seule, car
j'étais trop orgueilleuse pour confesser ma faiblesse à d'autres
après ma mère. Cela a été un temps difficile, Jo, et j'ai versé bien
des larmes sur mes défauts; car, malgré mes efforts, il me semblait que je n'avançais pas. C'est alors que j'ai épousé votre père, et
j'ai, par lui, été si heureuse, que je trouvai facile de devenir meilleure; mais, plus tard, lorsque j'ai eu quatre petites filles autour
de moi et que nous sommes devenus pauvres, le vieil ennemi s'est
réveillé. Je vous l'ai dit, je ne suis pas patiente par nature, et
j'étais souvent irritée de voir mes enfants manquer du bien-être
dont j'aurais voulu les entourer.

— Pauvre mère! Qui est-ce qui vous a aidée, alors?

— La pensée de Dieu, Jo, et aussi l'exemple de votre père, de
votre admirable père, chère fille. Que de fois il m'a fait comprendre
que je devais essayer de pratiquer toutes les vertus que je voulais
voir à mes filles, puisque je devais être, moi aussi, leur exemple
vivant! C'était plus facile d'essayer pour vous que pour moi; le
regard surpris de l'une de vous lorsque je disais une parole un peu
vive me corrigeait plus que tous les reproches qu'on aurait pu me
faire. Chère Jo, l'amour, le respect et la confiance de mes enfants
sont la plus douce récompense que je puisse recevoir de mes efforts
pour être la femme que je voudrais leur offrir comme modèle.

— Oh! mère, s'écria Jo très touchée, que je serais fière si je
pouvais jamais devenir la moitié aussi bonne que vous!

— J'espère que vous serez bien meilleure, ma chérie; mais il
faut que vous veilliez constamment sur votre ennemi intérieur, car
sans cela vous assombrirez votre vie, si vous ne la gâtez pas complètement. Vous avez eu un avertissement, rappelez-vous-le. Essayez
donc de tout votre cœur et de toute votre âme à vous rendre maîtresse de votre caractère, avant qu'il vous ait apporté une plus

grande douleur encore et un plus grand regret qu'aujourd'hui.

— J'essayerai, mère ; j'essayerai réellement ; mais il faut que vous m'aidiez et que vous me rappeliez de faire attention à ce que je vais dire. J'ai vu quelquefois papa mettre son doigt sur ses lèvres et vous regarder d'un air très bon, mais très sérieux, et toujours aussitôt vous serriez vos lèvres l'une contre l'autre ou vous vous en alliez. Vous avertissait-il alors ? demanda doucement Jo.

— Oui, je le lui avais demandé, et il ne l'a jamais oublié ; par ce petit geste et ce bon regard, il m'a empêchée de prononcer bien des paroles vives. »

Jo vit les yeux de sa mère se remplir de larmes et ses lèvres trembler en parlant, et, craignant d'être allée trop loin, elle demanda anxieusement :

« Était-ce mal à moi de vous observer, mère bien-aimée, et est-ce mal encore de vous en parler aujourd'hui ? Mais c'est si bon de vous dire tout ce que je pense et d'être si heureuse auprès de vous !

— Ma chérie, vous pouvez tout dire à votre mère, et mon plus grand bonheur est de sentir que mes enfants ont confiance en moi et savent combien je les aime.

— Je craignais de vous avoir fait de la peine.

— Non, ma chère Jo ; mais, en vous parlant de votre père, j'ai pensé combien il me manquait, combien je lui devais, et combien j'ai à travailler pour lui rendre à son retour ses petites filles aussi bonnes qu'il les désire.

— Cependant vous avez eu le courage de lui dire de partir, mère, et vous n'avez pas pleuré quand il nous a quittées ; vous ne vous plaignez jamais et vous ne paraissez jamais avoir besoin d'aide.

— J'ai donné à ma patrie ce que je lui devais, c'est-à-dire ce que j'avais de meilleur, et j'ai gardé mes larmes pour le moment où il ne serait plus là, Jo. Pourquoi me plaindrais-je quand nous avons fait seulement notre devoir ?

« Grâce à sa profession de médecin, plus heureux que d'autres, votre père n'est, lui, au milieu des combats que pour guérir, que pour secourir. Les blessés des deux camps peuvent compter sur lui. Ah ! c'est un beau rôle que celui du médecin, ma fille, dans des temps comme ceux-ci, plus encore qu'en temps ordinaire, et je me sens forte de tout le bien que fait votre père en notre nom à tous. »

La seule réponse de Jo fut de tenir sa mère plus étroitement serrée, et, dans le silence qui suivit, elle pria du fond du cœur plus sincèrement qu'elle ne l'avait jamais fait. Dans une heure triste et cependant heureuse, elle avait appris non seulement l'amertume du remords et du désespoir, mais encore la douceur de l'abnégation et du renoncement.

Amy remua et soupira dans son sommeil, et Jo, comme si elle voulait réparer sans retard sa faute, la regarda avec une expression que personne n'avait jamais vue sur sa figure.

« J'ai laissé le soleil se coucher sur ma colère, je n'ai pas voulu *lui* pardonner, et aujourd'hui, sans Laurie, il aurait pu être trop tard. Comment ai-je pu être si méchante? » dit à demi voix Jo en se penchant vers sa sœur et caressant doucement les cheveux encore un peu humides qui étaient épars sur l'oreiller.

Amy ouvrit les yeux comme si elle eût entendu ces bonnes paroles, et tendit les bras à sa sœur avec un sourire qui alla droit au cœur de Jo. Aucune d'elles ne parla, mais tout fut pardonné et oublié dans un baiser plein d'affection.

CHAPITRE IX

« C'est bien la chose la plus heureuse du monde que les petits Kings aient besoin d'une vacance! dit Meg, un jour d'avril, pendant qu'aidée de ses sœurs elle faisait sa malle dans sa chambre.

— Et c'est si gentil à Annie Moffat de ne pas avoir oublié sa promesse! Ce sera charmant pour vous de vous amuser chez elle pendant toute une quinzaine, répondit Jo, qui ressemblait à un garçon de magasin en pliant les robes de sa sœur avec ses longs bras.

— Et vous avez si beau temps! J'en suis enchantée, ajouta Beth, qui rangeait soigneusement des nœuds et des rubans dans sa plus belle boîte, qu'elle avait prêtée à Meg pour cette grande occasion.

— Je voudrais bien être grande et aller aussi m'amuser comme vous, et mettre toutes ces jolies choses, dit Amy.

— Je voudrais que nous puissions y aller toutes; mais, comme c'est impossible, je ferai bien attention à tout ce que je verrai, afin de vous le raconter en revenant. C'est bien le moins que je puisse faire quand vous avez été toutes si bonnes en me prêtant vos affaires et en m'aidant à m'apprêter, dit Meg en jetant un regard de satisfaction sur les très simples objets qui remplissaient la chambre.

— Qu'est-ce que maman vous a donné de sa boîte aux trésors?
demanda Amy, qui n'avait pas été présente à l'ouverture d'un
certain coffret de bois de cèdre, dans lequel Mme Marsch gardait
quelques reliques de ses splendeurs passées, afin de les donner à
ses filles quand en viendrait le moment.

— Une paire de bas de soie, ce joli éventail sculpté et une charmante ceinture bleue. J'aurais bien voulu la robe de soie lilas, mais
on n'aurait pas eu le temps de la faire ; ainsi je dois me contenter
de ma robe de tarlatane.

— Elle sera très jolie, étant portée par vous, et la ceinture la
complètera d'une manière charmante. Je voudrais bien ne pas avoir
cassé mon bracelet de corail, je vous l'aurais prêté, dit Jo, qui
aimait beaucoup prêter et même donner, mais dont les affaires
étaient généralement trop abîmées pour être d'un grand usage aux
autres.

— Il y a une charmante broche en perles fines dans la boîte
aux trésors ; mais maman a dit que les fleurs naturelles étaient la
plus jolie parure d'une jeune fille, et Laurie m'a promis de m'en
envoyer une quantité. Voyons ce que j'ai : d'abord ma robe grise
toute neuve pour robe de promenade ; — oh! Beth, pendant que
j'y pense, voulez-vous arranger la plume de mon chapeau, s'il
vous plaît? — puis ma robe de popeline pour les dimanches et
les petites réunions. C'est un peu lourd pour le printemps, ne trouvez-vous pas? La soie lilas serait si jolie!

— N'y pensez donc pas ; vous avez votre robe de tarlatane pour
les grandes soirées, et vous avez toujours l'air d'un ange quand
vous êtes en blanc, dit Amy, qui adorait parler chiffons.

— Elle n'est pas à queue, mais cela ne fait rien ; il faut qu'elle
aille comme cela. Ma robe d'habitude, la bleue, est si jolie, maintenant qu'elle est retournée et garnie autrement, qu'on la dirait
neuve ; mais mon vêtement de soie n'est plus du tout à la mode,
et mon chapeau ne ressemble guère à celui de Sallie. Je n'ai rien
voulu dire, mais j'ai été terriblement désappointée en voyant mon
parapluie neuf ; j'avais dit à maman que je le désirais noir avec un
manche blanc, mais elle a oublié, et l'a acheté vert avec un vilain
manche jaunâtre. Il est solide et propre ; ainsi je ne dois pas me
plaindre ; mais je sais que j'en aurai honte quand je le verrai à
côté de celui d'Annie, qui est en soie avec une si jolie pomme d'or!
soupira Meg en regardant le petit parapluie d'un air peu satisfait.

— Changez-le, lui dit Jo.

— Oh! non; ce ne serait pas aimable pour notre mère. Elle s'est donné bien trop de peine pour réunir ce que j'emporte! C'est une de mes idées qui n'ont pas le sens commun, et je tâcherai de l'oublier... Les bas de soie et les deux paires de gants neufs sont ma plus grande joie. Vous êtes bien gentille de me prêter les vôtres, Jo; il me semble que je serai très élégante en ayant deux paires de gants neufs, sans compter les deux vieilles paires nettoyées pour tous les jours! »

Et Meg regarda sa boîte à gants d'un air enchanté.

« Annie Moffart a des nœuds bleus sur tous ses bonnets de nuit; voudriez-vous en mettre quelques-uns sur les miens, Jo? demanda-t-elle en voyant Beth en apporter de fraîchement repassés par Hannah.

« Non, je ne veux pas! les bonnets à rubans ne vont pas avec les camisoles tout unies, et les gens pauvres ne devraient pas singer les riches.

« Je me demande si je serai *jamais* assez riche pour avoir de la vraie dentelle à mes robes et des nœuds sur mes bonnets!

— Vous avez dit l'autre jour que vous seriez parfaitement heureuse si vous alliez chez Annie Moffat, dit tranquillement Beth.

— Oui, je l'ai dit. Eh bien, c'est vrai. Je *suis* heureuse et ne veux plus me plaindre; j'ai tort; je suis trop enfant pour mon âge; je suis moins sage que vous, Beth; mais on dirait que plus on a de choses, plus on en désire. Là, maintenant tout est prêt, excepté ma robe de bal que je vais laisser à plier à maman, » dit Meg, dont le front s'éclaircit en regardant la robe de tarlatane blanche souvent repassée et raccommodée, qu'elle appelait d'un air important sa robe de bal.

Le lendemain, le temps était magnifique, et Meg partit gaiement pour quinze jours de vie nouvelle et de plaisirs. Mme Marsch, craignant que sa fille ne revînt moins contente de son sort, n'avait consenti à son départ qu'à contre-cœur; mais Meg avait tant supplié, Sallie avait tellement promis d'avoir bien soin d'elle, et aussi cela semblait si juste qu'elle prît un peu de plaisir après ce long hiver de travail, que la permission fut donnée et que Meg alla goûter pour la première fois de la vie mondaine.

La famille Moffat avait des habitudes très luxueuses, et la simple Meg fut d'abord intimidée par la splendeur de la maison et l'élégance de ses habitants. Mais, malgré leur vie frivole, ces personnes étaient très bonnes et mirent bientôt la jeune fille à son aise. Meg

sentait peut-être, sans trop comprendre pourquoi, que ses hôtes
n'étaient pas des personnes particulièrement instruites ou distin-
guées, et que tout leur vernis ne suffisait pas à cacher un certain
manque de véritable bonne éducation première. Mais cela lui
paraissait très agréable d'assister à de grands dîners, de se promener en voiture, de mettre tous les jours sa plus belle robe et
de s'amuser toute la journée. C'était tout à fait de son goût, et
bientôt elle commença à imiter les manières et les conversations
des personnes qui l'entouraient, à prendre de petits airs affectés, à
faire des grâces, à entremêler sa conversation de phrases fran-
çaises, à onduler ses cheveux, à mettre des cols ouverts et à parler
de modes et de théâtres aussi bien qu'elle le pouvait. Plus elle
voyait les jolies robes et les mille objets de toilette d'Annie Moffat,
plus elle enviait son sort et soupirait après la richesse. Lorsqu'elle
pensait à son *chez elle*, elle le revoyait triste et nu ; sa vie de travail lui apparaissait plus dure que jamais, et, malgré les gants
neufs et les bas de soie, elle se trouvait une jeune fille privée de
bien des choses et peu heureuse.

Elle n'avait cependant pas beaucoup de temps pour se désoler,
car les trois jeunes filles étaient très occupées à « prendre du bon
temps » : elles couraient les magasins, se promenaient à pied ou
en voiture et faisaient des visites toute la journée; le soir, elles
allaient au théâtre ou au concert, ou avaient de petites réunions.
Les sœurs aînées d'Annie étaient de très gentilles jeunes filles, et
l'une d'elles était fiancée, ce qui paraissait à Meg excessivement
intéressant et romanesque. M. Moffat était un vieux gros monsieur
très affable qui connaissait M. Marsch ; et Mᵐᵉ Moffat, une grosse
vieille dame très aimable, qui s'engoua de Meg aussi subitement
que sa fille. Tout le monde la gâtait, et « Pâquerette », comme
on l'appelait, était en bon chemin d'avoir la tête tournée.

Lorsque arriva le jour de la « Petite soirée », Meg vit que toutes
ses amies allaient mettre des robes claires et que sa robe de popeline ne pourrait pas du tout aller; elle sortit donc de sa malle sa
robe de tarlatane, qui lui parut encore plus laide, plus vieille et
plus courte, à côté de celle de Sallie qui était toute neuve et couverte de volants. Elle vit ses amies regarder sa robe et échanger
des coups d'œil expressifs, et ses joues commencèrent à brûler,
car, malgré sa gentillesse, elle était très orgueilleuse. Personne ne
lui parla de sa robe; Sallie offrit de la coiffer et Annie de lui nouer
sa ceinture; Belle, la fiancée, admira ses bras blancs; mais, dans

MEG FIT DE JOLIS PETITS BOUQUETS

toute leur bonté, Meg ne vit que de la condescendance pour sa
pauvreté, et, retirée près d'une fenêtre, elle avait le cœur très
gros, pendant que les autres riaient et causaient, se paraient et
voltigeaient dans la chambre comme de gais papillons. Ses pensées
devenaient même très mauvaises, quand une bonne entra tenant une
boîte qui contenait des fleurs. Avant qu'elle eût pu dire un mot,
Annie avait enlevé le couvercle et s'extasiait, ainsi que Belle et
Sallie, sur la beauté des roses, des bruyères et des camélias qui
composaient le bouquet.

« C'est naturellement pour Belle, dit Annie en se penchant pour
en mieux sentir l'odeur. Georges lui en envoie toujours, mais
celles-ci dépassent toutes les autres.

— C'est pour miss Marsch, interrompit la bonne, et voici un
billet pour elle.

— Que c'est drôle! D'où viennent-elles? Nous ne savions pas
que vous étiez fiancée! s'écrièrent les jeunes filles en se réunissant
autour de Meg avec beaucoup de curiosité et de surprise.

— Fiancée! dit Meg en rougissant, à quoi pensez-vous là? C'est
mère qui m'a écrit, et c'est notre petit ami Laurie qui m'envoie
les fleurs, répondit très simplement Meg, très reconnaissante de ce
que son jeune ami ne l'eût pas oubliée.

— Oh! en vérité! » s'écria Annie d'un petit air malin, pendant
que Meg glissait le billet de sa mère dans sa poche, comme un
talisman contre l'envie, la vanité et le faux orgueil. Les quelques
mots de sa mère lui avaient fait du bien, et la beauté des fleurs
l'avait charmée. Se sentant de nouveau presque heureuse, elle mit
de côté quelques bruyères et quelques roses pour elle-même et fit
avec le reste des fleurs de jolis petits bouquets pour ses amies, les
leur offrant si gentiment que Clara, l'aînée des demoiselles Moffat,
lui dit qu'elle était la plus charmante petite fille qu'elle eût jamais
vue, et que toutes paraissaient ravies de ses attentions. De quelque façon que ce fût, ce petit acte de bonté la remit tout à fait,
et lorsque, pendant que ses amies allaient se montrer à Mme Moffat,
elle posa les bruyères dans ses cheveux et attacha les roses à sa
ceinture, elle put voir dans la glace une heureuse figure aux yeux
brillants, et sa robe elle-même ne lui parut pas mal du tout.

Elle s'amusa beaucoup toute la soirée, car elle dansa tout le
temps. Cette fois sa chaussure ne la gênait pas, et tout le monde
fut très bon pour elle; elle reçut même trois compliments. Annie
l'ayant fait chanter, on lui dit qu'elle avait une voix remarquable-

13

ment jolie; le major Lincoln demanda qui était cette fraîche jeune fille aux yeux bleus, et M. Moffat insista pour danser avec elle, parce que, lui dit-il gracieusement, elle ne sautait pas comme les autres jeunes filles. Mais, à la fin de la soirée, elle entendit par hasard quelques mots d'une conversation qui la troublèrent extrêmement ; elle était assise dans la serre et attendait une glace que son danseur était allé lui chercher, lorsqu'elle entendit une voix demander de l'autre côté du mur de fleurs :

« Quel âge a-t-il?

— Seize ou dix-sept ans, je crois.

— Ce serait un très beau parti pour une de ces petites filles. Sallie dit qu'ils sont très intimes maintenant, et le vieux monsieur raffole d'elle.

— Mme Marsch y a peut-être bien pensé; mais la jeune fille n'y pense évidemment pas encore, dit une voix que Meg reconnut pour être celle de Mme Moffat.

— Elle a cependant énormément rougi quand les fleurs sont arrivées. Pauvre petite fille ! elle serait si jolie si elle était habillée. Pensez-vous qu'elle s'offenserait si nous lui offrions de lui prêter une robe pour jeudi? demanda la voix de Clara.

— Elle est fière, mais je ne crois pas qu'elle s'en fâcherait, car elle n'a que cette robe de tarlatane. Elle peut y faire quelque accroc ce soir, ce qui sera un bon prétexte pour lui en offrir une nouvelle.

— Nous verrons! J'inviterai ce petit Laurentz, soi-disant pour faire plaisir à Pâquerette, et nous nous amuserons à les voir ensemble. »

Au même moment, le danseur de Meg arriva et la trouva rouge comme un coquelicot et très excitée. Son orgueil lui fut utile dans ce moment-là; il l'aida à cacher sa mortification de ce qu'elle venait d'entendre, car, quelque innocente et simple qu'elle fût, elle ne pouvait s'empêcher de comprendre le sens du bavardage de ses amies : *Mme Marsch y a pensé;* — *Elle a rougi;* — et *sa robe de tarlatane.* Elle s'était sentie au moment de pleurer et elle aurait voulu s'enfuir chez elle, dire ses troubles et demander des avis à sa mère; mais, comme c'était impossible, elle avait fait tous ses efforts pour paraître gaie et, étant un peu excitée, elle y avait assez réussi pour que personne ne pût soupçonner combien cela lui coûtait. Pour tout dire, elle fut très contente quand, à la fin de la soirée, elle put aller tranquillement dans son lit. Une fois seule, quelques larmes vinrent rafraîchir ses joues brûlantes.

Les paroles de ses amies, relatives à sa mère et à Laurie, avaient ouvert un nouveau monde à Meg et troublaient la paix de l'ancien, où jusqu'alors elle avait vécu aussi heureuse qu'une enfant. Son amitié innocente pour Laurie était gâtée par les quelques mots qu'elle avait entendus; sa foi en sa mère était un peu blessée par les plans mondains que lui attribuait Mme Moffat, laquelle jugeait les autres d'après elle-même, et sa bonne résolution de se contenter de la simplicité de toilette qui convenait à une jeune fille pauvre était affaiblie par la pitié de ses amies, qui semblaient penser qu'une robe comme la sienne était le plus grand malheur du monde.

La pauvre Meg passa la nuit sans dormir et se leva malheureuse, à moitié fâchée contre ses amies, et à moitié honteuse d'elle-même. Personne n'était en train de rien faire ce matin-là, et il était plus de midi lorsque les jeunes filles retrouvèrent assez d'énergie pour reprendre leur tapisserie. Quelque chose dans les manières de ses amies frappa immédiatement Meg; elles la traitaient avec plus de respect, pensait-elle, prenaient un tendre intérêt à tout ce qu'elle disait, et la regardaient avec des yeux qui montraient visiblement de la curiosité. Tout cela la surprit et la flatta; mais elle n'en comprit la raison que lorsque miss Belle, levant les yeux de dessus la lettre qu'elle écrivait, dit d'un air sentimental :

« Pâquerette, j'ai envoyé à votre ami M. Laurentz une invitation pour jeudi; nous aimerions à le connaître, et ce sera pour nous un partner agréable. »

Meg rougit, et une idée malicieuse de taquiner les jeunes filles lui fit répondre modestement :

« Vous êtes bien bonne, mais je crains bien qu'il ne vienne pas.

— Pourquoi, chérie?

— Il est trop vieux.

— Qu'est-ce que vous voulez dire, mon enfant? demanda miss Clara. Quel âge a-t-il?

— Près de soixante-dix ans, je crois, répondit Meg en comptant les points de son dessin, afin de cacher la gaieté qui brillait dans ses yeux.

— Oh! la petite rusée! Nous parlions naturellement du jeune homme, dit miss Belle en riant.

— Il n'y a pas de jeune homme auprès de M. Laurentz; Laurie est un petit garçon. »

Et Meg rougit du regard bizarre qu'échangèrent les deux sœurs.

« Il a à peu près votre âge? demanda Annie.

— Non, il a plutôt celui de ma sœur Jo.

— C'est très gentil à lui de vous avoir envoyé des fleurs, n'est-ce pas? demanda Annie, prenant sans motif un air grave.

— Oui, il nous en envoie souvent à toutes ; leur maison en est toute remplie, et nous les aimons tant! Ma mère et le vieux M. Laurentz sont grands amis, et il est tout naturel que nous jouions ensemble, dit Meg qui espérait que ses amies en diraient davantage.

— Il est évident que Pâquerette ne sait encore rien, dit miss Clara à Belle.

— Je vais aller acheter quelques petits objets de toilette pour mes filles. Puis-je faire quelque chose pour vous, mesdemoiselles? demanda Mme Moffat, qui entra dans la chambre en marchant avec la légèreté d'un éléphant.

— Non, merci, madame, répond Sallie ; j'ai ma robe de soie rose qui est toute neuve, et je n'ai besoin de rien.

— Ni moi... » commença Meg.

Mais elle s'arrêta court, car il lui vint tout à coup à l'idée qu'elle aurait grand besoin de plusieurs objets, mais qu'elle ne pouvait pas les acheter.

« Qu'est-ce que vous mettrez? demanda Sallie.

— Encore ma vieille robe blanche, si je peux la raccommoder assez bien pour qu'on ne voie pas la grande déchirure que j'y ai faite hier, dit Meg en essayant de parler librement; mais la vérité est qu'elle ne se sentait pas du tout à son aise.

— Pourquoi n'en envoyez-vous pas chercher une autre chez vous? demanda Sallie qui n'avait pas beaucoup de tact.

— Pour une excellente raison, miss; je n'en ai pas d'autre! »

Il fallut un certain courage à Meg pour dire cela. Sallie ne s'en doutait pas, car elle s'écria avec une surprise naïve :

« Pas d'autre! Que c'est drôle de... »

Mais Belle, lui adressant un regard de reproche, l'empêcha de finir sa phrase et dit avec bonté :

« Rien n'est plus naturel! A quoi lui servirait d'avoir plusieurs robes, puisqu'elle ne va pas encore dans le monde? — D'ailleurs, Pâquerette, quand vous en auriez une douzaine chez vous, vous n'auriez pas besoin de les envoyer chercher ; j'ai une jolie robe de soie bleue toute neuve, qu'à mon grand regret, il m'a fallu mettre de côté parce que j'avais grandi trop vite; vous la porterez pour me faire plaisir, n'est-ce pas, chérie?

— Vous êtes très bonne, mais cela ne m'ennuie pas de mettre ma vieille robe, si cela ne vous fait rien à vous-même ; elle est bien assez belle pour une petite fille comme moi.

— Oh ! je vous en prie, laissez-moi vous habiller ; cela me fera beaucoup de plaisir, et vous serez une vraie petite beauté quand je vous aurai arrangée à ma manière. Je ne vous laisserai voir à personne jusqu'à ce que vous soyez prête, et nous arriverons comme Cendrillon et sa marraine, » dit Belle de son ton le plus persuasif.

Meg ne pouvait pas refuser une offre faite avec tant de bonne grâce, et un désir secret de voir si elle serait en effet « une vraie petite beauté », la décida à accepter et lui fit oublier tous ses petits griefs envers la famille Moffat.

Le jeudi soir, Belle s'enferma avec sa femme de chambre française et Meg, et, à elles deux, elles firent de Meg une grande dame. Elles ondulèrent et frisèrent ses cheveux, lui mirent sur le cou et lui auraient mis sur les bras une certaine poudre odoriférante, si Meg ne s'était révoltée. Elles l'emprisonnèrent dans une robe de soie bleu pâle, si étroite que c'est tout au plus si elle pouvait respirer. On ajouta à sa toilette toute une parure en filigrane : bracelets, collier, bagues, et jusqu'à des boucles d'oreilles qu'Hortense fit tenir en les liant avec un petit brin de soie rose qui ne se voyait pas. Un petit bouquet de fleurs à son corsage et des bottines de soie bleue, à hauts talons, satisfirent son dernier souhait. Un mouchoir garni de dentelle, un éventail à la dernière mode et un magnifique bouquet complétèrent sa toilette. Miss Belle la regarda avec la satisfaction d'une petite fille qui vient de mettre une robe neuve à sa plus jolie poupée.

« Mademoiselle est charmante, très jolie, n'est-ce pas? s'écria en français Hortense, qui faisait des gestes d'admiration exagérés.

— Venez vous montrer, Meg, » dit miss Belle en la conduisant dans la chambre où attendaient ses amies.

Meg la suivit; sa robe faisait un froufrou de grande dame autour d'elle; sa queue traînait derrière elle ; ses boucles d'oreilles tintaient; ses frisures se balançaient gracieusement, et son cœur battait bien fort, car elle pensait que son succès allait enfin réellement commencer. Je crois que son miroir lui avait dit sans détour qu'elle était réellement une « petite beauté ». Quand elle apparut au milieu d'elles, ses amies répétèrent avec enthousiasme qu'elle était

ravissante, et, pendant quelques minutes, elle resta, comme le
geai de la fable, à jouir de ses plumes empruntées.

« Pendant que je m'habille, voulez-vous lui apprendre à se tirer
d'affaire avec sa queue et ses hauts talons, Annie? Sans cela, elle
se jettera infailliblement par terre. Clara, mettez votre papillon
d'argent dans ses cheveux, et relevez cette longue boucle sur le
haut de sa tête. Surtout que personne ne gâte mon ouvrage, dit
Belle en s'en allant toute charmée de son œuvre.

— J'ai peur de descendre l'escalier. Je me sens gauche et raide;
il me semble que je ne suis qu'à moitié habillée, dit Meg à Sallie,
quand Mme Moffat fit dire aux jeunes filles de paraître toutes ensemble au salon.

— Vous ne vous ressemblez pas du tout, mais vous êtes encore
plus jolie; je ne suis rien du tout à côté de vous, dit Sallie. Belle a
infiniment de goût, et, avec la jolie toilette qu'elle vous a impro-
visée, vous avez tout à fait l'air d'une Française. Laissez aller
vos fleurs et n'y faites pas tant d'attention. Surtout tâchez de ne
pas tomber. »

Sallie avait, certes, un effort à faire pour ne pas être fâchée de ce
que Meg était plus jolie qu'elle.

Marguerite arriva sans encombre au pied de l'escalier et s'avança
dans le salon, où la famille Moffat et quelques invités étaient déjà
assemblés. Elle découvrit bientôt qu'il y a dans les beaux habits
un charme qui attire l'attention et la considération d'une certaine
classe de personnes : plusieurs jeunes filles, qui n'avaient pas fait
attention à elle à la première soirée, devinrent tout à coup très
affectueuses pour elle ; plusieurs jeunes gens qui l'avaient à peine
regardée, non seulement la regardèrent, mais demandèrent à lui
être présentés, et lui dirent toutes sortes de choses qui n'avaient
pas le sens commun, mais qui lui parurent très agréables à entendre, et plusieurs vieilles dames, assises sur les canapés, demandèrent avec intérêt qui elle était. Elle entendit Mme Moffat répondre
à l'une d'elles :

« Pâquerette Marsch. Son père est un savant médecin en ce moment à l'armée; c'est une des meilleures familles des environs,
mais des revers de fortune, vous savez... Ce sont des amis intimes
des Laurentz... C'est une charmante jeune fille, et mon Ned en est
tout à fait enthousiasmé.

— Ah! » fit la vieille dame en mettant son lorgnon.

Et elle observa de nouveau Meg, qui tâchait de ne pas avoir l'air d'avoir entendu et était un peu choquée des réponses de Mme Moffat. Mais, comme elle s'imaginait devoir jouer le rôle d'une grande dame, elle se tira assez bien d'affaire. Cependant sa robe trop étroite lui fit mal au côté, sa traîne était toujours sous ses pieds, et elle avait une crainte perpétuelle de perdre ses boucles d'oreilles.

Elle s'éventait nonchalamment en riant des fades plaisanteries d'un jeune homme qui faisait tous ses efforts pour être spirituel, mais n'y réussissait pas, lorsqu'elle s'arrêta subitement de rire et parut confuse. Juste vis-à-vis d'elle, elle aperçut Laurie qui la regardait, sans déguiser sa surprise et aussi sa désapprobation. Meg lut dans ses yeux sincères quelque chose qui la troubla. Elle eût donné bien des choses pour n'avoir que sa vieille robe. Sa confusion fut complète quand elle vit Belle donner un coup de coude à Annie et regarder attentivement elle et Laurie. Heureusement pour elle, Laurie avait ce soir-là l'air encore plus enfant et plus timide que d'habitude.

« Bêtes de gens de m'avoir mis de telles pensées dans la tête! » se dit Meg ; mais je ne veux pas y faire attention et je ne changerai pas de contenance pour cela.

Elle traversa donc bravement la chambre pour aller donner une poignée de main à son ami.

« J'avais peur que vous ne vinssiez pas ; je suis très contente que vous vous soyez décidé, dit-elle.

— Jo m'a forcé d'accepter. Elle désirait savoir de moi quel air vous aviez, répondit Laurie, sans trop oser tourner les yeux vers elle.

— Qu'est-ce que vous lui direz? demanda Meg, curieuse de savoir l'opinion qu'il avait d'elle, et cependant se sentant pour la première fois mal à son aise avec lui.

— Je lui dirai que je ne vous reconnaissais pas, tant vous avez l'air cérémonieux, et que vous vous ressemblez si peu que j'ai tout à fait peur de vous, répondit-il en faisant tourner entre ses doigts le bouton de son gant pour dissimuler son embarras.

— Que vous êtes donc absurde, Laurie! Mes amies m'ont habillée pour faire une plaisanterie, et je me suis laissé faire. Jo ouvrirait de grands yeux si elle me voyait, n'est-ce pas? »

Meg aurait voulu lui faire dire s'il la trouvait mieux ou plus mal que d'habitude.

« Jo ouvrirait de grands yeux, oui certainement, répondit gravement Laurie.

— Est-ce que je ne vous plais pas comme cela?

— Eh bien, non !

— Pourquoi? »

Il regarda sa tête frisée, ses épaules plus découvertes qu'à l'ordinaire et sa robe excentriquement garnie, d'un air qui la rendit encore plus honteuse que sa dure réponse qui détonait avec sa politesse habituelle.

« Jo n'aimerait pas les embarras et cette robe à queue, » ajouta Laurie.

C'était trop fort de la part d'une personne plus jeune qu'elle, et Meg s'en alla en disant avec pétulance à Laurie :

« Vous êtes ce soir le petit garçon le plus impoli que j'aie jamais vu. »

Et, tout irritée, elle alla près d'une fenêtre rafraîchir un peu ses joues, auxquelles la robe trop étroite donnait une couleur brillante, mais peu avantageuse. Comme elle était là, elle vit passer le major Lincoln à côté d'elle, et elle l'entendit dire à sa mère :

« J'aurais voulu vous faire voir la jeune fille dont je vous ai parlé l'autre jour ; mais ses amies l'ont déjà gâtée, et aujourd'hui ce n'est plus qu'une vraie poupée.

— Oh ! mon Dieu, soupira Meg, si au moins j'avais eu plus de bons sens, si j'avais eu assez de raison pour me contenter de ma robe fanée, je n'aurais pas été si mal à mon aise ni si honteuse de moi-même. »

Elle appuya son front brûlant contre les vitres froides, et resta immobile, à moitié cachée par le rideau et sans faire attention qu'on commençait à jouer sa valse favorite. Elle demeura dans cette position jusqu'à ce que, quelqu'un lui ayant touché le bras, elle dut se retourner. Laurie repentant était devant elle. Il lui dit d'un air contrit en lui tendant la main et lui faisant un profond salut :

« Pardonnez-moi mon impolitesse, je vous prie, et soyez assez bonne pour venir danser cette valse avec moi.

— Je craindrais que cela vous fût trop désagréable, répondit Meg, tâchant d'avoir l'air offensé, mais n'y arrivant pas.

— Vous savez bien le contraire, Meg. Je meurs d'envie de danser avec vous. Venez, je serai bien sage. Je n'aime pas votre robe, mais en somme vous êtes splendide. »

Et il agita les mains comme si les mots lui manquaient pour exprimer son admiration.

Meg sourit et le suivit.

« Faites attention de ne pas vous embarrasser les pieds dans cette traîne, murmura Meg à son jeune cavalier pendant qu'ils attendaient le moment de partir en mesure. Cette robe fait le malheur de ma vie, et j'ai été bien sotte de la mettre.

— Je crois en effet, dit Laurie, qu'il eût mieux valu qu'elle fût plus montante par le haut et moins longue par en bas. C'est tout au plus si j'ai pu apercevoir jusqu'ici vos jolies bottines bleues. »

Ils partirent légèrement et gracieusement, car ils avaient souvent dansé ensemble et étaient habitués l'un à l'autre. L'heureux jeune couple était charmant à voir pendant qu'ils tournaient gaiement. Ils se sentaient meilleurs amis que jamais après leur petite querelle.

« Laurie, je voudrais vous prier de me faire un grand plaisir, murmura Meg lorsqu'elle perdit haleine, ce qui arriva bientôt sans qu'elle voulût avouer pourquoi.

— Je suis prêt, répondit vivement Laurie.

— Voudriez-vous ne pas parler à la maison de ma toilette de ce soir? Mes sœurs ne comprendraient pas la plaisanterie, et cela chagrinerait mère.

— Alors pourquoi l'avez-vous mise? »

Les yeux de Laurie le demandaient si clairement que Meg ajouta vivement :

« Je confesserai à maman combien j'ai été bête, mais je préfère le lui dire moi-même. Ainsi, vous n'en direz rien, n'est-ce pas?

— Je vous le promets. Seulement, qu'est-ce que je leur répondrai quand elles me demanderont comment vous étiez?

— Dites-leur que j'étais bien et que je paraissais m'amuser beaucoup.

— Je dirai la première chose de tout mon cœur, mais que dirai-je quant à la seconde? Vous ne paraissez pas vous amuser autant que vous me priez de le dire. Est-ce vrai?

— Vous avez raison, Laurie; je désirais seulement connaître ce genre de plaisir, mais je vois qu'il ne me convient pas et je commence à en avoir assez.

— Voici Ned Moffat qui vient. Qu'est-ce qu'il veut? demanda Laurie en fronçant ses sourcils noirs, comme s'il ne pensait pas que la compagnie de son jeune hôte dût être agréable pour eux.

— Il m'a engagée pour trois danses, et je suppose qu'il vient les réclamer. Quel ennui! » dit Meg en prenant un air dolent, qui amusa *immensément* Laurie.

Il ne parla plus à Meg jusqu'au souper; mais, l'ayant vue alors

14

accepter du vin de Champagne que lui offraient Ned et son ami Hoffmann, lesquels se comportaient comme deux fous, et se trouvant une sorte de droit fraternel de veiller sur Mlles Marsch et de combattre pour elles quand elles avaient besoin d'un défenseur, il alla vers Meg, se pencha sur le dos de sa chaise, et lui dit à voix basse, pendant que Ned se tournait pour remplir encore son verre et que Fischer se baissait pour ramasser son éventail :

« Vous aurez demain un mal de tête fou si vous continuez, Meg. A votre place je ne voudrais pas boire de ce vin dont vous n'avez pas l'habitude ; votre mère ne serait pas contente si elle vous voyait, Meg.

— Je ne suis pas Meg ce soir, je suis une folle comme toutes les miss qui sont là. Demain vous me retrouverez désespérément sage, répondit-elle avec un petit rire affecté.

— Pourquoi pas ce soir même ? » reprit Laurie.

Et comme Meg ne répondait pas, son jeune mentor la quitta tout chagrin. Après une heure d'attente, voyant que le moment n'était pas encore venu de lui parler raison, il se décida à partir et vint lui dire adieu.

« Souvenez-vous, lui dit-elle en essayant de sourire, car le mal de tête que lui avait prédit Laurie avait déjà commencé, souvenez-vous que je vous ai prié de ne donner aucun détail à maman.

— Je me tairai, » répondit tristement Laurie.

Ce petit aparté avait excité la curiosité d'Annie ; mais Meg était trop fatiguée pour bavarder, et elle remonta à sa chambre. Elle éprouvait le même sentiment de fatigue que si elle avait assisté à une mascarade, qui ne l'aurait pas autant amusée qu'elle l'avait espéré. Elle fut malade toute la journée du vendredi, et, le samedi, elle revint chez elle extrèmement lasse de ses quinze jours de plaisir.

Meg rapportait à la maison le sentiment intime qu'elle était restée assez longtemps au milieu du luxe des Moffat.

« C'est qu'il est bon d'être tranquille et de ne pas avoir toujours à prendre des airs de cérémonie, dit-elle à Jo. Notre « chez nous » me paraît délicieux, quoiqu'il ne soit pas très beau.

— Je suis contente de vous entendre dire cela, ma chère Marguerite, lui dit sa mère qui avait entendu son aveu, j'avais peur que notre chez nous ne vous parût triste et laid, en comparaison de la belle maison que vous venez de quitter. »

Mme Marsch, depuis son retour, l'avait plusieurs fois regardée avec anxiété, car les yeux maternels découvrent vite les changements qu'apportent les choses dans l'esprit ou les manières de leurs enfants.

Meg avait raconté gaiement ses aventures et avait dit et redit combien elle s'était amusée; mais quelque chose semblait encore peser sur son esprit, et, lorsque Beth et Amy furent allées se coucher, elle resta à regarder pensivement le feu, parlant peu et paraissant ennuyée. Lorsque neuf heures sonnèrent et que Jo proposa de remonter dans leur chambre, Meg se leva subitement et, prenant le tabouret de Beth, elle appuya ses coudes sur les genoux de sa mère et lui dit bravement :

« Chère mère, il faut que je me confesse.

— J'attendais ce bon mouvement; parlez, ma chérie.

— Faut-il que je m'en aille? demanda discrètement Jo.

— Naturellement non. Est-ce que je ne vous dis pas toujours tout? J'avais honte de parler devant les enfants, mais je veux que vous sachiez les choses terribles que j'ai faites chez les Moffat.

— Nous sommes préparées à écouter, dit Mme Marsch qui, tout en essayant de sourire, paraissait quelque peu anxieuse.

— Je vous ai dit qu'on m'avait déguisée, mais je ne vous ai pas dit qu'on m'avait poudrée, serrée, frisée. Laurie a pensé que j'étais peu convenable; il ne me l'a pas dit, mais j'en suis sûre, et un monsieur, qui ne croyait pas être entendu de moi, a dit qu'arrangée ainsi, je n'avais plus l'air que d'une petite poupée! Je savais qu'en cédant à l'envie de mes amies, j'allais très probablement me rendre ridicule, mais elles m'avaient flattée, m'avaient dit que j'étais une beauté et toutes sortes de bêtises semblables; mon sot amour-propre l'a emporté sur la raison, et je les ai laissées faire de moi une folle.

— Est-ce là tout? demanda Jo, tandis que Mme Marsch regardait silencieusement la figure de sa fille.

— Non, et je veux tout dire : on m'a offert du vin de Champagne, j'en ai bu et j'ai été très agitée ; cela, je l'ai bien vu après, m'a excité les nerfs et monté un peu à la tête ; alors j'ai essayé de faire la coquette, enfin j'ai été abominable !

—.Il y a encore quelque chose, je pense, dit Mme Marsch en caressant doucement la joue de Meg qui devint écarlate quand elle répondit lentement :

— Oui, c'est quelque chose de très sot, de très mal, mais je veux, mère, que vous le sachiez, parce qu'il m'est très pénible qu'on ose dire et qu'on pense des choses pareilles de nous et de Laurie. »

Elle raconta alors ce qu'elle avait entendu chez Mme Moffat au sujet de leurs relations d'amitié avec leurs voisins, et, pendant qu'elle parlait, Jo vit sa mère serrer étroitement les lèvres l'une contre l'autre. Il était évident qu'elle était très fâchée que de semblables pensées eussent été ainsi jetées dans l'esprit innocent de Meg.

Quant à Jo, elle ne pouvait plus se contenir.

« Eh bien, voilà la plus grande bêtise que j'aie jamais entendue ! s'écria-t-elle avec indignation. Pourquoi n'êtes-vous pas tout de suite allée tout dire à Laurie ?

— Je ne pouvais pas. Réfléchissez, Jo, que cela eût été bien embarrassant pour moi. D'abord, je n'ai pas pu m'empêcher d'entendre ; puis, après avoir entendu, je me suis sentie si en colère et si honteuse, qu'il ne m'est pas venu à l'idée que ce que j'avais de mieux à faire était de m'en aller.

— Eh bien ! attendez que je voie Annie Moffat, reprit Jo, et je vous montrerai comment on traite ces ridicules inventions. Cette idée de nous prêter à nous de tels projets et de prétendre que nous sommes bonnes pour Laurie, afin qu'il nous épouse plus tard ! Comme il va rire quand je vais lui raconter quelles sottes choses on dit de nous autres pauvres enfants ! s'écria Jo en éclatant de rire, comme si sa seconde pensée était de ne plus considérer la chose que comme une absurde plaisanterie.

— Si vous le dites à Laurie, je ne vous pardonnerai jamais, répliqua vivement Meg. Je ne dois assurément rien dire de toutes ces vilenies, n'est-ce pas, mère ? demanda Meg toute désolée.

— Non ; ne répétez jamais ces ridicules bavardages et oubliez-les le plus tôt possible, dit gravement Mme Marsch. J'ai été très peu sage de vous laisser aller chez des personnes que je ne connaissais pas assez complètement. Elles sont bonnes peut-être ; mais, je le vois trop tard, elles sont trop mondaines et pleines d'idées qui, grâce à Dieu, ne vous avaient jamais effleurées. Je suis plus peinée que je ne puis le dire du mal que cette visite a pu vous faire, Meg.

— Ne soyez pas si peinée, mère ; j'oublierai tout le mal et je me rappellerai seulement le bien. J'ai eu, en somme, un peu de plaisir qui a fini par une dure et utile leçon. Je vous remercie, mère, de m'avoir mise en situation de la recevoir, c'est une expérience qui me servira à l'avenir. Je ne serai pour cela ni plus romanesque ni moins contente de mon sort ; je n'ignore pas que je suis une petite fille qui ne sais rien du tout, et je veux rester avec vous jusqu'à ce que je sois capable de prendre soin de moi-même. Mais

pourquoi est-il agréable d'être louée et admirée ? Je ne peux pas
m'empêcher de dire que cela ne m'a pas assez déplu, dit Meg, qui
ne paraissait qu'à moitié honteuse de sa confession.

— Ce sentiment ne serait pas mauvais, dit Mme Marsch, si les
louanges avaient porté sur des choses louables en elles-mêmes. La
modestie n'exclut pas la satisfaction d'être approuvée et appréciée
comme on l'a mérité. Mais tel n'était pas le cas, ma pauvre enfant. »

Marguerite resta quelques instants silencieuse, et Jo, les mains
derrière le dos, paraissait en même temps intéressée et un peu
embarrassée ; c'était pour elle une chose toute nouvelle que de
voir de telles questions soulevées à propos de Meg. Il lui semblait
que, pendant ces quinze jours, sa sœur avait étonnamment grandi
et s'éloignait d'elle pour entrer dans un monde où elle ne pouvait
pas la suivre.

« Mère, avez-vous donc pensé à mon avenir, comme l'insinuait
Mme Moffat ? demanda timidement Meg.

— Oui, ma chère, j'y ai pensé et j'y penserai encore souvent.
C'est le devoir de toutes les mères, mais mes idées diffèrent complètement de celles que m'attribue Mme Moffat. Je vais vous en
dire quelques-unes, car le temps est venu où un mot peut remettre
dans la bonne voie votre romanesque petite tête. Vous êtes jeune,
Meg, mais pas trop jeune pour ne pas me comprendre, et les lèvres
d'une mère sont celles qui peuvent le mieux parler de ces choses-
là à des jeunes filles comme vous. Jo, votre tour viendra aussi un
peu plus tard ; ainsi venez toutes les deux entendre quels sont mes
vrais plans en ce qui vous concerne. Vous aurez à m'aider à les
rendre un jour réalisables, s'ils sont bons ; il n'est donc pas inutile
que vous les connaissiez. »

Jo alla s'asseoir sur le bras du fauteuil de sa mère, en ayant
l'air de penser qu'elles allaient faire une chose solennelle, et
Mme Marsch, tenant une main de chacune d'elles et regardant fixement leurs deux jeunes figures, leur dit de sa manière sérieuse et
cependant gaie :

« Je veux que mes filles soient agréables et bonnes, qu'elles
aient beaucoup de qualités, qu'on les trouve non seulement capables
de plaire, mais surtout dignes d'être aimées et respectées. Je veux,
après leur avoir fait une enfance et une jeunesse heureuses, pouvoir
un jour les marier honnêtement et sagement. Je rêve pour elles
une vie simple, modeste et utile, où le bonheur, avec l'aide de
Dieu, pourra trouver sa place à côté du devoir. Je suis ambitieuse

à ma façon pour vous, mes chères filles, mais mon ambition n'est pas que vous soyez jamais en situation de faire du bruit dans le monde par la fortune de vos maris. Je ne vous souhaite donc pas d'habiter jamais quelqu'une de ces maisons fastueuses qui ne sont pas des *chez-soi*, d'où le luxe chasse si souvent la paix, la bonne humeur, la santé, le bonheur et même les vrais plaisirs. Un bon, un courageux et laborieux mari comme le mien, des enfants comme vous, avec un peu plus d'aisance, si c'est possible, voilà ce que je voudrais vous assurer à chacune, mes chéries.

— Beth dit que les jeunes filles pauvres n'ont aucune chance de trouver de mari, dit Meg en regardant Jo.

— Eh bien ! nous resterons vieilles filles ! s'écria Jo. Nous ne quitterons jamais papa et maman, nous demeurerons toujours ensemble et bien unies. Tous les ménages ne sont pas des paradis, après tout.

— C'est cela ! c'est cela ! dit Meg. Est-ce que nous pourrions jamais nous passer les unes des autres ? Ah ! par exemple, non ! »

La bonne mère sourit, les deux enfants lui souhaitèrent le bonsoir, l'embrassèrent, et un quart d'heure après, Meg et Jo dormaient paisiblement toutes les deux.

CHAPITRE X

Le printemps arrivant, de nouveaux amusements devinrent à la mode, et les jours plus longs donnèrent de grandes après-midi soit pour le travail, soit pour les jeux. Chacune des quatre sœurs avait dans le jardin un petit coin de terre où elle faisait ce qu'elle voulait. Hannah disait souvent : « Je reconnaîtrais leur jardin à chacune, dans quelque pays que ce soit. » Et cela lui était facile, car les goûts des jeunes filles différaient autant les uns des autres que leurs caractères. Meg avait dans son jardin des roses, de l'héliotrope, du myrte et un petit oranger. Celui de Jo n'était jamais pareil deux années de suite ; elle faisait toujours des expériences. L'année dont nous parlons, elle avait une plantation de tournesols dont les graines étaient le mets favori de sa nombreuse famille de poules et de poulets, et, avec ces graines, elle avait trouvé le secret de se faire bien venir du perroquet de sa tante, qui en était très friand. Beth élevait du réséda, des pensées, des pois de senteur, des pieds-d'alouette, et cette plante à feuille odoriférante qu'on appelle communément citronnelle, ainsi que du millet pour son oiseau. Amy avait un berceau qui était un peu petit, mais très joli à voir, tout couvert de chèvrefeuille et de liserons étalant en gracieux festons leurs clochettes aux mille couleurs; elle avait aussi de grands lis blancs, des fougères délicates et autant de plantes brillantes et pittoresques qu'elle en pouvait placer dans la petite étendue de son parterre.

Jardiner, se promener à pied ou en voiture, faire des parties de bateau et aller à la chasse aux fleurs ou aux papillons, tout cela occupait suffisamment les jeunes filles pendant les belles journées; les jours de pluie, elles avaient d'autres jeux, les uns anciens, les autres nouveaux, tous plus ou moins originaux. L'un de ceux-ci était le *Club Pickwick*. Les sociétés closes étant très à la mode dans le pays, elles avaient trouvé indispensable d'en former une, et, comme elles admiraient toutes Charles Dickens, elles avaient nommé leur Club « le *Pickwick Club* ».

Depuis un an, presque sans interruption, elles s'étaient réunies tous les samedis soirs dans un grand grenier en observant les cérémonies suivantes : on arrangeait quatre chaises autour d'une table sur laquelle étaient une lampe et quatre grands bandeaux blancs, au milieu desquels on lisait en gros caractères de différentes couleurs, ce chiffre : C. P. Le journal hebdomadaire appelé le *Portefeuille Pickwick*, auquel chacun des membres du club contribuait journellement, occupait le centre de la table.

Jo, qui aimait passionnément lesp lumes et l'encre, en était l'éditeur.

A sept heures du soir, les quatre membres montaient à la chambre du club, nouaient leur bandeau blanc autour de leur tête et s'asseyaient solennellement.

Meg, étant l'aînée, était M. le président; Jo était chargée de faire le procès-verbal du portefeuille de la semaine, et, je puis bien vous le dire en secret, ce portefeuille contenait d'ordinaire l'histoire, toujours sincère, des actions et des pensées de chacun des membres pendant les jours écoulés. Cela ressemblait souvent à une confession, car celui qui avait fait une faute, était tenu de la coucher sur son papier. Ce compte rendu des actions de chacun avait un bon effet; on le discutait, et il donnait lieu, suivant la circonstance, tantôt aux critiques les plus méritées, tantôt à des éloges flatteurs, mais presque toujours aux commentaires les plus drôles. Il apprenait à chacune à être sincère envers elle-même et équitable envers les autres, car les procès-verbaux devaient s'ouvrir, en cas de réclamation, à toutes les rectifications des intéressés.

Le soir dont nous voulons parler, après lecture et adoption des procès-verbaux, Jo se leva et déclara qu'elle avait à faire une proposition.

« Chères collègues, dit-elle en prenant une attitude et un ton parlementaires, je viens vous proposer l'admission d'un nouveau membre qui mérite hautement cet honneur, en serait profondément reconnaissant, ajouterait immensément à l'esprit du club, à la valeur littéraire du journal et serait on ne peut plus gai et aimable. Je propose M. Théodore Laurentz comme membre honoraire du *Club Pickwick*. Allons, prenons-le ! »

Le changement imprévu du ton de Jo dans sa péroraison fit rire ses sœurs ; mais elles paraissaient un peu indécises, et aucune d'elles ne se décida à parler pendant qu'elle reprenait son siège.

« Nous allons mettre le projet aux voix, dit le président. Tous les membres qui voudront l'admission du candidat sont priés de le manifester en disant : *Oui*. »

Jo poussa un *oui* énergique, qui, à la surprise de chacun, fut suivi par un timide *oui* de Beth.

« Ceux qui seront d'un avis contraire diront : *Non*. »

Meg et Amy étaient d'un avis contraire, et Amy se leva pour donner les raisons de son refus.

« Nous ne voulons pas admettre de garçons, ils ne font que sauter et dire des bêtises. Notre club est un club de dames respectables ; nous voulons rester seules, cela sera plus convenable.

— Il serait en effet à craindre que le nouveau membre ne se moquât de nous et de notre journal, fit observer le président Meg en tortillant la petite boucle qui tombait sur son front, comme elle le faisait toujours quand elle ne savait à quoi se décider. »

Jo, bondissant d'indignation, s'écria :

« Mon président, Laurie ne fera rien de pareil : il aime à écrire et donnera du ton à nos rapports ; les siens feront variété parmi les nôtres, qui se ressemblent trop souvent. Il est très gai. Il a l'esprit un peu satirique ; tant mieux, il nous empêchera de devenir des bas-bleus. D'ailleurs, nous pouvons faire si peu de chose pour Laurie, et il fait tant pour nous, que c'est bien le moins que nous lui ouvrions notre société close. Selon moi, nous ne pouvons que le recevoir de tout notre cœur ; je dis plus : nous le devons. »

Cette allusion artificieuse aux bienfaits de Laurentz toucha profondément le cœur de Beth qui pensait à son piano. Elle prit courageusement la parole :

« Oh ! oui, ne soyons point ingrates ; nous devons offrir au petit-

15

fils de M. Laurentz une place parmi nous, — même si nous avons peur. Je dis que Laurie peut venir, et son grand-père aussi, s'il le veut. »

Ce discours de Beth électrisa le club, et Jo se leva pour aller lui donner une poignée de main d'approbation.

« Maintenant, votez de nouveau, et que chacune, se rappelant que c'est de notre Laurie qu'il s'agit, dise : *oui*, et de bon cœur, s'écria le président, que la réflexion avait converti.

— *Oui !* s'écrièrent les quatre voix à la fois.

— Allons, c'est bien ! s'écria Jo. Maintenant, comme il n'y a rien de tel que de saisir l'occasion par les cheveux, permettez-moi de vous présenter immédiatement notre nouveau membre. »

Jo, se levant alors, ouvrit toute grande la porte d'un cabinet, et fit voir, aux assistants stupéfaits, Laurie qui, assis sur un sac de vieux chiffons, était devenu écarlate à force de se retenir de rire.

« Oh ! le misérable ! le traître ! Jo, c'est très mal, » s'écria toute l'assemblée.

Mais Jo, sans se laisser déconcerter, conduisit en triomphe son ami vers la table et l'installa à sa place.

« Votre calme est étonnant, » dit Meg, le président.

Elle tâchait de prendre un air fâché, mais elle ne réussit qu'à produire le plus aimable sourire du monde.

Le nouveau membre était à la hauteur de la situation. Se levant, il fit un gracieux salut au président et dit de la manière la plus engageante :

« Monsieur le président et mesdames, j'ai à vous dire tout d'abord que je suis et resterai jusqu'à mon dernier soupir le très humble serviteur du club.

— Bien ! bien ! » s'écria Jo.

Laurie reprit :

« Mais je dois, sans plus tarder, vous confesser que mon parrain, qui m'a si vigoureusement présenté à vos suffrages, ne doit pas supporter le blâme du vil stratagème de ce soir. C'est moi qui en ai conçu l'idée, et Jo n'y a consenti qu'après avoir été bien tourmentée par ses scrupules et par mes instances.

— Allons, ne prenez pas maintenant toute la faute sur vous, Laurie, dit Jo ; vous savez bien que j'avais été jusqu'à vous offrir de vous cacher dans le vieux buffet.

— Ne faites pas attention à ce que la trop généreuse Jo vient de vous dire. Je suis le seul coupable ! s'écria magnanimement Laurie ;

LAURIE FUT VIVEMENT APPLAUDI

mais je vous jure que je ne recommencerai pas, et que, dès à présent, je me dévoue aux intérêts de ce club immortel.

— Écoutez ! écoutez ! cria Jo en faisant résonner comme une cymbale le couvercle d'une vieille bassinoire qu'elle avait trouvée à côté de Laurie dans le cabinet.

— Je désire simplement dire, reprit Laurie, que, dans le désir de vous donner un faible témoignage de ma gratitude pour l'honneur insigne que vous me faites, et comme moyen d'entretenir les relations amicales entre les nations voisines, j'ai établi une poste aux lettres près de la haie au bout du jardin. Vous connaissez le local, il est beau et sera en outre très commode ; c'est l'ancienne maison du vieux chien de garde. Je l'ai fait nettoyer, il est comme neuf. J'en ai fermé la porte à clef après avoir fait faire au toit une ouverture, par laquelle les membres du club pourront introduire toutes sortes de communications. Cette boîte aux lettres épargnera notre temps si précieux. On pourra mettre dedans des correspondances, des manuscrits, des rapports, des livres et même des paquets ; le trou est grand, et, comme chaque membre aura une clef, je suppose que mon invention sera extraordinairement agréable à tous. Permettez-moi de vous présenter à chacune une clef de notre bureau de poste, et de vous remercier encore de la faveur que vous me faites en me donnant place au milieu de vous. »

Laurie déposa en même temps quatre petites clefs sur la table. Son discours fut vivement applaudi ; la bassinoire fit le plus grand tapage possible, et il se passa quelque temps avant que l'ordre pût être rétabli. Une longue discussion suivit cette proposition, et la réunion, très animée, ne se termina que fort tard dans la soirée par trois hourrahs en faveur du nouveau membre du club.

La vérité et la justice nous forcent à dire que jamais personne ne regretta d'avoir admis Laurie dans le club, et que le club ne pouvait en effet posséder un membre plus dévoué, mieux élevé et plus gai que lui. Il ajoutait certainement de l'esprit et du *ton* au journal. Ses discours donnaient presque des convulsions à ses auditeurs, tant ils étaient drôles, et ses rapports étaient tour à tour de vrais chefs-d'œuvre de gaieté ou de raison.

La poste aux lettres était une invention excellente et elle prospérait étonnamment. Il y passait presque autant de choses que dans une vraie poste aux lettres : des tragédies et des cravates, de la poésie et des bonbons, des graines et des rubans, des invitations, des gronderies et des livres. Cette idée avait plu au vieux M. Laurentz, et il s'amusait à envoyer, par ce moyen, au club, des paquets toujours pleins de surprises, des messages étranges ou mystérieux, bien faits pour exercer l'imagination des membres du club, mais qui aboutissaient toujours à quelque aimable chose. Un seul fait anormal se produisit. Il arriva que le jardinier de M. Laurentz, qui était captivé par les qualités sérieuses de Hannah, crut pouvoir se servir de la poste du club pour lui envoyer une lettre de demande en mariage ni plus ni moins, qu'il recommandait à la bienveillance de miss Jo. Hannah refusa en haussant les épaules. Qu'avait-elle besoin de se marier? La famille de sa bonne maîtresse ne lui suffisait-elle pas, et au delà, pour occuper ses bras et son cœur?

CHAPITRE IX

UNE EXPÉRIENCE

« Enfin nous voici au 1er juin. Les King partent demain pour les bains de mer, et je suis libre! Trois mois de vacances! Plus de leçons, plus de petites filles maussades et paresseuses à instruire. Comme je vais m'amuser! » s'écria Meg en revenant un jour de donner sa dernière leçon. Jo était couchée sur le canapé et paraissait extraordinairement fatiguée, Beth lui ôtait ses bottines pleines de poussière, et Amy faisait de la limonade pour rafraîchir Jo d'abord, et ensuite toute la compagnie.

« Tante Marsch est partie aujourd'hui. Que je suis contente! dit Jo. J'avais mortellement peur qu'elle ne me demandât d'aller avec elle, car, dans ce cas-là, j'aurais pensé que je devais y aller; mais Plumfields est à peu près aussi gai qu'un cimetière, et j'aimais mieux qu'on n'y pensât pas. Nous avons été très occupées toute la matinée à l'aider à partir; je m'étais tellement dépêchée afin d'être plus tôt libre, et je m'étais montrée si extraordinairement douce et aimable, qu'à la fin la peur m'avait prise qu'elle ne trouvât impossible de se séparer de moi. Je tremblais encore alors que déjà elle était bien installée dans sa voiture, et, au moment de partir, elle me fit une vraie frayeur en mettant la tête à la portière et me criant :

« — Jo-sé-phi ne, voulez, voulez-vous ?...

« Je n'ai pas entendu le reste, car j'ai fui lâchement, et je ne me suis sentie en sûreté qu'ici.

— Pauvre grande Jo ! Elle est arrivée comme si elle avait eu un chien enragé à ses trousses, dit Beth.

— Si tante Marsch nous eût pris Jo, elle eût été un vrai *samphire*, dit Amy en goûtant le mélange qu'elle faisait.

— Elle veut dire *vampire*, murmura Jo ; mais cela ne fait rien ; l'intention est trop aimable pour qu'on la reprenne.

— Qu'est-ce que vous ferez pendant vos vacances ? demanda Amy à Meg.

— Je resterai couchée très tard et je ne travaillerai pas du tout, répondit Meg. Tout l'hiver il a fallu que je me lève tôt et que je passe mes journées à travailler ; aussi, maintenant, je vais me reposer et m'amuser de tout mon cœur.

— Hum ! dit Jo, ces plaisirs de paresseuse ne me conviendraient guère. Je compte passer mes jours à lire en haut du vieux pommier, lorsque je ne m'amuserai pas avec Laurie.

— Si nous ne travaillions pas pendant quelque temps, Beth, et que nous ayons aussi des vacances ? proposa Amy.

— Je ne demande pas mieux, si maman le veut, répondit Beth, car je voudrais apprendre de nouveaux chants, et mes enfants ont besoin de toutes sortes de choses pour l'été.

— Nous le permettez-vous, mère ? demanda Meg à Mⁿᵉ Marsch, qui était occupée à coudre dans le coin de la chambre que les enfants appelaient le *coin de maman*.

— Je vous autorise à en faire l'expérience pendant toute la semaine. Vous verrez si cela vous plaît autant que vous l'imaginez ; mais je pense que, samedi soir, vous découvrirez qu'il est aussi peu agréable de ne faire que jouer sans travailler, que de ne faire que travailler sans jouer.

— Oh ! mère ! Je suis sûre que ce sera charmant ! murmura Meg en regardant Mⁿᵉ Marsch.

— Je propose un toast à la gaieté et au plaisir, » dit Jo en se versant de la limonade.

Elles commencèrent l'expérience en flânant le reste de la journée. Le lendemain matin, Meg ne descendit de sa chambre qu'à dix heures ; son déjeuner solitaire ne lui parut pas bon, et la chambre lui sembla déserte et lugubre. Jo n'avait pas mis de fleurs dans les vases, Beth n'avait pas essuyé, et Amy avait laissé traîner ses livres par toute la chambre. Rien n'était propre et agréable que le « coin de maman », qui avait le même aspect que d'habitude, et dans lequel Meg s'assit pour « lire et se reposer », c'est-à-dire pour bâiller et réfléchir au choix qu'elle aurait à faire de jolies robes d'été, qu'elle se proposait d'acheter avec ce qu'elle avait gagné dans son hiver.

Jo passa la matinée à faire une promenade en bateau et à ramer énergiquement avec Laurie ; l'après-midi, elle se percha avec délices dans les branches moussues du gros pommier pour y lire, en face du ciel bleu, le Vaste Monde, et pleurer à son aise aux beaux endroits. Beth commença par tirer toutes ses affaires du grand cabinet où résidait sa famille de poupées ; mais, avant d'avoir à moitié fini de les ranger, elle en eut assez, et, laissant son établissement sens dessus dessous, elle alla faire de la musique, en se félicitant de ne pas avoir de tasses à thé à laver. Amy se para de sa plus belle robe blanche, lissa soigneusement ses cheveux, et, allant dans son berceau, se mit à dessiner sous ses chèvrefeuilles, en espérant que quelqu'un la verrait et demanderait le nom de cette jeune artiste. Comme personne ne vint, excepté un gros chien, qui toutefois sembla examiner son ouvrage avec intérêt, elle alla se promener ; mais, une averse étant survenue, elle revint, ainsi que sa robe, toute trempée.

Elles comparèrent leurs journées en prenant le thé, et furent toutes d'avis que le jour avait été délicieux, quoique extraordinairement long. Meg, qui avait couru les magasins toute l'après-midi et avait acheté « une charmante robe de mousseline bleue », avait découvert, en regardant ses doigts après l'avoir coupée, qu'elle était mauvais teint, ce qui avait légèrement altéré son humeur. Jo avait, avant la pluie, attrapé un coup de soleil sur son pommier et s'était donné un grand mal de tête en lisant trop longtemps. Beth était fatiguée et ennuyée par le désordre de son cabinet et par l'impossibilité où elle s'était sentie d'apprendre trois ou quatre chants à la fois ; quant à Amy, elle regrettait profondément d'avoir abîmé sa robe, car elle était invitée à aller passer la journée du lendemain chez des amies, et elle n'avait « rien à mettre ». Mais ce n'étaient là que des détails, et elles déclarèrent à leur mère que l'expérience réussissait parfaitement. Mme Marsch sourit, ne dit rien, et, avec l'aide de Hannah, fit l'ouvrage négligé par ces demoiselles.

La méthode de se reposer et de s'amuser produisit peu à peu un état de choses très particulier et peu agréable. Les jours devenaient de plus en plus longs, le temps plus variable, et les caractères sortaient à chaque instant de leur assiette. Les quatre sœurs se sentaient, chacune à sa façon, mal à l'aise, et le malin esprit trouvait beaucoup à faire de ces mains inactives. Meg, qui avait mis de côté une partie de ses ouvrages de couture, trouva le temps si long qu'elle se mit à couper et à gâter toutes ses robes en essayant de les refaire à *la Moffat.* Jo lut tant et tant qu'elle finit par avoir mal aux yeux et se trouva absolument rassasiée de lecture ; elle devint si impatiente que Laurie lui-même, malgré son bon caractère, eut une querelle avec elle, et si ennuyée qu'elle fut sur le point de regretter de ne pas être partie avec la tante Marsch. Beth se tirait assez bien d'affaire, parce qu'elle oubliait constamment qu'*on devait jouer et non travailler*, et retombait de temps en temps dans ses bonnes vieilles habitudes ; cependant quelque chose courait dans l'air qui évidemment l'affectait, et sa tranquillité fut plus d'une fois troublée. Il arriva même une fois qu'elle se fâcha contre la pauvre chère Joanna, sa poupée préférée, et lui dit qu'elle était une « affreuse fille. » Amy était la plus malheureuse des quatre, car ses ressources étaient petites, et, lorsqu'elle se vit réduite à s'amuser toute seule, elle s'ennuya profondément. Elle n'aimait pas les poupées, trouvait les contes de fées trop enfantins, et, comme on ne peut pas toujours dessiner, elle ne savait que devenir. Elle avait peu d'amies, et, après plusieurs jours consacrés au plaisir, à l'irritation et à *l'ennui*, elle se plaignit ainsi de son sort :

« L'été serait délicieux si on pouvait avoir une belle maison remplie de gentilles jeunes filles, ou bien faire de beaux voyages ; mais rester chez soi avec trois sœurs égoïstes et un garçon turbulent, c'est assez pour faire perdre patience à Job lui-même. »

Aucune d'elles ne voulut avouer qu'elle était fatiguée de l'expérience ; mais, le vendredi soir, elles reconnurent toutes intérieurement qu'elles étaient satisfaites que la semaine fût enfin presque finie.

Mme Marsch, qui avait beaucoup d'esprit, voulant graver plus profondément la leçon dans leur mémoire, résolut de terminer l'épreuve de manière à les ramener tout à fait à la raison. Elle donna à Hannah un jour de vacances et laissa les petites filles jouir tout un jour de plus de l'effet complet du système qui consistait à s'amuser sans répit.

Lorsqu'elles se levèrent le samedi matin, il n'y avait pas de feu à la cuisine, pas de déjeuner dans la salle à manger, et personne nulle part.

« Miséricorde ! Qu'est-ce qui est arrivé ? » s'écria Jo toute consternée en regardant autour d'elle.

Meg courut dans la chambre de sa mère, et revint bientôt en paraissant rassurée, mais très étonnée et un peu honteuse.

« Mère n'est pas malade, elle est seulement très fatiguée, et elle dit qu'elle va rester tranquillement dans sa chambre toute la journée et nous laisser nous tirer d'affaire comme nous pourrons. C'est très bizarre de la voir comme cela. Rien n'est plus contraire à ses habitudes ; mais elle dit que cette semaine-ci a été très fatigante pour elle et qu'elle a besoin d'un absolu repos. Ainsi, ne murmurons pas, et faisons gentiment tout l'ouvrage.

« Cela ne me déplaît pas ; je mourais d'envie d'avoir quelque chose à faire, c'est-à-dire quelque amusement nouveau, vous savez ? » ajouta vivement Jo.

Dans le fait, c'était un soulagement immense pour elles toutes d'avoir à s'occuper. Elles commencèrent à faire leur ménage avec la meilleure bonne volonté du monde ; mais elles découvrirent bientôt la vérité du dicton favori de Hannah :

« Ce n'est pas une petite affaire de tenir convenablement un ménage. »

Il y avait beaucoup de provisions dans le garde-manger, et, pendant que Beth et Amy mettaient la table, Meg et Jo firent le déjeuner, en se demandant mutuellement pourquoi les domestiques se plaignaient toujours de leur ouvrage.

« Je porterai à déjeuner à maman, quoiqu'elle ait dit que nous ne devions pas nous inquiéter d'elle, » dit Meg, qui présidait et se trouvait l'air tout à fait respectable derrière la théière.

Avant de commencer, Jo mit sur un plateau tout ce qui était nécessaire pour le déjeuner de sa mère, et Meg le lui porta, avec « les compliments de la cuisinière ». Sans doute, le thé avait bouilli et était très amer ; sans doute, l'omelette était brûlée et les rôties trop salées ; mais Mme Marsch reçut son repas avec beaucoup de remerciements, et lorsque Meg fut partie, elle rit de tout son cœur, en se disant :

« Pauvres petites ! je crains qu'elles n'aient une journée bien difficile, mais cela ne leur fera pas de mal, au contraire. »

Elle déjeuna alors des provisions qu'elle avait auparavant mises de côté pour elle, et eut cependant l'attention délicate de faire disparaître le déjeuner immangeable que lui avait apporté Meg, afin que ses filles ne fussent pas blessées en le retrouvant intact.

Mais les plaintes furent nombreuses dans la salle à manger, lorsque les fautes de la cuisinière en chef furent, à son grand chagrin, découvertes et par elle-même et par ses sœurs.

« Cela ne fait rien, dit Jo, bien qu'elle fût encore moins avancée que Meg dans l'art culinaire; ce soir, je serai la cuisinière et je ferai le dîner. Quant à vous, Meg, vous serez la dame qui a les mains bien blanches, reçoit des visites et donne des ordres. »

Cette offre obligeante fut acceptée avec empressement par Meg. Elle se retira dans le parloir, et elle trouva un moyen singulier de le mettre plus rapidement en ordre, en fermant les volets pour s'épargner la peine d'essuyer les meubles.

« Quand on ne voit pas la poussière, se dit-elle, c'est comme s'il n'y en avait pas. »

Jo, avec une foi parfaite dans ses propres capacités et un désir amical de terminer son différend avec Laurie, commença par écrire à son ami pour l'inviter à dîner.

« Vous feriez peut-être mieux de voir ce que vous avez pour dîner avant de faire des invitations, dit Meg, plus sage quand il s'agissait des autres que pour elle-même, et qui redoutait les suites de cet acte inconsidéré.

— Oh! il y a du bœuf froid et beaucoup de pommes de terre; j'achèterai des asperges et une langouste, ainsi que de la laitue pour faire de la salade; je trouverai les recettes dans le livre de cuisine. Pour dessert, nous aurons du blanc-manger et des framboises, et je vous donnerai aussi du café, si vous désirez faire comme les grandes personnes.

— N'essayez pas de faire des choses trop difficiles, Jo; vous ne savez rien faire que du nougat et du pain d'épice. Vous avez invité Laurie sous votre propre responsabilité, c'est à vous à prendre soin de lui.

— Je ne vous demande que d'être aimable pour lui et de me donner votre avis si je suis embarrassée, dit Jo, un peu blessée du ton de sa sœur.

— Je veux bien, mais je ne sais pas grand'chose en fait de cuisine. Vous feriez beaucoup mieux, avant de rien commencer, de demander la permission et des conseils à maman, répondit prudemment Meg.

— C'est naturellement ce que je ferai; je ne suis pas folle! »

MORT DE FAIM!

Et Jo s'en alla, avec un mouvement d'impatience, dans la chambre de sa mère.

« Achetez tout ce que vous voudrez et ne me dérangez pas, répondit Mme Marsch ; je dînerai dehors et ne peux pas aujourd'hui m'occuper de tous ces détails de cuisine. Je prendrai des vacances toute la journée ; je lirai, j'écrirai et je ferai des visites. »

Le spectacle extraordinaire de sa mère étendue dans un fauteuil et lisant tranquillement le matin, ce qui ne lui arrivait jamais, fit à Jo l'effet d'un phénomène ; une éclipse, un tremblement de terre ou une éruption de volcan lui auraient à peine semblé plus étranges.

« Ce qui est sûr, se dit-elle en descendant l'escalier, c'est que personne n'est ici dans son état ordinaire. Bon ! voilà Beth qui pleure. C'est un signe certain que quelque chose va mal de son côté. Si Amy est taquine, je vais la remettre à la raison. »

Et Jo, qui elle-même n'était pas dans son humeur habituelle, se précipita dans le parloir, où elle aperçut Beth sanglotant sur son petit oiseau Pip, qu'elle venait de trouver mort dans sa cage, ses petites pattes étendues pathétiquement comme s'il eût imploré la nourriture qui lui avait manqué.

« C'est ma faute, je l'ai oublié ; il ne lui reste pas une seule goutte d'eau ni un seul grain de millet ! Oh ! Pip, Pip, comment ai-je pu être si cruelle pour vous ? » s'écriait Beth en pleurant et prenant la pauvre petite bête dans ses mains pour essayer de la ranimer.

Jo regarda l'œil à moitié fermé du petit serin, toucha sa petite poitrine, et, le trouvant raide et froid, secoua la tête et lui offrit sa boîte à dominos pour cercueil.

« Mettez-le dans le four, il se réchauffera peut-être, et il vivra, dit Amy.

— Pip est mort de faim, non de froid ; je ne veux pas, par-dessus le marché, le faire rôtir ; je l'envelopperai dans un linceul, et je l'enterrerai. Je n'aurai plus jamais un autre oiseau. Ah ! mon pauvre Pip ! je suis bien trop méchante pour en mériter un autre, murmura Beth, qui, assise par terre, tenait son favori près de ses lèvres, espérant, mais en vain, qu'il finirait par revivre sous ses baisers.

— L'enterrement se fera cette après-midi, et nous y assisterons toutes, dit Jo. Ne pleurez pas, petite Beth : c'est un grand malheur ; mais rien ne va bien cette semaine, et votre gentil Pip a eu le pire de l'expérience. Croyez-moi, ôtez mes dominos et mettez-les dans leur boîte; après dîner, nous lui ferons un joli petit enterrement. »

Laissant à ses sœurs le soin de consoler Beth, elle s'en alla dans la cuisine, qu'elle trouva dans un état de confusion décourageant. Elle mit un grand tablier de cuisine et commença à ranger la pièce; toutes ses assiettes étaient empilées et prêtes à être lavées, lorsqu'elle découvrit que son feu était éteint.

« Voilà une perspective agréable, » murmura-t-elle en refermant brusquement la porte du four qui était ouverte, et en remuant vigoureusement les cendres dans lesquelles elle ne parvint pas à trouver trace de feu.

Toutefois, ayant rallumé le feu, elle pensa qu'elle ferait bien d'aller d'abord au marché pendant que l'eau chauffait. Le grand air la remit en bonne humeur, et, se flattant d'avoir fait un très bon marché, elle revint chargée d'une très jeune langouste, de très vieilles asperges et de deux boîtes de framboises insuffisamment mûres. Hannah avait laissé du pain à faire, Meg l'avait travaillé de bonne heure, l'avait mis sur l'âtre pour le faire lever, puis l'avait... oublié! Meg causait avec Sallie Gardiner dans le parloir, lorsqu'une porte s'ouvrit avec précipitation, et une figure toute rouge apparut, demandant si le pain n'était pas suffisamment levé lorsqu'il débordait le long des casseroles.

Sallie ne se fit pas faute de rire, et Meg fit des signes de tête et des froncements de sourcils si expressifs que l'apparition s'enfuit. Jo mit sans plus tarder le pain trop levé et peut-être aigri dans le four. Mme Marsch sortit quelques instants après. Elle s'était contentée de regarder un peu de tous côtés comment allaient les choses, et de dire un mot de consolation à Beth, occupée de coudre un linceul de soie blanche pour le pauvre Pip. Un étrange sentiment d'abandon saisit les quatre sœurs quand elles virent partir leur mère. Mais où le désespoir les saisit, ce fut lorsque, cinq minutes après, miss Crocker arriva en leur disant qu'elle venait leur demander sans façon à dîner!!! Cette dame était une vieille fille maigre et jaune, qui avait un nez pointu, des yeux inquisiteurs qui voyaient tout, et une langue qui s'aiguisait volontiers sur ce qui concernait son prochain.

Les quatre sœurs ne l'aimaient pas du tout; mais on leur avait appris à être bonnes pour elle, simplement parce qu'elle était pauvre et âgée et qu'elle avait peu d'amis. Aussi Meg lui donna-t-elle immédiatement le fauteuil. Elle se mit même avec résignation en devoir de lui tenir compagnie. La vieille demoiselle en profita pour questionner, critiquer et raconter des histoires peu obligeantes sur les amis de la famille, et bien d'autres.

Il est impossible de décrire les anxiétés de Jo jusqu'à l'heure du dîner, qui a lieu de bonne heure en Amérique. Ce dîner de Jo resta bien longtemps célèbre dans toutes les mémoires comme un sujet de rires sans fin. Sans doute, elle avait fait de son mieux; mais elle découvrit, ce jour-là, que, pour faire une cuisinière, il faut quelque chose de plus que de l'audace et de la bonne volonté.

Elle fut obligée de reconnaître, en servant chacun des plats de son dîner, que les têtes des asperges étaient presque toutes réduites en bouillie, et que les tiges, les branches étaient dures comme du bois; que le pain calciné était devenu du charbon; que les pommes de terre étaient à moitié crues; que la langouste était belle et très rouge à l'œil, mais vide; que sa salade, cent fois trop assaisonnée, était exécrable, et qu'enfin, si le blanc-manger n'était que de l'eau, les framboises étaient sûres.

La pauvre Jo aurait bien voulu pouvoir se cacher sous terre en voyant ses plats aussitôt délaissés que goûtés. Amy riait sous cape, Meg semblait déconcertée, miss Crocker faisait la moue; seul Laurie faisait à mauvais dîner bon visage. Jo comptait se rattraper sur la crème, qu'elle avait si bien battue et sucrée. En voyant Laurie en avaler gaiement une grande cuillerée, elle crut qu'elle allait pouvoir respirer. Mais que devint-elle, quand, regardant la bonne petite Beth, elle la vit toute suffoquée comme quelqu'un qui a dans la bouche quelque chose dont il ne parvient pas à se débarrasser en l'absorbant !

« Oh! qu'y a-t-il? s'écria Jo en tremblant.

— Du sel, bien sûr, au lieu de sucre, ma pauvre Jo, et beaucoup de sel! » répondit Meg avec un geste tragique.

Jo poussa un gémissement en retombant sur sa chaise. Elle devint écarlate, et était sur le point de pleurer, lorsque ses yeux rencontrèrent ceux de Laurie qui, manifestement, faisait un énorme effort pour ne pas pouffer de rire. Le côté comique de l'aventure la frappa alors subitement, et, prenant bravement son parti de son infortune et de celle de ses convives, elle rit à s'en rendre malade. Chacune l'imita; le malheureux dîner finit donc gaiement sur des olives et des éclats de rire.

« Je n'ai pas assez de force d'esprit pour débarrasser la table maintenant, dit Jo, lorsque le dîner fut terminé, et que miss Crocker fut partie pour raconter sa déconvenue à d'autres amis ; il nous reste à procéder à l'enterrement du pauvre Pip. »

Laurie creusa sous les lilas du bosquet une tombe pour le petit Pip. Sa maîtresse au cœur tendre l'y déposa avec beaucoup de larmes ; on le couvrit de mousse, et l'on déposa une guirlande de violettes et de millet sur la pierre qui portait l'épitaphe suivante, que Jo avait composée au milieu des ennuis de son dîner :

ICI REPOSE PIP MARSCH
ESTIMÉ ENTRE TOUS POUR SES TALENTS DE CHANTEUR.
IL MOURUT LE 7 JUIN,
TENDREMENT AIMÉ ET PLEURÉ
PAR TOUS CEUX QUI L'ONT CONNU ;
IL NE SERA JAMAIS REMPLACÉ.

La cérémonie terminée, Beth, tout émotionnée, se retira dans sa chambre pour se recueillir ; mais les lits n'étaient pas faits. Elle essaya de se distraire en les faisant et en mettant la chambre en ordre. Meg aida Jo à ranger les restes du festin. Cela leur prit la moitié de l'après-midi, et les fatigua tellement qu'elles convinrent entre elles de se contenter pour leur souper de pain et de rôties.

Laurie emmena Amy pour lui faire faire une promenade en voiture, ce qui était une action charitable, car le dîner de Jo l'avait mal disposée.

Lorsque Mme Marsch revint et qu'elle vit ses trois filles occupées à ranger, elle eût pu se rendre compte d'une partie du résultat de l'épreuve à laquelle elle les avait soumises. Avant que les petites maîtresses de maison eussent pu se reposer, il arriva des visites, et elles durent se dépêcher de s'habiller pour les recevoir. Quand, enfin, le crépuscule arriva, elles vinrent s'asseoir l'une après l'autre sur le seuil de la porte du jardin, à côté des roses de juin qui commençaient à fleurir. Chacune d'elles soupirait comme après des mois de fatigues et d'ennuis.

« Quelle terrible journée nous venons de passer ! dit Jo qui était toujours la première à parler.

— Elle m'a paru si désagréable ! soupira Meg.

— Elle ne ressemblait guère à nos bonnes journées d'autrefois, ajouta Amy.

— Elle ne pouvait pas être aussi douce que les autres, sans maman et sans Pip, soupira Beth en regardant la petite cage vide avec des larmes dans les yeux.

— Me voici revenue, ma chérie, et demain vous pourrez avoir, non pas un autre Pip, mais un autre oiseau, si vous le désirez.

— Oh! non, mère, dit Beth, je ne veux pas oublier Pip.... »

Mme Marsch vint alors prendre place et se reposer au milieu d'elles.

« Eh bien! êtes-vous heureuses de votre expérience? désirez-vous la prolonger d'une semaine? » demanda-t-elle à ses filles en prenant Beth sur ses genoux.

Les quatre sœurs se tournèrent vers elle comme les fleurs vers le soleil. Jo répondit d'un ton décidé :

« Oh! non! »

Et ses sœurs répétèrent en chœur :

« Oh! non! oh! non!

— Vous pensez alors que les jours où le travail alterne avec la récréation ont leur mérite?

— Il n'est pas bon de ne faire que s'amuser, dit Jo en secouant la tête d'un air grave. Quant à moi, j'en suis fatiguée, et je veux me mettre à travailler sérieusement pendant mes vacances.

— Vous pourriez apprendre à faire un peu de cuisine; c'est un talent utile, qu'aucune femme ne devrait ignorer, dit Mme Marsch, qui avait rencontré miss Crocker et l'avait entendue décrire le fameux dîner de Jo. Je me reproche de ne vous avoir pas donné, comme cela se pratique dans bien des pays, des leçons de ménage.

— Oh! maman, est-ce que vous êtes sortie et nous avez laissé tout à faire rien que pour voir comment nous nous en tirerions? demanda Meg, qui, pendant toute la journée, avait eu des soupçons.

— Oui; je voulais vous faire voir que le bonheur de toute une famille dépend du concours de chacun de ses membres. Vous vous êtes assez bien tirées des premiers jours de la semaine, quand Hannah et moi avons fait votre ouvrage; je ne suppose pas cependant que vous ayez été très heureuses pendant ces jours-là. Mon épreuve a eu pour but de vous faire comprendre ce qui arrive lorsque chacun ne pense qu'à soi. Ne trouvez-vous pas qu'il est plus doux de s'entr'aider et de supporter chacune sa petite part du fardeau, afin d'avoir un intérieur ordonné en vue de toute la famille?

— Oui, mère, oui!

— Vous verrez, maman, nous allons travailler comme des abeilles, et nous aimerons notre travail, dit Jo. Quant à moi, je vais apprendre à faire le ménage de la cuisine. Je veux avoir un véritable succès la première fois que je donnerai un dîner.

— Et moi, je coudrai le linge de papa, au lieu de vous laisser toute la tâche, maman; c'est bien mal à moi de n'aimer pas assez à coudre régulièrement, dit Meg. Ce serait plus utile que la mauvaise besogne que je fais quand j'entreprends de rarranger mes robes, qui vont bien comme elles sont, et que je gâte en voulant en améliorer la façon.

— Moi, je ferai mes devoirs tous les jours, et je ne passerai pas trop de temps à ma musique et à mes poupées ; il faut étudier et non pas jouer, » dit Beth.

Et Amy, suivant l'exemple de ses sœurs, s'écria :

« J'apprendrai à faire des boutonnières, et je ferai attention à ma manière de parler.

— Très bien, dit Mme Marsch ; je suis satisfaite de notre expérience, et je m'imagine que nous n'aurons pas à la recommencer. Mais ne vous jetez pas dans l'autre extrême, et ne travaillez pas jusqu'à vous lasser du travail. Ayez des heures régulières de travail et de récréation, et prouvez, en employant bien votre temps, que vous en comprenez la valeur.

— Oh ! mère, soyez-en bien sûre, nous nous souviendrons de la semaine sans travail ! » s'écrièrent-elles comme d'une seule voix.

Et elles tinrent leur promesse.

CHAPITRE XII

LE CAMP DE LAURENTZ

C'était Beth qui accomplissait les fonctions de confiance de facteur, parce que, restant plus que ses sœurs à la maison, elle pouvait aller plus régulièrement chercher les lettres. C'était un bonheur pour elle que d'ouvrir la petite porte fermée à clef et de faire sa distribution. Un jour de juillet, elle rentra les mains pleines et eut à se promener par toute la maison pour remettre à chacun ce qui lui était adressé.

« Voici votre bouquet, maman, dit-elle en mettant les fleurs dans un vase posé dans le coin qu'elles appelaient le « coin de maman ». Laurie ne l'oublie jamais, ajouta-t-elle. — Miss Meg Marsch, une lettre et un gant, continua Beth en les donnant à sa sœur, qui, assise à côté de sa mère, cousait.

— J'avais oublié une paire de gants et on ne m'en rend qu'un. Qu'est-ce que cela veut dire? demanda Meg en regardant son gant dépareillé. N'auriez-vous pas laissé tomber l'autre dans le jardin, Beth ?

— Non ; il n'y en avait qu'un dans la boîte.

— Je déteste avoir des gants dépareillés, mais je retrouverai peut-être l'autre. Ma lettre n'est pas une lettre, c'est la traduction

17

d'un chant allemand que je désirais. Je suppose que c'est M. Brooke qui me l'envoie, car je ne reconnais pas l'écriture de Laurie. »

Mme Marsch regarda attentivement Meg, qui était très jolie avec sa robe de guingamp et ses cheveux bouclés ; assise devant sa petite table à ouvrage, remplie de jolies petites bobines de fil, elle cousait en chantant, l'esprit occupé de fantaisies de jeune fille, et paraissait tellement innocente et fraîche, et semblait si peu se douter de la pensée qui traversait l'esprit de sa mère, que Mme Marsch sourit et fut satisfaite.

« Deux lettres pour le « docteur Jo », deux livres et un drôle de grand, grand chapeau, qui était posé sur la poste et la couvrait tout entière, dit Beth en entrant dans le cabinet où Jo était occupée à écrire.

— Que Laurie est donc taquin ! J'ai dit l'autre jour que je voudrais que ce fût la mode de mettre des chapeaux plus grands, et il m'a répondu : « Ne faites pas attention à la mode, mettez un grand chapeau si cela vous plaît. » Je lui ai dit que ce serait ce que je ferais si j'en avais un, et voilà qu'il m'envoie celui-là. Eh bien, je le mettrai, afin de lui montrer que je ne m'inquiète pas de la mode. »

Et après avoir essayé son chapeau à larges bords, qui ne lui allait pas mal du tout, Jo se mit à lire ses lettres.

L'une d'elles était de sa mère. En la lisant, les joues de Jo devinrent toutes rouges, et ses yeux se remplirent de larmes.

« Ma chère Jo,

« Je vous écris un petit mot pour vous dire avec quelle satisfaction je vois les efforts que vous faites pour réformer votre caractère. Vous ne parlez jamais de vos épreuves, de vos succès ou de vos défaites, et vous pensez peut-être que personne ne les voit, à l'exception de l'Ami dont vous demandez l'aide tous les jours, si j'en crois la couverture bien usée de votre petit livre. Mais, moi aussi, j'ai tout vu, et je crois de tout mon cœur à la sincérité de votre résolution, puisqu'elle commence à porter des fruits.

« Continuez patiemment et bravement, ma chérie, et croyez toujours que personne n'est plus touché de votre courage que votre mère qui vous aime tendrement. »

« Cela me fait du bien, s'écria Jo, cela vaut des millions de francs et de louanges ! Oh ! ma mère, j'essaye, je continuerai à essayer sans me décourager, puisque je vous ai pour m'aider. »

Jo, appuyant sa tête sur son bras, mouilla le petit essai de roman qu'elle était en train d'écrire de quelques larmes de bonheur. Elle avait pensé quelquefois que personne ne remarquait et n'appréciait ses efforts, et la petite lettre de sa mère lui était doublement agréable, étant inattendue et venant de la personne dont l'approbation lui était le plus précieuse. Se sentant plus forte que jamais, elle mit le petit billet dans sa poche comme un bouclier et un souvenir, et ouvrit son autre lettre en se sentant préparée à bien recevoir toute nouvelle, bonne ou mauvaise. Celle-ci était de Laurie, qui avait une écriture grosse et ornée de fioritures.

« Chère amie,

« Quel plaisir !

« Les Vangh viendront me voir demain, et je voudrais nous faire à tous une bonne journée. S'il fait beau, je planterai une tente dans la grande prairie, et toute la compagnie ira en bateau déjeuner sur l'herbe et jouer au crocket ; nous ferons la cuisine à la mode des Bohémiens, sur un feu en plein air, et nous jouerons à toutes sortes de choses. Ces Anglais sont gentils et cela leur plaira. Mon aimable et sévère instituteur, M. Brooke, viendra pour nous faire tenir tranquilles, nous autres garçons, et je voudrais que vous vinssiez toutes. Il ne faut, à aucun prix, que Beth reste ; personne ne l'ennuiera. Ne vous occupez de rien pour le dîner ; je veillerai à ce que le mien vaille le vôtre, votre dîner à jamais fameux. Venez seulement, soyez gentille !

« Votre Laurie très pressé. »

« Le taquin ! s'écria Jo, il faut qu'il mêle sa moquerie aux meilleures choses. C'est égal, voilà du plaisir pour demain ! »

Et elle partit en courant pour dire les nouvelles à Meg et à Mme Marsch.

« Naturellement nous irons, n'est-ce pas, mère ? Cela aidera tant Laurie, car je sais ramer ; Meg s'occupera du déjeuner, et les enfants se rendront utiles d'une manière ou d'une autre, et en tout cas ils seront si contents !

— J'espère, dit Meg, que les Vangh ne sont pas des Moffat et qu'ils ne trouveront pas dans une partie de campagne matière à toilette. En avez-vous déjà entendu parler, Jo ?

— Je sais qu'ils sont quatre : Miss Kate, l'aînée, est plus âgée

que vous ; Fred et Frank sont jumeaux et ont à peu près mon âge,
et Grâce, la dernière, a neuf ou dix ans. Laurie les a connus en
Angleterre et aime assez les petits garçons ; mais, d'après l'air
avec lequel il parle de Kate, je m'imagine qu'il ne l'admire qu'à
moitié.

— Je suis si contente que ma robe de jaconas soit propre,
reprit Meg ; c'est juste ce que je dois mettre, et elle me va si
bien ! Avez-vous quelque chose de convenable à mettre, Jo ?

— Bon ! dit Jo en riant, l'entendez-vous, mère ? elle craint la
toilette des autres et s'occupe déjà de la sienne. Quant à moi,
mon costume de promenade gris et rouge, c'est bien assez bon.
D'ailleurs, il faudra que je rame et que j'aille partout, et je n'ai
pas besoin d'avoir à faire attention à ma toilette. Vous viendrez,
Bethy ?

— Oui, si vous empêchez ces petits garçons de me parler.

— Je vous le promets.

— Je veux faire plaisir à Laurie et je n'ai pas peur du tout de
M. Brooke : il est si bon ; mais je voudrais ne pas jouer, ne
pas chanter et ne rien dire. Je travaillerai de toutes mes forces
et je n'ennuierai personne ; vous prendrez soin de moi, n'est-ce
pas, Jo ?

— Vous êtes une bonne petite fille d'essayer de combattre votre
timidité, et je vous aime encore plus à cause de cela. Ce n'est pas
facile de combattre ses défauts, je le sais, et un bon mot d'encouragement aide beaucoup. »

Voyant que sa mère l'avait entendue : « Oh ! merci, mère ! » lui
dit-elle tout bas.

Et Jo donna, sur ce propos, à Mme Marsch un baiser de reconnaissance.

« Moi, j'ai eu une boîte de pastilles de chocolat et la gravure que
je désirais copier, dit Amy en montrant ce que la poste lui avait
apporté.

— Et moi un billet de M. Laurentz me demandant de venir lui
jouer quelque chose ce soir, avant que les lampes soient allumées ;
et je n'y manquerai pas, ajouta Beth, dont l'amitié avec le vieux
monsieur faisait de grands progrès.

— Eh bien ! maintenant dépêchons-nous de faire double travail
aujourd'hui, afin de pouvoir mieux jouer demain, dit Jo en se préparant à remplacer sa plume par un balai. »

Le lendemain matin, lorsque le soleil vint de bonne heure jeter un regard dans la chambre des jeunes filles pour leur promettre un jour de beau temps, il vit quelque chose de comique. Chacune avait fait, dès la veille, pour la fête, les préparatifs qu'elle pensait nécessaires et convenables : Meg avait une couronne de papillotes ; Jo, sur le conseil de Meg, avait copieusement enduit, en se couchant, sa figure de cold-cream, pour en faire disparaître une balafre d'encre qui résistait à l'eau ; Beth avait pris Joanna dans son lit, afin d'atténuer, pour la pauvre poupée, le chagrin de la séparation du lendemain, et Amy avait couronné le tout en mettant une épingle à cheveux sur son nez, qu'elle croyait avoir trop gros, pour le forcer à s'amincir pendant son sommeil.

Ce spectacle parut amuser le soleil, car il brilla tellement que Jo s'éveilla et éveilla ses sœurs en riant de tout son cœur de l'ornement d'Amy.

Le soleil et le rire sont de bons présages pour une partie de plaisir, et un grand va-et-vient commença bientôt dans les deux maisons. Beth, étant prête la première, regarda par la fenêtre ce qui se passait dans l'autre maison, et égaya la toilette de ses sœurs par des télégrammes fréquents de la fenêtre.

« Voilà un homme qui porte la tente ! Voilà Mme Barbier qui emballe le dîner dans de grands paniers ! Maintenant M. Laurentz regarde le ciel et la girouette ; je voudrais bien qu'il vînt aussi dans la prairie. Voici Laurie qui a l'air d'un marin, un joli garçon ! Oh ! miséricorde ! voilà une voiture pleine de gens : une grande dame, une petite fille et deux terribles petits garçons ! L'un d'eux est boiteux. Pauvre petit ! il a une béquille ! Laurie ne nous l'avait pas dit. Dépêchez-vous, il est tard ! Tiens ! voilà Ned Moffat ! Regardez, Meg, n'est-ce pas là ce jeune homme qui nous a saluées un jour que nous faisions des commissions ensemble ?

— Oui, c'est bien lui ; c'est étonnant qu'il soit venu. Je croyais qu'il était allé faire un voyage dans les montagnes. Voilà Sallie ! Je suis contente qu'elle soit revenue assez tôt. Suis-je bien comme cela, Jo ? demanda Meg très agitée.

— Une vraie pâquerette ! Relevez votre robe et mettez votre chapeau droit ; il vous donne un air sentimental, mis de cette façon-là, et s'envolerait au premier coup de vent. Allons, maintenant, venez.

— Oh ! Jo, vous n'allez pas mettre cet affreux grand chapeau ? C'est trop absurde ! Vous ne devriez pas faire de vous un épouvantail, s'écria Meg en voyant Jo lier un ruban rouge autour du grand chapeau à larges bords que Laurie lui avait envoyé en plaisantant.

— Certainement si, je le mettrai! Il est on ne peut plus commode, très léger, très grand, et m'abritera très bien du soleil. Il m'a été donné par Laurie avec intention pour aujourd'hui ; cela l'amusera de me le voir, et ça m'est bien égal d'avoir l'air d'un épouvantail, si je suis à mon aise. »

La vérité est que ce chapeau excentrique, eu égard à la mode du moment, n'allait pas mal à la vive et aimable physionomie de Jo.

Jo ouvrit la marche, ses sœurs la suivirent, et toutes paraissaient très jolies avec leurs robes d'été et leurs figures heureuses sous leurs chapeaux de paille.

Laurie courut à leur rencontre et les présenta à ses amis de la manière la plus cordiale. Une allée du jardin était le salon de réception, et, pendant plusieurs minutes, il s'y joua une scène animée. Meg fut très contente de voir que miss Kate, quoiqu'elle eût vingt ans, était habillée avec une simplicité que les jeunes filles américaines feraient bien d'imiter, et elle fut très flattée des assurances de M. Ned qu'il était venu exprès pour la voir. Jo comprit pourquoi Laurie faisait la « grimace » en parlant de Kate, car cette jeune fille avait un air raide qui contrastait singulièrement avec l'attitude libre et aisée des autres jeunes filles. Beth regarda attentivement les nouveaux petits garçons, et décida en elle-même que celui qui était boiteux n'était pas « terrible », mais gentil et faible, et qu'elle serait bonne pour lui à cause de cela. Amy trouva que Grâce était une joyeuse petite personne bien élevée, et, après s'être regardées mutuellement pendant quelques minutes, les deux petites filles devinrent soudainement très bonnes amies.

Les tentes, le déjeuner et le jeu de crocket avaient été expédiés à l'avance dans la grande prairie, et toute la compagnie s'apprêta à aller les rejoindre. Un bateau n'eût pas suffi ; il y en avait deux, une vraie flotte : l'un était dirigé par Laurie et Jo, l'autre par M. Brooke et Ned. M. Laurentz resta sur le rivage, agitant son chapeau en signe d'adieu. Le chapeau comique de Jo aurait mérité un vote de remerciements, car il fut d'une utilité générale. Ce fut lui qui brisa la glace dans le commencement en faisant rire tout le monde ; pendant qu'elle ramait, il créait une brise rafraîchissante en s'agitant en avant et en arrière, et Jo dit que, s'il arrivait un orage, il ferait un parapluie très commode pour toute la société.

L'UN ÉTAIT DIRIGÉ PAR LAURIE ET JO

Kate paraissait étonnée des manières de Jo, surtout lorsque, prenant sa rame, elle s'écria : « Christophe Colomb, priez pour nous ! » et lorsque Laurie, lui ayant marché sur le pied, lui dit : « Vous ai-je fait mal, mon cher camarade? » Mais, après avoir mis plusieurs fois son lorgnon pour mieux examiner cette bizarre jeune fille, miss Kate décréta qu'elle était originale, mais instruite, et lui sourit de loin.

Meg, dans l'autre bateau, était parfaitement placée vis-à-vis des rameurs qui l'admiraient tous les deux, déclarant qu'elle se détachait très heureusement dans le paysage. M. Brooke, dont nous aurons à parler plus d'une fois, était un jeune homme grave et silencieux, qui avait de beaux yeux bruns et une voix agréable. Ses manières tranquilles plaisaient à Meg, et elle le regardait comme une encyclopédie vivante. Il ne lui parlait jamais beaucoup, mais la regardait souvent, et au fond de son cœur, elle était sûre qu'il ne la regardait pas avec aversion. Ned, étant au collège, prenait naturellement tous les airs que les collégiens se croient obligés de prendre ; il n'avait pas beaucoup de sagesse, mais était très gai et d'un très bon caractère ; enfin, c'était un petit personnage très à sa place pour un pique-nique. Sallie Gardiner était très occupée à préserver de toute tache son immaculée robe de piqué blanc et à gronder Fred qui, par ses mouvement désordonnés, menaçait de faire chavirer le bateau et terrifiait la pauvre Beth.

La grande prairie n'était pas loin de la maison de M. Laurentz. En y arrivant, on trouva la tente plantée et les ustensiles de crocket disposés sur un terrain uni et couvert de fin gazon. La troupe joyeuse débarqua en poussant des exclamations de joie, et leur jeune hôte s'écria :

« Soyez les bienvenus au camp Laurentz ! Veuillez, dans le capitaine Brooke, reconnaître le commandant en chef de l'expédition. Je serai, si vous le permettez, le commissaire général ; ces messieurs sont les officiers d'état-major, et vous, mesdames, vous êtes l'aimable compagnie. La tente est à votre usage spécial ; ce chêne est votre salon, celui-ci la salle à manger, et celui-là la cuisine du camp. Maintenant je vous propose une partie de crocket avant qu'il fasse trop chaud. »

Frank, Beth, Amy et Grâce s'assirent et regardèrent jouer les autres ; M. Brooke se mit avec Meg, Kate et Fred, et Laurie prit Jo, Sallie et Ned. Les Anglais jouaient bien ; mais les Américains jouaient encore mieux et contestaient chaque point, comme si l'esprit de 1776 les eût encore animés. Jo et Fred eurent ensemble plusieurs différends et furent même une fois très près d'une bataille de mots. Jo venait de manquer un coup, ce qui l'avait contrariée. Fred, dont le tour venait avant le sien, envoya sa propre boule un peu au delà des limites du jeu; personne n'était très près, et en courant pour examiner sa boule, il lui donna, sans s'en vanter, un léger coup de pied qui la ramena dans les limites voulues.

« Et maintenant, miss Jo, je vais l'emporter sur vous, s'écria le jeune homme en se préparant à lancer sa boule.

— Vous avez poussé votre boule, contre toutes les règles, répliqua Jo; je vous ai vu, vous avez perdu votre tour; c'est le mien maintenant, dit Jo d'un ton bref.

— Je n'y ai pas touché, elle a roulé un peu peut-être, mais c'est permis; ainsi laissez-moi passer, s'il vous plaît, que je fasse mon coup.

— On ne triche pas en Amérique, mais vous pouvez le faire si cela vous fait plaisir, dit Jo en colère.

— Tout le monde sait que les Yankees sont beaucoup plus trompeurs que les autres peuples, répondit Fred en envoyant au loin la boule de Jo. »

Jo ouvrait les lèvres pour riposter de la bonne façon à cette grosse impertinence; mais elle fit un effort si grand pour se retenir, qu'elle en devint rouge jusqu'au blanc des yeux, pendant que Fred se glorifiait de sa victoire. Elle se contenta d'aller à la recherche de sa boule et resta très longtemps dans les broussailles pour retrouver son calme; quand elle revint, elle s'était vaincue, se montra tranquille et attendit patiemment son tour. Il lui fallut plusieurs coups pour regagner la place qu'elle avait perdue, et, lorsqu'elle y arriva, la partie adverse avait fort avancé ses affaires.

« C'est nous qui allons gagner, dit Fred avec animation, lorsque chacun se rapprocha pour voir le coup qui allait décider de la partie.

— Les Yankees savent se montrer généreux pour leurs hôtes et anciens ennemis, dit Jo en regardant le jeune homme d'un tel air qu'il rougit à son tour. C'est une observation que certain Anglais fera bien de remporter dans son île en y joignant une provision d'humilité. Je vous ai laissé avoir raison quand vous aviez tort, monsieur Fred; mais cela ne changera rien au dénouement, et... »

Et, par un coup habile, elle parvint à gagner la partie.

Laurie jeta son chapeau en l'air sans se rappeler qu'il ne devait pas se glorifier de la défaite de ses hôtes, et, s'arrêtant au milieu de ses bravos, dit tout bas à Jo :

« Vous avez très bien agi, Jo ; il a triché, je l'ai vu. Nous ne pouvons pas le lui dire, mais il ne recommencera pas, vous pouvez en être sûre. »

Meg, sous prétexte de rattacher une des nattes de Jo, la tira en arrière et lui dit d'un ton approbateur :

« Ce Fred a été terriblement provocant, Jo ; mais je suis bien contente que vous ne vous soyez pas mise en colère.

— Ne me louez pas, Meg, répondit-elle, à ce moment même j'aurais encore envie de lui tirer les oreilles. Je me serais certainement fâchée si je n'étais pas restée assez longtemps dans les buissons pour obtenir de moi de pouvoir me taire ; mais il fera bien de se tenir à l'écart, ajouta Jo en regardant Fred d'un air menaçant.

— Messieurs et mesdames, il est temps de dîner, dit M. Brooke en regardant à sa montre. Monsieur le commissaire général, voulez-vous faire du feu et trouver de l'eau, pendant que miss Marsch, miss Sallie et moi mettrons le couvert. Qui sait faire le café ?

— Jo ! » s'écria Meg, contente de recommander sa sœur, et Jo, sentant que les leçons de cuisine qu'elle avait prises depuis sa mésaventure allaient lui faire honneur, vint, sans se faire prier, veiller sur la cafetière. En même temps les petites filles ramassaient de petits morceaux de bois pour entretenir le feu, et les petits garçons allaient chercher de l'eau. Miss Kate dessinait, et Beth et Frank tressaient des brins de jonc pour faire de petites assiettes pour le dessert.

Le commandant en chef et ses aides eurent bientôt mis le couvert, et Jo ayant annoncé que le café était prêt, chacun vint s'installer sur le gazon avec un appétit développé par le grand air et l'exercice.

Tout semblait nouveau et drôle dans ce dîner sur l'herbe ; un vénérable cheval, qui paissait non loin de là, fut plus d'une fois effrayé par des éclats de rire. Il y avait dans la disposition du terrain une agréable inégalité qui amenait de fréquents malheurs : les assiettes et les verres basculaient à qui mieux mieux ; des glands tombaient dans les plats, et des feuilles sèches descendaient des arbres en toute hâte, afin de voir ce qui arrivait.

Trois enfants pauvres, cachés derrière les buissons, regardaient, d'un air d'envie, les convives de l'autre côté de la rivière ; un chien se mit à aboyer contre eux et les fit découvrir. Ils allaient s'en-

18

fuir comme des coupables ; mais M. Brooke leur cria de rester et, ayant fait un petit paquet bien ficelé dans lequel il avait enveloppé de quoi leur faire un bon petit repas, il parvint, aux acclamations de tous, à leur jeter à la volée leur part du festin. On était au dessert.

« Voici du sel pour la crème de Jo, dit l'impitoyable Laurie.

— Merci, je préfère vos araignées, répondit Jo, en montrant du doigt sur son assiette deux petites araignées qui s'étaient noyées dans sa crème. Comment osez-vous faire des allusions à mon horrible dîner, quand le vôtre n'est pas complètement parfait ? Vous ai-je nourri d'insectes, moi ? »

Elle lui passa, en riant, son assiette et ses deux araignées, et s'empara de la sienne. La vaisselle était rare.

« Bon ! voilà que c'est mon tour d'être battu par Jo. Consolez-vous, Fred, c'est une terrible adversaire ; il ne fait pas bon la provoquer.

— Que dites-vous là ? s'écria Jo ; je ne suis l'adversaire de personne aujourd'hui, et si je n'en avais été réduite à me défendre, j'aurais trouvé tout bien, même les araignées, dans votre partie. Je bois ce verre d'eau à votre gloire, Laurie.

— Il fait un temps magnifique aujourd'hui, répondit Laurie ; le soleil est pour la meilleure part dans le succès de cette journée. Du reste, ce n'est pas à moi que devraient revenir les louanges de Jo ; je n'ai rien fait jusqu'ici. C'est vous, Meg, et M. Brooke, qui avez tout conduit, et je vous suis on ne peut plus obligé. Mais qu'est-ce que nous ferons quand il nous sera impossible de manger davantage ? »

Laurie sentait que, lorsque le dîner serait terminé, il aurait joué sa plus belle carte.

« Jouons à des jeux assis, jusqu'à ce qu'il fasse moins chaud, dit Meg. Je suppose que miss Kate en connaît qui pourraient vous amuser. Allez lui demander conseil, Laurie ; elle est votre invitée, et vous devriez rester davantage avec elle.

— N'êtes-vous pas aussi mes invitées ? répondit Laurie. Je pensais que miss Kate trouverait le moyen d'attirer M. Brooke. C'est une personne très instruite ; mais M. Brooke a préféré rester à causer avec vous, et vous ne vous apercevez même pas que Kate n'a pas cessé de vous observer à travers son lorgnon. Je vais aller vers elle. »

Miss Kate connaissait plusieurs jeux nouveaux, et, comme les jeunes filles ne voulaient pas manger davantage et que les petits garçons ne le pouvaient plus, ils allèrent tous dans le *salon* jouer à un jeu qui obtint la majorité des suffrages et qui a, en Amérique, le nom de *rigmarole*.

Une personne commence une histoire, une chose quelconque, tout ce qu'elle veut ; seulement elle s'arrête à un moment palpitant d'intérêt ; alors sa voisine est obligée de prendre la suite de l'histoire et de la continuer jusqu'à ce qu'elle s'arrête à son tour et passe à une autre le soin de s'en tirer. Ce jeu est très drôle quand on le joue avec adresse.

« Commencez, s'il vous plaît, monsieur Brooke, dit Kate avec un geste impérieux qui surprit beaucoup Meg, car tout le monde traitait le précepteur de Laurie avec le respect que méritait son caractère. »

M. Brooke était couché sur l'herbe ; il n'eut pas l'air ému le moins du monde de l'injonction de miss Kate, et commença l'histoire en tenant ses beaux yeux bruns fixés sur la rivière miroitante au soleil :

« Une fois un chevalier, qui n'avait que son épée et son bouclier, alla dans le monde pour y chercher fortune. Il voyagea longtemps, près de vingt-huit ans, en étant très malheureux, et arriva enfin au palais d'un bon vieux roi qui avait offert une récompense à quiconque pourrait apprivoiser et dresser un beau cheval très emporté et très sauvage, qu'il aimait beaucoup. Le chevalier demanda à essayer, et réussit, quoique lentement. Le beau cheval était très bon et apprit bientôt à aimer son nouveau maître. Tous les jours, pour exercer le coursier favori du roi, le chevalier quittait le palais monté sur la noble bête, et la conduisait à travers les promenades de la ville capitale, et même au delà, dans la campagne. Un jour qu'il traversait un lieu très désert, il aperçut, à la fenêtre d'un château en ruines, une charmante figure qu'il reconnut pour l'avoir vue en rêve. Il demanda qui habitait ce vieux château ; on lui répondit que de belles et malheureuses princesses y étaient retenues captives par un enchantement, et qu'elles y resteraient tant qu'elles n'auraient pas filé assez de laine pour payer leur rançon. Le chevalier résolut d'entrer, par un moyen quelconque, dans le château et d'offrir ses services aux malheureuses princesses. Il s'arma de toutes pièces et frappa résolument du pommeau de son épée à la porte du château, et, à son grand étonnement, la grande porte s'ouvrit tout au large, et il vit... »

M. Brooke s'était arrêté.

« Une ravissante jeune fille qui s'écria avec un cri de joie : « Enfin ! enfin ! », continua Kate qui avait lu de vieux romans de chevalerie français.

« — C'est elle ! » s'écria le comte Gustave.

« Et il tomba à ses pieds dans une extase de joie.

« — Oh ! relevez-vous ! dit-elle en lui tendant une main d'une blancheur de marbre.

« — Pas avant que vous m'ayez dit comment je peux vous délivrer, dit le chevalier toujours agenouillé.

« — Hélas ! devant la tâche impossible qui nous est imposée, le sort cruel me condamne, ainsi que mes sœurs, à rester ici jusqu'à ce que mon tyran soit mis à mort ou se soit rendu à merci.

« — Où est-il ce misérable ? s'écria le comte.

« — Dans le salon mauve. Va, brave cœur, et sauve-moi du désespoir.

« — Je reviendrai victorieux ou je mourrai.

« Et après ces paroles émouvantes, il courut du côté de la porte du salon mauve, et, l'enfonçant d'un coup de sa robuste épaule, il allait y pénétrer lorsqu'il reçut...

« — Sur la tête un gros dictionnaire grec qu'un monsieur en habit noir lui avait jeté, reprit Ned Moffat. Il se remit bientôt de ce coup étourdissant, et, jetant le tyran par la fenêtre, il se préparait à aller rejoindre sa dame pour la délivrer. Mais il trouva fermée la porte de la chambre où il l'avait laissée, et il s'y attendait si peu qu'il se fit une grosse bosse au front contre cette porte qui était de bois dur. Il déchira alors les rideaux d'une haute fenêtre du vestibule pour s'en faire une échelle de corde et remonter d'en bas jusqu'à la captive ; mais il n'était pas arrivé à moitié chemin que l'échelle se rompit, et il alla choir dans un fossé plein d'eau qui entourait le château. Il nageait comme un poisson et tourna autour du vieux domaine jusqu'à ce qu'il fût arrivé à une petite porte. Cette porte-là était gardée par deux géants; il prit leur tête de chacune de ses mains et les frappa l'une contre l'autre comme deux cymbales ; puis, par un simple effort de sa force prodigieuse, il enfonça la porte et monta des escaliers couverts de deux pieds de vase, d'énormes crapauds et d'araignées tellement grandes que leur seule vue eût suffi à donner des attaques de nerfs à tout autre que lui. Au haut des escaliers il vit quelque chose qui glaça son sang dans ses veines...

« — C'était une grande forme toute blanche, avec un voile sur la figure et une bougie à la main, continua Meg. La forme lui fit signe de la suivre, et, marchant sans bruit devant lui, le conduisit tout le long d'un corridor aussi noir et aussi froid qu'un tombeau ; de chaque côté se trouvaient des statues armées ; un silence mortel y régnait ; la flamme de la lampe y était toute bleue, et la forme toute blanche se retournait de temps en temps et lui montrait des yeux terribles au travers de son voile blanc. Enfin ils arrivèrent devant une porte fermée par des portières de soie rouge et derrière laquelle on entendait une charmante musique. Il s'élança pour entrer, mais le spectre le retint et, étendant le bras devant lui d'un air menaçant...

« — Il lui offrit, dans une superbe tabatière, une prise de tabac très frais, dit Jo d'un ton sépulcral qui fit éclater de rire toute la compagnie.

« — Je vous remercie, dit poliment le chevalier en prenant une prise. Mais il se mit alors à éternuer sept fois de suite si violemment, que sa tête se détacha de son corps. Ha ! ha ! ha ! tu ne t'attendais pas à celle-là, s'écria le spectre. La trouves-tu bonne ?

« S'étant alors assuré, en regardant par le trou de la serrure, que les princesses filaient, filaient toujours, le spectre releva le corps de sa victime et le serra avec soin dans une grande boîte en fer-blanc où se trouvaient déjà onze autres chevaliers empaquetés ensemble, et sans tête, comme des sardines. A la vue de ce nouveau venu, ces sardines d'un nouveau genre se levèrent toutes et se mirent...

« — A danser une gigue, dit Fred lorsque Jo s'arrêta pour reprendre haleine. Et, pendant qu'ils dansaient, le vieux château devint un grand bateau de guerre.

« — Serrez les voiles ! Abordez ! s'écriait le capitaine.

« Un pirate portugais marchait à toute vapeur sur lui avec son pavillon noir comme de l'encre.

« — Courage ! mes enfants ! Abordons ce noir bandit ! dit le capitaine.

« Et une bataille rangée commença. Les Anglais furent vainqueurs, ils le sont toujours. Le capitaine anglais fit jeter le chef des pirates à la mer ; mais le rusé Portugais plongea et, allant sous le vaisseau anglais, il l'entraîna au fond de la mer, mer, mer, où...

« — Oh ! mon Dieu, qu'est-ce que je vais dire ? s'écria Sallie

lorsque Fred eut fini sa *rigmarole*... Ah ! au fond de la mer. Ils y
furent très gracieusement reçus par une très jolie sirène qui fut
très fâchée de voir tous les chevaliers sans tête. Elle les fit placer
très soigneusement dans une grotte de corail dont elle avait la clé,
afin de les conserver. Étant femme, elle était curieuse et très
décidée à découvrir ce mystère. Quelque temps après, un plongeur
étant, par un grand hasard, descendu vers elle, la sirène lui dit :
« Si vous voulez me porter ces messieurs là-haut, je vous donnerai
une boîte de perles. » Elle avait fini par se dire que les pauvres
chevaliers ne retrouveraient pas leur tête en restant dans sa grotte.
Mais elle n'avait pas le pouvoir de les ramener à la surface. Le
plongeur les y ramena donc, mais combien il fut désappointé en
ouvrant la boîte de n'y trouver que des chevaliers sans tête. Il
les laissa dans un grand champ solitaire où ils furent trouvés
par...

« — Une petite gardeuse d'oies, qui conduisait cent oies grasses
dans un champ, continua Amy. La petite fille fut très fâchée en
les voyant et demanda à une vieille femme ce qu'elle pourrait faire
pour leur être agréable, pour leur faire du bien. « Vos oies vous le
diront, elles savent tout, » répondit la vieille. Elle leur demanda
donc ce qu'elle devait faire pour procurer de nouvelles têtes à ces
pauvres chevaliers, et les oies ouvrirent leurs cent becs et crièrent:
« Chouchou. »

— Des choux ! s'écria promptement Laurie.

« — C'est très bien, » pensa la petite fille. Et elle courut dans le
jardin en chercher douze beaux, et les ayant placés sur les épaules
des chevaliers, ils reprirent immédiatement connaissance, la remercièrent et continuèrent leur chemin pour aller chacun à ses affaires. »
Ce qu'ils devinrent avec leurs têtes de choux, c'est leur affaire et
non la nôtre, et si vous êtes de mon avis, nous n'aurons pas l'indiscrétion d'en demander plus long à Beth, qui se cache là, derrière
sa maman Jo...

— Oh non ! oh non ! s'écria une petite voix suppliante derrière
Jo. Ne me demandez rien ; j'aimerais mieux mourir que d'essayer
d'ajouter un mot à une si difficile histoire. Je ne peux pas, je ne
peux pas ; je ne joue jamais à ce jeu-là...

— Beth a raison, s'écria Jo.

— S'il en est ainsi, dit M. Brooke, nous allons être obligés de
planter là le pauvre chevalier et ses compagnons ; espérons que,
quant à lui, il aura retrouvé sa princesse. Voilà longtemps que nous

nous reposons, je propose que nous finissions notre journée par une belle promenade au bord de la rivière !

— Bravo ! » s'écria toute l'assistance.

En un clin d'œil, tout le monde fut debout et se mit à gambader. Frank, le pauvre petit estropié, était resté assis un peu à l'écart ; il essaya de se lever, mais, dans un mouvement de dépit ou d'humeur, il avait jeté sa béquille à quelques pas de lui. Beth, voyant son embarras, prit son courage à deux mains et alla la lui ramasser.

« Puis-je faire autre chose pour vous ? lui dit-elle.

— Parlez-moi, s'il vous plaît. C'est triste d'être assis tout seul, répondit Frank, qui était évidemment gâté chez lui. »

S'il avait demandé à la timide Beth de lui débiter un discours latin, la tâche n'aurait pas paru à celle-ci plus ardue ; mais il n'y avait pas d'endroit pour se cacher, point de Jo pour se mettre devant elle, et le pauvre petit garçon la regardait d'un air si malheureux qu'elle résolut bravement d'essayer.

« De quoi aimez-vous à entendre parler ? demanda-t-elle.

— Eh bien ! j'aime à entendre parler de croket, de pêche et de chasse, dit Frank, qui, depuis son accident, n'avait pas encore appris à proportionner ses amusements à son état actuel.

— Mon Dieu, qu'est-ce que je vais faire ? se dit Beth. Je ne connais rien à tout cela. »

Et oubliant, dans son agitation, le malheur du petit garçon, elle dit, dans l'espoir de le faire parler :

« Je n'ai jamais vu chasser, mais je suppose que vous connaissez toutes ces choses-là.

— Oui, j'ai chassé une fois, mais je ne chasserai plus jamais. Je chassais quand je suis tombé en sautant par-dessus une maudite barrière. C'est à partir de ce jour-là que j'ai eu besoin d'une béquille. Il n'y aura plus de chevaux ni de chiens pour moi. »

Frank termina sa réponse par un soupir douloureux qui fit que Beth maudit intérieurement son innocente bévue.

« Vos cerfs anglais sont bien plus jolis que nos lourds buffles, » dit-elle en se tournant vers la prairie comme pour avoir de l'aide, et se réjouissant d'avoir lu un des livres de petit garçon que Jo adorait, pour pouvoir répondre au désir du petit Frank.

Les buffles amenèrent une conversation satisfaisante entre les deux enfants, et, dans son désir d'amuser une autre personne,

Beth s'oublia elle-même et tint compagnie à Frank pendant la promenade.

« Elle le plaint et elle est bonne pour lui, dit Jo en la regardant de loin.

— J'ai toujours dit qu'elle était une vraie petite sœur de charité,» ajouta Meg.

La promenade au bord de l'eau, le jeu du renard et de l'oie et une partie de crocket (cette fois très amicale) remplirent très agréablement l'après-midi.

Au coucher du soleil, la tente fut enlevée, les paniers empaquetés et les bateaux chargés. Toute la compagnie y prit place et descendit la rivière en chantant.

Les invités de Laurie se séparèrent dans l'allée où ils s'étaient réunis à leur arrivée. Ils se dirent adieu, car la famille Vangh allait partir pour le Canada, et on ne devait plus se revoir.

Lorsque les quatre sœurs rentrèrent chez elles par leur jardin, Kate, demeurée en arrière avec M. Brooke, quitta son ton protecteur, et s'adressant à M. Brooke, dont elle appréciait le mérite, elle lui dit :

« Malgré leurs manières démonstratives, les Américaines sont très gentilles quand on les connaît.

— Je suis tout à fait de votre avis, répondit M. Brooke.

— La pauvre Meg, je la plains pourtant, ajouta Kate; si jolie, sans fortune et obligée de travailler, d'être gouvernante, pour aider sa famille, c'est terrible !

— Ne la plaignez pas tant, répondit vivement M. Brooke ; Meg, riche et brillante de jeunesse et de beauté, n'eût peut-être jamais eu l'occasion de développer les qualités et de perdre les petits défauts qu'elle tenait de la nature, elle n'eût été qu'une charmante oisive comme tant d'autres. Elle deviendra, au contraire, avec le temps, une femme vraiment distinguée, digne du respect des cœurs et des esprits sérieux. D'ailleurs, miss Kate, l'Amérique n'est ni l'Angleterre ni la France ; une femme qui doit à son travail et à son courage son indépendance et sa liberté, est estimée ici l'égale de celle qui n'a à apporter en dot à un mari que la fortune qu'elle doit à ses parents, et les gens intelligents la préfèrent souvent à toute autre. Un Américain rougirait de penser à la dot de sa fiancée, et, s'il lui arrivait de s'en inquiéter et de s'en enquérir, il ne trouverait plus une fille honorable qui consentît à porter son nom. »

Miss Kate resta quelques minutes sans répondre, mais comme elle ne manquait ni de jugement ni de bonté :

« Monsieur Brooke, dit-elle, Dieu veuille qu'en vieillissant l'Amérique ne perde pas ces sages principes. Le sort des femmes, assurées d'être choisies pour ce qu'elles valent et pour elles-mêmes, y serait digne d'envie. »

CHAPITRE XIII

LA SOCIÉTÉ DES ABEILLES ET LES CHATEAUX
EN ESPAGNE

Par une après-midi brûlante de septembre, Laurie était paresseusement étendu dans un hamac, et s'y balançait en se demandant ce que faisaient ses voisines; mais sa paresse était trop grande ce jour-là pour lui permettre d'y aller voir. Il était dans un de ces mauvais jours qui ne sont ni agréables ni profitables. La grande chaleur le rendait indolent. Il n'avait pas étudié, il avait mis à l'épreuve la patience de M. Brooke, ennuyé son grand-père en jouant du piano la moitié de l'après-midi, rendu les bonnes à moitié folles de terreur en disant qu'un de ses chiens allait devenir enragé, et, après avoir rabroué son cocher pour quelque négligence imaginaire de son cheval, il s'était jeté dans son hamac pour réfléchir sur la stupidité du monde et non sur sa sottise propre; mais la paix et la beauté du jour le remirent malgré lui en belle humeur.

Il faisait mille rêves tout éveillé en regardant les branches vertes du grand marronnier qui était au-dessus de sa tête, et s'imaginait qu'il était sur mer, faisant un voyage autour du monde, lorsqu'un bruit de voix le fit revenir sur la terre ferme en un clin d'œil. En

regardant à travers les mailles du hamac, il aperçut ses amies qui
sortaient de chez elles comme si elles allaient faire une expédition
secrète.

« De quoi peut-il bien s'agir? » se demanda Laurie, en ouvrant
ses yeux à moitié fermés par ses rêves de circumnavigation.

Il y avait quelque chose d'extraordinaire dans l'air de ses voisines. Chacune d'elles avait un grand chapeau, une grosse gibecière
en toile brune sur l'épaule et un long bâton à la main. Meg tenait
un coussin, Jo un livre, Beth un panier et Amy un album. Elles
marchèrent tranquillement à travers le jardin, sortirent par la porte
de derrière, et commencèrent à monter la colline qui était entre la
maison et la rivière.

« Eh bien! c'est aimable d'avoir un pique-nique et de ne pas
m'inviter! se dit Laurie. Elles ne peuvent pas aller en bateau puisqu'elles n'ont pas la clef. Elles n'y pensent pas. Je vais la leur
porter et voir ce qu'elles ont l'intention de faire. »

Il fut bientôt en bas de son hamac, rentra à la maison pour
chercher la clef, qu'il finit par trouver dans sa poche. Si bien que
les jeunes filles étaient déjà hors de vue lorsqu'il sauta par-dessus
la haie pour courir après elles.

Croyant être très habile, il prit le plus court chemin pour aller,
à travers champs, à la maison du bateau, et les y attendit; mais
personne ne vint. Très intrigué, il monta alors au haut de la colline pour tâcher de les découvrir. Un bouquet de grands pins, très
rapproché, lui masquait une partie de la vue; mais, du milieu de
ce nid de verdure, un son, plus clair que les doux soupirs des pins
et que le chant des grillons, arriva jusqu'à lui. Guidé par cette espèce
de mélopée dont il ne s'expliquait pas la nature, Laurie finit par
faire une découverte.

« Voilà un joli tableau, » se dit-il en regardant à travers les
pins.

C'était réellement un joli petit tableau. Les quatre sœurs étaient
assises ensemble dans un petit coin bien ombragé, avec du soleil
et de l'ombre tout autour d'elles; le vent aromatisé ébouriffait leurs
cheveux et rafraîchissait leurs joues, et tous les hôtes du bois faisaient leurs affaires autour d'elles, comme si elles n'étaient pas pour
eux des étrangères, mais bien de vieilles amies.

Meg, assise sur son coussin avec sa robe rose au milieu de la
verdure, paraissait aussi jolie et aussi fraîche qu'un rosier. Beth
choisissait des pommes de pin parmi celles qui jonchaient la terre,

car elle savait en faire de gentils petits ouvrages. Amy dessinait un groupe de fougères, et l'active Jo faisait, de sa voix bien timbrée, une lecture à ses sœurs tout en tricotant.

Une ombre passa sur la figure du jeune garçon en pensant qu'il n'avait qu'à s'en aller, puisqu'il n'avait pas été invité. Cependant il resta ; le chez lui où il aurait pu se réfugier lui paraissait très solitaire, et cette petite société tranquille, au milieu des bois, lui semblait plus attrayante que son isolement. Il demeura si immobile qu'un écureuil, occupé à faire ses récoltes, s'avança jusque tout près de lui ; mais, l'ayant soudain aperçu, il s'était enfui en poussant un cri aigu, comme le son d'un sifflet. Ce sifflement du petit animal fit lever toutes les têtes. Beth, la première, découvrit Laurie et lui fit signe de venir en lui adressant un sourire rassurant.

« Puis-je venir ou serai-je un fardeau ? » demanda-t-il en s'avançant lentement.

Meg fronça les sourcils, Jo elle-même le regarda avec une sorte de méfiance. Cependant elle lui dit immédiatement :

« Vous pouvez naturellement venir. Nous vous l'aurions déjà demandé si nous avions pensé qu'un jeu de petites filles ne vous déplairait pas.

— J'aime toujours vos jeux ; mais, si Meg n'a pas envie que je reste, je vais m'en aller.

— Je n'ai aucune objection à votre venue, si vous faites quelque chose. C'est contre la règle d'être paresseux ici, répondit Meg gravement, mais gracieusement.

— Bien obligé ! Je ferai tout ce que vous voudrez si vous me permettez de rester un peu ; d'où je viens, il fait aussi mauvais qu'au Sahara. Dois-je coudre, lire, dessiner, trier des cônes ou faire tout à la fois ? Donnez vos ordres, je suis prêt. »

Et Laurie se coucha à leurs pieds d'un air de soumission tout à fait désarmant.

« Finissez mon histoire pendant que je passe le talon de mon bas, dit Jo en lui tendant son livre.

— Oui, madame, » fut l'humble réponse de Laurie.

Et il fit de son mieux pour prouver sa reconnaissance de la faveur qu'on lui avait faite en l'admettant dans la « Société des Abeilles », car c'est ainsi qu'on la nommait, cette petite société.

L'histoire n'était pas longue ; et, lorsqu'elle fut finie, il s'a-

LAURIE FIT DE SON MIEUX

ventura à faire quelques questions comme récompense de sa docilité.

« S'il vous plaît, mesdames, pourrais-je demander si cette institution hautement instructive et charmante est nouvelle?

— Voulez-vous le lui dire? demanda Meg à ses sœurs.

— Il s'en moquera, dit Amy.

— Qu'est-ce que cela fait? s'écria Jo.

— Je suis sûre que cela lui plaira, ajouta Beth.

— Naturellement cela me plaira, et je vous donne ma parole d'honneur que je ne m'en moquerai pas. Allons, dites, Jo, et n'ayez pas peur.

— Cette idée, que je puisse avoir peur de vous! riposta Jo. Eh bien, vous saurez que nous avons décidé de ne pas perdre nos vacances ; chacune de nous a eu une tâche et a travaillé de toutes ses forces. Les vacances sont presque finies, les tâches seront toutes faites à temps, et nous sommes très contentes de ne pas avoir été paresseuses.

— Vous avez bien raison d'être satisfaites, dit Laurie en songeant avec regret à ses journées inactives.

— Maman aime que nous soyons à l'air autant que possible ; nous apportons notre ouvrage ici et nous nous amusons bien. Par plaisanterie nous mettons de grands chapeaux, nous prenons de grands bâtons comme des voyageurs. Nous appelons cet endroitci la *montagne du vrai repos*, parce que d'ici nous pouvons regarder bien loin et nous voyons le pays où nous espérons aller vivre un jour. Voyez! »

Laurie regarda ce que Jo lui montrait. A travers une éclaircie de bois on apercevait, par-dessus la blonde rivière, bien loin au delà de la grande ville entourée de prairies, les montagnes aux cimes bleues qui semblaient toucher au ciel. Le soleil se couchait et les eaux resplendissaient de la splendeur d'un soleil d'été ; des nuages dorés et rouge pourpre se reposaient sur le sommet des montagnes, et bien haut, dans la lumière rougeâtre, s'élevaient des pics blancs qui brillaient comme les clochers aériens de quelque cité céleste.

« Oui, c'est vraiment très beau! dit doucement Laurie, car il sentait très vivement les beautés de la nature. C'était là, sous ma main, et sans vous je ne l'aurais jamais vu...

— C'est souvent comme vous le voyez aujourd'hui, mais souvent aussi très différent et toujours splendide, » dit Amy.

19.

Elle aurait bien voulu être de force à peindre ce beau paysage.

« Jo parle du pays où nous espérons vivre un jour, c'est de la vraie campagne qu'elle entend parler, de la campagne avec des poulets, des canards, des troupeaux, du foin, etc. Certainement, ce serait agréable, mais je voudrais que le beau pays, celui qui est au-dessus de toutes les campagnes réelles, soit pour nous facile à atteindre, dit rêveusement la pieuse petite Beth.

— Nous irons dans ce monde supérieur lorsque nous aurons été assez bonnes pour le mériter, répondit Meg de sa douce voix.

— C'est si difficile d'être bonne, dit Jo. Pas pour vous, Beth; vous n'avez rien à redouter. Quant à moi, j'aurai à travailler rudement et à combattre, à grimper et à attendre, et peut-être n'y arriverai je jamais, après tout.

— Vous m'aurez pour compagnon dans vos efforts, si cela peut vous être de quelque consolation, dit Laurie. J'ai du chemin à faire plus qu'aucune de vous pour arriver à la perfection.

— Ne serait-ce pas agréable si tous les châteaux en Espagne que nous faisons pouvaient devenir des réalités? dit Jo après une petite pause.

— J'en ai fait une telle quantité qu'il me serait difficile d'en choisir un, dit Laurie en se couchant sur l'herbe et jetant des cônes à l'écureuil qui, après l'avoir trahi, était revenu tranquillement rejoindre cette tranquille société.

— Quel est votre château en Espagne favori? demanda Meg.

— Si je dis le mien, me direz-vous les vôtres?

— Oui, si tout le monde dit le sien.

— Oui, oui. Eh bien! à vous, Laurie.

— Après avoir couru en tous sens à travers le monde, comme je le désire, et découvert quelque beau pays, jusqu'à moi inconnu, je m'établirais en Suisse, au pied d'une montagne, sur les bords d'un beau lac, et je ferais autant de musique que je voudrais. Là, je vivrais pour qui m'aimerait. Voilà mon château en Espagne favori. Quel est le vôtre, Meg? »

Marguerite semblait trouver un peu difficile de dire le sien; elle remua une grande feuille d'arbre devant sa figure en guise d'éventail, comme pour chasser des cousins imaginaires, pendant qu'elle disait lentement :

« J'aimerais avoir une charmante maison pleine de toutes sortes de choses de bon goût, une société honorable, instruite et agréable, avec assez d'aisance pour rendre tout le monde heureux autour de moi. »

C'était le tour de Jo.

« J'aurais, dit-elle, des étables pleines de magnifiques animaux, deux chevaux vigoureux, des chambres remplies de livres, et j'écrirais avec un encrier magique, de manière à ce que mes œuvres devinssent fameuses, c'est-à-dire de celles qui font du bien au monde à perpétuité. Je ne serais pas fâchée non plus de faire quelque chose d'héroïque, dont notre père et maman seraient fiers, et qui ne fût pas oublié après ma mort. Je ne sais pas encore quoi, mais je cherche et j'espère vous étonner toutes; cela me conviendrait. Voilà mon rêve favori.

— Le mien est de rester à la maison avec papa et maman et d'aider à prendre soin de la famille, dit Beth d'un air satisfait

— Ne désirez-vous rien d'autre ? demanda Laurie.

— Depuis que j'ai mon piano, je suis parfaitement heureuse; je désire seulement que nous restions tous ensemble et ien portants.

— J'ai des quantités innombrables de souhaits, mais celui que je préfère est d'aller à Rome, de faire de belles peintures et d'être la plus grande artiste de l'Amérique. »

Ce fut le modeste désir d'Amy.

« Eh mais! excepté Beth, nous sommes tous passablement ambitieux, dit Laurie qui mordillait un brin d'herbe d'un air très méditatif. Je voudrais savoir si jamais l'un de nous obtiendra ce qu'il désire?

— Nous avons tous la clef de nos futurs châteaux en Espagne, dit Jo ; reste à savoir si nous saurons ouvrir la porte ou non.

— Si nous vivons encore tous dans dix ans d'ici, il faudra nous réunir pour voir combien d'entre nous auront vu leurs souhaits accomplis.

— Mon Dieu! que je serai vieille! vingt-sept ans! s'écria Meg, qui, venant d'avoir ses seize ans, comptait comme si elle en avait dix-sept et se croyait déjà très âgée.

— Vous aurez vingt-cinq ans, Laurie, et moi vingt-quatre; Beth vingt-trois et Amy vingt et un. Quelle vénérable société ! dit Jo.

— J'espère que, dans ce temps-là, j'aurai fait quelque chose, moi aussi, dit Laurie ; mais je suis si paresseux que j'ai peur de n'arriver à rien, Jo.

— Mère dit qu'il vous manque un but, et que, lorsque vous l'aurez trouvé, elle est sûre que vous travaillerez parfaitement.

— Est-ce vrai? je travaillerai donc à le trouver, s'écria Laurie en se levant avec une énergie subite. Ce qui m'inquiète, c'est que je n'ai pas du tout la vocation des affaires, de ce que grand-papa appelle l'industrie. Je voudrais qu'il pût suffire à grand-père que j'aille à l'Université ; je donnerais ainsi à sa volonté quatre années de ma vie, et il devrait me laisser après faire mon choix. Mais non, il faut que je fasse ce qu'il veut; sa volonté est inflexible. Si je n'avais pas peur de le chagriner, de le laisser seul, savez-vous que, dès demain, je m'embarquerais? »

Laurie parlait avec excitation, et on aurait pu le croire prêt à exécuter sa menace, car il grandissait très vite et avait un désir impatient d'expérimenter le monde par lui-même.

« Vous n'avez pas tort, s'écria Jo ; embarquez-vous dans un des vaisseaux de votre grand-père, et ne revenez que quand vous aurez prouvé que vous êtes par vous-même capable de vous tirer d'affaire. »

L'imagination de Jo était toujours enflammée par la pensée de tout exploit audacieux.

« Ce n'est pas bien, Jo ; vous ne devez pas parler de cette manière, et Laurie ne doit pas suivre vos conseils. Vous ferez seulement ce que dira votre grand-père, mon cher garçon, dit Meg de son ton le plus maternel. Travaillez le mieux possible au collège, et, quand il verra que vous essayez de lui plaire, je suis sûre que vous vous entendrez très bien pour le surplus avec lui. Il n'a que vous pour rester avec lui et l'aimer. Vous ne vous pardonneriez jamais de l'avoir quitté, s'il lui arrivait de mourir loin de vous. Ne soyez pas impatient, faites votre devoir et vous serez récompensé, comme l'est le bon monsieur Brooke, en étant respecté et aimé de tous.

— Que savez-vous de monsieur Brooke? demanda Laurie, reconnaissant, au fond, des bons avis de Meg, mais plus désireux encore de détourner la conversation de lui-même après son éruption extraordinaire.

— Je ne sais de M. Brooke que ce que votre grand-père en a dit à maman : il a pris soin de sa mère avec un dévouement infini jusqu'à sa mort, et, pour ne pas la quitter, a refusé d'aller à l'étranger chez des personnes qui lui offraient des chances très sérieuses de grande fortune.

— M. Brooke est modeste, répondit Laurie. Il ne pouvait pas
s'expliquer pourquoi votre mère était si bonne pour lui ; il s'éton-
nait même qu'elle lui demandât souvent de venir chez vous avec
moi, et qu'elle le traitât toujours d'une manière particulièrement
amicale. C'est à grand-père, je le vois bien, qu'il le devait. Grand-
père n'est indiscret que pour le bien des autres ; aussi il faut voir
comme M. Brooke vénère grand-père, et comme il aime votre mère !
Il en parle pendant des jours et des jours. Du reste, il parle de
chacune de vous avec une amitié presque aussi grande que de
votre chère maman. Eh bien, oui, Brooke est un être rare et excellent. Si jamais je possède mon château en Espagne, vous verrez ce
que je ferai pour Brooke, car, si jamais je deviens quelque chose,
c'est à lui que je le devrai.

— Commencez par faire quelque chose dès maintenant, dit Meg,
en lui épargnant vos caprices.

— Qui vous a dit, s'écria Laurie, qu'il eût jamais eu à s'en
plaindre ?

— Ce n'est pas sa langue, bien sûr, dit Meg ; M. Brooke n'est
pas de ceux qui se plaignent jamais, mais sa figure parle, malgré
lui, pour lui : si vous avez été sage, il a l'air satisfait et marche
vite ; si vous l'avez tourmenté, il a l'air triste et affligé.

— Eh bien ! j'aime beaucoup cela. Ainsi vous tenez compte de
mes bonnes et de mes mauvaises notes sur la seule inspection de
la figure de M. Brooke. Je le vois saluer et sourire lorsqu'il passe
devant votre fenêtre ; mais je ne savais pas que vous aviez en lui
un télégraphe.

— Ne vous fâchez pas, Laurie, et, je vous en prie, ne lui racontez
jamais que je viens de me permettre de vous parler de lui. J'ai
voulu vous montrer que je m'inquiète de ce que vous faites. Ce qui
est dit entre nous est dit en confidence, vous savez, s'écria Meg,
tout alarmée à la pensée de ce qui pourrait parvenir de son discours imprudent jusqu'à M. Brooke, si Laurie lui racontait cet entretien.

— Ne craignez rien, miss, fit Laurie avec son plus grand air.
Mais je ne suis pas fâché de savoir que M. Brooke était votre baro-
mètre, en ce qui me concerne. Je veillerai à ce qu'il n'ait à me
montrer à vous qu'au beau fixe.

— Je vous en prie, ne soyez pas offensé, mon cher Laurie. Je
n'ai pas eu la prétention de vous faire un sermon ; mais j'ai été
emportée par la peur de l'influence que pouvaient avoir sur vous

les avis que Jo, étourdiment, vous avait donnés. Vous seriez le premier à regretter de les avoir suivis. Vous êtes si bon pour nous que nous vous considérons comme notre frère et vous disons tout ce que nous pensons. Pardonnez-moi. Mon intention a été bonne, vous n'en sauriez douter, Laurie ? »

Et Meg lui offrit sa main avec un geste timide mais affectueux.

Laurie, honteux de s'être montré un peu susceptible, serra la bonne petite main et dit franchement :

« C'est moi seul qui dois vous demander pardon ; je ne suis pas content de moi aujourd'hui, et tout est allé de travers. J'aime que vous me disiez mes défauts et que vous soyez comme mes sœurs. Ainsi, ne faites pas attention à mes mouvements d'humeur. Je vous remercie, Meg, vous m'avez dit de très bonnes choses, et je tâcherai d'en profiter.

— Bravo, Meg ! et bravo, Laurie ! s'écria Jo. Dans tout cela, moi seule ai eu tort. »

Laurie, voulant montrer qu'il n'était pas blessé, fut aussi aimable que possible, dévida du fil pour Meg, récita des vers pour faire plaisir à Jo, secoua les pins pour faire tomber des pommes de pin à Beth, et aida Amy avec ses fougères. Il se montra, en un mot, digne d'appartenir à la *Société des Abeilles*. Au milieu d'une discussion animée sur les habitudes domestiques des tortues, le son d'une cloche avertit les quatre sœurs que Hannah venait de verser l'eau sur le thé, et que les jeunes filles auraient juste le temps de rentrer à la maison pour souper. Il n'y avait pas de temps à perdre si l'on ne voulait pas voir la vieille bonne mécontente. La séance fut donc levée.

« Pourrai-je revenir ? demanda Laurie.

— Si vous êtes sage et si vous aimez vos maîtres, comme on dit à l'école, répondit Meg en souriant, vous serez toujours le bienvenu.

— Je tâcherai.

— Je vous apprendrai à tricoter comme font les Écossais. Il y a justement une demande de bas qui nous est faite par papa pour l'armée, » cria Jo à Laurie en agitant son gros tricot de laine bleue, comme un drapeau, quand ils se séparèrent à la porte.

Ce soir-là, lorsque Beth fit de la musique au vieux M. Laurentz, à la tombée de la nuit, Laurie, caché dans l'ombre d'un rideau, écoutait le petit David, dont la musique simple le calmait toujours. Son regard se fixa avec attendrissement sur son grand-père qui, la tête dans les mains, pensait évidemment à l'enfant morte qu'il avait tant aimée, et le jeune homme, se rappelant alors la conversation de l'après-midi, se dit avec la résolution de faire joyeusement un sacrifice :

« Je laisserai mon château en Espagne de côté, et je resterai avec mon cher grand-père tant qu'il aura besoin de moi ; car, Meg a raison. Il faut que grand-père puisse à jamais compter sur moi, il n'a que moi au monde. »

CHAPITRE XIV

DEUX SECRETS

Jo était très occupée dans son grenier. Les jours d'octobre commençaient à devenir froids, et les après-midi étaient courtes. Pendant deux ou trois jours, le soleil brillant éclaira Jo assise sur le vieux sofa et écrivant fiévreusement dans ses cahiers étalés devant elle, pendant que Raton, son singulier favori, accompagné de son fils aîné, un beau jeune homme qui était évidemment très fier de ses naissantes moustaches, se promenait dans les haricots. Jo, très absorbée par son œuvre, arriva enfin à sa dernière page. Ce fut avec une satisfaction très grande qu'elle traça au bas, en plus gros caractères, ce joli mot « Fin », que les auteurs aiment tant à écrire, et son nom orné d'un paraphe gigantesque.

Elle jeta alors sa plume de côté en s'écriant :

« Là ! j'ai fait ce que j'ai pu. Si cela ne convient pas, il faudra que j'attende jusqu'à ce que je puisse mieux faire. »

Et, se renversant sur son vieux sofa, elle relut soigneusement son manuscrit, soulignant çà et là certains passages, y ajouta beaucoup de points d'exclamation ressemblant à autant de petits manches à balai, puis elle le roula, le lia avec un ruban rouge et resta une minute à le regarder d'un air sérieux et absorbé qui montrait visiblement combien elle avait pris son travail à cœur.

Le bureau que Jo avait dans son grenier était un ancien buffet de cuisine appuyé contre le mur. C'est là qu'elle enfermait ses papiers et quelques livres, pour les tenir hors de la portée de Raton et de monsieur son fils. Ayant comme elle des goûts littéraires très prononcés, ces deux rongeurs n'épargnaient pas les livres qui tombaient sous leurs dents aiguës. Jo prit un autre manuscrit dans ce réceptacle, et, le mettant, avec celui qu'elle venait d'achever, dans sa poche, elle descendit doucement l'escalier, laissant ses amis grignoter ses plumes et goûter à son encre. Arrivée au rez-de-chaussée, elle mit son chapeau et son manteau en faisant le moins de bruit possible. Ouvrant alors avec précaution une fenêtre du côté opposé à l'endroit où étaient ses sœurs, elle grimpa sur l'appui qui était très peu élevé, sauta par terre dans l'herbe et prit en courant un chemin de traverse qui la mena à la grande route. Une fois là, elle rajusta ses vêtements, se composa un maintien digne et sérieux, fit signe à un omnibus qui passait, et se laissa conduire vers la ville.

Si quelqu'un l'avait observée, il aurait à coup sûr trouvé ses mouvements extraordinaires, car, si, une fois descendue d'omnibus, elle marcha d'abord à grands pas, ce fut pour s'arrêter bientôt et brusquement devant un certain numéro d'une certaine rue très fréquentée. Ayant alors, après un peu d'hésitation, reconnu que c'était bien là la maison qu'elle cherchait, elle entra vivement dans l'allée. Mais, cela fait, au lieu de monter l'escalier, elle le regarda et resta quelques minutes en contemplation devant la rampe. Non, César ayant à passer le Rubicon n'avait pas dû être plus perplexe. Jo était-elle moins brave que César? c'est à croire, car tout à coup, la peur étant la plus forte, elle se rejeta dans la rue aussi rapidement qu'elle était entrée. Confessons-le, Jo, d'ordinaire si vaillante, répéta plusieurs fois cette manœuvre, au grand amusement d'un jeune gentleman qui, posté à une fenêtre de la maison opposée, ne perdait aucun de ses mouvements. Enfin Jo, revenant pour la quatrième fois à l'assaut, sembla résolue pour cette fois. Le sort en était jeté! Elle enfonça son chapeau sur ses yeux et monta les escaliers quatre à quatre comme elle l'eût fait, si, en proie à une crise de dents, elle s'était déterminée enfin à se faire arracher toute la mâchoire plutôt que de reculer une fois encore.

Parmi les enseignes qui étaient à la porte de la maison où elle était entrée, se trouvait, en effet, celle d'un dentiste, et le jeune gentle-

20.

man, après avoir regardé un moment la mâchoire artificielle qui s'ouvrait et se refermait lentement pour attirer l'attention du public sur cet incomparable râtelier, mit son pardessus et son chapeau, et descendit se poster dans l'encoignure d'une porte faisant face à la maison du dentiste.

« Comme cela ressemble à Jo, se dit-il en souriant et en frissonnant, d'être venue seule pour cette exécution ; mais, si elle a eu bien mal, elle aura besoin de quelqu'un pour l'aider à revenir. Attendons-la. »

Dix minutes après, Jo descendit l'escalier en courant, avec une figure très rouge et l'air de quelqu'un qui vient de passer, comme on dit, un mauvais quart d'heure. A la vue du jeune gentleman, elle ne parut pas précisément contente et passa précipitamment à côté de lui, en se bornant à lui faire un petit signe de tête assez froid. Mais il la suivit en lui demandant d'un air de sympathie :

« Avez-vous eu bien du mal, ma pauvre Jo ?

— Non, pas trop.

— Vous avez eu vite fait.

— Oui, grâce à Dieu.

— Mais pourquoi y êtes-vous allée seule ?

— Parce que je ne voulais pas qu'on le sût.

— Vous êtes la personne la plus originale que j'aie jamais vue ! Combien vous en a-t-on ôté ? »

Jo regarda son ami comme si elle ne comprenait pas ce qu'il disait, puis elle se mit à rire, comme si elle était subitement égayée par une découverte inattendue.

« J'aurais voulu, dit-elle avec un grand sang-froid, qu'on m'en prît deux, mais il faut que j'attende huit jours.

— Il n'y a pas là de quoi rire comme vous venez de le faire, dit Laurie qui se sentait mystifié. Est-ce que vous viendriez de faire quelque sottise, Jo ?

— Pourquoi pas ? répliqua Jo ; n'en faisiez-vous pas une en même temps ? Qu'est-ce qui vous appelait, monsieur, dans cette salle de billard d'en face d'où évidemment vous sortez ?

— Je vous demande pardon, miss ; ce n'est pas une salle de billard, c'est un gymnase, et j'apprenais à sauter par-dessus les haies.

— Si c'est vrai, j'en suis charmée.

— Pourquoi ?

— Parce que vous pourrez m'apprendre à faire cette opération dans toutes les règles, et alors je pourrai jouer *Hamlet*. Vous serez

Laërte, et nous ferons quelque chose de magnifique de la fête du sautage. »

Laurie se mit à rire de si bon cœur et d'un rire si communicatif, que les passants sourirent malgré eux en l'entendant.

« Que nous devions jouer *Hamlet* ou non, je vous apprendrai à sauter, Jo. Ce sera très amusant, et cela vous donnera des forces ; mais je ne crois pas que ce soit là votre seule raison pour dire : « J'en suis charmée », de ce ton décidé.

— Non ! j'étais charmée d'apprendre que vous n'étiez pas dans la salle de billard, parce que j'espère que vous n'allez jamais dans ces endroits-là. Y allez-vous ?

— Pas souvent.

— C'est encore trop. Je voudrais bien que vous n'y ayez jamais mis les pieds.

— En quoi est-ce mal, Jo? J'ai un billard à la maison ; mais ce n'est amusant que quand on est avec de bons joueurs, et, comme j'aime beaucoup ce jeu-là, je viens quelquefois jouer par ici avec Ned Moffat ou quelque autre jeune homme.

— Oh ! j'en suis bien fâchée ! Vous arriverez à l'aimer de plus en plus, vous y perdrez votre temps et votre argent, et vous deviendrez un de ces terribles jeunes gens qui ne valent pas grand'chose. J'espérais que vous feriez une exception dont vos amis pourraient être fiers, dit Jo en secouant la tête.

— Est-ce qu'on ne peut pas prendre de temps en temps un petit plaisir innocent, sans perdre sa respectabilité? demanda Laurie qui paraissait blessé de la sévérité de Jo.

— Cela dépend comment et où on le prend. Je n'aime pas Ned et ses amis, et je voudrais que vous ne vous confondissiez pas avec eux. Mère ne veut pas que nous recevions Ned chez nous, quoiqu'il désire beaucoup y avoir ses entrées, et, si vous devenez comme lui, elle ne voudra pas que nous continuions à vous voir comme nous le faisons.

— Serait-ce possible? demanda anxieusement Laurie.

— Oui, elle ne peut pas supporter les jeunes gens qui se croient des hommes, et nous enfermerait dans des boîtes plutôt que de nous laisser avec eux.

— Eh bien ! elle n'a pas encore besoin d'acheter ses boîtes ; je ne suis pas un de ces jeunes gens et je n'ai pas l'intention d'en être un, mais j'aime à m'amuser de temps en temps sans faire de mal.

— Personne ne vous en empêche ; amusez-vous, mais convenablement, et ne changez pas, car notre bon temps serait fini.

— Je serai un vrai saint.

— Je ne vous en demande pas tant ! Soyez un garçon simple, honnête et *respectable*, et nous ne vous abandonnerons pas. Je ne sais pas ce que je ferais si vous faisiez comme le fils de M. Kings : il avait beaucoup d'argent, ne savait comment le dépenser ; il devint joueur et même ivrogne, si bien qu'un jour il s'enfuit de chez lui, imita la signature de son père, je crois, et enfin fit toutes sortes d'atrocités.

— Et vous pensez que j'agirai probablement de même. Je vous suis bien obligé.

— Non ! oh *non !* Mais j'ai si souvent entendu dire que l'argent est un grand danger, que je regrette souvent que vous ne soyez pas pauvre. Je ne serais pas inquiète sur vous, alors.

— Comment, sérieusement, vous êtes inquiète sur moi, Jo ?

— Oui, un peu, quand vous vous montrez mécontent ou capricieux sans raison, comme cela vous arrive quelquefois, car vous avez une volonté tellement forte, que, si vous vous engagiez dans une mauvaise voie, je craindrais qu'il ne vous fût plus difficile qu'à un autre de vous arrêter. »

Laurie marcha en silence, et Jo le regarda, regrettant d'avoir parlé, car les yeux de son ami paraissaient fâchés, bien qu'elle vît sur les lèvres une sorte de sourire qui voulait n'être que moqueur.

« Allez-vous me faire des sermons tout le long du chemin ? lui demanda-t-il tout à coup.

— Naturellement non. Pourquoi ?

— Parce que, si vous en avez l'intention, je prendrai un omnibus. Mais j'aimerais mieux revenir avec vous à pied, car j'ai à vous dire quelque chose de très intéressant.

— C'est entendu. Je ne prêcherai pas plus longtemps, car j'aimerais immensément à entendre vos nouvelles.

— Très bien ; alors venez. Mais c'est un secret, et, si je vous dis le mien, il faut que vous me disiez le vôtre.

— Je n'en ai pas... » commença Jo.

Mais elle s'arrêta en se rappelant qu'elle en avait au moins un.

« Je sais, au contraire, que vous en avez un ; vous ne pouvez pas le nier ; ainsi confessez-vous, ou je ne vous raconterai rien.

— Votre secret est-il joli ?

— Oh ! c'est tout sur des gens que vous connaissez, et si amusant ! Il faut que vous le sachiez, et il y a longtemps que je désirais vous le dire. Allons, commencez.

— Vous ne direz rien chez nous de ce que je vais vous apprendre?

— Pas un mot.

— Et vous ne me taquinerez pas quand vous le saurez ?

— Je ne taquine jamais.

— Si ; vous nous faites faire tout ce que vous voulez. Je ne sais pas comment vous vous y prenez, mais c'est ainsi.

— Merci. Allons, dites, ma bonne Jo.

— Eh bien, j'ai donné des histoires de ma façon au directeur du *Journal des Enfants*, et il me dira la semaine prochaine s'il les accepte, murmura Jo à l'oreille de son confident.

— Hourra pour miss Marsch, le célèbre auteur américain ! s'écria Laurie en jetant son chapeau en l'air pour le grand plaisir de deux canards, quatre chats, cinq poules et une demi-douzaine de petits Irlandais, car déjà ils étaient hors de la ville.

— Chut ! cela n'aboutira probablement à rien, mais je ne pouvais pas m'empêcher d'essayer, et je n'ai rien dit à personne, parce que je ne voulais pas que personne autre que moi fût désappointé.

— Vous réussirez. Je suis sûr que vos histoires sont des œuvres dignes de Shakespeare, en comparaison de la moitié des choses qu'on publie tous les jours. Ce sera très amusant de les voir imprimées, et nous serons tous fiers de notre auteur. »

Les yeux de Jo étincelèrent. Il est toujours agréable de voir qu'on croit à votre talent, et la louange d'un ami sincère est toujours douce.

« Et maintenant, Laurie, votre secret ! Jouez beau jeu, sans cela je ne vous croirai plus jamais, dit-elle en essayant d'éteindre les brillantes espérances qu'un mot d'encouragement avait fait naître en elle.

— Je ferais peut-être mieux de me taire, répondit Laurie, mais je n'ai pas promis le secret, et je ne suis jamais content quand je ne vous ai pas dit toutes les nouvelles, petites ou grandes, qui arrivent jusqu'à moi. Mon secret, le voici : Je sais où est le gant que Meg a perdu.

— Est-ce tout? » dit Jo d'un air désappointé.

Laurie secoua la tête affirmativement et la regarda d'un air de mystère.

« C'est bien assez pour le présent, et vous serez de mon avis quand vous saurez où il est.

21

— Dites-le alors. »

Laurie se pencha et murmura à l'oreille de Jo quelques mots qui produisirent un changement subit dans sa physionomie.

Elle s'arrêta et le regarda pendant une minute d'un air à la fois très surpris et très mécontent, puis continua à marcher en disant d'un ton bref.

« Comment le savez-vous ?

— Je l'ai vu.

— Où ?

— Dans sa poche, sans qu'il pût s'en douter.

— Comment, depuis ce temps-là ?

— Oui ; n'est-ce pas romanesque ?

— Non, c'est horrible.

— Cela ne vous plaît pas ?

— Cela me blesse infiniment, au contraire ! C'est offensant pour Meg. De pareilles choses ne devraient pas être tolérées. Que dirait Meg si elle l'apprenait ?

— Vous m'avez promis de ne le dire à personne. Rappelez-vous cela, Jo.

— Je n'ai pas promis cela, Laurie.

— C'était sous-entendu, et je me fiais à vous.

— Eh bien ! je ne le dirai pas ; je voudrais même que vous ne me l'eussiez pas dit.

— Je pensais, au contraire, que vous seriez contente.

— A l'idée de voir quelqu'un penser à nous séparer de Meg ! Non, certes !

— Préféreriez-vous que cela fût déjà votre tour ?

— Je voudrais bien que quelqu'un essayât ! dit fièrement Jo.

— Et moi aussi ! »

Et Laurie rit de bon cœur à cette idée.

« Je ne pense pas que les secrets me conviennent ; j'ai l'esprit tout bouleversé depuis que vous m'avez dit celui de ce monsieur, qui n'est bien sûr pas le secret de Meg. Vous auriez cent fois mieux fait de le garder pour vous, dit l'ingrate Jo.

— Ce monsieur, ce monsieur, dit Laurie, est, vous le savez bien, le plus honnête homme du monde.

— Il ne manquerait plus qu'il ne le fût pas !... » répondit Jo indignée.

Laurie, étonné de l'effet qu'avait produit sa confidence, regrettait de l'avoir faite et cherchait un moyen de changer le cours

LE CHAPEAU DE JO EMPORTÉ PAR LE VENT...

des idées de Jo. Heureusement, il connaissait bien sa jeune amie.

« Descendons cette colline en courant ; le mouvement vous remettra, suggéra Laurie, et je parie que j'arriverai au bas avant vous.

— Vous pourriez perdre votre pari, répliqua Jo ; quand je m'y mets, je cours comme un cerf. »

Il n'y avait personne sur la route ; le chemin descendait devant elle d'une manière engageante. Jo, trouvant la tentation irrésistible et sentant aussi le besoin de secouer une pensée douloureuse, se mit à courir de toutes ses forces, laissant bientôt voler derrière elle son chapeau emporté par le vent et dispersant ses épingles à cheveux sur la route. Jo courait bien ; mais Laurie courait avec plus de méthode. Il arriva le premier au but et fut complètement satisfait du succès de son traitement, car son Atalante arriva tout essoufflée, les cheveux éparpillés sur les épaules, les yeux brillants, les joues écarlates, et tout signe de déplaisir avait disparu de son visage.

« Je voudrais être une gazelle, ou même un cheval, pour courir pendant des heures dans cet air pur sans perdre la respiration. Notre course a été bien agréable, mais voyez dans quel état je suis ! Allez me ramasser mes affaires, comme un chérubin que vous êtes, » dit Jo en se laissant tomber au pied d'un érable qui parsemait la route de ses feuilles rougies.

Laurie partit lentement pour rassembler les épaves de Jo, et Jo se mit à rarranger ses cheveux défaits ; elle espérait bien que personne ne passerait jusqu'à ce qu'elle eût remis tout en ordre. Mais quelqu'un passa, et justement c'était Meg, qui paraissait particulièrement, ce jour-là, distinguée dans son costume de grande cérémonie, car elle venait de faire des visites.

« Que faites-vous ici? dit-elle en regardant sa sœur avec la surprise d'une personne bien élevée.

— Je cherche des feuilles, répondit doucement Jo en triant la poignée rosée qu'elle venait de ramasser à l'instant.

— Et des épingles à cheveux, ajouta Laurie en en jetant une demi-douzaine sur les genoux de Jo. Elles croissent sur la route, Meg, ainsi que les chapeaux de paille bruns.

— Vous avez encore couru, Jo ! C'est désolant ! Vous êtes incorrigible. Quand perdrez-vous vos habitudes de garçon? dit Meg d'un air de reproche, en arrangeant le chapeau de sa sœur et en lissant ses cheveux avec lesquels le vent avait pris des libertés.

— Jamais, jusqu'à ce que je devienne raide et vieille et que je doive me servir d'une béquille ! N'essayez pas de me faire grandir avant l'âge, Meg ; c'est déjà assez triste de vous voir changer tout à coup ; laissez-moi être une petite fille aussi longtemps que je pourrai. »

Jo se pencha en parlant, afin que sa sœur ne vit pas que ses lèvres tremblaient, car, depuis quelque temps, elle sentait que Meg devenait rapidement une femme, et ce que lui avait appris Laurie lui avait fait entrevoir, pour la première fois, qu'un jour ou l'autre un événement, sur lequel sa pensée ne s'était jamais arrêtée jusque-là, pourrait bien les séparer.

Laurie vit son trouble et empêcha Meg de le remarquer, en lui demandant vivement où elle était allée, « si belle que ça ? »

« Chez les Gardiner, et Sallie m'a raconté toutes sortes de choses sur la noce de Belle Moffat. Il paraît que c'était splendide. Ils sont partis et passeront tout l'hiver à Paris. Comme cela doit être agréable !

— Lui portez-vous envie, Meg ? demanda Laurie.

— J'en ai peur.

— J'en suis bien aise, murmura Jo en mettant son chapeau.

— Pourquoi ? demanda-t-elle toute surprise.

— Parce que, si vous aimez la richesse, ce qui est peut-être un tort, vous n'irez du moins jamais prendre pour mari un homme pauvre, dit Jo en fronçant les sourcils à Laurie, qui lui faisait signe sur signe de faire attention à ce qu'elle allait dire.

— A quoi pensez-vous là, Jo ! Il est probable que je ne me marierai jamais, » répondit Meg en se mettant à marcher avec dignité.

Les deux autres la suivaient en chuchotant et en commentant cette réponse de Meg avec beaucoup d'animation.

Jo se conduisit, pendant huit ou dix jours, d'une manière si bizarre que ses sœurs en étaient étonnées. Elle se précipitait à la rencontre du facteur aussitôt qu'il arrivait, était impolie pour M. Brooke (dont elle avait fait grand cas jusque-là) toutes les fois qu'elle le voyait, regardait Meg d'un air désolé et venait subitement l'embrasser de la manière la plus mystérieuse. Elle et Laurie étaient toujours à se faire des signes et à parler de « l'aigle » d'un air si bizarre, que les jeunes filles déclarèrent qu'ils étaient fous tous les deux. Le samedi suivant, Jo sortit pour la seconde fois par la fenêtre et reprit le chemin qu'elle avait suivi huit jours plus tôt. Quand elle revint, Meg, qui cousait à sa fenêtre, fut scandalisée de la voir poursuivie dans le jardin par Laurie, et enfin rattrapée par lui dans le berceau d'Amy. Ce qui arriva là, Meg ne pouvait pas le voir, mais on entendait des éclats de rire, puis un murmure de voix et un grand froissement de cahiers et de papiers.

« Qu'est-ce que nous ferons de cette petite fille ? Elle ne se conduira jamais en jeune personne comme il faut, s'écria Meg d'un air de désapprobation. Quel malheur qu'elle ne soit pas née garçon !

— Pourquoi, Meg ? Elle est si drôle et si charmante comme elle est, dit Beth, qui n'avait jamais montré à personne qu'elle était quelque peu blessée de ce que Jo avait des secrets avec d'autres qu'avec elle.

— Nous ne pourrons jamais la rendre distinguée », ajouta Amy qui était en train de se faire une collerette et qui, coiffée ce jour-là d'une manière nouvelle, paraissait très satisfaite de sa petite personne.

Quelques minutes après, Jo se précipita dans la chambre et, s'étendant tout de son long sur le sofa, affecta d'être très occupée à lire.

« Y a-t-il quelque chose d'intéressant dans ce que vous lisez ? lui demanda Meg avec condescendance.

— Rien qu'une histoire qui n'a pas l'air bien fameuse, répondit Jo en empêchant soigneusement ses sœurs de voir le nom du journal.

— Vous feriez mieux de la lire tout haut ; cela nous distrairait et nous empêcherait de faire des sottises, dit Amy d'un air digne.

— Quel en est le titre ? dit Beth en se demandant pourquoi Jo cachait sa figure derrière le papier.

— *Les Peintres rivaux.*

— Si cela vous paraît joli, lisez-le, » dit Meg.

Jo, faisant un « hum » prolongé, respira longuement et commença à lire très vite. Ses sœurs écoutèrent avec intérêt l'histoire, qui était romanesque et quelque peu pathétique, puisque la plupart des personnages finissaient par mourir.

« J'aime ce qu'on dit de cette splendide peinture, fut la remarque approbative d'Amy lorsque Jo eut fini.

— Je préfère l'entretien entre Viola et Angelo. Ce sont deux de nos noms favoris quand nous jouons pour nous la comédie ; n'est-ce pas bizarre ? dit Meg en s'essuyant les yeux, car cette scène l'avait émue.

— Par qui est-ce écrit ? Quel est l'auteur ? demanda Beth qui avait aperçu la figure de Jo et commençait à avoir des soupçons. Cela n'est toujours pas l'œuvre d'une bête, Meg elle-même a pleuré !... »

La lectrice se leva subitement du canapé où elle était couchée et, jetant au loin son journal, montra à ses sœurs une figure toute rouge et répondit d'un air en même temps solennel et excité :

« Par votre sœur Jo, ni plus ni moins !

— Par vous ! s'écria Meg en laissant tomber son ouvrage.

— C'est très beau, dit Amy.

— Je l'avais deviné ! s'écria Beth. Je l'avais deviné ! Oh, ma Jo, je suis si fière de vous ! »

Et Beth courut embrasser sa sœur et se réjouir de son succès.

La vérité est qu'elles étaient toutes très contentes ! Cependant Meg ne put le croire tout à fait que lorsqu'elle vit imprimé sur le journal : « Miss Joséphine Marsch. » Amy critiqua quelques menus détails artistiques de l'histoire et suggéra plusieurs idées pour une suite qui, malheureusement, ne pouvait exister, puisque les héros de l'histoire étaient morts. Beth sauta et dansa de joie. Hannah elle-même vint enfin s'écrier très étonnée :

« Eh bien, si jamais j'avais cru que cette Jo en ferait autant ! » Hannah avait écouté la lecture.

Mme Marsch ne se montra pas mécontente. L'histoire était gentille et convenable ; elle faisait honneur aux sentiments moraux de l'auteur, et Jo déclara, avec des larmes dans les yeux, qu'elle ferait mieux d'être un paon et que ce fût fini. Lorsque le journal eut passé de mains en mains, on pouvait dire que « l'aigle » agitait triomphalement ses ailes sur la maison Marsch.

« Racontez-nous tout.

— Quand le journal est-il arrivé ?

— Combien vous a-t-on payé ?

— Que va dire papa ?

— Comme Laurie va rire ! » s'écrièrent-elles toutes à la fois.

Ces natures affectueuses se faisaient un jubilé de chaque petite joie de famille.

« Cessez de bavarder et je vous dirai tout, dit Jo en se demandant si miss Burney avait eu plus de gloire avec son *Eveline* qu'elle avec ses *Peintres rivaux*. Et, ayant raconté comment elle avait donné ses histoires au journal, elle ajouta : « Lorsque je suis allée pour chercher une réponse, le directeur a dit que toutes deux lui plaisaient, mais qu'il ne payait pas les commençants, qu'il les aidait

ainsi à se faire un nom, et que, ce nom fait, rien ne leur serait alors
plus facile que de tirer parti de leur talent dans des journaux plus
riches que le sien. Je lui ai, malgré cela, laissé les deux histoires ;
je préfère l'honneur à l'argent. La première a paru aujourd'hui.
Laurie a déjà lu mes *Peintres rivaux*, il m'a dit que cela n'était
pas mal du tout ; il m'a engagée à en écrire d'autres et promis qu'il
allait faire en sorte qu'on me payât la seconde. Oh ! je serais si
heureuse de pouvoir plus tard gagner ma vie et surtout celle des
autres ! »

Et Jo, enveloppant sa tête dans son journal, arrosa sa petite
histoire de quelques larmes de plaisir, car être indépendante,
devenir utile à ceux qu'elle aimait et être louée par eux, c'était là
son plus cher désir, et ceci semblait être le premier pas vers ce
but heureux.

CHAPITRE XV

« Le mois de novembre est le plus désagréable de l'année, dit Marguerite, qui se tenait debout près de la fenêtre, pendant une triste après-midi de novembre, en regardant le jardin tout fripé par la gelée.

— C'est pourquoi je suis née dans ce mois-là, répondit pensivement Jo, qui ne se doutait nullement de la tache d'encre qu'elle avait sur le nez.

— Si quelque chose d'agréable nous arrivait maintenant, nous trouverions tout de même que c'est un mois charmant, fit remarquer Beth, qui prenait toujours le bon côté des choses.

— Jamais rien d'agréable n'arrive dans notre famille, dit Meg, qui avait mal dormi. Nous travaillons tous les jours, tous les jours, sans aucune amélioration dans notre destinée, et avec très peu d'amusement. Il vaudrait autant être attaché à une roue de moulin.

— Mon Dieu, que nous sommes donc de mauvaise humeur ! s'écria Jo. Oh ! si je pouvais arranger les choses pour vous comme je le fais pour mes héroïnes ! Vous, Meg, vous êtes assez jolie et bonne; j'aurais un parent riche qui vous laisserait sa fortune ; alors, vous seriez une riche héritière qui irait dans le monde, pour éclipser ceux qui l'auraient d'abord abaissée. Après quoi, vous partiriez pour l'étranger d'où vous reviendriez Madame de quelque chose, au milieu d'un tourbillon de splendeur et d'élégance.

— J'aurais peur de la fortune pour moi, répondit vivement Meg ; elle me ferait peut-être tourner la tête. Dieu fait bien ce qu'il fait.

— Jo et moi, nous amènerons de la fortune à tous ; attendez seulement dix ans et vous verrez, dit Amy. Quand l'une de nous sera riche, toutes les autres le seront.

— Vous êtes une bonne fille, Amy ; il y a longtemps que je le sais. Je vous suis très reconnaissante de vos bonnes intentions, ma chérie. En attendant, travaillons, et travaillons sans cesse, prenons exemple sur notre mère et notre père. »

Meg soupira et se remit à regarder le jardin ; Jo posa ses coudes sur la table dans une attitude pleine d'énergie ; mais Amy continua à dessiner avec confiance son paysage, et Beth, qui était assise à l'autre fenêtre, dit en souriant :

« Voilà deux choses agréables qui vont arriver tout de suite : maman rentre et Laurie vient en courant, comme s'il avait quelque bonne nouvelle à nous apporter. »

Ils entrèrent tous deux ; Mme Marsch avec sa question habituelle : « Y a-t-il des nouvelles de votre père, enfants? » et Laurie, en disant de sa manière persuasive :

« Voulez-vous venir vous promener en voiture avec moi? J'ai pioché mes mathématiques jusqu'à en être tout étourdi, et je vais me rafraîchir au grand air. Le temps est sombre, mais l'air n'est pas froid. Je ramènerai M. Brooke ; ainsi ce sera gai à l'intérieur, sinon à l'extérieur. Venez, Jo. Vous et Beth viendrez, n'est-ce pas ?

— Naturellement, oui.

— Pour moi, je vous remercie, mais je suis occupée, » dit Meg en ouvrant son panier à ouvrage.

— Jo, Beth et moi, nous serons prêtes dans une minute, s'écria Amy en courant se laver les mains.

— Puis-je faire quelque chose pour vous, madame maman ? demanda Laurie en se penchant sur le fauteuil de Mme Marsch, avec le regard et le ton affectueux qu'il avait toujours avec elle.

— Non, merci; cependant vous me feriez bien plaisir d'aller demander à la poste s'il n'y a rien pour nous. C'est notre jour

22

d'avoir une lettre, et le facteur est déjà venu. Mon mari est pourtant aussi régulier que le soleil, mais il y a peut-être eu quelque retard en route. »

Un violent coup de sonnette l'interrompit, et, une minute après, Hannah entra avec un papier à la main.

« C'est une de ces terribles choses du télégraphe, madame, » dit-elle en lui tendant le papier, comme si elle eût eu peur qu'il fît explosion.

Au mot « télégraphe », Mme Marsch arracha la dépêche des mains de Hannah, lut les deux lignes qu'elle contenait et retomba dans son fauteuil, aussi blanche que si le petit papier lui eût envoyé un boulet au cœur.

Laurie se précipita en bas pour aller chercher de l'eau; Meg et Hannah la soutinrent, et Jo lut tout haut, d'une voix effrayée, le télégramme :

« Madame Marsch,

« Votre mari est très malade, venez tout de suite.

« S. Hale.

« Grand Hôpital — Washington. »

Comme la chambre était tranquille pendant que Jo lisait cela ! mais comme subitement le jour leur parut à tous étrangement sombre ! Le monde entier était changé quand les jeunes filles se pressèrent autour de leur mère. Tout le bonheur et le soutien de leur vie était au moment de leur être enlevé.

Mme Marsch fut cependant la première remise ; elle relut la dépêche et tendit le bras à ses enfants, en disant d'un ton qu'elles n'oublièrent jamais :

« Je partirai immédiatement. Dieu veuille que je n'arrive pas trop tard ! O mes enfants ! aidez-moi à supporter le coup qui nous menace. Mes seules forces n'y suffiraient pas. »

Pendant quelques minutes, on n'entendit plus dans la chambre que le bruit des sanglots, mêlé de quelques paroles d'encouragement, de tendres assurances d'aide mutuelle et de quelques mots d'espérance qui mouraient dans les larmes.

La pauvre Hannah, avec une sagesse dont elle ne se doutait pas, donna aux autres un bon exemple :

« Le bon Dieu gardera le cher homme. C'est dans sa main qu'est la vie et la mort. Je ne veux pas perdre mon temps à pleurer ; je vais tout de suite apprêter vos affaires, madame, » dit-elle en s'essuyant les yeux avec son tablier.

Et, donnant à sa maîtresse une bonne poignée de main, elle alla travailler comme s'il y eût eu trois femmes en elle.

« Elle a raison, dit Mme Marsch, il ne s'agit pas de pleurer encore. Reprenons courage, enfants. Soyez calmes et laissez-moi réfléchir.

« Où donc est Laurie ? demanda Mme Marsch, lorsque, ayant rassemblé ses pensées, elle eut décidé ce qu'elle devait faire d'abord.

— Ici, madame. Oh ! laissez-moi faire quelque chose pour vous ! » s'écria le brave garçon en rentrant dans la chambre.

Il s'était retiré dans la pièce à côté en se disant que leur douleur était trop sacrée pour que des yeux étrangers, même les siens, eussent le droit, dès le premier moment, de la partager.

« Répondez par un télégramme à M. Hale, à Washington, que je partirai demain matin par le premier train.

— Les chevaux sont attelés, répondit Laurie, je puis aller partout, faire tout promptement. »

Laurie aurait voulu pouvoir voler au bout du monde.

« Il faudra porter un billet chez tante Marsch, Jo. Donnez-moi cette plume et du papier. »

Jo déchira le côté blanc de l'une de ses pages nouvellement copiées, elle approcha la table de sa mère ; elle devina la dure nécessité où était Mme Marsch d'emprunter de l'argent à sa tante pour subvenir aux dépenses inattendues de ce long voyage.

« Mais, moi, que ferai-je donc ? se disait-elle. Ou plutôt que ne ferais-je pas afin de pouvoir ajouter quelque chose à la somme nécessaire pour ces terribles dépenses ?

« Maintenant, cher Laurie, dit Mme Marsch, allez au télégraphe, mais ne surmenez pas votre cheval. »

L'avertissement de Mme Marsch était jeté au vent, car, cinq minutes après, Laurie passait comme une flèche sur un cheval fringant.

« Jo, vous irez dire à Mme Kings de ne plus compter sur moi. En même temps, vous achèterez les médicaments dont je vous donne la liste ici ; les pharmacies des hôpitaux, dans ces temps de guerre, ne sont pas toujours bien montées. Beth, vous irez demander à M. Laurentz deux bouteilles de vin vieux pour votre père.

Amy, dites à Hannah de descendre la grande malle noire, et vous, Meg, venez m'aider à choisir ce que je dois emporter. »

Meg supplia sa mère de s'en rapporter à elles et de les laisser agir. Elles se dispersèrent toutes comme des feuilles devant un coup de vent. L'intérieur tranquille et heureux avait été aussi soudainement troublé que si la dépêche survenue eût été un talisman de malheur.

M. Laurentz vint presque aussitôt avec Beth, apportant toutes sortes de choses pour le malade. Il voulait que Mme Marsch n'eût aucune inquiétude sur ses filles pendant son absence et lui promit de veiller paternellement sur elles, aussi longtemps qu'il le faudrait. Ces assurances firent grand bien à Mme Marsch. Il n'y eut rien que le bon M. Laurentz n'offrît, depuis sa robe de chambre jusqu'à lui-même, si Mme Marsch voulait l'accepter pour compagnon de voyage. Mais cela était impossible ; Mme Marsch ne voulut pas entendre parler de laisser entreprendre ce long voyage au vieux monsieur ; cependant, lorsqu'il en parla, elle se dit qu'elle allait être bien seule en effet, pour une si longue route.

M. Laurentz devina sans doute ce qui se passait en elle, car on le vit tout à coup froncer les sourcils, puis se frotter les mains, et finalement sortir, en disant qu'il reviendrait immédiatement. Personne n'avait eu le temps de penser de nouveau à lui, quand Meg, passant devant la porte d'entrée avec une paire de caoutchoucs d'une main et une tasse de thé dans l'autre, se rencontra avec M. Brooke,

« Je suis très affligé d'apprendre votre peine, miss Marsch. Je voudrais bien ne pas vous être inutile dans cette circonstance, et je viens, d'accord avec M. Laurentz, offrir à votre mère de l'accompagner à Washington et d'y rester aussi longtemps que l'exigera la santé de votre père. Lui laisser faire un si douloureux voyage seule ne me paraît pas possible. M. Laurentz a précisément besoin que j'aille à Washington pour y soigner ses intérêts dans une affaire délicate, et il serait très heureux, ainsi que moi, que mon voyage, concordant avec celui de Mme Marsch, pût lui être de quelque utilité. »

Les caoutchoucs de Meg tombèrent par terre, et son thé était très près de les suivre.

Meg se trouva d'abord sans voix pour répondre à M. Brooke; mais elle lui tendit la main avec une figure si pleine de reconnaissance, que M. Brooke se sentit payé au centuple.

« Que vous êtes bons, tous ! s'écriait-elle enfin. Mère acceptera, j'en suis sûre, monsieur Brooke, et nous serons si rassurées de savoir qu'elle a quelqu'un, et que ce quelqu'un est vous, pour prendre soin d'elle, que je ne sais comment vous remercier. »

Meg parlait de tout son cœur ; elle ne quitta pas la main de M. Brooke et le fit entrer au parloir, en lui disant qu'elle allait appeler sa mère.

Tout était arrangé, lorsque Laurie, qui avait voulu épargner à Jo d'aller chez sa tante, arriva avec un billet de tante Marsch contenant la somme désirée, ainsi que quelques lignes répétant qu'elle avait toujours dit qu'il était absurde à son beau-frère d'aller à l'armée, qu'elle lui avait prédit qu'il n'en adviendrait rien de bon, et qu'elle espérait qu'une autre fois il suivrait ses avis. Mme Marsch, très émue quoique silencieuse, continua ses préparatifs de départ ; ses lèvres étroitement serrées auraient appris à Jo, — si elle eût été là, — ce qu'il lui en avait coûté de demander un service à leur tante.

La courte après-midi s'était écoulée ; tous les préparatifs étaient faits. Meg et sa mère achevaient quelques travaux de couture indispensables, et Beth et Amy s'occupaient du thé, pendant que Hannah finissait de repasser. Jo ne revenait pas. Elles commencèrent à s'inquiéter, et Laurie sortit pour aller à sa recherche, car personne ne savait ce que Jo, inquiète d'un refus possible de sa tante, pouvait avoir imaginé. Cependant il ne la rencontra pas, et bientôt elle revint seule. Elle avait, en entrant, un air très bizarre qui semblait un mélange de plaisir et de crainte, de satisfaction et de regret, et qui fut une aussi grande énigme pour sa famille que le petit rouleau d'or qu'elle mit devant sa mère en disant d'une voix étranglée :

« Voici ma contribution pour faire du bien à père et le ramener bientôt au milieu de nous.

— Où avez-vous eu cette grosse somme, ma chère ? Vingt-cinq dollars ! Jo, j'espère que vous n'avez rien fait d'irréfléchi.

— Non, c'est honnêtement à moi ; je ne l'ai ni mendié, ni emprunté, ni volé. Je l'ai gagné et je ne pense pas que vous me blâmiez, puisque ce que j'ai vendu était ma propriété. »

Tout en parlant, Jo ôta son chapeau, et un cri général se fit entendre, car ses longs cheveux épais étaient coupés courts.

« Vos cheveux, vos beaux cheveux ! oh ! Jo, comment avez-vous pu faire cela ? C'était votre beauté ! Ma chère enfant, il n'y en avait nulle nécessité. »

Mme Marsch la prit dans ses bras; les deux têtes se confondirent dans une étreinte muette.

« Elle ne ressemble plus à notre Jo, dit-elle en se tournant vers ses autres enfants; mais nous l'aimerons encore plus tendrement maintenant. »

Comme chacune se récriait, et que Beth embrassait avec une sorte de piété la tête tondue de Jo, celle-ci prit un air indifférent qui ne trompa personne, et, passant la main sur ses cheveux coupés courts, comme si cela lui plaisait, elle dit :

« Ne gémissez pas, Beth ; cela n'affecte pas le sort de la nation, et ce sera bon pour ma vanité. Je devenais trop fière de ma perruque; cela me fera du bien de ne plus avoir cette vanité sur la tête. Je me sens délicieusement fraîche et légère, et le perruquier m'a assuré que j'aurais bientôt des boucles qui me donneront l'air d'un garçon, m'iront très bien, par conséquent, et seront faciles à peigner. Je suis satisfaite; ainsi, prenez l'argent, je vous en prie, et soupons.

— Racontez-moi tout, Jo. Je ne suis pas tout à fait satisfaite ; mais je ne peux pas vous blâmer et je sais que vous avez sacrifié de tout votre cœur votre vanité, comme vous l'appelez, à votre tendresse pour votre père et pour nous tous. Je crains pourtant que vous n'ayez pas consulté vos forces, et que vous ne le regrettiez un jour, dit Mme Marsch.

— Non certes, répondit vivement Jo, trop heureuse de ce que son action n'eût pas été entièrement condamnée.

— Qu'est-ce qui vous en a donné l'idée? demanda Amy, qui aurait aussi bien pensé à couper sa tête qu'à couper ses jolis cheveux.

— Eh bien ! je désirais ardemment faire quelque chose pour père, répondit Jo pendant qu'elles se mettaient à table ; je déteste autant que mère emprunter quelque chose aux gens, et je n'étais pas sûre que tante Marsch prêtât toute la somme nécessaire. Meg avait dernièrement donné son salaire de trois mois pour payer le loyer, tandis que moi, je m'étais acheté des habits avec le mien. J'ai trouvé que c'était très mal et j'ai senti qu'il fallait que je fisse à mon tour quelque chose pour le bien commun. Une fois cette idée admise, je me serais coupé le nez, s'il l'avait fallu, pour le vendre, plutôt que de ne rien vendre du tout.

— Vous n'avez pas de reproches à vous faire pour vos vêtements, mon enfant. Vous n'aviez pas de vêtements d'hiver, et vous avez

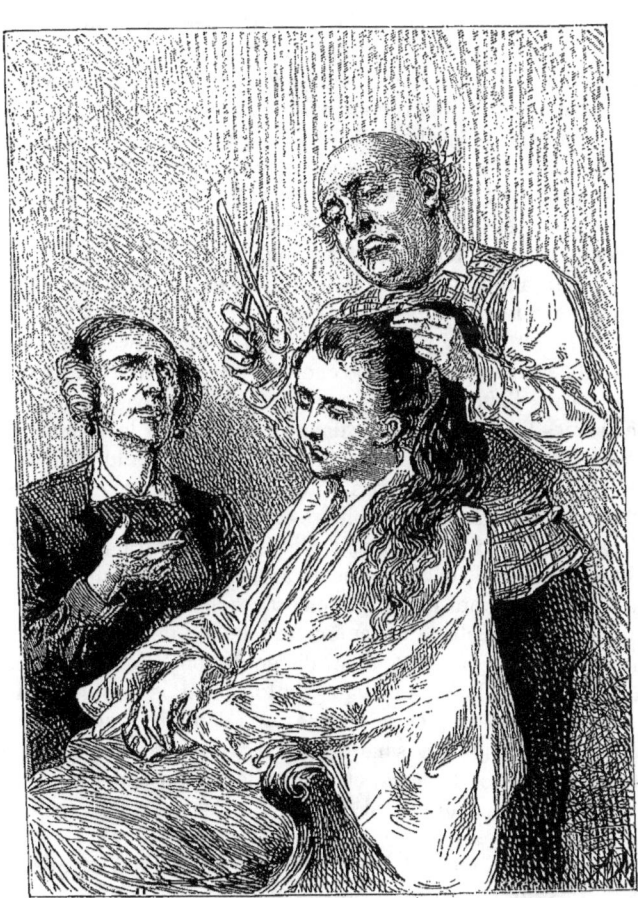

L'HOMME ME TONDIT

acheté les plus simples avec l'argent que vous aviez gagné en travaillant d'une manière peu agréable, dit Mᵐᵉ Marsch avec un regard qui réchauffa le cœur de Jo.

— Je n'avais pas eu d'abord la moindre idée de vendre mes cheveux ; mais, en marchant, je me demandais ce que je pourrais faire. Dans une devanture de coiffeur je vis des queues de cheveux avec les prix marqués ; j'en remarquai une, noire, plus longue que la mienne, mais pas si épaisse, elle était marquée quarante dollars. Tout à coup la pensée me vint que je possédais quelque chose dont je pouvais avoir de l'argent, et, sans m'arrêter à réfléchir, j'entrai dans la boutique, et je demandai au coiffeur s'il achetait des cheveux et combien il me donnerait des miens.

— Je ne comprends pas comment vous avez osé le demander ! s'écria Beth avec terreur.

— Le coiffeur était un gros homme chauve qui n'avait pas l'air imposant. Il n'avait à s'occuper de cheveux que pour le compte des autres. Il parut d'abord étonné, comme s'il n'était pas habitué à voir des jeunes filles se précipiter dans sa boutique et lui demander d'acheter leurs cheveux, puis il dit que les miens ne lui conviendraient guère, qu'ils n'étaient pas d'une couleur à la mode, qu'il ne payait jamais bien cher ces couleurs-là et que, d'ailleurs, ce qui donnait valeur à ceux qu'il vendait, c'était la préparation, etc., etc. Bref, il se faisait tard, et j'avais peur de ne pas réussir du tout, si je ne le décidais pas tout de suite. Vous savez, lorsque je commence quelque chose, je déteste l'abandonner ; je lui demandai de les prendre tels qu'ils étaient et je lui dis pourquoi j'étais si pressée. C'était bête, mais cela le fit changer de ton ; j'étais excitée en lui racontant mon histoire ; et sa femme, une dame très maigre, qui m'avait écoutée jusque-là sans se mêler à l'affaire, lui dit avec bonté : « Prenez-les, Thomas, et obligez la demoiselle. J'en ferais autant pour notre Jimmy, si j'avais des cheveux de quelque valeur. »

— Quel était ce Jimmy ? demanda Amy qui aimait à ce que les choses lui fussent expliquées jusqu'au bout.

— C'était leur fils qui est soldat. Ces choses font tout de suite des amis de gens inconnus. La femme du coiffeur me parla donc de son Jimmy pendant tout le temps que son mari me tondait et parvint à me distraire complètement.

— N'avez-vous pas eu un sentiment terrible quand le premier coup de ciseaux fut donné ? demanda Meg en frissonnant.

— J'ai regardé une dernière fois ma crinière, et ça a été tout. Je ne pleurniche jamais pour des bagatelles comme cela ! Je dois cependant confesser que je me suis sentie toute bizarre quand j'ai vu mes chers vieux cheveux sur la table, et que je n'ai plus senti sur ma tête que des petits bouts courts et raides. Il me semblait presque que j'avais un bras ou une jambe de moins. La femme me vit les regarder et m'en donna une grande mèche. Je vais vous la donner comme souvenir des gloires passées, maman, car c'est si agréable d'avoir des cheveux courts, que je ne pense pas que je me laisse jamais repousser une queue comme celle que j'avais. »

Mme Marsch plia la grande mèche de cheveux châtains, et, quand elle se retourna pour la placer dans son portefeuille, à côté d'une mèche de cheveux gris et courts, on aurait pu voir la pauvre mère déposer un baiser sur ces deux reliques. Elle aurait voulu parler à Jo ; mais elle ne put que lui dire : « Ma chérie, » et quelque chose dans sa figure fit penser à ses enfants qu'il fallait changer de sujet de conversation. Elles parlèrent alors aussi gaiement que possible de la bonté de M. Laurentz, puis de l'offre et du départ de M. Brooke :

« Qu'en pensez-vous, Jo ? lui dit Beth.

— Je pense, dit Jo, je pense que c'est très bien, absolument bien. Je ne puis penser autrement. »

On causa enfin de la perspective d'un beau temps pour le lendemain et du bonheur qu'elles auraient quand leur mère serait revenue, leur rapportant de vraies bonnes nouvelles.

Personne ne désirait aller se coucher ; mais, quand dix heures sonnèrent, Mme Marsch mit de côté l'ouvrage qu'elle venait de terminer et dit : « Venez, enfants. » Beth alla au piano et joua l'hymne favorite de son père. Elles commencèrent toutes bravement à chanter, mais bientôt les sons se refusèrent à sortir de leurs lèvres ; l'une après l'autre, elles durent se taire. Beth seule acheva la prière, car la musique était la manière d'exprimer ses sentiments qui l'intimidait le moins.

« Allez vous coucher, maintenant, mes filles bien-aimées, leur dit Mme Marsch après les avoir tendrement embrassées l'une après l'autre ; mais ne causez pas ce soir, car il faudra nous lever de bonne heure et nous avons besoin de tout le sommeil possible. Bonsoir, mes chéries ! Que Dieu vous garde et nous conserve votre père ! »

Les quatre enfants se couchèrent aussi silencieusement que si le cher malade eût été dans la chambre à côté. Beth et Amy s'endormirent vite malgré leur douleur ; mais Meg, absorbée dans les pensées les plus sérieuses qu'elle eût jamais eues, resta éveillée. Jo, immobile, semblait endormie, quand un sanglot à demi étouffé apprit à Meg qu'elle ne dormait pas non plus. Elle passa sa main sur le visage de sa sœur et sentit qu'elle avait les joues mouillées de larmes.

« Jo chérie, qu'avez-vous ? Pleurez-vous à cause de papa ?

— Tout à l'heure, oui, mais pas en ce moment. Oh ! c'est indigne !

— Pourquoi, alors ?

— Je suis assez sotte, Meg, le croiriez-vous, pour pleurer mes cheveux ! s'écria la pauvre Jo qui essayait en vain d'étouffer son chagrin dans son oreiller. J'ai honte de moi, et c'est aussi, je crois, de honte que je pleure. C'est plus mêlé que mes cheveux ne l'avaient jamais été. »

Ces paroles ne semblèrent pas comiques du tout à Meg. Elle caressa et embrassa tendrement la pauvre héroïne.

« Je ne suis pas fâchée de l'avoir fait, protesta Jo d'une voix altérée ; je recommencerais demain si je pouvais ; c'est seulement la partie vaine et égoïste de moi-même qui pleure de cette stupide manière. Ne le dites à personne, c'est fini maintenant ! Je pensais que vous étiez endormie, et j'avais cru pouvoir gémir en secret sur ma seule beauté. Comment cela se fait-il que vous ayez été éveillée ?

— Je ne peux pas dormir, je suis si inquiète !

— Pensez à quelque chose d'agréable, et vous vous endormirez bientôt.

— J'ai essayé, mais j'ai été encore plus éveillée qu'avant.

— A quoi pensez-vous ?

— Je pensais, dit Meg en baissant la voix, que M. Laurentz était bien bon d'envoyer un homme aussi parfait que M. Brooke en Amérique avec maman en ce moment. »

Jo se mit à rire, et Meg lui ordonna d'un ton bref de se taire ; puis elle lui promit de faire boucler ses cheveux, et s'endormit bientôt en rêvant à son château en Espagne.

Minuit venait de sonner et les chambres étaient silencieuses, quand Mme Marsch se glissa doucement d'un lit à l'autre, relevant une couverture ici, arrangeant un oreiller là, s'arrêtant pour regarder longuement et tendrement la figure de chacune de ses enfants, les

23

bénissant l'une et l'autre du fond de son cœur et adressant à Dieu
une de ces prières dont les mères seules ont le secret. Comme elle
levait le rideau pour sonder du regard la nuit terrible, la lune
sortit subitement de derrière les nuages et brilla sur elle comme
pour lui dire : « Ne te désespère pas ; il y a toujours du soleil
derrière les nuages. »

CHAPITRE XVI

UN PAQUET DE LETTRES

Les sœurs allumèrent leurs lampes le lendemain matin, au point
du jour, pendant que tout, au dehors, était froid et sombre, et
elles adressèrent au ciel leurs prières avec une ardeur qu'elles
n'avaient jamais sentie si grande auparavant, car maintenant l'ombre d'une douleur réelle était venue leur montrer combien leur
vie avait été riche en bonheur jusque-là. Elles convinrent, en s'ha-
billant, de se montrer pleines d'espoir et de confiance en Dieu en
embrassant leur mère, au moment du départ, afin de ne pas ajouter
le poids de leur douleur à la sienne. Tout leur paraissait tout
autre qu'à l'ordinaire, lorsqu'elles descendirent. Le calme du dehors
faisait un triste contraste avec la sombre agitation de leur petit
intérieur. Le déjeuner, préparé déjà, avait, lui aussi, un air étrange;
la figure de Hannah ne semblait pas la même non plus, pendant
qu'elle allait et venait dans la chambre, avec son bonnet de nuit
sur la tête. La grande malle était toute prête dans le vestibule, le
châle et le chapeau de Mme Marsch l'attendaient sur le canapé. La
bonne mère essaya de manger avec ses filles; mais elle était si
pâle, et paraissait si fatiguée par une nuit d'insomnie, que toutes
trouvèrent leur résolution bien difficile à tenir. Les yeux de Meg se

remplissaient de larmes malgré elle. Jo fut plus d'une fois obligée
de cacher sa figure dans sa serviette, et le visage des deux plus
jeunes avait une expression grave et troublée, comme si la douleur
était pour elles une nouvelle expérience.

Personne ne parlait, mais, comme le moment de la séparation
approchait et que déjà elles entendaient la voiture, Mme Marsch
dit à ses enfants, qui étaient toutes occupées autour d'elle, l'une
pliant son châle, l'autre arrangeant les brides de son chapeau, la
troisième lui mettant des caoutchoucs, et la quatrième fermant son
sac de voyage :

« Mes enfants, je vous laisse aux soins de Hannah et sous la
protection de M. Laurentz. Hannah est la fidélité même, et votre
bon voisin vous gardera comme si vous étiez ses propres enfants.
Je n'ai pas de craintes pour vous, et, cependant, j'ai peur que vous
ne preniez pas avec courage votre affliction. Lorsque je serai partie,
ne vous désolez pas et ne vous désespérez pas ; ne pensez pas non
plus que vous vous consolerez en restant inoccupées et en essayant
d'oublier. Continuez à faire votre travail quotidien, sous l'œil de
Dieu, comme d'habitude, car le travail est un soulagement béni.
Rappelez-vous que nous avons toujours un père au ciel.

— Oui, mère.

— Soyez prudente, chère Meg, veillez sur vos sœurs, consultez
Hannah et allez vers M. Laurentz, lorsque vous aurez quelque
difficulté. Vous, Jo, soyez patiente, ne vous découragez pas, et ne
faites pas d'actions irréfléchies ; écrivez-moi souvent, et restez ma
brave fille, prête à nous aider et à nous consoler tous. Beth, demandez du courage à votre musique et soyez fidèle à vos petits devoirs ;
et vous, Amy, aidez vos sœurs autant que vous le pourrez ; soyez
docile ; je veux vous retrouver toutes meilleures encore que vous
n'êtes.

— Oui, mère, nous vous le promettons. »

La voiture s'arrêta à la porte ; c'était l'instant difficile, mais les
jeunes filles surent se contenir ; pas une ne pleura, pas une ne
courut après sa mère, ni ne se lamenta, quoiqu'elles eussent le
cœur bien gros, en envoyant à leur père des messages d'amour,
qui arriveraient peut-être trop tard pour qu'il les reçût. Elles embrassèrent leur mère avec une sorte de calme, l'entourèrent tendrement jusqu'au dernier moment, et essayèrent d'agiter leurs mouchoirs lorsque la voiture se mit en route. Laurie et son grand-père
étaient venus dire adieu à Mme Marsch. D'autre part M. Brooke

HANNAH ARRIVA ARMÉE D'UNE CAFETIÈRE

paraissait si fort et si bon, que les jeunes filles sentirent qu'elles pouvaient se reposer sur lui des soins dont pourrait avoir besoin leur mère.

« Adieu, mes chéries, Dieu vous bénisse et vous garde toutes, » dit Mme Marsch en embrassant l'un après l'autre, une dernière fois, les chers visages de ses enfants. Puis elle se jeta dans la voiture.

Comme elle s'éloignait, le soleil se leva, et, en se retournant pour regarder encore ses enfants, elle le vit briller sur le groupe assemblé à la porte, comme un meilleur présage. Ses filles lui adressèrent encore un sourire en agitant leurs mouchoirs. La dernière chose qu'aperçut Mme Marsch fut leurs quatre gracieuses figures, et derrière elles, comme un corps de réserve, le vieux M. Laurentz, la fidèle Hannah et le dévoué Laurie.

« Comme tout le monde est bon pour nous ! dit-elle en se retournant et voyant une nouvelle preuve de ce qu'elle disait dans la figure sympathique de son jeune compagnon.

— Je ne vois pas comment il pourrait en être autrement, répondit M. Brooke. Est-il une meilleure et plus aimable famille que la vôtre ? »

Mme Marsch, pensant à ses filles, ne put s'empêcher de lui répondre avec un sourire d'adhésion.

Ainsi son long et triste voyage commença par de bons présages, du soleil, des sourires, de bonnes et affectueuses paroles.

« Je suis dans le même état que s'il y avait eu un tremblement de terre, dit Jo lorsque leurs voisins les eurent quittées.

— On dirait que la moitié de la maison est partie, répondit Meg. Quelle place elle tient dans notre vie, notre mère ! »

Beth ouvrit les lèvres pour dire quelque chose, mais put seulement montrer à ses sœurs une pile de linge bien raccommodé par Mme Marsch, prouvant ainsi que, même dans les derniers moments, elle avait pensé à elles et travaillé pour elles. C'était une petite chose, mais elle alla droit à leur cœur, et, malgré leur résolution héroïque, elles pleurèrent toutes amèrement.

Hannah leur permit sagement de se soulager par des larmes, et lorsque l'orage sembla s'apaiser, elle arriva armée d'une cafetière.

« Maintenant, mes chères demoiselles, rappelez-vous ce que votre maman a dit, et ne vous désolez pas trop. Venez prendre une tasse de café, et puis vous vous mettrez à travailler, de manière à faire honneur à la famille. »

Le café était leur déjeuner favori du matin. Elles n'en avaient pas tous les jours, et Hannah montra un grand tact en leur en donnant ce matin-là. Aucune des jeunes filles ne put résister à la bonne odeur qui s'échappait du bec de la cafetière. Elles se mirent à table, échangèrent leurs mouchoirs contre des serviettes, et dix minutes après tout semblait à sa place.

« *Espérons et occupons-nous*, voilà notre devise ; ainsi, voyons laquelle de nous y sera le plus fidèle, dit Jo, en avalant son café. Je vais aller chez tante Marsch comme d'habitude. Oh ! comme elle va gronder ! Dieu fasse qu'elle ne me parle pas de cet argent qu'il a fallu lui emprunter !

— Je vais aller chez mes Kings, et, cependant, peut-être ferais-je mieux de rester ici à travailler, dit Meg en regrettant au fond du cœur que ses yeux fussent si rouges.

— Au contraire, Meg, prenez cette distraction. Beth et moi nous garderons parfaitement bien la maison, interrompit Amy d'un air important.

— Hannah nous dira ce qu'il faudra que nous fassions, et tout sera rangé quand vous reviendrez, dit Beth en prenant résolument son eau chaude pour faire leur toilette aux tasses du déjeuner.

— Je trouve que l'anxiété, à force d'être grande, finit par être douce, » dit Amy en mangeant du sucre d'un air pensif.

Ses sœurs ne purent s'empêcher de rire et se trouvèrent mieux à leur aise après avoir un peu ri, quoique Meg secouât la tête à la vue d'une jeune fille qui pouvait trouver de grandes consolations dans un sucrier.

La vue des petits pâtés habituels rendit Jo grave, et, lorsqu'elle partit avec Meg pour remplir leurs devoirs quotidiens, elles se retournèrent toutes deux avec douleur vers la fenêtre où elles étaient habituées à voir la figure de leur mère. Elle n'y était plus ; mais Beth avait pensé à la petite cérémonie habituelle et était là, à leur faire des signes de tête, comme une autre petite maman à figure rose.

« On reconnaît bien là ma Beth, dit Jo en agitant la main d'un air reconnaissant. Adieu, Meggy ; j'espère que vos élèves ne seront pas désagréables aujourd'hui. Ne perdons pas courage ; papa va peut-être déjà mieux, ajouta-t-elle quand elles se séparèrent.

— Et j'espère que tante Marsch sera moins maussade aujourd'hui, car enfin elle n'est pas méchante. Vos cheveux ne vous vont vraiment pas trop mal comme cela. Ils vous donnent tout à fait l'air d'un garçon, répondit Meg en essayant de ne pas sourire à la

vue de cette tête frisée qui paraissait comme subitement rapetissée
sur les épaules de sa sœur.

— C'est ma seule consolation ! »

Et, touchant son chapeau à la Laurie, Jo s'en alla, en éprouvant
le même sentiment que si elle eût été un mouton tondu un jour
d'hiver.

Des nouvelles de leur père consolèrent bientôt les jeunes filles.
Quoiqu'il eût été dangereusement blessé, la présence de la meilleure et la plus tendre des gardes-malades lui avait déjà fait du
bien. La fièvre avait diminué. M. Brooke envoyait tous les jours un
bulletin. Meg, comme chef de la famille, insistait pour lire tout
haut les dépêches qui devenaient de jour en jour plus intéressantes. Dans le commencement, chacune d'elles voulut écrire, et de
grosses enveloppes étaient jetées dans la boîte aux lettres par l'une
ou l'autre des jeunes filles, qui trouvaient que leur correspondance
de Washington leur donnait un air assez important. Comme l'un de
ces paquets contient des lettres caractéristiques de chacun, nous
vous en donnerons connaissance.

    « Ma très chère mère,

« Il est impossible de vous dire combien votre dernière lettre
nous a rendues heureuses. Les nouvelles étaient si bonnes que
nous n'avons pas pu nous empêcher d'en rire et d'en pleurer.
Que M. Brooke est donc bon, et qu'il est heureux que les affaires
de M. Laurentz le retiennent si longtemps près de vous, puisqu'il
vous est si utile ainsi qu'à père. Mes sœurs sont, toutes, aussi
bonnes que de l'or. Jo m'aide à coudre et insiste pour faire toutes
sortes d'ouvrages difficiles ; je craindrais qu'elle ne se fît du mal si
je ne savais pas que son « accès moral » ne durera que ce qu'il
pourra durer. Beth est aussi régulière qu'une horloge pour ses
devoirs, et n'oublie jamais ce que vous lui avez dit. Elle a beaucoup de chagrin de voir père encore malade, et elle a l'air très
grave, excepté quand elle est à son piano. Amy fait très bien tout
ce que je lui dis, et je prends grand soin d'elle. Elle se coiffe elle-
même et je lui apprends à faire des boutonnières et à raccommoder
ses bas ; elle fait tous ses efforts pour réussir, et je suis sûre que
vous serez satisfaite de ses progrès quand vous reviendrez.

« M. Laurentz veille sur nous comme une maman poule sur ses
poussins, c'est le mot de Jo, et Laurie est très bon et très gentil.
Quand il a vu Jo avec sa tête de garçon, qu'il n'avait pas remar-

quée le jour de votre départ, il a été si saisi que, si Jo ne lui avait
pas ri au nez, je crois qu'on n'aurait pas pu le consoler. Quand il a
su l'histoire, cela a été pis, mais dans un tout autre sens. Ah!
mère, rien n'a pu le retenir, il a pris la tête de Jo entre ses mains
et l'a embrassée si vivement que Jo s'en est montrée furieuse.
« Battez-moi, lui répondit-il, mais rien n'aurait pu m'empêcher d'embrasser, dans ce moment-là, la bonne fille que vous avez été. » Le
courroux de Jo n'a pas duré, vous le pensez bien. Laurie et Jo
nous égayent, car nous sommes quelquefois bien tristes ; vous êtes
si loin, mère, que nous nous considérons souvent comme des
orphelines. Hannah est une vraie vieille sainte ; elle m'appelle
toujours miss Marguerite, ce qui est très convenable, et me traite
avec respect. Elle prétend que je suis une grande personne.

« Nous sommes toutes bien portantes et nous travaillons de
toutes nos forces, mais nous désirons votre retour nuit et jour.
Donnez mes meilleurs baisers à papa, et recevez ceux de

« Votre grande

« MEG. »

Cette lettre, bien écrite sur du joli papier rose, formait un grand
contraste avec la suivante, qui était griffonnée sur une grande
feuille de papier très mince et était ornée de taches d'encre et de
toutes sortes de paraphes et de fioritures.

« Ma précieuse maman,

« Trois hourras pour cher vieux père! Brooke a été *un atout* de
nous envoyer une dépêche, juste au moment où papa a été sauvé.
J'ai couru au grenier lorsque la lettre est arrivée et j'ai essayé de
remercier Dieu qui a été si bon pour nous, mais je ne pouvais que
pleurer et dire : « Je suis contente! Je suis contente! » Est-ce que
cela n'a pas été aussi bien qu'une vraie prière? J'en sentais beaucoup d'autres dans mon cœur, mais elles n'en pouvaient pas sortir.

« Nous avons une très drôle de manière de vivre, et je pourrai
en jouir maintenant. Nous sommes toutes si désespérément bonnes,
qu'on se croirait chez nous dans un nid d'oiseaux du paradis. Vous
ririez de voir Meg à votre place à table et essayant d'être mater-
nelle ; elle devient tous les jours plus jolie, et je suis quelquefois
enthousiasmée d'elle. Les enfants sont de vrais archanges, et moi...
eh bien! je suis Jo et je ne serai jamais rien d'autre. Oh! il faut
que je vous dise que j'ai été bien près de me fâcher avec Laurie ;

je m'étais décidée de faire une bête de petite chose, et il en a été
offensé ; j'avais raison, mais je n'ai pas parlé comme j'aurais dû, et
il est parti en disant qu'il ne reviendrait pas que je ne lui eusse
demandé pardon. J'ai déclaré que je ne le ferais pas et je me suis
mise en colère. Cela a duré toute la journée. Je me sentais très
méchante, et il aurait été bien utile que vous fussiez là pour me
remettre à la raison. Laurie et moi nous sommes tous deux aussi
orgueilleux l'un que l'autre. Nous n'aimons ni l'un ni l'autre à
demander pardon ; cependant, je pensais qu'il s'y déciderait, car
c'était lui qui avait tort ; mais il ne reparut pas de la journée. Vers
le soir, je me rappelai ce que vous m'aviez dit quand Amy était
tombée dans l'eau. J'ai lu mon petit livre, je me suis sentie mieux
à l'aise, et, résolue à ne pas laisser le soleil se coucher sur *ma*
colère, j'ai couru dire à Laurie que j'étais fâchée de lui avoir été
désagréable. Figurez-vous, mère, que je l'ai rencontré à la porte
qui venait pour le même motif. Nous n'avons pas pu nous empêcher de nous rire au nez l'un et l'autre, c'était trop drôle ; rien n'a
été plus facile, dès lors, que de nous demander mutuellement pardon, et, tout de suite après, nous nous sommes retrouvés les meilleurs amis du monde.

« J'ai fait hier un poème, pendant que j'aidais à Hannah à laver
le linge, et, comme père aime à lire mes sottes petites choses, je le
mets dans ma lettre pour l'amuser. Donnez-lui le meilleur baiser
qu'il ait jamais eu, et embrassez-vous une douzaine de fois pour
votre

« Jo, sens dessus dessous. »

Voici le poème de Jo :

UN JOUR DE LESSIVE

Reine de ma cuve, je chante gaiement, pendant que la mousse
blanche s'élève bien haut, et de tout mon cœur je lave, je rince,
je tords et j'étends le linge pour le faire sécher, et bientôt il se
balancera à l'air sous le ciel plein de soleil.

Je voudrais que nous puissions enlever de nos cœurs et de nos
âmes les taches et les souillures de la semaine, et laisser l'eau et
l'air nous rendre purs comme ce linge. Alors, il y aurait vraiment
sur la terre un glorieux jour de lessive.

Le long du chemin d'une vie utile, les pensées fleuriront toujours ; l'esprit occupé n'a pas le temps de songer aux peines, aux

24

soins ou aux tristesses, et l'anxiété peut être balayée comme avec un balai.

Je suis contente qu'il me soit donné la tâche de travailler tous les jours, car cela m'apporte santé, force, espérance, et j'apprends à dire gaiement : « Tête, vous pouvez penser ; cœur, vous pouvez sentir ; mais vous, mains, il faut travailler. »

Jo.

« Chère mère,

« J'ai seulement la place de vous envoyer mes meilleurs baisers et quelques pensées séchées qui viennent d'un pied de pensées que j'ai conservé dans ma chambre afin que papa le voie ; elles ne refleuriront maintenant que pour lui. Je lis tous les matins dans mon petit livre, je tâche d'être sage toute la journée et je m'endors en chantant tout bas l'air favori de papa. Tout le monde est très bon pour nous, et nous sommes aussi heureuses que nous pouvons l'être sans vous. Amy veut le reste de la page, ainsi il faut que je m'arrête. Je n'ai pas oublié vos commissions, et, tous les jours, je remonte l'horloge et range les chambres.

« Embrassez cher père sur celle de ses joues qu'il appelle la mienne. Oh ! revenez bientôt vers

« Votre petite BETH qui vous aime.

« Dites à M. Brooke que je le trouve très bon, et que quelquefois j'ose parler de lui avec M. Laurentz, qui a comme moi du plaisir à causer de lui. »

« Ma chère maman,

« Nous sommes toutes en bonne santé, je travaille tous les jours et je ne *compromets* jamais les autres. Meg prétend qu'il faut dire que je ne les *contredis* jamais ; je mets les deux mots et vous pourrez choisir le meilleur. Meg m'est d'une grande consolation et elle me laisse avoir de la gelée, tous les jours, au thé ; je trouve cela si bon ! Jo dit que c'est parce que cela me rend plus douce. Laurie n'est pas aussi *respektueux* qu'il devrait l'être, maintenant que j'ai douze ans ; il m'appelle petit poulet et blesse mes sentiments en me parlant très vite en français, quand je dis *merci* ou *bonjour*, comme dit Hattie Kings. Les manches de ma robe bleue étaient tout usées, et Meg en a remis de neuves ; mais elles sont plus foncées que la robe. J'étais très fâchée, mais je n'ai rien dit ; je supporte bien tous mes ennuis, mais je voudrais que Hannah veuille bien empeser davantage mes tabliers et nous faire tous les jours des gâteaux. Pourrait-elle ? Meg dit que ma *poncluacion* et mon orthographe sont vraiment honteuses, et je suis très *morty-fiée*, mais j'ai tant de choses à faire que je ne peux être parfaite en rien. Adieu, j'envoie toutes mes tendresses à papa.

« Votre fille qui vous aime,
« AMY CURTIS MARSCH. »

La vieille Hannah, qui avait juré à sa maîtresse de la tenir au courant, lui avait écrit aussi. Nous ne rectifions que l'orthographe.

« A chère madame Marsch,
« sa vieille Hannah.

« Je vous écris pour vous dire que nous nous tirons très bien d'affaire. Ces demoiselles sont toutes parfaitement bien. Meg va devenir une bonne maîtresse de maison ; elle aime beaucoup à s'occuper du ménage et apprend très vite. Jo les dépasse toutes en bonne volonté ; on ne sait jamais ce qu'elle va faire. Lundi, elle a lavé toute une lessive, mais elle a amidonné le linge avant de le tordre, et passé au bleu une camisole d'indienne rose. J'ai cru que je mourrais de rire. Beth est la meilleure des petites créatures, et elle m'aide réellement beaucoup, et l'on peut se fier à elle. Elle fait les comptes d'une manière étonnante. Nous sommes devenues très économes ; je leur sers du café une fois par semaine, selon ce que vous m'avez dit, et je leur donne une nourriture très bonne, mais très simple. Amy est bien, mais elle met ses plus belles robes « *à tous les jours* » et mange des sucreries tant qu'elle peut. M. Laurie fait autant de bêtises que d'habitude, mais c'est un bon garçon, il les égaye. M. Laurentz envoie des masses de choses et est même assez fatigant, mais il a l'intention de bien faire, et ce n'est pas à moi à dire quelque chose. J'envoie mes respects à M. Marsch et j'espère qu'il reviendra bientôt.

« Votre servante respectueuse,
« HANNAH MULLER. »

« Madame et maman,

« Tout est bien à la maison ; les troupes sont en bon état. Vos filles sont des anges quelquefois. Je me permets, quand je les vois s'attrister de votre absence, d'essayer de les faire rire ; j'y réussis souvent, mais pas toujours. Jo, seule, pourrait se passer de moi dans cet emploi quand il s'agit des autres ; mais, au fond, elle a un effort à faire pour retrouver sa gaieté naturelle. Il me semble que ses cheveux repoussent, et grand-père, le commandant en chef, général Laurentz, passe tous les jours votre armée en revue. Hannah me gronde quelquefois. En somme, j'ose dire que, si vous étiez là, vous ne seriez pas trop mécontente de l'ensemble des choses. Rappelez-moi à M. Brooke.

> « Votre fidèle jeune ami,
>
> « LAURIE. »

« Chère madame,

« Les petites filles sont toutes bien. Hannah est une servante modèle, et veille comme un dragon sur son joli troupeau. Je suis content que le beau temps ait continué. Utilisez Brooke, je vous prie, et si vos dépenses dépassent vos prévisions, adressez-vous à mon banquier. Nous ferons nos comptes dans des temps meilleurs. Ils viendront. Ne laissez votre mari manquer de rien. Je remercie le ciel de ce qu'il est mieux portant.

> « Votre sincère ami et serviteur,
>
> « JAMES LAURENTZ. »

CHAPITRE XVII

Pendant huit jours, il y eut tant de vertu dans la vieille maison, qu'on aurait pu en céder à tout le voisinage. C'était réellement étonnant ; chacun semblait dans une sorte de disposition céleste, et l'abnégation était à la mode. Mais, insensiblement, lorsque la première anxiété des petites filles fut passée, elles se relâchèrent dans leurs louables efforts et commencèrent à retomber dans leurs vieilles habitudes. Elles n'oublièrent pas leur devise : « Espérer et s'occuper », mais le dernier point semblait devenir plus difficile ; aussi, après de si beaux efforts, elles pensèrent que cet essai méritait des vacances, et elles s'en donnèrent de grandes.

Jo, ayant négligé de couvrir suffisamment sa tête tondue, attrapa un gros rhume, et tante Marsch, qui n'aimait pas à entendre lire des personnes enrhumées, lui ordonna de rester chez elle jusqu'à ce qu'elle fût guérie. Jo, à qui cet arrangement plaisait, commença par dire qu'elle allait s'arranger pour rester enrhumée toute sa vie : puis elle se mit à fourrager énergiquement du grenier à la cave, espérant y faire des découvertes. Quand elle était lasse, elle se couchait sur le sofa pour soigner son rhume à l'aide de lectures interminables.

Amy, trouvant que les occupations du ménage et l'art ne s'accordaient guère, retourna à ses crayons et à sa terre glaise.

Meg allait tous les jours chez les Kings et cousait, ou croyait qu'elle cousait lorsqu'elle en revenait, mais elle passait beaucoup de temps à écrire à sa mère ou à relire les dépêches de Washington.

Beth seule continua fidèlement à travailler; tout au plus aurait-on pu lui reprocher quelques rares petites négligences ou bien quelques accès de tristesse.

Elle remplissait soigneusement tous ses petits devoirs et aussi beaucoup de ceux de ses sœurs, car celles-ci oubliaient facilement, et la maison semblait parfois être une horloge dont les aiguilles sont allées se promener.

Lorsque son cœur était trop plein du désir de revoir sa mère ou de craintes pour son père, elle allait dans le cabinet de toilette de Mme Marsch, cachant sa figure dans les plis d'une certaine vieille robe, et pleurait et priait un peu toute seule.

Personne ne savait ce qui la remettait après un accès de mélancolie; mais chacun sentait combien elle était douce et utile, et tout le monde prit l'habitude d'aller vers elle pour chercher des consolations ou des avis.

Aucune ne s'était assez dit que l'absence de leur mère devait être une épreuve décisive, qui aurait dû former définitivement leurs caractères, et, lorsque l'excitation du premier moment fut passée, elles se firent l'illusion que, s'étant bien conduites jusque-là, elles méritaient des louanges. Elles avaient raison pour le passé; mais leur erreur était de croire qu'elles pouvaient dès lors se relâcher et cesser de bien faire; elles s'attirèrent par là une dure leçon.

« Meg, je voudrais bien que vous puissiez aller voir les pauvres Hummel; vous savez que maman nous a dit de n'oublier ni la mère ni les enfants, dit Beth, dix jours après le départ de Mme Marsch.

— Je suis vraiment trop fatiguée pour y aller cette après-midi, répondit Meg, qui cousait en se balançant sur un fauteuil à bascule.

— Voudriez-vous, Jo? demanda Beth.

— Il fait bien froid pour moi, avec mon rhume.

— Je croyais que vous aimiez les belles gelées?

— Oui, pour sortir avec Laurie, mais pas autant pour aller chez les Hummel, dit Jo, un peu honteuse de cet aveu.

— Pourquoi n'allez-vous pas vous-même voir les Hummel? demanda Meg.

— J'y suis allée tous les jours; mais le bébé est malade, et je ne sais qu'y faire. Lottchen le garde pendant que sa mère va travailler; mais le mal m'a l'air de s'aggraver, et je pense que vous ou Hannah devriez y aller. »

Beth parlait avec animation, et Meg promit d'y aller le lendemain.

« Pour aujourd'hui, demandez quelques provisions à Hannah et portez-les, Beth; l'air vous fera du bien, dit Jo, en ajoutant sous forme d'excuse : J'irais bien, mais il faut que je finisse mon livre.

— J'ai mal à la tête et je suis fatiguée, répondit doucement Beth, je pensais que l'une de vous voudrait bien y aller à ma place ce matin.

— Amy va revenir, elle ira volontiers, suggéra Meg.

— Eh bien, je vais me reposer en attendant, je ne suis pas très à mon aise. »

Beth se coucha sur le sofa, les autres retournèrent à leur ouvrage, et les Hummel furent oubliés. Une heure se passa; Amy n'était pas revenue, Meg était allée dans sa chambre essayer une robe neuve, Jo était absorbée dans un livre, et Hannah était profondément endormie devant le feu de la cuisine.

Beth mit tranquillement son capuchon, remplit son panier de toutes sortes de choses pour les enfants, et s'en alla à l'air frais avec la tête lourde et un regard de douleur dans ses yeux patients. Il était tard quand elle revint, et personne ne la vit monter dans la chambre de sa mère. Jo, y allant, trouva Beth assise dans un fauteuil avec un flacon de camphre dans sa main, paraissant très grave et ayant des yeux très rouges.

« Qu'est-ce qu'il y a? s'écria Jo, en voyant Beth étendre les mains, comme si elle ne voulait pas que sa sœur approchât d'elle.

— Vous avez eu la fièvre scarlatine, n'est-ce pas, Jo?

— Il y a longtemps; en même temps que Meg. Pourquoi?

— Alors je vais vous dire. Oh! Jo, le bébé est mort.

— Quel bébé?

— Celui de Mme Hummel. Il est mort sur mes genoux, avant que sa mère revienne, s'écria Beth en sanglotant.

— Ma pauvre chérie, que cela a dû être terrible pour vous! Ah! j'aurais dû aller moi-même, dit Jo, pleine de remords, en s'asseyant dans le grand fauteuil et prenant sa sœur sur ses genoux.

— Ce n'était pas terrible, Jo; c'était seulement si triste! J'ai vu out de suite qu'il était plus malade; mais Lottchen a dit que sa mère- était allée chercher le médecin, et j'ai pris le bébé afin de laisser reposer sa sœur. Il paraissait endormi ; mais, tout à coup, il a poussé un petit cri, tout son petit corps a tremblé, et puis il est resté immobile. J'ai alors essayé de lui réchauffer les pieds, et Lotty lui a donné du lait, mais il ne bougeait pas. J'ai enfin compris qu'il était mort.

— Ne pleurez pas, chérie. Qu'avez-vous fait ?

— Je me suis assise et je l'ai tenu sur mes genoux jusqu'à ce que Mme Hummel revînt avec un médecin. Le docteur dit que le bébé ne vivait plus ; il regarda Heinrich et Minna, qui avaient mal à la gorge. « C'est la fièvre scarlatine, » dit-il d'un air mécontent, « vous auriez dû m'appeler plus tôt. » Mme Hummel lui dit qu'elle était pauvre et qu'elle avait essayé de soigner elle-même le bébé, mais que, maintenant, il était trop tard pour lui et qu'elle pouvait seulement lui demander de soigner les deux autres et d'en demander le payement au bon Dieu. Il sourit alors et fut meilleur, mais c'était désolant, Jo ! et je pleurai avec eux. Le docteur alors fixa ses yeux sur moi ; il m'examina et me dit de retourner vite chez nous et de prendre immédiatement de la belladone, sans quoi j'attraperais la fièvre scarlatine.

— Non, vous ne l'aurez pas ! s'écria Jo, en la serrant dans ses bras d'un air effrayé. Oh ! Beth ! si vous l'aviez, je ne pourrais jamais me le pardonner. Qu'allons-nous faire ?

— N'ayez pas peur, je suis sûre que je ne l'aurai pas très forte. J'ai regardé dans le livre de mère, et j'ai vu que cela commençait par des maux de tête et de gorge et des sentiments bizarres comme les miens ; ainsi j'ai pris de la belladone et je suis mieux, dit Beth, en appuyant ses mains glacées sur son front brûlant, et essayant de paraître calme.

— Si mère était seulement ici ! » soupira Jo en saisissant le livre.

Elle sentit mieux encore alors quelle distance les séparait de Washington, combien était cruel cet éloignement de la mère. Elle lut une page, regarda Beth, lui tâta la tête, voulut voir dans sa gorge, et dit gravement :

« Vous avez tenu le bébé tous les jours pendant plus d'une semaine et vous avez été avec les autres qui vont avoir la fièvre ; j'ai peur que vous ne l'ayez, Beth. Je vais appeler Hannah, qui connaît toutes les maladies.

— Ne laissez pas venir Amy ; elle ne l'a jamais eue, et je serais

XVII

NE PLEUREZ PAS, CHÉRIE

trop malheureuse de la lui donner. Est-ce que vous ou Meg ne pourriez pas l'avoir de nouveau? demanda anxieusement Beth.

— Je suppose que non. Mais qu'importe ! Ce serait bien fait si je l'avais, grande égoïste que je suis de vous avoir laissée visiter les Hummel et d'être restée ici à écrire des bêtises, » murmura Jo en allant consulter Hannah.

La bonne âme fut éveillée en une minute et assura immédiatement à Jo qu'il était inutile de s'inquiéter, que tout le monde avait la fièvre scarlatine et que personne n'en mourait quand on était bien soigné.

Jo crut tout cela et alla, bien soulagée, appeler Meg.

« Maintenant, je vais vous dire ce que nous allons faire, dit Hannah, lorsqu'elle eut examiné et questionné Beth, nous allons envoyer chercher le docteur Banks, rien que pour vous voir un peu, ma chère, puis nous enverrons Amy chez tante Marsch, afin de l'empêcher d'attraper quelque chose, et l'une de vous deux, Meg ou Jo, pourra rester à la maison pendant un jour ou deux, pour amuser Beth.

— Je resterai, naturellement ; c'est moi l'aînée, dit Meg, qui était aussi mécontente d'elle-même que Jo.

— Non, ce sera moi, parce que c'est vraiment ma faute si elle est malade. J'avais dit à mère que je ferais ses commissions et je ne les ai pas faites, répliqua Jo d'un ton décidé. J'ai seule à réparer.

— Laquelle voulez-vous, Beth? une seule suffira, dit Hannah.

— Jo, s'il vous plaît. »

Et Beth appuya sa tête contre sa sœur d'un air content, tout en regardant tendrement Meg, comme pour lui dire: Il ne faut pas m'en vouloir.

« Je vais aller dire tout cela à Amy, » dit Meg, qui était un peu blessée de la préférence de sa sœur, bien qu'elle se rendît compte qu'elle était peut-être moins propre que Jo à bien soigner la malade.

Amy se révolta immédiatement et déclara, avec colère, qu'elle aimait mieux avoir la fièvre que d'aller chez la terrible tante. Meg demanda, raisonna et commanda en vain ; Amy protesta qu'elle ne *voulait* pas y aller, et sa sœur la quitta en désespoir de cause pour aller demander à Hannah ce qu'il fallait faire. Avant qu'elle fût revenue, Laurie, entrant dans le parloir, trouva Amy sanglotant sur le canapé. Elle raconta son histoire en s'attendant à être consolée; mais Laurie mit seulement ses mains dans ses poches et se

25

promena de long en large en fronçant les sourcils, comme s'il
était plongé dans des pensées profondes. Il finit par s'asseoir à côté
d'elle et lui dire de son ton le plus persuasif :

« Soyez une bonne petite femme et faites ce qu'on vous dit. Ne
pleurez pas, écoutez plutôt la jolie idée que j'ai. Vous irez chez
tante Marsch, et je viendrai vous chercher tous les jours pour nous
promener et nous amuser ensemble. Ne sera-ce pas plus agréable
que de rester ici à vous ennuyer sans pouvoir y être utile?

— Je ne veux pas qu'on me renvoie comme si je gênais, commença Amy d'un ton offensé.

— Dieu vous bénisse, ma mignonne ! C'est pour vous empêcher
d'être malade et non pour aucune autre raison. Vous ne désirez pas
avoir la fièvre, n'est-ce pas?

— Non, certainement, si cela ne devait pas soulager Beth ; mais
je suis sûre que je l'aurai. J'ai été tout le temps avec Beth.

— C'est pour cela qu'il faut vous en aller tout de suite ; le changement d'air et quelques soins vous empêcheront de l'avoir, ou,
du moins, vous la feront avoir très légèrement. Je vous conseille
de partir le plus vite possible ; la fièvre scarlatine n'est pas rien,
miss.

— Mais, c'est si triste chez tante Marsch, dit Amy d'un air
effrayé, et puis, je serai sans nouvelles de Beth...

— Ce ne sera pas triste avec moi, qui viendrai vous dire tous les
jours comment sera Beth, et vous emmènerai vous amuser. La
vieille dame m'aime assez, et je serai aussi aimable que possible
pour elle ; ainsi, quoi que nous fassions, elle ne dira rien.

— Vous viendrez tous les jours?

— Je vous le promets.

— Et vous viendrez me dire quand Beth sera mieux?

— Aussitôt que je le saurai.

— Et nous irons vraiment au théâtre des enfants?

— A une douzaine de théâtres, si nous pouvons.

— Eh bien!... je crois... que je veux bien, dit lentement
Amy.

— A la bonne heure! Je retrouve ma bonne petite Amy. Allez
vite dire à Meg que vous consentez, » dit Laurie en donnant à
Amy une petite tape d'approbation qui choqua un peu Amy. Ce
n'était pas la traiter en grande personne.

Meg et Jo arrivèrent en courant pour contempler le miracle qui
venait de s'accomplir, et Amy, se voyant très précieuse et très

sacrifiée, promit d'aller chez la tante si le médecin disait que Beth allait être malade.

« Comment va la petite chérie? demanda Laurie, car Beth était sa favorite, et il était plus inquiet qu'il ne voulait le laisser voir.

— Elle est couchée sur le lit de mère et se trouve mieux. La mort du bébé, vue de si près, l'a troublée, mais j'espère qu'elle n'aura qu'un rhume. Hannah le *dit*, mais elle a l'air inquiet, et je suis toute bouleversée, répondit Meg.

— La vie est une triste chose! s'écria Jo en hérissant ses cheveux et en y fourrant les mains d'un air de désespoir. A peine est-on sorti d'un malheur qu'il en arrive un autre. On dirait qu'on ne peut plus s'appuyer sur personne, depuis que mère est partie.

— Ne vous donnez pas l'air d'un hérisson, cela ne vous va pas bien. Rarrangez votre perruque, ma chère Jo, et dites-moi si je dois envoyer une dépêche à votre mère ou faire quelque autre chose qui puisse vous agréer, dit Laurie, qui n'avait jamais été tout à fait réconcilié avec la perte de la seule beauté de son amie.

— C'est ce qui me trouble, répondit Meg. Je pense que nous devons écrire à maman si Beth est réellement malade; mais Hannah dit que non, car maman ne peut pas quitter papa, et cela ne ferait que l'inquiéter. Beth ne sera pas longtemps malade, et Hannah sait ce qu'elle doit faire pour elle. Mère a dit que nous devions lui obéir; mais je ne sais pas si, dans ce cas imprévu, nous aurons tort ou raison de le faire.

— Si vous demandiez à grand-père, quand le docteur sera venu?

— C'est cela; Jo; allez tout de suite chercher le docteur, commanda Meg. Nous ne devons en effet rien décider avant sa visite.

— Restez où vous êtes, Jo, c'est moi qui fais les commissions de cet établissement, dit Laurie, en prenant son chapeau.

— Je crains que vous ne soyez occupé, commença Meg.

— Non, j'ai fini mes leçons d'aujourd'hui.

— Vous travaillez donc pendant vos vacances? demanda Jo.

— Je suis le bon exemple que mes voisines m'ont donné, répondit Laurie en sortant vivement de la chambre.

— J'ai de grandes espérances pour ce garçon, dit Jo, en le regardant passer par-dessus la haie.

— Il est assez bien... pour un garçon... » répondit assez dédaigneusement Meg.

Le docteur Banks vint, et, quoiqu'il parût très grave en entendant l'histoire des Hummel, il dit que Beth avait les premiers symptômes de la fièvre, mais qu'il pensait qu'elle l'aurait très légère. Néanmoins, il fut d'avis d'éloigner Amy, à qui il intima l'ordre de s'en aller immédiatement. Elle partit en grande pompe avec Laurie et Jo comme escorte.

La tante Marsch les reçut avec son hospitalité habituelle.

« Qu'est-ce que vous voulez, maintenant? demanda-t-elle en regardant par-dessus ses lunettes, pendant que le perroquet croassait. Allez-vous-en; les petits garçons n'entrent pas ici. »

Laurie se retira vers la fenêtre, et Jo dit son histoire.

« C'est bien à quoi je m'attendais, puisqu'on vous permet de vous mêler aux pauvres. Amy peut rester ici et se rendre utile si elle n'est pas malade; mais je ne doute nullement qu'elle le soit, elle a déjà l'air de l'être. Ne pleurez pas, enfant, cela m'ennuie d'entendre les gens se moucher. »

Amy était sur le point de sangloter; mais, Laurie ayant sournoisement tiré la queue du perroquet, Polly proféra ou plutôt cria d'un air si drôle : « As-tu déjeuné? » qu'elle rit au lieu de pleurer.

« Quelles sont les nouvelles de votre mère? demanda la vieille dame.

— Papa est beaucoup mieux, répondit Jo, en faisant tous ses efforts pour garder son sérieux.

— Ah! je suppose que sa maladie ne durera pas longtemps. Cependant mon beau-frère n'a jamais eu beaucoup de force, » telle fut la réponse réjouissante de la vieille dame, qui ne pouvait jamais retenir une parole fâcheuse.

« Prenez une prise! » cria Polly en se dandinant sur son perchoir, et, le bonnet de tante Marsch se trouvant justement à sa portée, il l'attrapa fort adroitement pour se venger de ce que Laurie venait encore de lui tirer la queue à la dérobée.

« Taisez-vous, vieil oiseau impoli! dit la vieille femme exaspérée. Et se tournant vers Jo : — Partez tout de suite, lui dit-elle. Il n'est pas convenable que vous vous promeniez aussi tard avec un écervelé comme...

— Taisez-vous! » s'écria Polly.

Et, se laissant tomber par terre, il courut s'escrimer du bec contre les mollets de « l'écervelé Laurie ». Laurie se sentait une envie de rire insurmontable. Jo et lui disparurent.

« Je ne pense pas que je pourrai supporter cela, mais j'essayerai, pensa Amy, quand elle se trouva seule avec tante Marsch.

Polly la regardait avec ses gros yeux ronds.

« Allez-vous-en ! » lui cria-t-il tout à coup.

A ces paroles malhonnêtes qui allaient directement à son adresse, Amy ne put pas s'empêcher de pleurer.

« Ne vous occupez pas de ce bavard, lui dit d'un ton bourru tante Marsch. Il dit des horreurs à la journée ; c'est un homme qui a fait son éducation. »

CHAPITRE XVIII

DES JOURS SOMBRES

Beth avait beaucoup de fièvre. Elle était très malade. Excepté Hannah et le docteur Banks, personne ne s'y attendait. Le médecin avait interdit à M. Laurentz de voir Beth ; aussi Hannah la soignait-elle comme elle voulait ; c'était, d'ailleurs, une excellente garde-malade. Meg resta à la maison, de peur de porter la fièvre chez les Kings, et s'occupa du ménage. Elle se sentait très inquiète et se trouvait coupable quand elle écrivait à sa mère, sans lui parler de la maladie de Beth. Elle ne pouvait pas penser qu'elle agissait bien en ne lui disant pas tout ; mais elle-même lui avait appris à obéir à Hannah, et la vieille bonne ne voulait pas entendre parler « d'inquiéter Mᵐᵉ Marsch, si nécessaire là-bas. » M. Laurentz avait été de son avis.

Jo se dévoua jour et nuit à sa sœur ; ce n'était pas une chose pénible, car Beth était très patiente, et, tant qu'elle put se consoler, elle supporta sa douleur sans se plaindre ; mais il arriva un moment où, pendant les accès de fièvre, elle commença à parler d'une voix creuse et brisée, à jouer sur la couverture de son lit comme sur son piano bien-aimé, et à essayer de chanter avec une gorge tellement enflée, qu'elle ne pouvait se faire entendre. Un

temps vint où elle ne reconnaissait plus les figures familières qui
l'entouraient, et où elle appelait sa mère d'un ton désespéré. Alors
Jo s'effraya. Meg supplia Hannah de lui laisser écrire la vérité à sa
mère, et Hannah elle-même dit « qu'elle y penserait, quoiqu'il n'y
eût pas de danger. » Une lettre de Washington ajouta encore à
leur douleur ; M. Marsch avait eu une rechute, et Mme Marsch ne
pouvait penser revenir avant longtemps.

Comme les jours paraissaient sombres maintenant ! Que la maison
semblait lugubre, et combien les trois sœurs étaient désolées, pendant que l'ombre de la mort planait sur la famille si joyeuse autrefois ! Ce fut alors que Meg, cousant toute seule en pleurant sur
son ouvrage, vit, en comparant le passé au présent, combien elle
avait été heureuse jusque-là. Ce fut alors que Jo, vivant dans la
chambre obscure avec sa petite sœur souffrante devant les yeux, et
sa voix touchante dans les oreilles, apprit à voir, dans son plein,
la beauté morale et la douceur de l'angélique nature de Beth, à
sentir quelle place profonde elle tenait dans tous les cœurs, et à
reconnaître l'inestimable mérite du caractère de Beth, dont l'ambition désintéressée était de vivre pour les autres et de rendre sa
famille heureuse.

Amy, dans son exil, désirait ardemment revenir travailler pour
Beth. Elle sentait maintenant qu'aucun service ne serait difficile ou
ennuyeux, et se rappelait, avec une douleur pleine de regret, combien de ses devoirs, négligés par elle, sa sœur dévouée avait remplis à sa place.

Laurie hantait la maison comme une âme en peine, et M. Laurentz ferma à clef son piano à queue. Il ne pouvait pas supporter
qu'un autre fît de la musique quand la petite voisine, qui lui rendait ses soirées si agréables, n'en pouvait faire. Chacun regrettait
Beth ; la laitière, le boulanger, le boucher et l'épicier demandaient
de ses nouvelles. La pauvre Mme Hummel vint en pleurant demander pardon de l'avoir rendue involontairement malade ; les voisins
lui envoyèrent toute sorte de choses et de bons souhaits, et même
ceux qui la connaissaient le mieux furent surpris de voir combien
d'amis la timide Beth s'était faits.

Pendant ce temps-là, elle était couchée avec la vieille Joanna, sa
poupée favorite, à côté d'elle, car, même lorsqu'elle avait le délire,
elle n'oubliait pas sa première protégée. Elle aurait bien voulu
avoir ses chats ; mais elle refusait de les prendre, de peur de les
rendre malades, et, dans ses moments de tranquillité, elle était rem-

plie d'anxiété pour Jo. Elle envoyait des messages à Amy, chargeait ses sœurs de dire à sa mère qu'elle lui écrirait bientôt, et demandait souvent du papier et un crayon pour essayer de dire un mot à son père, afin qu'il ne crût pas qu'elle le négligeait. Mais bientôt elle perdit tout à fait connaissance. Elle restait à se retourner dans son lit en murmurant des paroles incohérentes, ou tombait dans un sommeil de plomb qui ne lui apportait aucun repos. Le docteur Banks venait la voir deux fois par jour ; il n'avait jamais vu une scarlatine si intense. Hannah ne se couchait plus ; Meg avait dans son pupitre un télégramme prêt à être envoyé, et Jo ne s'éloignait pas une minute du lit de sa sœur.

Le premier décembre fut réellement pour elles un jour terrible ; un vent glacial sifflait autour de la maison ; une neige épaisse tombait en tourbillonnant, et l'année semblait s'apprêter à mourir. Lorsque le docteur vint voir Beth, il la regarda longtemps attentivement, prit sa main brûlante dans les siennes et dit à voix basse à Hannah :

« Si Mme Marsch *peut* quitter son mari, on ferait mieux de l'envoyer chercher. »

Hannah fit un signe de tête sans parler, car ses lèvres tremblaient nerveusement ; Meg s'affaissa dans un fauteuil, comme si, à ces paroles, la force était partie de ses jambes, et Jo, pâle comme une morte, courut au parloir, saisit le télégramme et, mettant brusquement son chapeau et son manteau, courut porter la dépêche, à travers l'ouragan. Elle revint bientôt, et, pendant qu'elle ôtait silencieusement son chapeau, Laurie arriva avec une lettre disant que M. Marsch allait mieux de nouveau. Jo la lut en remerciant Dieu du fond de l'âme ; mais le poids qui pesait sur son cœur ne paraissait pas moins lourd, et sa figure était si pleine de misère que Laurie lui demanda vivement :

« Qu'y a-t-il ? Beth est-elle plus mal ?

— Je viens d'envoyer une dépêche à maman, dit Jo d'un air désolé, tout en essayant vainement d'ôter ses caoutchoucs.

— Vous avez bien fait. L'avez-vous fait de votre propre mouvement ? demanda Laurie en lui ôtant ses caoutchoucs, car ses mains tremblaient tellement qu'elle ne pouvait pas les ôter elle-même.

— Non, c'est le docteur qui nous l'a dit.

— Oh ! Jo, elle n'est pas si mal que cela ? s'écria Laurie stupéfait.

— Si ; elle ne nous reconnaît pas, elle ne parle même plus des troupeaux de colombes vertes, comme elle appelle les feuilles de vigne qu'elle croit voir sur le mur. Elle ne se ressemble plus, et nous n'avons personne pour nous aider ; papa et maman sont tous deux partis, et Dieu semble si loin, que je ne peux pas le trouver. »

Les larmes coulaient rapidement le long des joues de la pauvre Jo, et elle étendit la main dans le vide d'une manière désespérée, comme si elle était dans les ténèbres sans pouvoir en sortir. Laurie prit sa main et lui dit, aussi bien qu'il put, d'une voix dont il ne pouvait pas maîtriser l'émotion :

« Je suis ici, appuyez-vous sur moi, Jo, ma chérie ; ne suis-je pas un frère pour vous toutes ? »

Elle ne pouvait pas parler, mais elle « s'appuya » sur lui, et la pression d'une main amie la consola un peu. Laurie aurait bien voulu trouver à lui dire quelques paroles vraiment consolantes ; mais, désolé lui-même, aucun mot fortifiant ne lui venait à l'esprit, et il resta silencieux en caressant la tête baissée de son amie, comme sa mère avait coutume de le faire.

Jo comprit cette sympathie muette. Elle essuya bientôt les larmes qui l'avaient un peu soulagée, et releva la tête d'un air reconnaissant.

« Merci, Laurie, je veux être plus forte maintenant.

— Jo, votre mère sera bientôt de retour, et alors tout ira mieux.

— Chère maman, quel retour ! Pourvu que la santé du père se raffermisse et que mère ait pu le quitter sans dommage pour lui. Oh ! mon Dieu, on dirait que toutes les douleurs possibles se sont réunies pour tomber sur nous. »

Et Jo, cachant sa tête avec son bras, pleura encore avec désespoir. Jusqu'alors, elle avait été très ferme.

« Jo, dit Laurie, je ne peux pas croire que Dieu veuille nous prendre Beth maintenant.

— Beth est du ciel plus que de la terre, s'écria Jo. Sa place est avec les anges, et non avec des créatures imparfaites comme nous.

— Pauvre Jo ! Vous êtes à bout de forces. Vous devriez prendre quelque chose pour vous réconforter. Attendez un moment, je vais essayer de vous redonner du courage. »

Laurie partit vivement. Jo appuya sa tête fatiguée sur le petit capuchon brun de Beth que personne n'avait pensé à ôter de dessus la table où elle l'avait posé. Cette humble relique devait posséder quelque vertu secrète, car l'esprit de soumission de sa gentille pro-

26

priétaire sembla entrer dans Jo, et, lorsque Laurie revint en lui
apportant un verre de madère, elle le prit et dit bravement :

« Je bois à la santé de ma Beth ! Vous êtes un bon docteur,
Laurie, et un si bon ami ! Comment pourrai-je jamais vous payer?

— Rien ne presse, je vous enverrai ma note plus tard. Pour ce
qui est d'aujourd'hui, je vais vous donner quelque chose qui
réchauffera bien mieux votre cœur qu'un petit verre de vin quelconque.

— Qu'est-ce que c'est? s'écria Jo, oubliant un moment ses malheurs dans son étonnement, car Laurie avait l'air d'avoir quelque
chose de vraiment consolant à lui dire.

— Eh bien, Jo, j'ai envoyé hier une dépêche à votre mère ;
Brooke a répondu qu'elle serait ici ce soir, et tout va mieux aller.
N'êtes-vous pas contente? »

Laurie parlait très vite et avec excitation ; il n'avait rien dit jusqu'alors, de peur d'effrayer Beth et ses sœurs. Jo devint pâle comme
une morte, et lorsqu'il cessa de parler, elle jeta ses bras autour de
son cou en s'écriant :

« Oh ! Laurie ! Ma mère ici, ici, ce soir ! je suis si contente ! Mère
sauvera Beth, elle la sauvera... »

Elle ne pleurait plus, mais riait nerveusement et tremblait, et
s'attachait à son ami, comme si cette nouvelle subite lui eût fait
perdre la raison. Laurie, qui ne s'attendait pas à cette explosion,
se conduisit avec une grande présence d'esprit ; il lui donna de
petites tapes dans les mains et lui humecta les tempes avec de l'eau
fraîche pour la remettre, et, voyant qu'elle redevenait elle-même,
il l'embrassa. Cette preuve d'affection remit complètement Jo.

« C'est si bien à vous, Laurie, d'avoir prévenu maman malgré
Hannah ! je vous aime cent fois plus pour l'avoir osé, Laurie.
Racontez-moi tout, et ne me donnez plus de vin, cela me fortifie,
mais aussi cela m'agite.

— Ce verre de madère vous a fait plus de bien que de mal, Jo.
Quant au retour de Mᵐᵉ Marsch, voici comment cela s'est passé.
J'étais inquiet, ainsi que grand-père ; nous trouvions que Hannah
outrepassait son droit, et que votre mère devait être informée de
l'état de Beth, car elle ne nous aurait jamais pardonné si Beth... si
quelque chose d'irréparable arrivait de ce côté. J'ai amené grand-
père à dire qu'il était grand temps de faire quelque chose, et hier,
voyant que le docteur avait l'air plus inquiet encore, j'ai, avec son
aveu, envoyé une dépêche, dont déjà nous avons la réponse. Votre

mère arrivera cette nuit même, vers deux heures du matin ; j'irai
à sa rencontre. Vous n'avez, d'ici là, rien à faire que de mettre
votre contentement au secret, tout en préparant Beth, et en la cal-
mant jusqu'à ce que votre mère soit arrivée.

— Laurie, vous êtes un ange. Comment pourrons-nous jamais
nous acquitter envers vous ?

— Vous vous jetterez l'une après l'autre à mon cou ; cela me
plaît assez, dit Laurie d'un air taquin qu'il n'avait pas eu depuis
quinze jours.

— Non, merci ; mais, par exemple, personne ne me retiendra
d'embrasser votre grand-père quand il viendra ; et maintenant,
Laurie, allez vous reposer, car vous serez debout la moitié de la
nuit. Dieu vous bénisse ! Dieu vous bénisse ! »

Ceci dit, Jo s'enfuit dans la cuisine, et, s'asseyant par terre, dit
aux chats assemblés autour d'elle, qu'elle était « si heureuse, oh !
si heureuse ! »

Au dernier moment, il fallut bien dire à Hannah que Mᵐᵉ Marsch
allait arriver.

« Je n'ai jamais vu quelqu'un se mêler de tout comme ce jeune
homme, mais je lui pardonne, » dit Hannah d'un air de soulagement quand elle apprit la bonne nouvelle.

Meg, instruite à son tour, approuva fort les Laurentz. Jo passa
la maison en revue, et mit la chambre de la malade en ordre pour
que sa mère n'eût point à se plaindre. Hannah apprêtait quelque
chose de chaud pour les voyageurs. Un souffle d'air frais semblait
avoir passé sur la maison, et quelque chose de meilleur que le
soleil semblait resplendir dans les chambres. Chacun comprit à sa
façon qu'il y avait quelque chose de bon en l'air : l'oiseau de Beth
commença à gazouiller, Meg découvrit sur le rosier d'Amy une rose
à moitié ouverte ; les feux semblaient éclairer plus gaiement, et,
chaque fois que Meg et Jo se rencontraient, leurs pâles figures
s'éclairaient par un sourire et elles s'embrassaient en se disant :
« Mère va arriver, mère va arriver ! » Tout le monde se réjouissait,
excepté Beth, qui était dans un état de torpeur profonde et ne sentait ni l'espérance et la joie, ni le doute et le danger. On avait
envie de pleurer en la regardant ; sa figure, si fraîche, était blanche
comme l'ivoire et si changée ! ses doux yeux semblaient égarés, ses
mains toujours agitées étaient faibles et maigres, ses lèvres, sou-
riantes encore, demeuraient tout à fait muettes, et ses cheveux, si
jolis et si lisses, étaient éparpillés en désordre sur l'oreiller. Elle

resta ainsi tout le jour, ne s'éveillant que de temps en temps pour demander « à boire! » d'une voix si faible qu'on ne l'entendait qu'à peine. Tant que dura le jour, Meg et Jo restèrent à côté d'elle à la soigner, à attendre, à espérer, à se fier à Dieu et à leur mère. La neige tombait au dehors, le vent soufflait avec fureur et les heures se traînaient. La nuit arriva enfin, et les deux sœurs, assises de chaque côté du lit, se regardaient chaque fois que l'horloge sonnait, en pensant que chaque heure qui s'écoulait les rapprochait du moment où elles auraient de l'aide, l'aide suprême de leur mère chérie.

Le docteur avait dit qu'il y aurait peut-être, vers minuit, un changement dans l'état de Beth, et qu'il reviendrait vers cette heure-là. Hannah, à bout de forces, s'était couchée sur le canapé au pied du lit et s'était vite endormie. M. Laurentz arpentait le parloir à grands pas, et Laurie, couché sur le tapis, devant le feu, prétendait se reposer, mais regardait la flamme avec un regard pensif qui trahissait ses alarmes. Les jeunes filles n'oublièrent jamais cette nuit-là. Le sommeil ne les visita pas une minute pendant qu'elles veillaient avec ce sentiment terrible d'impuissance, qui nous possède à des moments comme ceux-là.

« Si Dieu épargne Beth, je ne me plaindrai plus jamais, je trouverai tout bien, dit Meg avec ferveur.

— Si Dieu épargne Beth, je la servirai toute ma vie, » répondit Jo avec une ferveur égale.

Ici, l'horloge sonna minuit, et les deux sœurs s'absorbèrent dans la contemplation de Beth. Elles s'imaginèrent, à force de la regarder, qu'un changement s'était opéré sur sa pâle figure. La maison était tranquille comme la mort, et on n'entendait, dans le profond silence, que le gémissement lugubre du vent. Hannah continuait à dormir, les deux sœurs voyaient l'ombre s'épaissir, tomber sur le petit lit de Beth. Une heure s'écoula sans autre incident que le départ silencieux de Laurie pour la gare. Une heure encore se passa. Pourquoi Laurie, pourquoi leur mère n'étaient-ils pas encore là? Les jeunes filles étaient hantées par la crainte que quelque accident ne fût arrivé au train qui devait leur rapporter Mme Marsch, ou encore que les nouvelles de Washington n'arrivassent pires que par le passé.

Il était plus de deux heures lorsque Jo, qui était debout devant la fenêtre et pensait que la terre avait un aspect effrayant dans son blanc linceul de neige, entendit un léger bruit près du lit. Se

MEG ET JO RESTÈRENT A CÔTÉ D'ELLE

retournant vivement, elle aperçut Meg agenouillée devant le fauteuil de sa mère, la figure cachée dans les mains. Une terrible angoisse passa dans le cœur de Jo. Elle se dit : « Beth est morte, et Meg n'ose pas me le dire. »

En un instant, elle fut à son poste, les yeux sur le visage de Beth. Il lui sembla qu'une modification nouvelle avait passé sur les traits de la malade. La rougeur de la fièvre était partie, et la bien-aimée petite figure lui parut si calme et si paisible dans son profond repos, que Jo ne se sentit aucune envie de pleurer ou de se lamenter. Se baissant tendrement vers sa sœur chérie, elle embrassa son front humide en mettant tout son cœur dans son baiser et murmura doucement.

« Beth, ma Beth aimée ! ne te sens-tu pas mieux ? »

Éveillée sans doute par le léger mouvement des deux sœurs, Hannah se leva, elle s'approcha de Beth, la regarda attentivement, lui tâta le pouls et dit d'une voix brisée par l'émotion :

« Je crois... oui, je crois qu'elle est sauvée ! La fièvre est passée, elle dort naturellement, sa peau est moite et elle respire facilement. Dieu soit loué ! la pauvre dame peut arriver. »

Et elle s'assit par terre en pleurant.

Avant que Meg et Jo eussent pu croire tout à fait à cette heureuse nouvelle, le docteur vint la confirmer. Les deux jeunes filles trouvèrent sa figure céleste lorsqu'il leur dit en souriant d'un air paternel :

« Oui, mes chères enfants, je crois que la petite fille est sauvée. Tenez la maison tranquille, laissez-la dormir, et, quand elle s'éveillera, donnez-lui... »

Ce qu'elles devaient lui donner, ni l'une ni l'autre ne l'entendit. Toutes deux se glissèrent dans le corridor, et, s'asseyant sur l'escalier, se tinrent étroitement embrassées, sans parler, car leurs cœurs étaient trop pleins. Lorsqu'elles revinrent dans la chambre, après s'être soulagées par quelques larmes de bonheur, la fidèle Hannah les embrassa, les dorlota et leur montra Beth couchée, selon son ancienne habitude, avec sa tête sur sa main; la terrible pâleur avait disparu, et elle respirait tranquillement comme si elle venait seulement de s'endormir.

« Si mère pouvait arriver maintenant ! dit Jo lorsque la nuit d'hiver commença à s'éclaircir. Quel retard ! qu'est-il arrivé ?

— La neige retarde toujours les trains, dit Hannah.

— Voyez, Jo, dit Meg en apportant une jolie rose blanche à

moitié ouverte. Je pensais hier qu'elle serait à peine assez éclose
pour la mettre dans la main de Beth, si elle... nous avait été
enlevée; mais elle a fleuri dans la nuit, et maintenant, je vais la
mettre dans mon petit vase, afin que, lorsque la petite chérie
s'éveillera, la première chose qu'elle voie soit la petite rose et la
figure de maman. »

Le soleil ne s'était jamais levé si brillant, et le monde n'avait
jamais paru aussi beau à Meg et à Jo que ce matin-là, quand, leur
longue et triste veillée étant finie, elles regardèrent ce spectacle avec
des yeux appesantis par une nuit d'insomnie.

« On dirait un monde de fées, dit Meg en souriant, pendant que,
cachée derrière le rideau, elle regardait le soleil éblouissant. Ah! si
mère n'était pas en retard, comme ce serait complet!

— Écoutez! » s'écria Jo en tressaillant.

Oui, on entendait un coup de sonnette, puis un cri de Hannah,
puis la voix de Laurie, qui dit à demi-voix :

« Jo, Meg, la voici! »

CHAPITRE XIX

Pendant que toutes ces choses arrivaient, Amy passait des journées bien tristes chez tante Marsch. Elle sentait profondément son
exil, et voyait, pour la première fois de sa vie, combien elle avait
été aimée et gâtée chez elle. Tante Marsch ne gâtait jamais personne; elle n'approuvait pas cette manière d'élever les enfants,
mais elle s'efforçait d'être bonne avec Amy, car les gentilles manières de la petite fille lui plaisaient, et, quoiqu'elle ne jugeât pas
convenable de l'avouer, elle gardait dans son vieux cœur une bonne
place aux enfants de son beau-frère. Elle faisait réellement tout
son possible pour rendre Amy heureuse; mais, mon Dieu, que de
bévues elle commit! Certaines vieilles personnes, restées jeunes
malgré les rides et les cheveux gris, sympathisent avec les petits
besoins et les petites joies des enfants, les mettent à leur aise, et
savent cacher de sages leçons sous des jeux agréables, donnant et
recevant ainsi l'amitié la plus douce. Mais la pauvre tante Marsch
n'avait pas ce don, et elle ennuyait Amy à mourir avec ses manières
raides et ses longues exhortations qui ne s'appliquaient à rien à
force de vouloir s'appliquer à tout. La vieille dame trouvait l'enfant
plus docile et plus aimable que sa sœur Jo, et pensait que c'était
de son devoir d'essayer de contre-balancer, autant que possible, les

mauvais effets de la trop grande liberté qu'on lui accordait chez elle.

Elle entreprit donc de refaire Amy et de l'élever comme elle-même avait été élevée, soixante ans auparavant. Ce régime, si peu approprié à sa nature, porta le malheur dans l'âme d'Amy. En présence de sa tante, elle ressemblait à une mouche prise dans la toile d'une araignée.

Elle devait laver, tous les matins, les tasses et les assiettes du déjeuner et frotter les vieilles cuillers, la grande théière d'argent et les verres, jusqu'à ce qu'ils fussent très brillants. Puis elle devait épousseter la chambre, et quelle tâche c'était! Pas un grain de poussière n'échappait à l'œil de tante Marsch, et les meubles étaient ornés de sculptures si compliquées qu'ils ne pouvaient jamais être complètement essuyés. Puis elle devait nourrir Polly, peigner le chien, et faire une douzaine de voyages, soit en haut, soit en bas, pour donner des ordres, car la vieille dame marchait très difficilement et quittait rarement son grand fauteuil. Lorsqu'elle avait fait ces minutieux travaux, il fallait qu'elle répétât ses leçons, ce qui mettait à l'épreuve toutes les vertus qu'elle possédait. On lui accordait alors une heure pour se promener, et elle en profitait toutes les fois que c'était possible. Laurie, fidèle à sa promesse, venait tous les jours voir Amy, et souvent persuadait à tante Marsch de lui permettre de faire faire à Amy une promenade, soit à pied, soit en voiture; c'était un repos nécessaire pour elle. Après le dîner, Amy devait lire à haute voix, alors même que la vieille dame dormait, ce qu'elle faisait très habituellement dès la première page. Des ourlets et des surjets apparaissaient dès son réveil. Alors Amy cousait avec une grande douceur extérieure et une non moins grande révolte intérieure, jusqu'à ce qu'on ne vît plus assez clair pour travailler. Il est juste de dire qu'après cela elle avait la permission de s'amuser à sa guise jusqu'au thé. Les soirées étaient encore le pire de tout, car la vieille dame se mettait à raconter des histoires de son jeune temps, qui, étant toujours les mêmes, paraissaient si profondément ennuyeuses à Amy, qu'elle allait toujours se coucher avec l'intention de pleurer longuement sur son triste sort. Heureusement que le sommeil, si facile à son âge, lui venait presque toujours avant qu'elle eût pu verser plus de trois ou quatre larmes.

Elle sentait que, si elle n'avait pas eu Laurie et la vieille Esther, la femme de chambre, elle n'aurait jamais pu passer ce temps-là loin de Beth, loin des siens. Le perroquet, à lui tout seul, aurait suffi à la rendre folle ; il avait bientôt découvert qu'elle ne l'admirait pas, et se vengeait en étant pour elle aussi méchant que possible. Il lui tirait les cheveux toutes les fois qu'elle s'approchait de lui ; l'ingrat renversait son pain et son lait lorsqu'elle venait de nettoyer sa cage ; il donnait des coups de bec à Mop pour le faire aboyer, dès que sa maîtresse s'endormait, privant ainsi Amy des instants de répit que lui donnaient les sommeils de sa tante. La vieille dame, réveillée en sursaut, s'en prenait à sa nièce : « Qu'as-tu fait à Mop ? » s'écriait-elle très fâchée. Impossible de lui faire comprendre que ce maître cafard de perroquet avait tout fait. Le méchant drôle, dès qu'il avait fait son coup, faisait semblant de dormir lui-même profondément. Immobile, les yeux fermés, on l'eût cru empaillé. Tante Marsch ne voulait pas croire à tant de noirceur. Alors Amy était grondée. Et savez-vous ce que faisait alors cet abominable oiseau ? Il joignait ses injures à celles de sa maîtresse ; il l'appelait « grande bête et petite sotte ». Ce n'est pas tout : arrivait-il des visites, il redoublait d'invectives contre l'infortunée Amy, et ne manquait aucune occasion de se conduire avec elle comme un désagréable vieil oiseau. Pour comble de misère, et bien qu'elle aimât les chiens, Amy ne pouvait pas supporter le chien Mop, une vieille bête grasse et égoïste, qui ne cessait de grogner et d'aboyer, et même d'essayer de la mordre, pendant qu'elle lui faisait sa toilette. La seule gentillesse de ce quinteux animal consistait à se coucher sur le dos d'un air idiot, toutes les fois qu'il voulait manger, et, comme il était très gourmand, cela lui arrivait bien vingt fois par jour. Vingt fois alors la vieille dame se pâmait d'aise, et il fallait qu'on courût chercher du sucre ou un biscuit à ce bijou. Ajoutez à cela que la cuisinière n'avait pas un bon caractère, et que le cocher était sourd. Bref, Esther était la seule qui fît attention à la jeune fille.

Esther était une Française qui vivait avec *madame*, comme elle appelait sa maîtresse, depuis bien des années, et dominait un peu la vieille dame qui ne pouvait se passer d'elle. Son vrai nom était Estelle, mais tante Marsch lui avait ordonné de le changer. *Mademoiselle Amy* lui plaisait beaucoup, et elle faisait tout son possible pour l'amuser en lui racontant sa vie quand elle était en France, et en la laissant rôder dans toute la maison et examiner toutes les jolies choses curieuses emmagasinées dans les grandes armoires, les nombreux coffrets et les mille tiroirs, où tante Marsch serrait

27

précieusement ses trésors. L'endroit où Amy trouvait le plus de plaisir était une grande armoire chinoise pleine de cachettes bizarres, dans lesquelles étaient toutes sortes de choses, les unes précieuses, d'autres simplement curieuses, et toutes plus ou moins antiques. Amy s'amusait beaucoup à arranger et à examiner tous ces objets, et spécialement les écrins à bijoux, dans lesquels reposaient, sur des coussins de velours, les parures qui avaient fait la gloire de sa tante quarante ans auparavant. Il y avait la parure de grenats dont la tante Marsch s'était parée le jour de son entrée dans le monde ; les perles qu'elle avait reçues de son père la veille de son mariage ; les diamants, cadeau de son fiancé ; des bagues et des broches de deuil ; de petits cadres renfermant le portrait d'amis morts, entourés de saules pleureurs en cheveux ; les petits bracelets que portait sa fille unique, morte il y avait bien longtemps ; la grosse montre d'oncle Marsch et le gros cachet rouge accroché à la chaîne, avec lequel des mains d'enfant avaient si souvent joué ; puis, dans une boîte d'agate, reposait toute seule la bague d'alliance de tante Marsch, trop petite maintenant pour son gros doigt, mais mise soigneusement de côté, comme le plus précieux de tous ses bijoux.

« Qu'est-ce que mademoiselle prendrait si on lui donnait la permission de choisir ? demanda un jour Esther qui restait toujours à côté d'Amy, afin de fermer le meuble à clef, lorsque la petite fille aurait fini.

— J'aime mieux les diamants que toute autre chose, mais il n'y a pas de collier, et j'aime tant les colliers, cela va si bien ! Je préférerais ceci, si je pouvais choisir, répondit Amy en regardant avec admiration un grand chapelet en or et en nacre.

— Moi aussi, non pas comme collier, mais comme chapelet, dit Esther en regardant attentivement le beau rosaire.

— Est-ce afin de vous en servir comme vous vous servez du collier de perles en bois de santal qui est à côté de votre lit ?

— Oui, mademoiselle.

— Vous semblez trouver de grandes consolations dans vos prières, Esther, et vous paraissez toujours tranquille et satisfaite. Je voudrais pouvoir faire comme vous.

— Mademoiselle pourrait faire comme la bonne maîtresse que je servais avant madame ; elle avait une petite chapelle dans laquelle elle allait tous les jours prier et méditer seule, et elle y trouvait du soulagement à bien des douleurs.

— Si je faisais comme elle? demanda Amy, qui, dans son isolement, sentait le besoin d'être aidée, et trouvait qu'elle oubliait
souvent son petit livre du matin, maintenant que Beth n'était plus
là pour le lui rappeler.

— Ce serait excellent et charmant ; et, si cela peut vous plaire,
j'arrangerai très volontiers une petite chambre où, quand votre
tante dormira, vous pourrez aller vous asseoir un peu seule, pour
penser à de bonnes choses et demander à Dieu de vous conserver
votre sœur. »

Esther était vraiment pieuse et tout à fait sincère dans son conseil,
car elle avait un cœur affectueux, et compatissait beaucoup à la
douleur de la petite fille. L'idée plut à Amy, et elle demanda à
Esther de lui arranger le petit cabinet qui était à côté de la chambre
où elle couchait.

« Que deviendront toutes ces jolies choses quand tante Marsch
ne sera plus? dit Amy en replaçant lentement les bijoux dans leurs
écrins.

— Elles reviendront à vous et à vos sœurs. Je le sais, Madame
me l'a confié, et j'ai signé son testament, dit Esther en souriant.

— Non, non, qu'elle ne meure pas! dit Amy. Que personne ne
meure !

— Je m'imagine, dit Esther, que la petite bague de turquoises
sera pour vous, lorsque vous rentrerez chez votre mère, car madame
est contente de votre conduite et de vos jolies manières.

— Vous croyez? Oh ! je serai douce comme un agneau si je puis
avoir cette charmante bague. Elle est bien plus jolie que celle de
Kitty Bryant. J'aime bien tante Marsch, après tout. »

Et Amy essaya la bague bleue d'un air ravi en prenant la ferme
résolution de la gagner.

Elle avait été si touchée d'apprendre ainsi les bonnes intentions
de sa tante, que, depuis ce jour, elle devint un modèle d'obéissance. Sa tante en attribua tout le mérite à son système d'éducation.

Esther arrangea le petit cabinet avec une petite table devant laquelle elle mit une chaise, et sur laquelle elle posa un tableau pris
dans une des chambres du second étage. Elle pensait qu'il n'était pas
de grande valeur, et que madame ne se fâcherait pas qu'elle l'eût
déplacé pour faire un plaisir à sa nièce. C'était une très bonne
copie d'une des plus célèbres madones de Raphaël, et Amy, qui

avait le sentiment instinctif du beau, n'était jamais fatiguée de
regarder la belle figure de la madone, tout en s'occupant de bonnes
pensées. Elle posa un petit livre de prières sur la table, mit devant
le tableau un vase rempli des plus jolies fleurs que lui apportait
Laurie, et vint tous les jours dans la petite chambre prier Dieu
de conserver Beth. Elle essaya de s'oublier, de rester gaie et d'être
satisfaite de bien faire, quoique personne ne la vît et ne lui don-
nât de louanges.

Dans son premier effort d'être très très bonne, elle eut l'idée
de faire son testament, comme tante Marsch, afin que *si* elle
mourait, ses biens fussent justement et généreusement distribués.
Elle y avait quelque mérite, car la pensée seule d'abandonner ses
petits trésors, plus précieux à ses yeux que tous les bijoux de la
vieille dame, lui fut très pénible.

Pendant une de ses récréations, elle écrivit le document important de sa plus belle écriture, avec l'aide d'Esther pour quelques
termes légaux, et, lorsque la bonne Française eut signé, Amy, un
peu soulagée, le mit de côté afin de le montrer à Laurie, qu'elle
voulait comme second témoin.

Il pleuvait, et Amy alla tâcher de se distraire dans une des grandes chambres d'en haut, où se trouvait une garde-robe pleine de
vieux costumes avec lesquels Esther lui permettait de jouer. Un de
ses amusements était de mettre ces vieilles robes de brocart et de
se promener devant les grandes glaces en se faisant de profonds
saluts et en laissant traîner les longues queues, qui faisaient derrière elle un frou-frou délicieux. Il arriva que, ce jour-là, elle était
si occupée qu'elle n'entendit pas sonner Laurie, et ne s'aperçut
pas qu'il avait passé sa tête par la porte entr'ouverte et la regardait se promener gravement de long en large dans le costume
étrange dont elle s'était affublée. Elle s'était coiffée d'un grand
turban rose, qui contrastait d'une manière risible avec une robe
de satin bleu et un long jupon de brocart jaune. D'une main elle
agitait un vieil éventail très précieux, et, de l'autre, relevait sa
traîne. Elle était obligée de faire grande attention en marchant,
car elle avait mis de hauts talons, et, comme Laurie le dit plus
tard à Jo, c'était comique de la voir se promener dans cet accoutre-
ment, et se faisant à elle-même de gracieux mouvements de tête
quand elle s'approchait d'une grande glace où elle pouvait se contempler tout entière.

Laurie, ayant, non sans peine, réussi à garder quelque temps

C'ÉTAIT COMIQUE DE VOIR AMY DANS SON COSTUME

son sérieux, afin de ne pas offenser Sa Majesté Amy dans ses étranges atours, finit par se décider à frapper à la porte.

Il fut gracieusement reçu.

« Reposez-vous un peu pendant que je rangerai tout cela, puis je vous consulterai sur une chose sérieuse, » dit Amy après s'être fait admirer.

Elle s'aperçut alors que le perroquet, que M. Polly en personne avait suivi Laurie. Elle le relégua dans un coin de la chambre et dit, en enlevant la montagne rose qui ornait sa tête, pendant que Laurie s'asseyait sur le bras d'un fauteuil :

« Cet oiseau est le tourment de ma vie ! Il est plus bavard qu'aucun monsieur, seulement il ne sait jamais ni ce qu'il dit, ni s'il est à propos de se taire ou de parler. Hier, tante était endormie, et je tâchais d'être aussi tranquille qu'une souris, quand tout à coup Polly a commencé à battre des ailes et à grogner dans sa cage. Je suis allée l'en faire sortir. C'était une grosse araignée qui avait causé son émoi ; j'ai chassé l'araignée avec les pincettes, mais elle s'est enfuie sous la bibliothèque. Alors Polly, devenu brave, s'avisa de lui donner la chasse. Il la retrouva sous le meuble et lui dit en remuant la tête : « Embrassons-nous ? » Je n'ai pas pu m'empêcher de rire ; Polly s'est mis alors à crier, ma tante s'est éveillée et nous a grondés tous deux.

— L'araignée avait-elle accepté l'invitation de Polly ? demanda Laurie.

— Oui, car elle a quitté le dessous de la bibliothèque ; mais Polly, la voyant arriver droit sur lui, s'enfuit effrayé et grimpa sur le fauteuil de tante en criant : « Oh'la la ! Oh la la ! »

— Menteuse ! s'écria Polly à ce moment du récit d'Amy.

— Je vous tordrais le cou si vous m'apparteniez, vieux tourment de ma vie, » s'écria Amy très blessée.

Cette menace eut pour effet de décider Polly à regagner l'escalier.

« Maintenant que nous sommes seuls, dit Amy à Laurie en fermant la garde-robe, je vais vous montrer l'acte, » et, tirant un papier de sa poche, elle ajouta : « Voudriez-vous lire ceci et me dire si c'est légal et bien. Je crains d'être obligée d'agir ainsi, car la vie est courte et incertaine, et je ne veux pas laisser de mauvais sentiments sur ma tombe. »

Laurie se mordit les lèvres pour s'empêcher de rire, et, s'approchant de la fenêtre, il lut le document suivant avec une gravité

27

méritoire, si l'on considère que l'orthographe en était quelquefois
fort étrange :

« Mes dernières volontés et *testament*.

« Moi, Amy Curtis Marsch, étant dans mon esprit *saint*, donne
et lègue toutes mes propriétés personnelles comme il suit :

« A mon père, mes meilleurs tableaux, dessins, mappemondes et
œuvres d'art, pour en faire ce qu'il voudra.

« A ma mère, tous mes vêtements, excepté mon tablier de soie,
ainsi que mon portrait et ma médaille.

« A ma chère sœur Marguerite, je donne ma bague de *turkoise*
(si je l'ai), ma boîte verte avec des colombes dessus, mon bout de
vraie dentelle et le dessin que j'ai fait d'elle, comme souvenir de sa
petite fille.

« A Jo, je laisse ma broche, qui est *racomodée* avec de la cire à
cacheter ; mon encrier de bronze dont elle a cassé le couvercle, et
mon plus beau lapin de plâtre, parce que je me repens encore
d'avoir brûlé son histoire.

« A Beth (si elle vit après moi), je donne mes poupées et le petit
bureau, mon éventail, mon col et mes pantoufles neuv s, si elles
ne lui sont pas trop petites, et je lui laisse mes regrets de m'être
moquée de la vieille Johanna, l'aînée de ses poupées.

« A mon ami et voisin, Théodore Laurentz, je lègue mon album
de dessin, mon cheval en argile, quoiqu'il ait dit qu'il n'avait point
de cou ; aussi, pour le remercier de sa grande bonté pour moi dans
mon *afliction*, celle de mes œuvres *artistyques* qu'il aimera le
mieux. Notre-Dame est la meilleure.

« A notre vénérable bienfaiteur, M. Laurentz, je laisse ma boîte
rouge qui a un petit couvercle de verre, et dans laquelle il pourra
mettre ses plumes ; elle lui rappellera la petite fille morte qui le
remercie de ses faveurs pour toute sa famille, et spécialement pour
Beth.

« A Hannah, je donne la boîte de carton qu'elle aime, en espérant qu'elle se souviendra de moi.

« A mon amie de cœur, Kitty Bryant, je donne mon tablier de
soie et ma petite bague en or.

« Et maintenant, ayant disposé de mes possessions les plus
valuables, j'espère que tous seront satisfaits et ne blâmeront pas
la morte. Je pardonne à tout le monde, et j'espère que nous nous
reverrons tous un jour dans un monde meilleur.

« Qu'on ne s'étonne pas de trouver quelques taches sur ce document ; écrire son testament n'est pas œuvre de joie, ce sont des larmes que j'ai versées sur ma future mort.

« A ces dernières volontés et *testament* j'appose ma main et mon *seau*, ce vingt novembre de *l'anniie Domino* 1861.

« Amy Curtis Marsch.

« Témoins : Estelle Valner.
« Théodore Laurentz. »

Le dernier nom était écrit au crayon, et Amy expliqua à Laurie qu'il devait l'écrire à l'encre et cacheter convenablement son testament.

« Qu'est-ce qui vous en a donné l'idée? Vous a-t-on dit que Beth avait donné toutes ses affaires? » demanda gravement Laurie à la petite fille quand Amy posa devant lui un grand bâton de cire à cacheter, un cachet et une bougie allumée.

Elle expliqua ses motifs et demanda anxieusement :

« Qu'est-ce que vous disiez de Beth?

— Je suis fâché d'avoir parlé, mais, puisque j'ai commencé, je vais vous le dire. Elle s'est trouvée si mal un jour, qu'elle a dit à Jo qu'elle voulait laisser son piano à Meg, son oiseau à vous, et sa pauvre vieille poupée à Jo, qui l'aimerait en souvenir d'elle. Elle était fâchée d'avoir si peu de choses à donner, et a laissé ses cheveux aux autres. *Elle* n'a jamais pensé à faire un testament. »

Laurie signait et pliait le papier tout en parlant, et ne leva la tête qu'en voyant tomber une grosse larme sur le papier. La figure d'Amy était pleine de douleur, mais elle dit seulement :

« Est-ce que les gens ne mettent pas quelquefois des post-scriptum à leur testament?

— Si, des codicilles, comme on les appelle.

— Mettez-en un au mien alors. Je veux que toutes mes boucles soient coupées et distribuées entre mes amis. Je l'avais oublié, mais je veux que cela soit fait, quoique cela doive me rendre moins bien. »

Laurie écrivit ce qu'Amy désirait, en souriant du dernier et plus grand sacrifice de la petite fille, puis il l'amusa pendant une heure et s'intéressa à tous ses ennuis. Lorsqu'il fut au moment de partir, Amy le retint et lui dit tout bas :

« Y a-t-il réellement du danger pour Beth?

— On a pu le croire, mais nous devons espérer qu'elle se gué-
rira; ainsi ne pleurez pas, chère petite Amy, » répondit Laurie en
mettant son bras autour d'elle d'une manière fraternelle très conso-
lante.

Lorsqu'il fut parti, Amy alla à sa petite chapelle, et, assise dans
l'obscurité, elle pria pour Beth en pleurant. Elle sentait que des
millions de bagues de turquoises ne la consoleraient pas de la perte
de sa gentille petite sœur.

CHAPITRE XX

CONFIDENCES

Je n'essayerai pas de raconter la réunion de Mme Marsch et de ses filles ; des heures semblables sont belles à vivre, mais très difficiles à décrire. Ainsi je laisserai à l'imagination de mes lecteurs et de mes lectrices de se représenter la rentrée de cette mère dans sa maison. Je dirai seulement qu'il avait suffi d'une heure pour que la tristesse qui l'avait remplie se fût changée en bonheur.

L'espérance de Meg s'était réalisée, car, lorsque Beth était sortie de son long sommeil, sa vue s'était portée tout d'abord sur sa mère et sur la petite rose de son rosier. L'enfant était trop faible pour s'étonner de rien. Elle sourit en retenant sa mère sur son cœur quand elle se pencha sur elle pour l'embrasser. Elle sentit vaguement que son plus grand désir était enfin satisfait, et elle se rendormit en gardant tendrement la main de Mme Marsch dans la sienne.

Les deux sœurs furent obligées de donner la becquée à leur mère, qui ne voulait pas retirer sa main à Beth de peur d'interrompre son sommeil. Elles lui servirent le déjeuner le plus magnifique du monde. Hannah avait trouvé impossible de ne pas manifester sa joie de cette manière. Leur mère leur raconta à voix

28

basse l'état de leur père; la promesse que M. Brooke avait faite
de rester aussi longtemps qu'il aurait besoin de ses soins; les
retards qu'une très violente bourrasque de neige avait apportés à
son voyage, et l'inexprimable soulagement que la vue de la figure
de Laurie lui avait donné quand elle était arrivée, harassée de
fatigue, d'anxiété et de froid.

Combien la journée paraissait agréable et nouvelle aux habitants
de la maison Marsch! A l'extérieur, tout était gai et bruyant; tout
le monde célébrait la fête de la première neige, mais, au dedans,
quel calme! Tous les habitants, épuisés par les dernières veilles,
dormaient encore profondément pendant que Hannah montait la
garde à la porte.

Meg et Jo fermèrent leurs yeux fatigués avec le sentiment d'un
allègement inespéré au fardeau de leurs peines. Elles se repo-
sèrent comme des barques battues par l'orage, qui viennent enfin
de trouver un abri sûr dans une baie tranquille. Mᵐᵉ Marsch ne
voulut pas quitter sa Beth d'une minute; elle dormit dans le grand
fauteuil, s'éveillant souvent pour regarder sa fille comme un avare
qui a retrouvé son trésor.

Pendant ce temps, Laurie fut envoyé à Amy, et il lui parla si
bien que tante Marsch eut une larme dans les yeux et ne gronda
pas une seule fois.

Amy se montra forte dans sa grande joie. Évidemment les
bonnes pensées de sa petite retraite commençaient déjà à porter
ses fruits : elle sécha vite ses larmes, ne montra pas son impatience
de voir sa mère et ne pensa pas une seule fois à la bague, quand
Laurie, ayant trouvé qu'elle se conduisait comme une brave petite
femme, la tante Marsch répondit qu'elle était tout à fait de son
avis. Polly lui-même semblait impressionné, et il lui dit : « Dieu
vous bénisse! » de son ton le plus affable.

Amy serait très volontiers sortie pour jouir du beau temps
d'hiver; mais, devinant que Laurie mourait de sommeil malgré les
efforts héroïques qu'il faisait pour le cacher, elle l'engagea à se
reposer sur le sofa, pendant qu'elle allait écrire à sa mère. Elle
resta longtemps, et, quand elle revint, elle trouva son jeune ami
dormant encore d'un sommeil réparateur. Tante Marsch avait eu
un accès extraordinaire d'amabilité : elle avait baissé les rideaux
afin de mieux le laisser reposer.

Au bout de quelque temps, elles commencèrent à penser que
Laurie dormirait jusqu'au soir, et je ne suis pas bien sûr que cela

ne fût pas arrivé s'il n'eût été réveillé par un cri de joie qu'Amy poussa en voyant entrer sa mère. Il y avait probablement au monde beaucoup de petites filles heureuses ce jour-là; mais mon opinion particulière est qu'Amy était la plus heureuse de toutes, lorsque, assise sur les genoux de sa mère, elle raconta ses peines et reçut des consolations et des compensations sous forme de sourires et de caresses. Elle conduisit sa mère dans sa petite retraite, et lui expliqua son but en lui demandant si elle n'avait pas d'objections à y faire.

« Au contraire ; j'aime beaucoup votre idée, chérie, dit Mme Marsch en examinant le petit livre de prières à la couverture usée et le beau tableau entouré d'une guirlande de houx. C'est une excellente idée que d'avoir un endroit dans lequel on puisse se réfugier lorsqu'on est affligé. Il y a bien des moments difficiles dans la vie, mais nous pouvons toujours les rendre supportables si nous cherchons de l'aide du bon côté. Je pense que ma petite Amy commence à l'apprendre.

— Oui, mère, et j'ai l'ambition, lorsque je reviendrai, d'arranger un petit coin du grand cabinet et d'y mettre mes livres et la copie que j'ai essayé de faire de ce tableau. La figure de la mère n'est pas réussie ; elle est trop belle pour que je puisse la copier convenablement, mais l'enfant est mieux, et je l'aime beaucoup. »

Comme Amy montrait du doigt l'enfant Jésus souriant sur les genoux de sa mère, Mme Marsch vit, sur la main levée, quelque chose qui la fit sourire. Elle ne dit rien, cependant, mais Amy comprit son sourire et dit gravement au bout d'une minute de silence :

« Je voulais vous en parler, mais j'ai oublié. Tante m'a donné aujourd'hui cette bague ; elle m'a appelée vers elle, m'a embrassée et me l'a passée au doigt en me disant qu'elle m'aimait beaucoup et qu'elle désirerait me garder toujours. Elle a mis de la soie autour pour la faire tenir parce qu'elle est trop grande. Puis-je la mettre, mère ?

— Elle est très jolie, mais je vous trouve un peu jeune pour des ornements semblables, Amy, dit Mme Marsch, en regardant la petite main qui portait au doigt du milieu une grosse bague formée d'une rangée de turquoises.

— J'essayerai de ne pas en être orgueilleuse, reprit Amy ; je ne crois pas que je l'aime seulement à cause de sa beauté, mais aussi parce que je voudrais la mettre comme la petite fille de l'histoire mettait son bracelet, pour me rappeler...

— Tante Marsch? demanda sa mère en riant.

— Non; pour me rappeler de ne pas être égoïste. »

Amy paraissait si sérieuse que sa mère cessa de rire et écouta respectueusement son petit projet.

« J'ai beaucoup pensé dernièrement à mes défauts, et j'ai trouvé que l'égoïsme en forme la plus grosse part; aussi je vais faire tous mes efforts pour m'en corriger, si je peux. Beth n'est pas égoïste, et c'est pourquoi tout le monde l'aime et a eu tant de chagrin à la pensée de la perdre. On n'aurait pas la moitié autant de chagrin pour moi si j'étais malade, et je ne le mérite pas non plus; mais, comme je voudrais être aimée et regrettée, je vais tâcher de faire comme Beth. J'oublie facilement mes résolutions; mais, si j'avais toujours quelque chose sur moi pour me rappeler celle-ci, il me semble que j'avancerais plus. Puis-je essayer de cette manière?

— Oui; mais j'ai plus de confiance dans la retraite du grand cabinet. Gardez votre bague, chérie, et faites tous vos efforts. Je pense que vous réussirez, car le désir sincère d'être bonne est la moitié du succès. Ne vous découragez pas, petite Amy, nous vous reprendrons bientôt à la maison, vos sœurs seront si heureuses de vous revoir. »

Le soir de ce jour-là, quand Meg écrivit à son père pour lui annoncer l'heureuse arrivée de sa mère, Jo se glissa dans la chambre de Beth, et, trouvant sa mère dans sa position habituelle, resta à tortiller ses cheveux d'un air troublé et indécis.

— Qu'est-ce que c'est, chère Jo? demanda Mme Marsch en lui tendant la main d'un air qui invitait aux confidences.

— Je veux vous dire quelque chose, mère.

— A propos de Meg?

— Comme vous devinez vite! Oui, c'est sur sur elle, et quoique ce ne soit pas grand'chose, cela me trouble.

— Beth est endormie, parlez bas et racontez-moi tout. »

Jo s'assit sur le parquet, aux pieds de sa mère.

« L'été dernier, dit-elle, Meg a laissé une paire de gants chez M. Laurentz, et on ne lui en a rendu qu'un. Nous avions complètement oublié ce gant perdu, lorsque Laurie m'a dit l'autre jour que M. Brooke l'avait. Il le garde dans la poche de son habit et l'a laissé tomber une fois; Laurie l'a vu et M. Brooke ne lui a pas caché que Meg lui plaisait. Il a sans doute ajouté qu'elle était si jeune et lui si pauvre qu'il n'oserait jamais le déclarer; mais c'est égal, c'est terrible ! »

Décidément, Jo ne pouvait pas se mettre dans la tête que Meg elle-même et ses sœurs seraient jamais en âge de se marier, et que cela pourrait bien leur arriver comme à tant d'autres.

« Pensez-vous donc que Meg ait remarqué M. Brooke plus que toute autre ? demanda Mme Marsch.

— Miséricorde ! Je ne connais rien à toutes ces bêtises-là, s'écria Jo avec un mélange d'intérêt et de mépris. Dans les romans que j'ai lus chez ma tante, les jeunes filles tressaillent, rougissent, s'évanouissent, maigrissent et agissent comme des folles. Maintenant, Meg ne fait rien de tout cela : elle mange, boit et dort comme une personne raisonnable; elle me regarde en face quand je parle de notre ami M. Brooke, et rougit seulement un peu quand Laurie fait des plaisanteries. Je le lui défends bien, mais il ne m'écoute pas toujours comme il le devrait. Laurie me donne quelquefois bien du mal. Cependant on prétend que je suis la seule qui puisse venir à bout de lui, quand il est pris par ses entêtements. »

Mme Marsch sourit de cet incident dans la conversation de Jo, mais, la ramenant au sujet principal :

« Alors vous imaginez que Meg ne s'intéresse pas à John ?

— A qui ? demanda Jo en regardant sa mère avec étonnement.

— M. Brooke. Votre père et moi l'appelons John maintenant, comme nous avons fini par dire ici Laurie tout court, pour répondre au dévouement qu'il nous montrait; nous en avons pris l'habitude à Washington, au chevet de votre père, qu'il ne quittait guère, le brave jeune homme.

— Oh ! mon Dieu ! vous allez prendre son parti ! Il a été très bien pour père, et, je le sais, à cause de cela vous ne le renverrez pas; vous le laisserez épouser Meg, si elle y consent. Que c'est mal à lui d'être allé près de papa pour vous forcer à l'aimer ! »

Et Jo se passa la main dans les cheveux d'un air désespéré.

« Ne vous troublez pas, ma chérie. Tout cela est une suite naturelle des circonstances où nous nous sommes trouvés. M. Brooke est, vous le savez, venu avec moi, à la demande de M. Laurentz. Il a été si parfait pour votre pauvre père que nous n'avons pu nous empêcher d'en être touchés et de beaucoup l'aimer. Ma pauvre Jo, si vous l'aviez vu veiller nuit et jour votre père mourant, admi-

28.

rable de soins et d'une bonté qui ne se dément jamais, vous l'auriez aimé plus que nous, car ce qui est bien vous touche peut-être encore plus vivement. Il a été, en ce qui concerne Meg, très honorable et très sincère. Il nous a dit qu'il serait bien heureux de pouvoir un jour devenir notre fils, mais qu'il voulait être sûr de pouvoir offrir à sa compagne une existence exempte de soucis avant de lui demander de l'épouser. Il veut seulement que nous lui permettions de travailler pour Meg et de tâcher de se rendre digne de son affection. C'est un jeune homme véritablement excellent, d'un grand cœur et d'un grand sens. Il eût été dur et il n'eût pas été sage de lui fermer l'avenir. Mais il comprend à merveille que Meg est encore trop jeune pour que nous lui permettions de s'engager.

— Certes, ce serait le comble de la déraison ! s'écria Jo. Tenez, mère, je savais qu'il y avait pour moi une nouvelle épreuve sous cloche ; je le sentais, et maintenant, c'est pire que je ne pensais. Je voudrais pouvoir moi-même épouser Meg et la conserver ainsi à sa famille. »

Cet arrangement bizarre arracha un sourire à Mme Marsch, mais elle dit gravement :

« Jo, j'ai confiance en vous et je désire que ceci reste absolument entre nous. Lorsque John reviendra, je pourrai juger des dispositions de votre sœur à son égard.

— Elle finira par deviner les siennes, et alors ce sera fini d'elle. Elle a un cœur tellement tendre que, si votre nouvel ami la regarde comme il est capable de le faire, le cœur de Meg se fondra comme du beurre au soleil. Elle relisait les billets qu'il envoyait aussi souvent que vos lettres, et me pinçait lorsque je le lui faisais remarquer. Un autre que Brooke eût fait ce qu'il a fait pour père, que cela ne l'aurait pas autant touchée. Croiriez-vous, mère, qu'elle ne trouve pas que Brooke soit un vilain nom ? Ah ! tenez, elle va penser bientôt à nous quitter, et ce sera fini de notre paix et de notre bonheur : je le vois bien, Meg sera absorbée et ne sera plus bonne à rien. Brooke ira chercher fortune quelque part et viendra un beau jour pour emmener notre Meg et faire un vide affreux dans la famille ; mon cœur sera brisé et tout me paraîtra abominablement détestable. Oh ! mon Dieu ! pourquoi ne sommes-nous pas toutes des garçons ! il n'y aurait pas de sots ennuis de ce genre à redouter. »

Jo appuya son menton sur ses genoux, de l'air d'une personne

qui n'a plus rien à attendre de ce monde, et montra le poing à
l'invisible John, auquel elle pensait. Mme Marsch soupira, et, tout
de suite, Jo, qui avait remarqué ce soupir, releva la tête d'un air
de soulagement.

« Cela ne vous plaît pas non plus, mère, de penser que Meg
pourrait un jour nous quitter? Oh! que je suis contente! Renvoyez
ce monsieur à ses affaires et ne dites rien à Meg, afin que nous
soyons toutes heureuses comme autrefois.

— J'ai eu tort de soupirer, Jo; il est très naturel que vous ayez
toutes un jour un intérieur à vous; mais je voudrais garder mes
filles le plus longtemps possible, et je suis fâchée que cette question se soit présentée si tôt, car Meg a à peine dix-sept ans, et
quelques années devront s'écouler avant que John puisse lui cons-
truire un foyer. Votre père et moi avons décidé qu'elle ne s'enga-
gerait d'aucune façon et ne se marierait pas avant d'avoir vingt
ans. Si elle et John s'aiment, ils auront le temps d'éprouver leur
affection. Laissez-moi espérer, Jo, que Meg méritera d'être heureuse!

— Mais n'aimeriez-vous pas mieux qu'elle fît un riche mariage?
demanda Jo, qui avait remarqué que la voix de sa mère tremblait
un peu; Meg aime tant les choses élégantes...

— L'argent est une chose bonne et utile, Jo, et j'espère que
mes enfants n'en sentiront jamais trop amèrement la privation.
J'aimerais à savoir John employé dans quelque bonne affaire qui
puisse lui donner un revenu suffisant pour que Meg soit à son
aise; mais je n'ambitionne pas pour mes filles une grande fortune,
une position mondaine et un grand nom. Si le rang et l'argent
peuvent se rencontrer pour l'une ou l'autre de vous avec toutes
les conditions morales qui peuvent assurer le bonheur, je les
accepterai avec reconnaissance et serai enchantée de votre bonne
fortune; mais je ne sais par expérience combien on peut être
heureux dans une maison simple et petite où l'on gagne le pain
quotidien et où quelques privations donnent de la douceur aux
plaisirs. Je suis contente de voir Meg commencer humblement,
car, si je ne me trompe, elle serait, le cas échéant, en deve-
nant la femme de M. Brooke, riche par la possession du cœur d'un
homme intelligent, bon et sage, ce qui est moins fragile que la
fortune.

— Je comprends, mère, et je suis tout à fait de votre avis;
mais Meg m'a toute désappointée, car j'aurais voulu qu'elle

épousât Laurie plus tard et qu'elle passât ses jours dans le luxe. Ne serait-ce pas mieux ? C'était mon rêve pour elle.

— Votre rêve n'est pas réalisable, Jo. Laurie est plus jeune que Meg.

— Oh! cela ne fait rien, interrompit Jo. Il est grand et avancé en tout pour son âge; il a déjà un peu de barbe, et, quand il le veut, il peut avoir des manières de grand garçon. Puis il est riche, généreux, bon et instruit. Il nous aime tous, et je dis que c'est dommage que mon plan soit détruit.

— Je craindrais en outre, dit Mᵐᵉ Marsch, qu'un homme du caractère de Laurie, qui pourtant a de grandes qualités, ne fût pas toujours assez sérieux pour Meg. Laurie est trop changeant encore pour que, tant que l'âge ne l'aura pas mûri, on puisse faire tout à fait fond sur lui. Je ne parle pas pour Meg, mais en général, car, quant à Meg, la question d'âge est un obstacle sérieux, ma petite. Ne faites donc pas de plans, Jo; laissez le temps et leurs propres cœurs marier vos amis; ne vous mêlez pas de choses semblables, et éloignez de votre esprit tout projet romanesque pour d'autres et, au besoin, pour vous-même.

— Vous avez raison, mère, je ne le ferai plus; mais je déteste voir les choses aller de travers quand un petit coup par-ci et par-là les arrangerait si bien. Je voudrais qu'on puisse porter des plaques de fer sur sa tête pour s'empêcher de grandir; mais les boutons veulent devenir des roses et les poussins des poulets.

— Qu'est-ce que vous dites de plaques de fer et de poulets? demanda Meg en entrant dans la chambre, sa lettre finie à la main.

— Je ne le sais seulement plus, répondit Jo. Venez, Meggy, je vais me coucher.

— C'est très bien et parfaitement écrit. Voulez-vous ajouter que j'envoie mes amitiés à M. Brooke, à John, dit Mᵐᵉ Marsch en jetant un coup d'œil sur la lettre de Meg et la lui rendant.

— L'appelez-vous John? demanda Meg en souriant et regardant innocemment sa mère.

— Oui; il a été pour nous comme un fils, et nous l'aimons beaucoup, dit Mᵐᵉ Marsch, en lui jetant sans affectation un coup d'œil scrutateur.

— J'en suis contente; il est si seul au monde! Cela doit lui être doux. Bonsoir, chère mère; il m'est impossible de vous dire combien c'est fortifiant de vous sentir ici, » répondit tranquillement Meg.

Le baiser que sa mère lui donna était très tendre et, quand elle s'en alla, Mme Marsch se dit, avec un mélange de satisfaction et de regret :

« Meg n'aime pas encore John, mais qui sait si elle n'apprendra pas bientôt à l'aimer ? »

CHAPITRE XXI

Le lendemain, la figure de Jo était une énigme pour tout le monde, excepté pour Mᵐᵉ Marsch, car tout secret pesait sur elle, et elle trouvait difficile de n'avoir pas l'air mystérieux et important quand elle avait la charge d'en garder un. Meg s'en aperçut et ne se donna pas la peine de faire des questions : elle savait qu'avec Jo, la meilleure manière d'agir était par la loi des contraires, et elle était sûre que sa sœur lui dirait tout si elle ne lui demandait rien. Elle fut donc assez surprise en la voyant persister dans son silence ; peu à peu, Jo prit même avec elle un air protecteur qui fâcha décidément Meg.

Meg prit alors à son tour un air de réserve vis-à-vis de Jo et se dévoua entièrement à sa mère. Cela laissa Jo à elle-même, car Mᵐᵉ Marsch avait pris sa place comme garde-malade et lui avait ordonné de se reposer, de prendre de l'exercice et de s'amuser. Amy n'étant pas là, Laurie était sa seule ressource, et, quelque grand plaisir qu'elle eût en sa société, elle le craignait un peu dans ce moment, car c'était un taquin incorrigible, et elle avait peur qu'il ne lui arrachât son secret.

Elle avait bien raison. Le malicieux jeune homme n'eut pas plus

MEG TENAIT SA LETTRE A LA MAIN

tôt suspecté un mystère, qu'il se mit en quête de le découvrir et fit
passer à Jo de durs moments. Il employa tour à tour les suppli-
cations, les moqueries, les menaces et les reproches; il affecta
l'indifférence afin de pouvoir surprendre la vérité; déclara qu'il
savait tout, puis, que cela lui était bien indifférent; et, à force de
persévérance, il finit, de déductions en déductions, par découvrir,
sans pourtant que Jo eût parlé, que cela concernait Meg et M. Brooke.
Le jeune monsieur fut indigné de ce que son précepteur n'eût pas
daigné le mettre dans la confidence et s'appliqua à chercher une
vengeance appropriée au tort qu'il lui supposait.

Meg semblait avoir oublié les secrets de miss Jo, et paraissait
complètement absorbée dans les préparatifs du retour de son père,
lorsque, tout à coup, un changement survint dans ses manières, et,
pendant un jour ou deux, elle ne se ressembla plus du tout. Elle
tressaillait lorsqu'on lui parlait, rougissait lorsqu'on la regardait,
était très tranquille et cousait sans lever les yeux, d'un air timide et
troublé.

Elle répondit aux questions de sa mère en disant qu'elle n'avait
rien, qu'elle était tout à fait bien, et réduisit Jo au silence en la
priant de la laisser tranquille.

« Elle sent quelque chose dans l'air, dit Jo à sa mère. Il me
semble qu'elle va très vite. Que pensez-vous de ces symptômes?
Elle est capricieuse et de mauvaise humeur, elle ne mange pas, elle
reste éveillée la nuit, elle rêve dans les coins. Hier, je l'ai surprise
à chanter ce chant : « Sur la rivière à la voix argentine », et elle a
dit une fois : « John » et est devenue rouge comme un coquelicot.
Que devons-nous faire? »

Jo avait l'air d'être prête au combat et à adopter des mesures
même violentes.

« Attendons, répondit la bonne mère. Ne vous mêlez de rien, Jo.
Laissez votre sœur seule si elle recherche la solitude; soyez seulement avec elle bonne et patiente. L'arrivée de votre père arrangera
tout.

— Voilà une lettre pour vous, Meg. Que c'est drôle, elle est toute
cachetée; Laurie n'a jamais cacheté les miennes, dit le lendemain
Jo, en distribuant le contenu de la boîte aux lettres. »

Mᵐᵉ Marsch et Jo étaient absorbées dans leurs propres affaires,
lorsqu'un sanglot étouffé de Meg leur fit lever la tête, et elles la
virent qui pleurait en regardant sa lettre d'un air effrayé.

« Qu'est-ce qu'il y a, mon enfant? » s'écria sa mère en courant

vers elle, pendant que Jo essayait de prendre le papier qui avait
causé le mal.

« Ce n'était pas lui!... Oh! Jo, comment avez-vous pu faire cela? »

Et Meg, cachant sa figure dans ses mains, pleura comme si son
cœur allait se briser.

« Cela! moi! mais je n'ai rien fait du tout. De quoi parle-
t-elle? » s'écria Jo tout étonnée.

Les deux yeux de Meg étincelaient d'une trop juste colère
lorsque, tirant de sa poche avec violence une autre lettre dont le
papier était très froissé, elle le jeta à Jo en lui disant d'un air de
reproche :

« Vous avez écrit ceci, et ce méchant garçon vous a aidée. Comment avez-vous pu être si cruels pour... pour nous deux? Que vous
avions-nous fait? »

Jo l'entendit à peine, car sa mère et elle lisaient le billet qui était
d'une écriture contrefaite.

« Ma très chère Marguerite,

« Je ne peux pas garder plus longtemps mon secret, et il faut
que je connaisse mon sort avant de revenir. Je n'ose pas encore le
dire à vos parents, mais je pense qu'ils consentiraient s'ils savaient
que votre consentement à vous n'est pas douteux. De son côté,
M. Laurentz m'aiderait, je n'en doute pas, à trouver une position
qui me permettrait de vous offrir un avenir digne de vous.

« Je vous supplie d'envoyer par Laurie un mot d'espérance à

« Votre dévoué

« JOHN. »

« Oh! le misérable! comment a-t-il pu imaginer une aussi
indigne manière de me punir d'avoir si bien tenu ma parole à notre
mère? Je vais aller lui donner la leçon qu'il mérite! » s'écria Jo,
brûlant d'envie d'exécuter une justice immédiate.

Mais sa mère la retint et lui dit d'un air qu'elle avait rarement :

« Arrêtez, Jo. Il faut d'abord vous disculper vous-même. Je
crains que vous n'ayez eu une part de responsabilité dans une
action dont j'aurais certes cru Laurie incapable. Ce qu'il a fait est
sans excuse possible. »

Jo fut suffoquée de voir que sa mère pouvait la croire complice
de Laurie.

« Oh! mère! s'écria-t-elle, et vous, Meg! comment pouvez-vous m'outrager ainsi? Je ne sais et n'ai rien su de ce qui concerne ce monstrueux billet que ce que vous en connaissez vous-mêmes. Aussi vrai que je suis ici, dit Jo, d'un accent de vérité tel que sa mère et Meg la crurent, je suis aussi offensée, aussi irritée de ce billet que vous avez le droit de l'être vous-mêmes.

— C'était presque son écriture, murmura Meg… Comment ai-je pu m'y tromper? »

Et, d'une main fiévreuse, elle comparait le papier de la prétendue lettre de John avec celui du billet qu'elle venait de recevoir et qui était véritablement de lui.

« Oh! Meg, auriez-vous répondu? » demanda vivement Mme Marsch qu'un soupçon subit venait d'éclairer.

Meg cacha sa figure dans ses mains, et, au milieu d'un sanglot, elle s'écria :

« Mère, j'ai eu la folie de le faire. »

Jo s'était levée dans l'intention évidente d'aller massacrer Laurie. Sa mère l'arrêta d'un regard.

« Confessez votre faute à votre mère, ma fille, » dit Mme Marsch à Meg d'une voix triste et sévère.

Meg, sans oser lever les yeux, lui répondit :

« J'ai reçu la lettre que je viens de vous montrer des mains mêmes de Laurie; il n'avait pas l'air de savoir ce qu'elle contenait. J'ai cru, en voyant d'abord la signature, qu'il s'agissait sans doute dans cette lettre de quelques avis que M. Brooke pouvait, du consentement de mon père, avoir voulu nous donner à toutes sur nos études. Quand j'ai vu de quoi il s'agissait, cela m'a troublée, cela m'a blessée, et enfin cela m'a fâchée. J'ai cru devoir répondre que je n'aurais dû recevoir une telle lettre que si elle avait passé par les mains et sous les yeux de ma mère; que cela me chagrinait qu'on eût osé me l'adresser directement; que j'étais trop jeune pour m'occuper de ce qui faisait le sujet d'une telle lettre; que je ne pouvais avoir de secrets ni pour mon père, ni pour ma mère, et que je ne pouvais être pour personne qu'une amie pendant bien des années encore. »

Mme Marsch respira, et Jo, frappant des mains, s'écria :

« Il n'y a pas de mal, Meg; vous avez très bien répondu. Continuez, Meg. Que répond-il à cela?

— Sa vraie lettre, la seconde, grâce à Dieu, ne ressemble en rien à celle que Laurie avait osé mettre à son compte. Il me dit qu'il ne m'a jamais écrit quoi que ce soit et qu'il est très affligé de penser que ma sœur Jo, dans un moment d'inexplicable aberration sans doute, ait pu user de telles libertés avec son nom et le mien. Sa lettre est très bonne et très respectueuse, mais pensez comme c'est terrible pour moi! »

Meg, changée en statue du désespoir, s'appuya contre sa mère. Jo trépigna de colère en pensant que Brooke, lui aussi, l'impliquait dans cette vilenie, et, rebondissant sur elle-même, elle adressa des imprécations véritablement furieuses à celui qu'elle n'appellerait plus de sa vie son ami Laurie. Tout à coup elle s'arrêta, prit les deux billets, les compara attentivement et dit tout à coup d'un ton péremptoire :

« Rassurons-nous. Laurie est coupable d'une inexcusable gaminerie, mais non d'une méchanceté, d'une noirceur, d'une action basse. Tout s'est passé de vous à lui. M. Brooke n'est pour rien dans cette première lettre, mais, de plus, il n'est pour rien même dans la seconde. Laurie, heureusement, a gardé pour lui votre réponse à Brooke au lieu de la lui envoyer ; tout son but a été d'avoir par votre lettre un moyen de me taquiner et de me punir de n'avoir pas voulu lui dire un secret que j'avais promis à maman de garder et qu'il avait juré de m'arracher. Eh bien ! votre réponse à sa lettre ne peut que vous faire honneur, Meg. Cela a été une leçon pour lui seul. La réponse respectueuse qu'il a prêtée à Brooke prouve déjà son repentir. Mais cela ne suffit pas ; cette manière de forcer la confiance et, en outre, d'abuser de mon nom en rejetant sa faute sur moi, est indigne d'un gentleman. C'est tout au plus si on pourrait la pardonner à un enfant de sept ans.

— Laurie n'est encore qu'un enfant, dit Mme Marsch, ceci le prouve bien, Jo. Il n'est que les enfants pour ne pas savoir que la plaisanterie doit s'arrêter devant tout ce qui peut avoir des conséquences sérieuses. Laurie est certes très coupable, mais il n'a cru l'être qu'envers vous, Jo, qu'il traite trop en camarade. S'il avait pensé sérieusement à Meg et à M. Brooke et à votre mère, j'aime à croire qu'il se serait brûlé les doigts plutôt que de faire l'énorme sottise dont il s'est rendu coupable.

— Tout cela est bel et bon, dit Jo. M. Laurie, que ce soit envers moi ou envers tout autre, est dans son très grand tort. Son action le fait baisser de moitié dans mon esprit, et je ne laisserai pas à une autre le soin de le lui apprendre. »

Elle mit son chapeau à la hâte, s'enveloppa tant bien que mal d'un pardessus quelconque et s'en alla en courant. Mme Marsch la laissa faire ; elle n'était pas fâchée de rester seule avec Meg.

Cet absurde incident rendait nécessaire une explication avec Meg ; avec sa simplicité et son bon sens ordinaire, Mme Marsch jugea à propos de ne pas la retarder. Elle raconta sommairement à Meg le rôle qu'avait joué M. Brooke auprès de son père à Washington, et l'éclaira ainsi sur les sentiments réels de M. Brooke à son égard ; après quoi, allant droit au but :

« Et maintenant, dit-elle à Meg, dites-moi quels sont les vôtres à l'égard de M. Brooke. L'aimez-vous assez pour attendre qu'il ait pu conquérir une situation en rapport avec vos désirs, ou voulez-vous rester complètement libre en ce qui le concerne?

— Mère, répondit Meg, je ne puis rien vous répondre, car je ne puis rien me répondre à moi-même ; sinon que je désire n'entendre parler de mariage ni aujourd'hui, ni de longtemps, ni peut-être jamais. Si John ne sait rien de tout cela, ne le lui dites pas ; mais, pour l'amour de Dieu, faites taire Laurie et Jo. Des plaisanteries dont le résultat peut être de faire faire des sottises à votre fille aînée, c'est une honte! Pardonnez-moi d'être irritée, j'ai besoin de réfléchir pour me remettre. Donnez-moi le temps de me calmer, mère chérie, je vous en prie! »

Elle se jeta sur le cœur de sa mère et y pleura longtemps. Mme Marsch, se rendant compte de l'état de surexcitation de son esprit, n'essaya pas de brusquer son retour complet à la raison, à l'égalité habituelle de son humeur et à son sang-froid. Elle la soulagea par quelques remontrances, par de tendres caresses, et Meg finit par lui dire :

« Un mot, plus un mot, je ne le dirai, et encore moins l'écrirai-je, sans vous avoir consultée. Je n'avais voulu, en écrivant ce billet, que vous éviter, ainsi qu'à mon père, le chagrin d'un mécontentement contre M. Brooke. J'ai cru mieux faire, après sa bonne conduite antérieure avec vous et avec mon père, de ne rien vous dire qui pût gâter à vos yeux les bons offices qu'il vous avait rendus. »

Cela dit, Meg s'enfuit soudain dans le bureau. A son grand étonnement, elle venait d'entendre le pas de Laurie dans le corridor, et Mme Marsch reçut seule le coupable. Jo avait, tout en courant, et dans la crainte de n'être pas maîtresse de sa colère, modifié son plan de campagne. Au lieu de mettre les fers au feu de sa personne, elle se contenta de dire à Laurie que sa mère désirait le voir, sans le prévenir de ce qui l'attendait. Une fois averti, il n'aurait plus.

osé venir, et il fallait, avant tout, l'amener devant son vrai juge.

Dès que Laurie eut jeté un regard sur la figure de Mme Marsch, il pressentit tout, et se mit à tortiller son chapeau d'un air de culpabilité si évidente que, si on en eût douté, le doute n'eût plus été possible. Jo fut renvoyée, et passa son temps à se promener de long en large devant la porte, comme une sentinelle, car elle avait quelque crainte que le prisonnier ne s'échappât. Le bruit des voix dans le parloir devint tantôt fort et tantôt faible, et cela dura bien une demi-heure ; mais jamais les deux sœurs ne surent ce qui s'était passé pendant cette entrevue.

Lorsqu'elles furent rappelées, Laurie était à genoux près de Mme Marsch, dans une attitude tellement repentante que Jo, dans son cœur, lui pardonna immédiatement. Toutefois, elle ne trouva pas qu'il fût sage de le lui laisser voir. Meg reçut ses plus humbles excuses, et, ce qui valait mieux pour elle, fut confirmée par lui dans l'assurance que M. Brooke ne savait rien de tout cela.

« Et je prie Dieu qu'il ne l'apprenne jamais ! s'écria Laurie. Quant à moi, des chevaux sauvages ne m'arracheraient pas une parole sur ce triste sujet ! Vis-à-vis de cet homme que j'aime et que j'honore, l'abus insensé que j'ai fait de sa personnalité ne mérite pas de pardon. Il ne me pardonnerait pas et il aurait cent fois raison. Il m'a vu capable d'être un homme dans quelques meilleures occasions, et je perdrais à jamais son estime s'il connaissait ma sotte action. Vous Meg, vous me pardonnerez, je l'espère. Je ferai tout pour vous montrer combien je me repens, ajouta-t-il, je n'ai de ma vie été si honteux de moi-même !

— J'essayerai, Laurie ; je suis heureuse pour vous que vous jugiez que votre action n'est pas celle d'un gentleman. Pour la droiture et la franchise, j'aurais juré que vous étiez un homme. Devons-nous ne plus voir en vous qu'un écolier incapable de se rendre compte de la portée de ses actes ?

— Ce que j'ai fait, dit Laurie, est complètement abominable. J'ai mérité de perdre plus que votre amitié, votre estime ; vous refuseriez de m'adresser la parole pendant des mois que cette punition serait encore au-dessous de celle que je mérite. »

Tout en parlant, Laurie joignait les mains d'un air si désolé, il avait l'air si malheureux, si repentant, il était si près, il faut le dire, de fondre en larmes, son humiliation faisait tant de peine à voir que Meg sentait sa colère lui échapper peu à peu. A la fin, elle lui tendit la main tout en lui disant :

« En vérité, on peut tout pardonner puisque je vous pardonne. »

La figure sévère de Mme Marsch s'était radoucie, en dépit de sa volonté de garder rigueur à Laurie, lorsqu'elle l'entendit déclarer qu'il était prêt à faire toutes les pénitences que Meg, Jo et elle voudraient lui imposer, lorsque, pour conclure, s'adressant à elle, il lui dit qu'elle ne pouvait pas douter qu'il eût un sincère respect pour Meg et pour son caractère, et quand surtout il répéta qu'il lui était plus pénible de se sentir un si grave tort vis-à-vis de M. Brooke, de l'homme à qui il devait le peu de qualités qu'il avait, la paix se fit aussi de son côté.

Pendant ce temps, Jo restait à l'écart et essayait d'endurcir son cœur contre Laurie ; car enfin il demandait pardon à tous, mais à elle qu'il avait si effrontément mise en cause, il ne lui demandait rien. En vérité, c'était trop de sans-gêne.

Laurie la regarda une ou deux fois ; mais, comme elle ne faisait pas mine de lui pardonner, il se sentit repris d'un mouvement d'humeur d'autant plus vif contre elle qu'il avait compté davantage sur sa clémence. Aussi, quand il eut fini avec les autres, il se borna à lui faire un grand salut et partit sans lui adresser un mot.

Grâce à cette sotte manœuvre, Laurie s'en alla encore mécontent de lui-même, et, ce qui était souverainement injuste, plus mécontent de Jo, car enfin il avait attiré sur elle d'injurieux soupçons, et il ne lui avait pas donné satisfaction sur ce point-là.

Il faut dire que Jo avait, au milieu de toute cette affaire, fait fort bon marché de ses griefs particuliers, et que Laurie, qui la connaissait bien, avait cru le comprendre ; aussi, à peine était-il sorti, qu'elle se repentit de n'avoir pas été plus indulgente. Quand Meg et sa mère furent remontées dans la chambre de Beth, elle regretta d'avoir laissé partir Laurie sans que la réconciliation se fût faite entre lui et elle. Les mouvements de Jo étaient aussi rapides que sa pensée ; en un clin d'œil, s'étant armée d'un livre qu'elle avait à reporter dans la grande maison, elle s'y rendit.

« M. Laurentz est-il chez lui ? demanda-t-elle à une domestique.

— Oui, miss, mais je ne crois pas qu'il soit visible maintenant.

— Serait-il malade ?

— Oh ! non, miss ; mais il vient d'avoir une scène avec M. Laurie qui est dans un de ses mauvais jours, et le vieux monsieur paraît si contrarié que je n'ose pas aller près de lui.

— Où est Laurie ?

— Il est enfermé dans sa chambre, et il a défendu que, pour

30

quoi que ce soit au monde, on vînt l'y déranger. Je ne sais pas ce que va devenir le dîner; il est prêt et personne n'est là pour y faire honneur.

— Je vais aller voir ce qui se passe, répondit Jo, je n'ai peur ni de l'un ni de l'autre. »

Et, montant l'escalier, elle frappa vigoureusement à la porte de Laurie.

Laurie ne répondant que par le silence, Jo commença à s'inquiéter.

« Serait-il malade? se dit-elle. Tout cela a dû lui être si pénible et tant coûter à son orgueil qu'il pourrait bien en avoir les nerfs bouleversés. »

Une fois que cette idée fut entrée dans sa tête, ce n'était pas une porte fermée qui pouvait l'arrêter. Elle lui donna un si rude assaut qu'elle s'ouvrit brusquement. Jo était au milieu de sa chambre avant que Laurie fût revenu de sa surprise.

« J'avais, lui dit-elle, un motif de plus que les autres de vous en vouloir : on m'avait accusée d'être votre complice dans l'affaire des lettres. Avant vous j'avais eu à subir le mécontentement et les soupçons, immérités pour moi, de ma mère et de ma sœur. Ma colère avait le droit d'être plus durable, et cependant me voici prête à vous dire, moi aussi, que tout est oublié. »

Le visage de Laurie était plus sombre que la nuit.

« Au nom de Dieu, dit Jo, qu'y-a-t-il? La façon dont s'est terminée votre explication, avec maman et Meg, ne saurait motiver la façon dont vous me recevez.

— Il y a, dit Laurie, que votre manque de confiance en moi, après m'avoir donné l'idée de la sottise qui a failli me brouiller avec les vôtres, vient de me brouiller irréparablement avec grand-père, et que vous seule êtes, après tout, la cause première de tout ce qui est arrivé.

— Je ne suis la cause de rien du tout, lui répondit Jo. On m'avait confié un secret, mon devoir était de le garder, même envers vous. J'avais promis, j'ai tenu ma parole, et Dieu sait que j'y ai eu du mérite, car j'avais bien envie de tout vous dire. Vous seul, convenez-en, avez eu tort de vouloir me faire manquer à ma promesse, à mon devoir.

— Je n'ai à convenir de rien avec vous, répondit brusquement Laurie. Mes comptes sont réglés avec Meg et avec votre mère, c'est assez de deux comptes de ce genre dans le même jour et dans la même famille, et je n'ai pas à m'occuper d'un troisième. Je suis votre aîné, mademoiselle, ne l'oubliez pas...

— Vous êtes mon aîné, c'est certain, mais de si peu pour les mois et de si peu surtout pour la raison, que... mais ce n'est pas de cela qu'il s'agit. Soit, dit Jo, je ne venais ni vous demander ni vous faire des excuses. Tout est arrangé entre ma famille et vous, c'est en effet le principal; mais cela dit, pourquoi me faites-vous cette figure?

— Pourquoi! dit Laurie en bondissant dans un subit accès de rage, pourquoi? Je viens, toujours à cause de vous, de recevoir un tel affront de mon grand-père, que je ne puis désormais demeurer sous son toit. Et elle me demande pourquoi j'ai la figure d'un homme exaspéré? J'ai été pris au collet, entendez-vous, et jeté par mon grand-père à la porte de sa chambre! Est-ce le moment de rire, s'il vous plaît?

— Grand Dieu! s'écria Jo. Et comment donc puis-je être responsable d'un fait pareil?

— Comment? Mais toujours de la même façon. Si, au lieu de me faire des mystères de l'affaire de Meg, vous m'aviez tout dit, j'aurais gardé votre secret et n'aurais pas eu la stupidité, pour pénétrer vos mystères, de faire ce que j'ai fait. Dès lors, rien avec vos parents, et puis après, rien avec grand-père, car les deux choses s'enchaînent et n'en font qu'une. Grand-père a voulu savoir pourquoi Mᵐᵉ Marsch m'avait fait promettre de ne rien révéler du motif de nos explications. J'ai dû refuser à grand-père de lui rien dire de ce qui était le secret des autres et non le mien. Il s'est irrité, il s'est emporté, et il m'a fait l'affront irréparable que je viens de subir. »

Jo était atterrée.

« Et cependant, Laurie, disait-elle, j'ai eu raison de me taire avec vous, et la preuve, c'est que vous avez eu raison de vous taire à votre tour, même avec votre grand-père. Un moment viendra où votre refus de dire le secret de Meg à votre grand-père vous fera comprendre mon refus de le trahir pour vous au début de toute cette histoire. Mais ce n'est pas de moi ni de vous qu'il s'agit, nous nous arrangerons plus tard, c'est de ce qui vient de se passer entre vous et votre pauvre grand-père; vous vous y serez mal pris sans doute.

— Mon pauvre grand-père! s'écria Laurie, plaignez-le! Ah! si tout autre que lui...

— Mais, dit Jo, ce n'est pas de tout autre que lui, c'est de lui, de lui seul qu'il s'agit, d'un vieillard et d'un grand-père, et pour un fait que vous lui expliquerez un jour, pour un refus qu'il sera le premier à comprendre, quand un autre que vous pourra lui en confier les motifs. Son mouvement de violence n'est pas un affront. Si vous lui aviez dit : J'ai juré à Mme Marsch de me taire, il ne se fût pas irrité.

— Les femmes n'entendent rien à ces questions d'honneur, dit Laurie ; avec votre permission, je me sens meilleur juge et meilleur gardien de ma dignité. Pour rien au monde je ne continuerai à vivre en face de celui qui vient de me traiter comme un esclave, celui-là fût-il cent fois mon grand-père et fût-il plus vieux que le monde. C'est précisément parce que je ne puis lui demander réparation de l'offense qu'il m'a faite, que mon parti est pris de ne pas me retrouver en sa présence. Demain matin, je serai en route pour Washington. Grand-père apprendra ainsi que je n'ai besoin, pour me tenir droit, du tablier de personne. Je m'embarquerai, je voyagerai, je ferai le tour du monde, je gagnerai ma vie ; bref, je serai indépendant, je ne devrai rien qu'à moi-même.

— Vous serez bien heureux, dit Jo, oubliant subitement, devant les visions de Laurie, son rôle de conseil et de Mentor.

— Vous en convenez. Je serai non seulement plus heureux, mais bien heureux ! Vous voyez donc que j'ai pleinement raison. Eh bien, au lieu de contrarier mon dessein, aidez-moi à l'accomplir, Jo, et tenez ! — on eût dit qu'il recevait d'en haut une illumination subite, — faites mieux, faites-vous mon associée. Venez avec moi surprendre votre père à Washington, venez dire à Brooke les soucis que, sans s'en douter, il nous a causés. Quand il saura que c'est lui et lui seul qui, en somme, est la cause de la crise qui nous aura forcés à partir, pourra-t-il nous blâmer ? Non. Il nous aidera, au contraire, à nous tirer d'affaire, et en cela il ne fera que son plus strict devoir. Un peu de courage, Jo ; nous laisserons une lettre pour votre mère et pour grand-père, où nous les avertirons que nous allons retrouver M. Marsch. Nous l'aiderons à se guérir, et après, à guérir les autres ; nous serons ses aides. Les bras manquent à l'armée, les bras de femmes aussi bien que les bras d'hommes pour soigner les malades. Votre père sera ravi d'avoir deux aides jeunes et fidèles sur lesquels il pourra compter à la vie et à la mort. »

Jo battait des mains. Si inconsidéré, quelque absurde que fût le

plan de Laurie, il était de son goût. Elle n'y voyait qu'une chose,
l'étourdie : la pensée de revoir plus tôt son père, de remplacer tout
d'abord sa mère auprès de lui ; cela lui faisait tout oublier et sédui-
sait ce qu'il y avait d'aventureux dans sa folle imagination. La perspective de partager, une fois réunie à son père, la vie de M. Marsch
dans les camps, dans les ambulances, au milieu de glorieux périls,
la fascinait ; ses yeux étincelaient. Elle se voyait au milieu des combats, ramassant, au plus fort du feu, les blessés, consolant les
mourants. Si la fenêtre eût été ouverte, si elle n'avait eu qu'à s'en-
voler, elle aurait dit oui à ce fou de Laurie, et on les eût vus s'élan-
cer subitement dans l'espace ; mais ses regards tombèrent heureusement de la fenêtre de Laurie sur celle de la vieille maison qui contenait sa mère et ses sœurs, et elle secoua la tête comme pour en
faire bien vite sortir des fantômes.

« Ah si j'étais un garçon ! s'écria-t-elle ; mais non, décidément,
je ne suis qu'une fille, une malheureuse et déplorable fille ! Il faut,
malgré tout, Laurie, que je me conduise comme une honnête et
convenable demoiselle ; et, par suite que je reste à la maison, sous
l'aile même de ma mère. Tout ce qui ne serait pas cela, serait
démence et insanité....

— Mais ne voyez-vous pas, reprit Laurie, dont le sang bouillait
encore, quel avenir vous refusez ! Ce serait si... amusant !

— Taisez-vous ! s'écria Jo en se bouchant les oreilles. Je suis
venue ici pour faire de la morale et non pas pour entendre des
choses qui me mettent la tête à l'envers.

— Je savais que la réflexion jetterait de l'eau froide sur mes
propositions ; mais je pensais que vous aviez plus d'audace, Jo, lui
répondit Laurie.

— Restez tranquille, méchant garçon, ne vous agitez pas ainsi
Au lieu d'arpenter votre chambre en tout sens, pour vous fouetter
le sang, asseyez-vous et réfléchissez à vos péchés, cela vaudra
mieux que d'essayer de m'en faire commettre. Si j'amène votre
grand-père à reconnaître qu'il n'y a eu qu'un malentendu entre lui
et vous, que vous étiez en droit de refuser de lui dire nos secrets,
qui n'étaient pas les vôtres, abandonnerez-vous votre projet ?
demanda sérieusement Jo.

— Oui, mais vous n'y arriverez pas, répondit Laurie. Il voulait
bien se raccommoder, mais il prétendait que sa dignité outragée
devait, avant tout, être apaisée.

— Si je peux conduire le jeune, je pourrai conduire le vieux, »

murmura Jo en s'en allant et laissant Laurie étudier encore les iti-
néraires de chemins de fer.

« Entrez ! dit M. Laurentz lorsque Jo frappa à sa porte, et sa
voix refrognée lui parut plus refrognée que jamais.

— C'est seulement moi, monsieur, moi Jo, qui suis venue vous
rapporter un livre, dit-elle hardiment en entrant.

— En voulez-vous d'autres ? demanda le vieux gentleman, qui
était raide et contrarié, mais faisait tous ses efforts pour ne pas le
laisser voir.

— Oui, s'il vous plaît. J'aime tant le vieux Sam, que je pense que
je vais essayer le second volume, » dit Jo, espérant l'amadouer en
acceptant une seconde dose de « Boswell's Johnson », car il lui avait
recommandé cet ouvrage plein de gaieté.

Les sourcils du vieux gentleman s'abaissèrent un peu lorsqu'il
roula le marchepied sur le rayon où étaient placées les œuvres de
Johnson, et Jo, grimpant tout au-dessus et s'y asseyant, affecta de
chercher son livre, mais en réalité elle se demandait quel meilleur
moyen elle pourrait trouver pour arriver au but périlleux de sa
visite. M. Laurentz sembla suspecter qu'elle ruminait quelque chose
dans son esprit, car, après avoir arpenté la chambre à grands pas,
il vint se placer au pied de l'échelle et lui parla, *ex abrupto*, c'est-
à-dire d'une manière si inattendue que le livre que Jo tenait tomba
de ses mains.

« Qu'est-ce que ce garçon a fait chez vous ? N'essayez pas de
l'excuser ; je sais, d'après la manière dont il s'est conduit en revenant, qu'il a commis à l'égard de votre famille quelque grave sottise. Je n'ai pas pu tirer un mot de lui, et, quand je l'ai menacé de
le forcer à confesser la vérité, il s'est enfui et s'est enfermé dans sa
chambre.

— Il a mal agi envers vous, M. Laurentz, je le vois bien ; mais
il eût plus mal agi encore envers nous, envers ma mère surtout,
s'il avait parlé. Nous avons toutes promis et nous lui avons toutes
fait promettre de ne dire mot à personne, pas même à vous, de ce
qui s'était passé, répondit Jo.

— Cela ne peut pas se terminer ainsi ; il ne s'abritera pas derrière une promesse de vous. S'il a fait quelque chose de mal, ce
qui me paraît évident, il doit me le confesser, il doit demander pardon, il doit être puni. Allons, Jo, je ne veux pas être laissé dans
l'ignorance des torts de mon petit-fils. C'est mon droit d'aïeul de
tout savoir. »

JO DESCENDIT AVEC OBÉISSANCE

M. Laurentz paraissait si déterminé et parlait si rudement, que
Jo aurait bien voulu pouvoir fuir ; mais elle était perchée tout au
haut de l'échelle, et, M. Laurentz demeurant au bas comme un lion,
elle était forcée de lui faire face.

« Réellement, monsieur, je ne puis pas vous dire de quoi il s'agit ;
mère l'a défendu, j'aurais tort si je le faisais. Mais, sachez-le, Laurie
a confessé sa faute, il a demandé pardon et a été tout à fait assez
puni ; nous ne gardons pas le silence là-dessus à cause de lui, mais
à cause d'un tiers que cela intéresse. Si vous saviez tout, au lieu de
lui donner tort pour son silence, pour ce refus de vous répondre
qui a dû vous blesser, vous l'excuseriez, vous lui donneriez raison
d'avoir eu le courage de se taire. On peut devoir tous ses secrets à
son grand-père, mais on n'est pas libre de disposer, même pour lui,
de ceux des autres. Mère, dans un cas pareil, m'absoudrait. Je
vous en supplie, monsieur Laurentz, n'intervenez pas en ce moment
dans cette terrible histoire. Plus tard vous saurez tout ; quand
nous aurons le droit de parler, nous parlerons. Ce n'est pas pour
son plaisir qu'on a un secret pour un ami tel que vous. N'insistez
pas, cela ferait plus de mal que de bien.

— Descendez, dit M. Laurentz, et donnez-moi votre parole que
mon garçon ne s'est pas montré ingrat envers votre mère, car, s'il
l'avait fait après toutes ses bontés pour lui, je l'écraserais de mes
propres mains. »

La menace était terrible, mais elle n'alarma pas Jo, car elle savait
que l'irascible vieux gentleman ne lèverait pas seulement le bout
du doigt contre son petit-fils. Elle descendit avec obéissance et
raconta de la chose tout ce qu'elle put sans trahir Meg ni la vérité.

« Hum ! ha ! bien ! Je lui pardonnerai s'il s'est tu parce qu'il
l'avait promis et non par obstination. Il est très entêté et très difficile à conduire, dit M. Laurentz en se frottant le front jusqu'à ce
qu'il eût l'air de sortir d'un ouragan.

— Je suis comme lui, mais un bon mot me gouverne là où tous
les chevaux du roi ne pourraient rien, dit Jo, essayant de dire quelque chose en faveur de son ami, qui semblait ne s'être tiré d'un
mauvais pas que pour tomber dans un autre.

— Vous pensez que je ne suis pas bon pour lui, hein ?

— Oh ! certes non, monsieur. Vous êtes plutôt trop bon quelquefois ; mais, en revanche, un peu trop vif quand il vous impatiente.
Ne le trouvez-vous pas ?

— Vous avez raison, fillette, j'aime le garçon ; mais il m'irrite quelquefois outre mesure, et je ne sais pas comment ça finira si nous continuons comme cela.

— Je vais vous le dire : il croira vous être odieux, il perdra la tête, il s'enfuira. »

Jo fut fâchée de ces paroles aussitôt après les avoir prononcées, car elle n'avait voulu qu'avertir son vieil ami que la nature indépendante de Laurie était réfractaire à une trop grande contrainte, et elle pensait que, s'il le comprenait, il arriverait à accorder plus de liberté au jeune homme. Mais M. Laurentz changea subitement de couleur et s'assit en jetant un regard de douleur sur une miniature posée sur la table et représentant le père de Laurie. Quels souvenirs évoqua en lui cette image? La sévérité habituelle de son visage avait disparu, mais une indicible expression de désolation l'avait remplacée. Jo, émue jusqu'aux larmes, lui prit vivement la main et la baisa; puis, après un moment de silence, elle fit un effort pour réparer sa faute.

« Laurie n'en arriverait à une si dure extrémité, dit-elle, que s'il se croyait tout à fait méconnu. Il en fait parfois aussi la menace par enfantillage et par découragement, quand il ne se sent pas avancer assez vite dans ses études. Il n'est pas le seul fou de sa sorte. Croiriez-vous, monsieur Laurentz, que cette Jo, qui tâche d'être raisonnable en ce moment, se dit souvent qu'elle aussi aimerait à prendre sa volée. Depuis que j'ai la tête ronde d'un garçon, depuis que mes cheveux sont coupés, que de voyages j'ai faits en imagination! Si jamais nous disparaissons, vous pouvez faire chercher deux mousses sur un de vos vaisseaux partant pour l'Inde, car nous leur donnerions la préférence, à vos vaisseaux, pour ne pas sortir tout à fait de chez vous. »

Elle riait en parlant, et M. Laurentz, acceptant ses propos comme une plaisanterie, parut peu à peu se remettre de son émotion.

Cependant il grossit sa voix :

« Comment osez-vous me parler comme vous le faites, « mademoiselle? » Que sont devenus votre respect pour moi et votre bonne éducation? Quel tourment que les enfants! et cependant nous ne pouvons nous en passer, dit-il en lui pinçant affectueusement les joues. Allez dire à ce garçon de venir dîner; dites-lui que tout est terminé et donnez-lui l'avis de ne pas prendre ce soir d'airs tragiques avec moi. Je ne le supporterais pas.

— Laurie n'ose pas et croit qu'il ne peut plus descendre, monsieur; il est très fâché de ce que vous ne l'ayez pas cru quand il vous disait qu'il ne pouvait pas vous dire ce que vous lui demandiez. Je crois que vous l'avez beaucoup blessé en le secouant par le collet ; vous le rappelez-vous, monsieur Laurentz? Il faudrait imaginer quelque chose de drôle à quoi sa bonne humeur naturelle ne pût résister. »

Jo tâcha d'avoir l'air pathétique, mais elle comprit que ce serait superflu, car M. Laurentz s'était mis à rire; elle avait gagné la bataille.

« Quelque chose de drôle, dites-vous, Jo, comme, par exemple, de faire des excuses à l'enfant, au marmot qui m'a offensé? Serait-ce par hasard ce qu'il attend pour daigner venir partager mon dîner ?

— Pourquoi ne le feriez-vous pas? dit Jo. Ce serait un moyen sûr de lui montrer sa folie. Si mère en venait jamais là avec moi un jour, j'en mourrais de honte, en vérité, ou de rire ! Je rentrerais en moi-même au premier mot. »

M. Laurentz lui jeta un coup d'œil perçant et mit ses lunettes en disant lentement :

« Vous êtes une malicieuse petite chatte ; mais cela ne me fait rien d'être mené par vous et par Beth. Allons, donnez-moi une feuille de papier et finissons-en avec ces bêtises. »

Un billet superbe fut écrit par lui dans les termes qu'un gentleman emploierait vis-à-vis d'une personne considérable qu'il aurait gravement offensée, et Jo, déposant un baiser sur la tête chauve de M. Laurentz, courut à la porte de Laurie. Voyant qu'elle était de nouveau fermée, et à clef, elle glissa le billet sous la porte et recommanda à Laurie, à travers le trou de la serrure, d'être convenable, soumis, aimable et quelques autres agréables impossibilités.

Elle n'avait pas fini de descendre l'escalier, laissant le billet faire son œuvre auprès du jeune rebelle, lorsque quelque chose passa à côté d'elle comme un éclair. Cela allait si vite et d'un mouvement si emporté, qu'elle ne devina pas tout d'abord ce qui pouvait bien dégringoler ainsi. C'était le jeune gentleman qui, pour ne pas perdre une seconde, s'était mis à cheval sur la rampe. Grâce à ce moyen expéditif, il était arrivé avant elle sur le palier. Il l'y attendait et lui dit de son air le plus vertueux, dès qu'elle apparut :

« Quelle bonne amie vous êtes, Jo! Avez-vous été bien maltraitée? ajouta-t-il en riant.

— Non, Laurie; votre grand-père est meilleur que vous, meilleur que nous tous ; s'il a l'air moins aimable, au fond il l'est plus.

— Vous pourriez bien avoir raison, Jo ! Ma foi, je vais aller l'embrasser, le remercier même de sa bourrade, et bien dîner.

— Vous ne pouvez rien faire de mieux, lui répondit Jo. Vous serez tout à fait remis lorsque vous aurez mangé. Messieurs les hommes crient toujours lorsqu'ils ont faim. »

Et, voyant que tout allait bien se passer, elle s'enfuit.

Laurie alla résolument rejoindre son grand-père ; leurs bras s'ouvrirent en même temps, et M. Laurentz fut tout le reste du jour d'une humeur charmante.

Chacun pouvait certes regarder la chose comme finie ; le gros nuage était à coup sûr envolé. Mais, d'un autre côté, un mal avait été fait : ce que d'autres avaient oublié, Meg s'en souvenait. Elle ne fit plus jamais allusion à une certaine personne, mais elle y pensa peut-être davantage, et, une fois, Jo, fourrageant dans le pupitre de sa sœur pour y chercher un timbre, trouva une feuille de papier sur laquelle elle put lire, écrits de la main même de Meg, ces horribles mots : *Madame John Brooke.* A cette vue, Jo gesticula tragiquement ; après quoi elle jeta l'inscription au feu, en se disant que la mauvaise plaisanterie de Laurie avait pourtant hâté pour elle ce qu'elle appelait « le jour du malheur ».

CHAPITRE XXII

DES JOURS DE BONHEUR

Les semaines paisibles qui suivirent furent comme le soleil après l'orage ; les malades entraient rapidement en convalescence. La guerre funeste, qui déchirait la patrie, semblait devoir bientôt arriver à sa fin ; M. Marsch avait, dans sa dernière lettre, commencé à parler de son retour ; il le faisait espérer pour les premiers jours de l'année, et Beth, de son côté, put bientôt rester étendue sur le canapé et s'amuser d'abord avec ses chats bien aimés, puis avec ses poupées dont les vêtements, restés tristement en arrière, avaient grand besoin de réparation. Ses membres, autrefois si actifs, étaient encore raides et si faibles que Jo était obligée de la porter pour lui faire faire chaque jour son petit tour de jardin. Meg noircissait et brûlait avec joie ses mains blanches pour faire des plats délicats à la « petite chérie ». Amy, loyale esclave de la bague, célébra sa rentrée dans la famille en donnant à ses sœurs tous les trésors qu'elle put leur faire accepter.

Comme Noël approchait, les mystères commencèrent à hanter la maison. Jo faisait rire toute la maison, même Hannah, en proposant des cérémonies complètement impossibles et magnifiquement

absurdes en l'honneur de ce jour de fête. Laurie avait des idées
également impraticables ; s'il avait pu agir à sa guise, il aurait
fait des feux d'artifice en chambre et des arcs de triomphe dans
tous les escaliers et sur chaque palier. Après beaucoup d'escarmouches et de querelles, les deux ambitieux consentirent à se
montrer raisonnables et à se calmer. Cependant je ne répondrais
pas qu'ils eussent renoncé à tous leurs beaux projets. Lorsqu'ils
étaient seuls, leurs figures reprenaient une singulière animation.
Que méditaient-ils ?

Plusieurs jours de très beau temps précédèrent un splendide
jour de Noël. Hannah sentit dans ses os que ce Noël serait « un
jour extraordinaire », et elle fut en cela une vraie prophétesse.
D'abord, M. Marsch écrivit encore qu'il reviendrait, et *bientôt*;
puis, Beth se trouva très bien, et, ayant mis une jolie robe de
mérinos bleu, — le cadeau de sa mère, — elle fut portée en
triomphe à la fenêtre pour contempler une surprise que lui avaient
préparée Jo et Laurie. Les deux infatigables avaient fait tous leurs
efforts pour être au niveau de leur réputation ; comme des elfes,
ils avaient travaillé la nuit et pétri, construit, élevé, édifié, devant
les fenêtres, ce qu'ils appelaient un monument, symbole de leur
affection pour Beth. Une grande et belle dame, une noble statue
de neige, à faire concurrence aux marbres de Phidias, apparut à
Beth au milieu du jardin ; la perfection du visage stupéfia non
seulement Beth, mais tout le monde. M. Laurie avait emprunté au
cabinet de son grand-père un surmoulage en plâtre qui faisait un
effet étonnant. On l'avait drapée d'étoffes aux longs plis. Elle était
couronnée de houx. D'une main elle tenait une lyre enguirlandée
de fleurs, et de l'autre un grand rouleau de musique nouvelle à
l'usage de Beth. Une longue écharpe de soie brune aux reflets chan-
geants s'enroulait gracieusement autour de ses épaules glacées, et
de ses lèvres, qu'on croyait être de neige, s'échappait un chant de
Noël qui fut remis à Beth sur une admirable feuille de papier vélin.
Chaque strophe en caractères majuscules, était tracée avec une
encre de couleur différente.

LA MUSE DE NEIGE

Dieu vous bénisse, petite reine Beth, que rien ne vous trouble plus jamais, et que la santé, la paix et le bonheur vous arrivent ce jour de Noël !

Cette superbe lyre, qui nous a bien embarrassés à faire, est l'emblème de votre goût pour la musique ; les fleurs qui l'entourent réjouissent la vue de notre abeille ; ce rouleau de musique bien choisie est destinée à son piano, et cette écharpe magnifique protègera son petit cou frileux, pendant qu'elle nous charmera par son jeu et ses chants.

Voyez cette copie étonnante d'un des chefs-d'œuvre de Raphaël lui-même ; votre sœur Amy s'est donné bien de la peine pour la faire digne du maître et digne de vous.

Acceptez un délicieux collier rouge à grelots pour le cou de votre favorite Ronron, et de la crème à la vanille faite par la charmante Meg à votre intention à vous : un vrai mont Blanc dans un plat, dont vous nous donnerez un petit peu, parce que vous êtes généreuse.

Cette poésie est l'œuvre entièrement inédite de Jo et de Laurie ; excusez les fautes des auteurs et gardez-leur-en le secret.

Combien Beth se récria en voyant cette magnifique déesse de neige ! Combien de voyages dut faire Laurie pour aller chercher successivement les cadeaux qu'elle offrait à la convalescente, et quels bons rires sortirent des lèvres de celle-ci à la lecture de chacune des strophes de la jeune Muse de neige, et enfin de quels discours Jo accompagna chaque objet en le présentant à sa sœur !

« Je suis si heureuse que, si père était seulement ici, je ne pourrais pas contenir une goutte de bonheur de plus, dit Beth en soupirant de contentement lorsque Jo la porta dans le bureau pour se reposer de son excitation.

— Et moi aussi, dit Jo en tapant sur sa poche où reposaient deux volumes longtemps désirés par elle, présent de sa mère chérie.

— Moi aussi, répéta Amy, qui était absorbée dans la contemplation d'une gravure représentant le beau tableau de la *Vierge à la chaise*, que sa mère lui avait donnée richement encadrée.

— Et moi aussi, certes ! s'écria Meg en passant la main sur les beaux plis de la première robe de soie qu'elle eût encore possédée et que M. Laurentz avait voulu à toute force lui faire accepter.

— Comment ne le serais-je pas à mon tour, si vous l'êtes toutes, mes chéries ? » dit Mme Marsch. Ses yeux allaient de la lettre qu'elle avait reçue de son mari à la figure souriante de Beth, et sa main caressait la jolie chaîne de cheveux gris, dorés, châtains et bruns, spécimen des cheveux de chacun des membres de la famille, que ses filles venaient de lui mettre au cou. »

31.

Il se réalise de temps en temps dans ce monde des choses inattendues et secrètement espérées, comme il est si agréable d'en rencontrer dans les livres dont l'auteur attentif sait prévoir le désir de son lecteur. Une demi-heure après que chacune d'elles eut dit, après Beth, qu'elle ne pourrait contenir qu'une goutte de bonheur de plus, cette goutte arriva; que dis-je? une goutte? c'était mieux que cela, car c'était à la fois vaste et profond comme un océan. Laurie, sans crier gare, passa sa tête à la porte du parloir, et son visage était illuminé d'une telle joie, bien qu'il s'efforçât de la contenir, et sa voix était tellement émue que, bien qu'il se fût borné à dire : « Je vous annonce un autre présent de Noël pour la famille Marsch, » tout le monde se précipita vers lui. Mais il n'avait fait que paraître et disparaître. A sa place on vit entrer un grand monsieur emmitouflé jusqu'aux oreilles, appuyé sur le bras d'un beau jeune homme. Pour cette fois tout le monde, sans en excepter Mᵐᵉ Marsch, sembla être fou dans la maison. Pendant plusieurs minutes personne ne dit une parole, et les choses les plus étranges furent faites sans même qu'on s'en doutât. C'est ainsi que M. Brooke se trouva avoir embrassé Meg, complètement par erreur, comme il l'expliqua d'une manière quelque peu incohérente. M. Marsch devint soudainement invisible au milieu de quatre paires de bras; Jo, l'intrépide, faillit perdre son renom de vaillance en s'évanouissant à moitié, et Amy, la digne Amy, se laissa tomber sur un tabouret, et, prenant les jambes de son père entre ses bras, elle pleura sur ses bottines de la manière la plus touchante.

Mᵐᵉ Marsch fut cependant la première à se remettre. Elle étendit la main vers la chambre où reposait Beth en disant :

« Chut! Prenóns tous garde à Beth ! »

Mais il était trop tard, la porte venait de s'ouvrir, la petite convalescente avait paru sur le seuil.

Le bonheur avait mis de la force dans ses faibles membres, et Beth en eut assez pour se laisser tomber dans les bras de son père. En voyant réunis ces deux êtres qu'on avait cru perdre, chacun éclata en sanglots. Mais ces larmes-là font du bien. Dois-je dire, bien que l'incident ne semble guère à sa place, comment un subit éclat de rire put succéder sans transition à cet attendrissement général? Je crois pouvoir l'oser. Un sanglot, ou, pour être vrai, une sorte de gloussement, un cri si bizarre s'était fait entendre derrière la porte qui conduisait à l'escalier, que Jo, dans sa surprise, n'avait pu se retenir de l'ouvrir brusquement, et, derrière cette

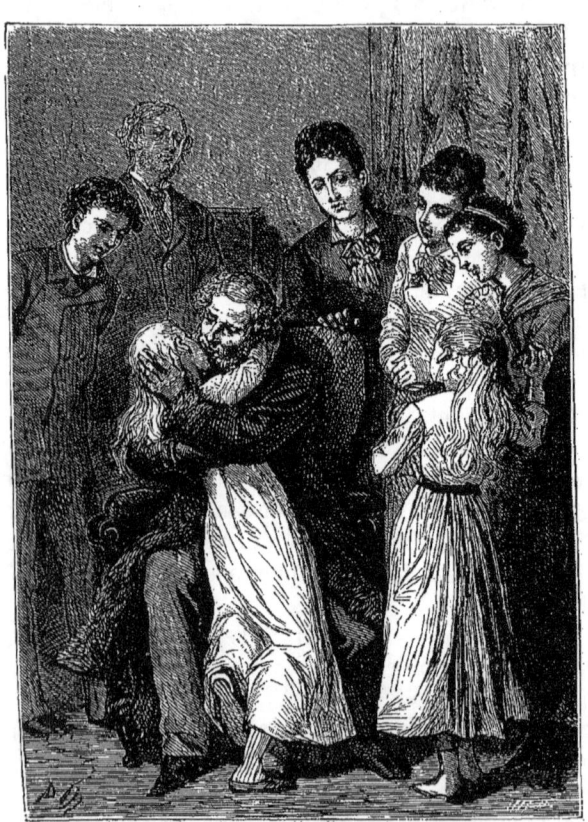

BETH COURUT SE JETER DANS SES BRAS

porte, elle avait mis à jour la pauvre Hannah qui, se croyant bien cachée, s'en donnait dans l'ombre à cœur joie de pleurer à sa façon, et sa façon était singulière. Certes les larmes de l'excellente Hannah n'étaient pour faire rire personne dans la maison; mais la pauvre femme pleurait étrangement; de plus, elle pleurait, sans s'en douter, sur un énorme dindon que, faute de mieux sans doute, elle serrait sur son cœur. Sortie précipitamment de sa cuisine au bruit de l'entrée de M. Marsch, elle avait oublié de se séparer de son rôti, qu'elle était en train de dresser, et attendait son tour de se présenter à son maître. M. Marsch l'embrassa sur les deux joues et lui fit grand plaisir en lui disant que son dindon n'était pas de trop dans la circonstance, attendu que M. Brooke et lui rapportaient un énorme appétit.

Lorsque l'incident fut clos, Mme Marsch remercia M. Brooke du soin qu'il avait pris de son mari; chacune des enfants en fit autant, Jo comme les autres; Meg, sans parler, lui avait serré les deux mains. M. Brooke, intimidé, se rappela alors que M. Marsch avait besoin de repos, et, prenant Laurie par le bras, il disparut. On conseilla alors à M. Marsch et à Beth — aux deux convalescents — de se reposer; ils le firent en s'asseyant tous deux dans le même fauteuil.

M. Marsch raconta alors comment il avait cédé à l'envie de les surprendre pour la fête de Noël; le beau temps étant venu et sa santé s'étant affermie, le médecin, son confrère, qui l'avait soigné jusque-là, lui avait dit qu'il pouvait sans imprudence se mettre en route. Il dit à sa femme que c'était un devoir de reconnaissance pour lui de recommander M. Brooke à leur amitié. « C'est en grande partie à ses veilles, dit-il, que vous devez la vie de votre père. »

M. Marsch s'arrêta juste à ce moment-là et, regardant Meg qui tisonnait violemment le feu, il jeta à sa femme un regard auquel elle ne répondit qu'en lui demandant vivement s'il ne voulait pas prendre avant le dîner une tasse de bouillon, que Jo irait lui chercher. Jo comprit sans doute pourquoi sa mère l'envoyait de préférence à la cuisine; en y allant elle ferma vivement la porte, et, si quelqu'un avait été dans le corridor, on eût pu l'entendre murmurer :

« Les estimables jeunes gens, moi, je les hais ! et personne n'obtiendra de moi de les aimer ! »

Il n'y eut jamais un dîner de Noël comme celui de la famille Marsch. Le dindon était splendide et cuit à point lorsque Hannah

l'apporta truffé, doré et magistralement servi dans un beau plat ;
on le trouva tendre comme un poulet. Le plum-pudding fondait
dans la bouche et, à la vue des gelées, Amy bourdonna comme une
mouche devant un pot de miel. Tout était parfait. « Et c'est bien
étonnant, dit Hannah, car j'avais l'esprit tellement à l'envers que
c'est un miracle que je n'aie pas rôti le plum-pudding, et mis des
raisins dans le dindon. »

M. Laurentz et son petit-fils étaient de la fête, ainsi que M. Brooke
auquel Jo s'efforçait, à la grande joie de Laurie, d'envoyer des
regards qu'elle croyait furibonds et qui n'étaient que divertissants.
Deux fauteuils, au haut bout de la table, étaient occupés par Beth
et son père qui festoyaient plus modestement que les autres convives avec du poulet et du raisin. On porta des toasts, on raconta
des histoires ; « on se souvint », comme disent les vieilles gens,
et on s'amusa complètement. On avait projeté une promenade en
traîneau ; mais les jeunes filles ne voulurent pas quitter leur père,
et leurs hôtes étant partis de bonne heure pour les laisser à eux-
mêmes, l'heureuse famille se réunit autour du feu.

« Il y a juste un an que nous maudissions presque notre triste
Noël, vous le rappelez-vous ? dit Jo, brisant une courte pause qui
avait suivi une longue conversation sur beaucoup de sujets.

— Eh bien, cette année a passé, après tout, et, à côté des peines,
elle nous a laissé plus d'un bon souvenir, dit Meg en souriant au
feu, et se félicitant d'avoir su traiter M. Brooke avec convenance
et dignité.

— Je trouve qu'elle a été encore assez difficile, dit Amy d'un air
pensif en regardant le feu briller sur sa bague.

— Je suis contente qu'elle soit finie, parce que vous nous êtes
revenu, murmura Beth qui était assise sur les genoux de son père.

— La route a été dure à monter pour vous, mes chers petits
pèlerins, et surtout la dernière partie, mais vous vous en êtes bien
tirés, je le vois, dit le docteur, en regardant avec une satisfaction
paternelle les quatre jeunes figures réunies autour de lui.

— Comment le voyez-vous, père ? demanda Jo.

— Mais, la paille montre de quel côté souffle le vent, et j'ai fait
aujourd'hui plusieurs découvertes.

— Oh ! dites-les-nous, s'écria Meg, qui était assise à côté de lui.

— Et d'abord, en voici une. »

Prenant la main de Meg, M. Marsch lui montra de nombreuses
piqûres d'aiguille qui marquaient l'extrémité d'un de ses doigts.

« Meg, ma chère, lui dit-il, je suis fier de toucher cette travailleuse petite main. »

Si Meg avait eu besoin d'une récompense pour ses heures de travail patient, elle l'aurait reçue dans le sourire d'approbation et l'affectueux regard de son père.

« Et pour Jo ! Dites quelque chose de très agréable à Jo, père, car elle a fait tous ses efforts et a été *si* bonne pour moi, » murmura Beth à l'oreille de son père.

Il sourit en regardant la grande fille qui, assise en face de lui, avait, sur sa bonne figure, une expression de douceur peu habituelle.

« Malgré ses cheveux courts, je ne vois plus le « fils Jo », que j'avais laissé ici, il y a un an, dit M. Marsch ; je vois à sa place une jeune fille qui met son col droit, lace bien ses bottines, ne siffle pas, et ne se couche plus sur le paillasson comme autrefois. Sa figure est un peu maigre et pâlie par les veilles et l'anxiété, mais j'aime à la voir ainsi. En prenant un soin maternel d'une certaine petite personne que ses brusqueries d'autrefois auraient agitée, elle s'est transformée. J'aimais certes ma fille sauvage ; mais je crois que, si j'ai bientôt à sa place une jeune fille tendre, dévouée, forte encore, mais civilisée, j'aurai gagné au change. Je sais déjà que, dans tout Washington, je n'aurais rien pu trouver qui valût les vingt-cinq dollars que cette chère tête ronde m'a envoyés. »

Les yeux perçants de Jo devinrent humides, et le rose monta à son visage quand, en recevant les louanges de son père, elle put se dire qu'elle en méritait une partie.

« À Beth, maintenant, dit Amy, qui aurait bien voulu que son tour arrivât, mais qui était toute prête à l'attendre.

— De Beth je n'ai rien à dire ; ne parlons pas d'elle, pour ne pas l'embarrasser et pour ne pas la gâter. Elle n'est pas sage quand elle est malade, mais sitôt qu'elle se portera bien, elle nous paraîtra parfaite.

— Oh ! dit Beth, père me traite en malade encore. J'ai d'autres défauts que ma faible santé ; je les lui dirai quand lui-même sera tout à fait guéri. »

Après une minute de silence, M. Marsch regarda Amy qui était assise à ses pieds, et dit, en caressant ses cheveux soyeux :

« J'ai remarqué qu'Amy a pris, à dîner, les morceaux que les autres n'aimaient pas, qu'elle a fait des commissions pour sa mère toute l'après-midi, qu'elle a donné ce soir sa place à Meg, et qu'elle a servi tout le monde avec patience et bonne humeur. J'ai observé

32

aussi qu'elle est plus patiente, qu'elle ne s'est pas regardée dans la glace et qu'elle n'a pas même parlé d'une très jolie bague qu'elle a au doigt ; d'où je conclus qu'elle a appris à moins s'occuper d'elle-même et plus des autres, et qu'elle s'est mise à modeler son caractère aussi soigneusement que ses petites figures en argile. J'en suis content, je serai très fier certainement de voir un jour de jolies œuvres de sculpture et de peinture faites par elle ; mais je serai encore bien plus fier d'avoir une aimable fille, possédant le talent de rendre la vie belle aux autres comme à elle-même.

— A quoi pensez-vous, Beth ? demanda Jo, lorsque Amy eut remercié son père et raconté l'histoire de la bague.

— Je pense, répondit Beth en se laissant glisser par terre et en allant lentement à son cher piano, que c'est l'heure de reprendre notre chère habitude de la prière en commun. Je serai assez forte ce soir pour la chanter comme avant ma maladie. Je vais essayer de dire : « La prière du berger, autour duquel Dieu a rassemblé son troupeau tout entier. » J'ai commencé la musique pour père, parce qu'il en aime les paroles.

Et Beth, s'asseyant devant son piano bien-aimé, chanta doucement de sa jolie voix ce chant pieux, dont nous regrettons de ne pouvoir donner les paroles. On croit qu'elles étaient de Mme Marsch, qui avait toujours défendu à ses filles de les écrire.

CHAPITRE XXIII

Le lendemain, la mère et ses filles s'étaient empressées autour de M. Marsch comme des abeilles autour de leur reine; elles négligeaient tout pour regarder, écouter et servir ce nouveau convalescent qui avait encore besoin de soins. Quand il était assis dans le grand fauteuil auprès du canapé de Beth, avec ses trois filles et sa femme à ses côtés et Hannah qui passait de temps en temps sa tête à la porte, « pour regarder le cher homme, » rien ne semblait manquer à leur bonheur; mais il y manquait cependant *quelque chose*, et chacun, excepté Amy et Beth, le sentait sans le dire.

M. et Mme Marsch se regardaient d'un air préoccupé et suivaient tous les mouvements de Meg; Jo avait des accès de tristesse subite et montrait le poing à quelque chose qui ressemblait beaucoup au parapluie de M. Brooke, oublié « par ce monsieur » dans un coin. Meg avait des distractions; elle était timide et silencieuse, tressaillait et rougissait à chaque coup de sonnette. Amy dit que tout le monde semblait attendre quelqu'un « et que c'était bizarre, puisque père était revenu. » Et Beth demanda innocemment pourquoi leurs voisins ne venaient pas comme d'habitude.

Laurie vint dans l'après-midi. Il avait aperçu Meg à sa fenêtre;

on eût dit d'un coupable pris d'un accès de contrition subite. Il avait posé un genou sur la neige, s'était donné des coups dans la poitrine et avait fait semblant de s'arracher les cheveux; et, lorsque Meg, mécontente, lui eut enjoint de s'en aller, il avait levé les mains d'un air suppliant, répandu des larmes imaginaires dans son mouchoir de poche et s'était éloigné à grands pas comme un homme plongé dans le plus profond désespoir.

« Que veut dire ce grand nigaud avec sa ridicule pantomime? dit Meg en riant et tâchant de n'avoir pas l'air d'avoir compris ce manège.

— Vous ne le savez que trop, lui répondit Jo en lui jetant un regard de reproche. Laurie manque quelquefois de goût, mais il vise juste.

— Ne me taquinez pas, Jo, je vous en prie, répondit Meg à sa sœur. Qu'on ne me dise rien et nous serons tous amis comme auparavant.

— Nous ne pourrons pas. La mauvaise plaisanterie de Laurie a tout changé. Je le vois bien, vous n'êtes plus comme autrefois, et vous semblez loin de moi. Je n'ai pas l'intention de vous taquiner et je supporterai cet événement comme un homme, mais je voudrais que tout soit fixé. Je déteste attendre; ainsi, si vous avez l'intention de le faire, dépêchez-vous et que ce soit vite fini. Quand j'aurai tout souffert, je ne souffrirai plus.

— Je ne peux pourtant rien dire ni rien faire avant qu'on ait parlé, et on ne parlera pas, Jo, soyez-en sûre, parce que papa a dit que j'étais trop jeune.

— Si monsieur. *On* parlait, vous ne sauriez plus que répondre ; vous balbutieriez, vous rougiriez ou vous pleureriez, et vous lui laisseriez dire tout ce qu'il voudrait, au lieu de l'arrêter net par un bon *non* bien décidé.

— Je ne suis pas si sotte que vous le supposez, Jo. J'ai beau être jeune, je suis en âge de savoir me conduire, et je ne me laisserai pas entraîner à parler malgré moi. »

Jo ne put s'empêcher de sourire de l'air important que sa sœur venait de prendre et qui lui allait aussi bien que la rougeur qui teignait ses joues.

« Cela vous ennuierait-il, de me faire part de vos intentions, Meg, si *on* parlait ? demanda Jo plus respectueusement.

— Pas du tout. Vous allez bientôt avoir seize ans, Jo, et mon expérience vous sera utile plus tard dans vos affaires du même genre.

— Je n'en aurai jamais d'un tel genre ! s'écria Jo courroucée.

— Qui sait ? répondit Meg en souriant.

— Il ne s'agit pas de moi, dit Jo, mais de vous, Meg. Je croyais que vous alliez me faire part de ce que vous répondriez si...

— C'est bien simple, reprit Meg. Je dirai avec calme et décision : Papa pense que je suis trop jeune pour prendre aucun engagement maintenant ; je suis de son avis, ainsi n'en parlons plus, je vous en prie.

— Hum ! C'est assez raide et froid. Malheureusement, je ne crois pas que cela doive se passer ainsi. Si ce monsieur, que je ne nomme pas, se conduit comme cela se passe dans les livres, vous accepteriez plutôt que de le chagriner.

— Non, certes, je lui dirai que je suis décidée, et je m'en irai avec dignité. »

Meg se leva pour exécuter devant sa sœur la sortie pleine de dignité qu'elle se réservait de faire le cas échéant, quand un pas bien connu se fit entendre dans le corridor. Se rasseyant aussitôt, elle se mit à coudre précipitamment comme si sa vie dépendait de l'ouvrage qu'elle faisait.

Jo ne put se retenir de rire tout bas de ce changement à vue ; mais, lorsque quelqu'un frappa modestement à la porte, elle ouvrit d'un air raide qui n'était rien moins qu'hospitalier.

« Bonjour, mademoiselle ; je suis venu chercher mon parapluie, c'est-à-dire voir comment se porte votre père aujourd'hui, dit M. Brooke assez embarrassé.

— Votre parapluie va très bien ; il est dans le vestibule, répliqua Jo, je vais vous l'apporter ou lui dire que vous êtes ici. Je vous remercie d'avoir pensé aussi à mon père... »

Et Jo, ayant bien mélangé son père et le parapluie dans sa réponse, partit afin de donner à Meg une occasion de dire sa phrase et de montrer sa dignité. Mais elle n'alla pas loin. Lorsqu'elle eut disparu, Meg se glissa vers la porte de la chambre de sa mère en murmurant :

« Mère aura du plaisir à vous voir, monsieur Brooke. Voulez-vous vous asseoir pendant que je vais l'appeler ?

— Je viens de quitter Mme votre mère, Marguerite, elle est allée prévenir et chercher M. Marsch ; ils seront ici dans quelques minutes, et j'ai la permission de vous entretenir un instant en attendant. »

« Marguerite !... » M. Brooke venait de l'appeler « Marguerite ! » Meg se mit à trembler comme la feuille...

32.

« Rien, rien, ne dites rien, je vous en supplie, monsieur, monsieur John, avant que père et mère soient là.

— Vous avez raison, Marguerite, reprit M. Brooke, dont la voix
tremblait à son tour, peut-être vaut-il mieux en effet que ce que
j'allais vous demander passe par la bouche de votre mère.

— Oui, oui, dit Meg ; laissez-moi aller chercher au moins
maman.

— Allez, chère Marguerite, dit M. Brooke. »

M. Brooke est tout seul, il a l'air grave, mais très heureux ; l'embarras de Meg ne lui a pas déplu.

Nous allons, s'il vous plaît, nous enquérir de ce que peut bien
faire Jo en ce moment.

Ce qu'elle faisait, cette infortunée Jo, je vais vous le dire. Une
visite bien imprévue de tante Marsch avait interrompu la faction
qu'elle montait derrière la porte en attendant l'issue de l'entrevue
de Meg et de M. Brooke. Tante Marsch avait appris, je ne sais comment, qu'il était question de marier Meg avec M. Brooke, et elle
venait signifier à Jo d'avoir à déclarer de sa part à Meg que ce
mariage était une sottise... ; ce à quoi Jo, ravie, lui avait répondu
« qu'elle avait bien raison. »

« Une sottise, reprit tante Marsch, une sottise à jamais impar-
donnable, parce que ce monsieur Brooke est sans fortune et sans
position. »

Ici, l'accord momentané entre Jo et sa tante cessa. Ce qui déplai-
sait dans M. Brooke à Jo, c'était, avant tout, qu'il voulût épouser
sa sœur. Il eût été dix fois millionnaire, qu'au même titre il lui
eût déplu. Elle se trouva donc entraînée à répondre à tante Marsch
que là n'était pas la question ; qu'avec ses talents, ses connaissances, son caractère, sa bonne renommée et l'amitié de M. Laurentz, M. Brooke pourrait, comme et mieux que tant d'autres, se
faire ce qu'elle appelait *une fortune et une position.*

Tante Marsch lui répliqua aigrement qu'une fortune à faire
n'était pas une fortune faite ; qu'une position à conquérir n'était
pas une position conquise, et que la seconde déclaration qu'elle la
priait de faire à Meg était que, bien qu'elle se fût proposée de lui
donner 50,000 dollars le jour de son mariage, elle devait se tenir
pour dit que, si elle se mariait avec M. Brooke, « un homme sans
le sou, » elle ne lui donnerait rien du tout.

Jo, indignée, n'avait pu se retenir de répliquer à tante Marsch
qu'elle trouvait la raison qu'elle donnait du changement de ses

dispositions envers Meg absolument inique, attendu que plus Meg épouserait un homme pauvre, plus sa libéralité aurait eu sa raison d'être ; tandis que, si elle épousait un homme riche, elle n'en aurait que faire.

Tante Marsch, enfermée dans l'argument irréfutable de Jo, s'était levée furieuse, et Jo, exaspérée de son côté, s'était mise à faire de Brooke un éloge pompeux et que d'ailleurs, au fond du cœur, elle sentait mérité. Bref, elle ajouta que, devant la menace de sa tante, Meg ferait une lâcheté si elle n'épousait pas M. Brooke de préférence à tout autre.

La vieille dame était partie, là-dessus, fort irritée...

Jo s'aperçut qu'une demi-heure et plus s'était écoulée dans cet entretien animé, et ce fut seulement alors qu'elle se demanda avec inquiétude ce que Meg avait bien pu répondre à M. Brooke.

La visite de tante Marsch avait, convenons-en, changé du tout au tout l'aspect des choses aux yeux de Jo. On s'attache toujours un peu à celui dont on a plaidé la cause, et le plaidoyer de Jo en faveur de M. Brooke avait été si chaleureux que l'avocat s'était convaincu lui-même de l'excellence de la cause qu'il défendait. Se rappelant alors les conseils qu'elle avait donnés à Meg, il y avait peu d'instants, elle frémit à la pensée que celle-ci pouvait les avoir suivis, et résolut d'entrer sans retard dans la chambre où elle l'avait laissée, — avec son John, — bien déterminée à réparer, s'il en était temps encore, le mal qu'elle avait pu faire.

« Où avais-je la tête, se disait-elle, et le cœur ? N'est-ce pas, en effet, ce bon Brooke qui, par ses soins, nous a rendu notre père !... Mais, s'il lui plaisait de nous demander en mariage toutes les quatre, la reconnaissance seule nous imposerait le devoir de l'accepter. »

Pleine de ces magnanimes pensées, Jo, une fois son parti pris, se précipita comme un ouragan dans la chambre de Meg.

La chambre était vide ! Bien sûr M. Brooke était parti désespéré.

« Hannah ! cria-t-elle, Hannah ! Où est Meg ? où est M. Brooke ? Je parie que M. Brooke est parti ! Avait-il l'air bien triste, Hannah ?

— Je crois, répondit Hannah, que tout le monde est dans le cabinet de M. Marsch. »

Jo y courut...

Meg, M. Brooke, M. et Mme Marsch, Beth et Amy y étaient rassemblés.

Oserai-je l'écrire ? La main de Meg était dans la main de M. Brooke ! ! !

« Félicitez-nous, dit M. Marsch à Jo, en lui montrant M. Brooke, nous avons un enfant de plus. »

Meg n'était pas sans inquiétude sur l'accueil qu'allait recevoir cette nouvelle donnée ainsi à brûle-pourpoint à l'irritable Jo, et sa main trembla un peu dans celle de son fiancé.

Quel ne fut pas son étonnement, quelle ne fut pas sa joie quand Jo, allant droit à M. Brooke :

« Embrassez-moi, mon frère, lui dit-elle de sa voix pleine et émue. Je viens de repousser en votre faveur, au nom de Meg et de toute la famille indignée, les présents d'Artaxerce. Si Meg, au nom de qui j'ai parlé, n'était pas ravie de moi et ne vous épousait pas, je ne lui pardonnerais de ma vie. »

Elle raconta alors ce qui s'était passé entre elle et tante Marsch.

Meg se jeta à son cou, et M. et Mᵐᵉ Marsch, bien que regrettant qu'une telle scène eût pu avoir lieu, entre la nièce et la tante, ne purent se décider à la blâmer d'avoir osé exprimer des sentiments qui répondaient, sur tous les points, aux leurs.

« Du reste, dit M. Marsch, rassurez-vous, Jo. M. Laurentz, fatigué du poids de ses affaires, avait depuis longtemps l'intention de se décharger d'une partie de leur gestion sur M. Brooke. La peur de nuire aux études de Laurie lui avait seule fait ajourner cette résolution.

« Mais Laurie n'a pas voulu être plus longtemps un obstacle au bonheur de M. Brooke. M. Brooke sera remplacé par un de ses amis qui suivra fidèlement ses traditions d'enseignement et, dès à présent, l'avenir de M. Brooke et, par suite, celui de votre sœur, est assuré. Devenu, pour une part, l'associé de M. Laurentz, M. Brooke aura à voyager pendant deux ans pour achever de se mettre au courant des affaires lointaines de M. Laurentz. Dans deux ans il reviendra pour épouser Meg qui, en l'attendant, perfectionnera son éducation, de façon à pouvoir au besoin se rendre utile à son mari, et cela vous donnera aussi, Jo, l'occasion de compléter la vôtre. »

Pendant que tout cela se disait, Beth s'était peu à peu rapprochée de M. Brooke et avait fini par s'installer silencieusement sur ses genoux.

M. Marsch avait appris à Jo tout ce qu'il avait à lui apprendre. Beth regardait M. Brooke avec une attention si singulière que Jo, qui la connaissait bien et qui avait remarqué la fixité de ce doux regard, s'écria :

FÉLICITEZ-NOUS, DIT M. MARSCH

« Monsieur mon beau-frère, celle de vos petites belles-sœurs qui s'est fait de vos genoux et de votre bras passé autour de sa taille un fauteuil très complaisant, a, je le vois, quelque chose à vous dire, à vous dire tout bas peut-être, mais elle n'ose; aidez-la.

« Est-ce tout haut? est-ce tout bas? dit M. Brooke à Beth en l'embrassant tendrement sur le front.

— C'est tout bas, dit Beth en rougissant, si maman le veut bien... »

Mme Marsch donna son consentement par un sourire.

De ses deux bras, Beth attira à elle la tête de M. Brooke, et quand ses lèvres furent à la portée de son oreille, elle prononça quelques mots, mais si bas, si bas en effet, que, sans la réponse que fit soudainement M. Brooke, personne n'eût jamais su quelle question elle venait de lui adresser :

« Si je la rendrai très heureuse! Si je l'aimerai bien et toujours! toujours! en pouvez-vous douter, ma sage petite sœur? »

M. Brooke, si maître de lui d'ordinaire, étonna alors ses amis par la chaleur avec laquelle il développa ses plans d'avenir à Beth. La cloche du thé sonna avant qu'il eût fini de décrire à l'aimable enfant le paradis qu'il espérait édifier pour Meg. Beth, à chaque énumération, donnait d'un mouvement de tête affectueux son approbation à ses paroles. Quand elle se sentit pleinement rassurée, elle lui répondit avec un sérieux extraordinaire :

« Tout cela est bien, très bien, monsieur John, vous serez un très bon mari pour Meg, et d'avoir consenti à répondre à sa petite sœur me prouve aussi que vous serez un très bon frère. »

Hannah parut sur ces entrefaites pour avoir raison de ce retard. On se leva, et M. Brooke conduisit sa fiancée à table avec orgueil. Tous deux avaient l'air si heureux que Jo n'eut pas même un prétexte pour se rappeler qu'elle avait tant redouté cet accord.

Amy fut très impressionnée par l'attitude de John et la dignité de Meg; M. et Mme Marsch étaient graves, mais évidemment satisfaits. Il était clair qu'un de leurs rêves les plus chers s'accomplissait. Personne ne fit matériellement grand honneur au repas, si ce n'est Jo, qui s'excusait en disant :

« Que voulez-vous? je suis comme cela, toutes les émotions me creusent l'estomac. »

La vieille chambre semblait plus claire et plus gaie que de coutume, et fière aussi de servir de cadre à un si doux tableau.

33

« Vous ne pourrez pas dire maintenant, dit Amy à Meg, que rien d'agréable n'arrive dans notre famille... »

L'entrée de Laurie épargna à Meg de répondre. Laurie venait, en sautant de joie, présenter un mirobolant bouquet de la part de M. Laurentz à *Madame John Brooke*. La conviction de l'étourdi, il faut bien le dire en passant, était que l'affaire entière avait été amenée à bon port par ses soins. Une sottise qui tourne si bien n'est plus une sottise, pensait-il. Avec ce beau raisonnement, il est jusqu'à des criminels qui finiraient par s'absoudre.

Une déconvenue l'attendait cependant. Il se faisait un malicieux plaisir de voir la mine de Jo, et fut stupéfait de la trouver parfaitement calme, causant affectueusement à M. Brooke, la main appuyée sur son bras.

« Que vous est-il arrivé? lui demanda Laurie en la suivant au parloir où tout le monde se rendait pour recevoir la visite de M. Laurentz qui venait d'arriver ; qui a pu opérer le miracle de cette étonnante conversion ?

— Ce qui m'a convertie, dit Jo en s'asseyant dans le coin de cette pièce que Laurie appelait le coin de Jo, c'est, d'une part, une injustice criante de tante Marsch, — et je vous raconterai cela plus tard, — et de l'autre mes sages réflexions. Sans doute, il sera dur pour moi, bien que j'aie deux ans pour m'y faire, de voir un jour Meg quitter la maison, mais avec quel plus « galant homme » pouvais-je espérer la voir partir ?

— Meg ne partira pas tant que cela, lui répondit Laurie, Meg ne sera pas perdue pour demeurer à deux ou trois portes plus loin.

— Je le sais, je le veux bien, dit Jo avec un petit tremblement dans la voix, mais ce ne sera plus l'intimité quotidienne, et vous ne savez pas, vous, mon pauvre Laurie, qui n'avez ni frères ni sœurs, ce que c'est que ce lien de tous les instants. Enfin, c'est résolu, c'est accepté, c'est à son bonheur qu'il faut penser, non au mien. Or je crois fermement à son bonheur.

— Moi aussi, moi aussi, dit Laurie. Permettez-moi d'ailleurs, Jo, de vous rappeler que vous n'allez pas tomber dans une île déserte. Excepté Meg, tout vous restera. Enfin, et c'est bien mieux que rien peut-être, vous me conservez tout entier. Je ne suis pas bon à grand'chose, je le sais bien ; mais je resterai à côté de vous tous les jours de ma vie, Jo, je vous le promets, et nous aurons de temps en temps de très bons moments.

— C'est vrai, dit Jo, que vous êtes un très bon camarade, un ami gai et aimable quand vous n'avez pas de lubies, et je vous en suis bien reconnaissante. Votre bonne humeur a été et sera bien souvent une grande consolation pour moi.

— D'abord, dit Laurie avec affection, je ne pourrais jamais me passer de ma chère Jo. »

Jo, sur cette bonne parole, donna à Laurie une poignée de main bien sentie.

M. et Mme Marsch étaient à côté l'un de l'autre et revivaient, en regardant Meg et John, le premier chapitre de leur constante union.

Beth causait gaiement avec son vieil ami, M. Laurentz, qui tenait sa petite main dans la sienne.

« C'est grâce à vous s'ils sont heureux, lui disait-elle. C'est un grand bien que celui qu'on fait aux autres ; vous devez être content du meilleur contentement, monsieur Laurentz. »

C'est sur cette scène paisible d'intérieur que le rideau tomba ce soir-là. Nous le laisserons baissé sur un espace de quatre années, s'il vous plaît.

QUATRE ANS APRÈS

M. Brooke était parti et revenu. L'Amérique était pacifiée. Le mariage s'était fait à l'époque indiquée. Dieu l'avait béni. Les jeunes époux sont heureux. Jo, Beth et Amy croient qu'elles n'ont plus rien à souhaiter sur cette terre ; elles ont un neveu, et quel neveu ! C'est à faire oublier, même à Beth, toutes les poupées. Être tante, n'est-ce pas le comble de la félicité ? Mais tout cela est déjà de l'histoire ancienne, et, arrivé là, j'ai à vous conter une histoire toute nouvelle, mais si étonnante celle-ci, que Jo n'en peut pas revenir.

Croiriez-vous que Laurie, que cet absurde Laurie a voulu l'épouser, comme si c'était bien nécessaire d'être époux quand on est déjà de si bons amis ? Et cela, sous prétexte qu'ayant passé vingt et un ans l'un et l'autre, s'ils ne se mariaient pas, ils courraient risque de rester, elle vieille fille, lui vieux garçon. Jo lui a ri au nez, vous vous en doutez bien, et puis après, elle a tenté de le raisonner. Elle a tâché de lui faire comprendre qu'elle n'était pas faite du tout pour être la femme d'un jeune et beau monsieur aussi riche que lui ; que, d'abord, puisqu'on lui avait répété si souvent que sa vocation à elle eût été d'être un garçon, il était manifeste qu'elle ne pouvait être la femme de personne au monde ; mais qu'en admettant qu'elle dût jamais faire la folie de se marier, elle entendait bien ne se marier que quand elle serait absolument vieille, et qu'alors elle n'épouserait qu'un monsieur qui n'aimerait que la campagne, les forêts, les montagnes, les bords des fleuves, qui aurait une ferme dans laquelle il aurait réuni toutes les bêtes de la création : des vaches superbes, de jolis veaux, beaucoup de moutons avec leurs agneaux, des chèvres pleines d'esprit et même des essaims de très gais petit cochons en bas âge et tout roses ; enfin, par-dessus tout cela, de fiers et beaux chevaux de labour, de vrais paysans et de vraies paysannes.

M. Laurentz, qui assistait à l'entretien, — ce n'est pas Laurie que je veux dire, — avait arrêté Jo à ce point de son discours, et, d'autorité, c'est-à-dire d'un geste qui n'admettait pas de ré-lique, l'avait fait monter dans la grande voiture à trois ban-quettes, avec sa mère, son père, M. et M.ᵐᵉ Brooke, Beth et Amy, qui commençaient à devenir de grandes demoiselles. Laurie, lui, avait lestement sauté sur le siège du cocher et s'était emparé des rênes.

C'est tout au plus si l'on avait laissé à Jo le temps de mettre un châle et un chapeau, tant c'était pressé, lui disait-on.

« Où allons-nous ? où allons-nous ? Je veux savoir où l'on me mène ! criait-elle. Je n'ai pas le nez assez long pour qu'on me conduise ainsi par le bout du nez, sans m'instruire du sort qu'on veut me faire.

— Vous le saurez quand nous y serons ; d'ici là, pas de ques-tions, ma belle grande Jo. Vous défiez-vous de moi ? »

C'était toujours M. Laurentz qui parlait.

Au bout d'une heure, on était arrivé, par un chemin admirable, bordé de beaux arbres et de vertes prairies traversant un bois magnifique, à la porte d'une ferme d'où sortaient des régiments de moutons et le plus beau troupeau de vaches dont une jeune fille ait jamais pu rêver.

La ferme était complète; rien n'y manquait : du fumier, une mare, des poules, des canes, des canards, des oies, et même les essaims de petits cochons propres comme des sous, delurés et joueurs que Jo avait fait figurer sur son programme. Il y avait des attelages de beaux chevaux attelés à des charrues qui entraient d'un grand pas par une vaste porte. Il y avait des meules de foin. On apercevait des granges pleines de gerbes et de fourrages.

« Comment trouvez-vous cela? lui dit M. Laurentz après l'avoir fait promener partout et présentée au fermier, à la fermière, aux faucheurs, aux ouvriers de labour, aux bêtes et aux gens, à tout le monde.

— Ça, dit Jo, si ce n'était pas commandé par ce joli château qu'on me cache et où il y a des maîtres, je dirais que c'est tout bonnement splendide, que c'est le rêve des rêves, et qu'on donnerait je ne sais quoi pour être à tout jamais la fermière d'une ferme comme celle-là.

— Eh bien! lui dit M. Laurentz, rien n'est plus facile, et il n'y a pour cela qu'une petite chose à faire, fermière Jo, c'est de mettre votre main, votre jolie main dans la main du fermier Laurie, pour qu'elle y reste à tout jamais.

— Quoi! s'écria Jo avec une indignation qui ne laissait pas d'être comique, quoi! vous aussi, monsieur Laurentz! Mais tout le monde est donc fou! fou! fou! autour de moi. Ce grand garçon, — et elle montrait Laurie, — a-t-il mordu l'espèce humaine tout entière, excepté moi? »

Beth s'avança vers Jo.

« Moi-même, dit-elle à Jo, j'ai donné mon consentement. Vous ne refuserez pas le vôtre à votre fidèle Laurie. Songez donc, Jo, que c'est pour vous, pour vous seule que, depuis trois ans, il s'est fait agriculteur, presque paysan, et qu'il a complètement changé de goûts et de vie? Trois ans, c'est une épreuve, cela!

— Et songez aussi, reprit Amy, que le bois de là-bas, que nous avons traversé, dépend de la ferme, et que, pour mes paysages, bois, prés, forêts, eaux vives, étangs, bêtes à cornes et autres, j'aurais tout sous la main.

— Ma foi, dit Jo, tout cela est si impossible, si peu explicable, et peut-être si peu raisonnable, que, que... eh bien! oui, que je l'accepte! Aussi bien mes cheveux ont tant repoussé depuis tantôt cinq ans, qu'il faut croire que je suis peut-être une femme après tout. Mais, si cela tourne mal, vous en aurez seul la responsabilité, monsieur Laurentz. — Oui, j'accepte, dit-elle au radieux Laurie en posant solennellement la main sur son épaule, comme pour prendre, par ce geste imposant, possession de tout son être, oui j'accepte... toutefois j'y mets une condition : c'est que les grands-parents demeureront, *pour de bon*, tous les trois avec les deux jeunes personnes, dans le trop joli château, mais que monsieur mon mari et moi nous habiterons la ferme. Il veut être le mari d'une fermière, eh bien, fermier il sera, et « pas pour rire ».

— C'est entendu ! répondirent les grands-parents tout d'une voix.

— C'est promis, répondit Laurie.

— Ah ! quel Laurie vous faites ! s'écria Jo. Vous m'avez fait faire bien des folies, mon ami. Pourvu que celle-ci soit la dernière.

— Rappelez-vous, Jo, ce que je vous disais le jour des fiançailles de Meg : « Laurie ne peut pas se passer de Jo. » Depuis quatre ans, ma conviction a eu le temps de se faire, je suppose. Soyez tranquille, Laurie tiendra toutes ses paroles à son indispensable Jo. »

Si nous relevions le voile trois ou quatre ans plus tard encore, nous verrions d'autres mariages assurément. Amy et Beth ont eu leur tour. Dans ce pays extraordinaire, où les demoiselles sont épousées pour leurs mérites et non pour leurs dots, les amis de Laurie n'ont pas été assez mal avisés pour laisser coiffer sainte Catherine à deux filles à la fois si charmantes et si sages.

Mais c'est assez de deux heureux mariages pour finir gaiement une histoire qui a eu ses heures sombres. Nos lecteurs ont de l'imagination, qu'ils rêvent le reste.

Quant au premier père de ce livre, qu'il pardonne à son père adoptif en France de l'avoir conduit, quelquefois, où peut-être il ne voulait pas qu'il allât. Si Américain qu'on soit, si épris qu'on puisse être de son indépendance, pas plus qu'un être humain un livre ne voyage impunément. Du moment où les circonstances vous ont amené à habiter un autre pays que celui où l'on est né, il faut se résigner, si l'on veut s'yfaire accepter, à sacrifier quelque chose aux goûts et aux mœurs de ce pays nouveau, et ce n'est qu'à la condition d'en eprndre et d'en garder quelque chose qu'on parvient à s'y acclimater. Ce que je tiens à affirmer, c'est que jamais enfants adoptifs n'ont été traités avec plus d'amour que les *Quatre Filles du Docteur Marsch* par celui qui les présente aujourd'ui au public français. Il n'est certes aucune de ses œuvres personnelles à laquelle il ait donné plus de soins et qu'il ait entourée de plus de sollicitude.

TABLE

———

34

FIN DE LA TABLE

PARIS, IMPRIMERIE A. LAHURE

9, RUE DE FLEURUS, 9